KiW

1781

Das Buch
Der junge irische Detective Strafford und die englische Geheimagentin Miss Celia Nashe haben eine wichtige Aufgabe: Sie sollen in Clonmillis Hall über »Ellen« und »Mary« wachen, und keiner darf wissen, dass es sich dabei eigentlich um die Königskinder handelt. Aber die irische Dienerschaft und alle, die in der Nähe wohnen, gehen in dem großen Haus ein und aus, nicht wenige von ihnen haben seit dem Unabhängigkeitskrieg kein gutes Bild von England. Bald sickert durch, um wen es sich bei den beiden Mädchen wirklich handelt. Und die Prinzessinnen beginnen, sich in ihrem goldenen Käfig zu langweilen, und wollen raus …

Der Autor
JB Lawless ist das Pseudonym eines bekannten Autors.

Die Übersetzerin
Elke Link hat in München und Canterbury Anglistik, Neuere Deutsche Literatur und Linguistik studiert. Seither hat sie zahlreiche Romane, Kurzgeschichten, Biografien und Essays aus dem Englischen übersetzt. Gemeinsam mit ihrer Kollegin Sabine Roth wurde sie für ihre Übersetzung des Romans »Silas Marner« von George Eliot mit dem Bayerischen Literaturförderpreis ausgezeichnet.

JB Lawless

UM MITTERNACHT AB BUCKINGHAM PALACE

Ein Fall für Detective Strafford

Aus dem Englischen
von Elke Link

Kiepenheuer & Witsch

Aus Verantwortung für die Umwelt hat sich der *Verlag Kiepenheuer & Witsch* zu einer nachhaltigen Buchproduktion verpflichtet. Der bewusste Umgang mit unseren Ressourcen, der Schutz unseres Klimas und der Natur gehören zu unseren obersten Unternehmenszielen. Gemeinsam mit unseren Partnern und Lieferanten setzen wir uns für eine klimaneutrale Buchproduktion ein, die den Erwerb von Klimazertifikaten zur Kompensation des CO2-Ausstoßes einschließt.

Weitere Informationen finden Sie unter *www.klimaneutralerverlag.de*

FSC
www.fsc.org
MIX
Papier aus verantwortungsvollen Quellen
FSC® C083411
Verlag Kiepenheuer & Witsch, FSC® N001512

1. Auflage 2021

Aus dem Englischen von Elke Link

Covergestaltung: Barbara Thoben, Köln
Covermotiv: © Michael Trevillion / Trevillion Images
Gesetzt aus der Bembo und Imperator
Satz: Buch-Werkstatt GmbH, Bad Aibling
Druck und Bindung: CPI books GmbH, Leck
ISBN 978-3-462-00090-0

Das junge Mädchen stand im Dunkeln vor dem hohen Fenster und beobachtete fasziniert und voller Aufregung, wie die Bomben auf die Stadt fielen. Im Osten, dort, wo sich die Docks befanden, leuchtete der Himmel in den buntesten Farben, gelb, blau, pink, grauviolett, große, rot geränderte Rauchwolken zogen auf. Fast schien es, als wären die Feuerwerke zur Guy-Fawkes-Night vorgezogen worden. Nein: Es wirkte wie eine Inszenierung, wie der letzte Akt einer Oper, dirigiert von den umherschweifenden Strahlen der Suchscheinwerfer.

Sie kam sich wirklich vor wie eine Figur auf einer Bühne, mit dem riesigen, abgedunkelten Raum hinter sich und dem Himmel, der in der Ferne in Flammen stand.

Dann kam schnell etwas aus der Dunkelheit angeflogen und knallte gegen die Scheibe vor ihr, sodass sie zusammenzuckte. Nach der ersten Schrecksekunde trat sie näher ans Fenster und sah den Vogel draußen auf dem Schotter. Er lag auf dem Rücken, die Flügel unnatürlich akkurat angelegt. Er zuckte, seine Augen waren geöffnet; in dem grellen Licht vom Himmel glänzten sie wie kleine schwarze Perlen. Was war das für ein Vogel? Keine Eule – gab es hier mitten in der Stadt überhaupt Eulen? –, aber es konnte ein Star sein oder vielleicht sogar eine kleine Krähe. Ihr war klar, dass er sterben würde, und noch während sie zusah, hörte er auf zu zucken und seine Flügel wurden schlaff.

Sie stellte sich vor, wie dort drüben in den Docks Menschen auf diese Art starben, Arbeiter, Matrosen, Feuerwehrleute, Leute auf der Straße und sogar zu Hause, die Arme fest an die Seiten gedrückt, den Blick starr zum lodernden Himmel gerichtet, und wie dann deren Augen dunkler wurden und die Arme kraftlos.

Hinter ihr ging die Tür auf.

»Was machst du da?«, fragte ihre Schwester mit schneidender Stimme.

Das Mädchen wandte sich nicht vom Fenster ab. »Nichts«, sagte sie.

Ihre Schwester trat rasch nach vorne und zog die schweren Vorhänge zu, sodass die Ringe oben an der Stange rasselten. »Weißt du nicht, dass Verdunkelung angeordnet ist?«

Ihre Schwester war vier Jahre älter als sie und ganz furchtbar herrisch.

»Es war ja kein Licht an.«

»Egal – die Regel besagt, dass man nach Einbruch der Dunkelheit immer die Vorhänge zuziehen muss.«

Das kleine Mädchen seufzte. Ihr Name war Margaret. Sie war zehn.

»Ein Vogel ist gegen das Fenster geflogen und gestorben«, sagte sie. »Er liegt draußen, auf dem Boden, wenn du ihn ansehen willst.«

»Du solltest hier nicht am Fenster stehen. Wenn eine

Bombe einschlägt, gibt es eine Explosion, die Glasscheibe zersplittert und du stirbst.«

»Meinst du, sie würden Bomben auf uns werfen, hier?«

An diese Möglichkeit hatte sie zuvor gar nicht gedacht. Sie fragte sich, wie es wohl wäre, in die Luft zu fliegen. Aber der Palast war so groß, dass er gewiss nicht einstürzen würde. Nur das Dach würde beschädigt, und Schornsteine würden eingerissen werden.

»Sie werfen überall Bomben ab«, sagte ihre Schwester. »Jetzt komm schon – Mummy und Daddy warten auf uns.«

Sie ging voran aus dem Zimmer. Die beiden liefen durch einen breiten Korridor, in dem Kronleuchter hingen. Rechts und links standen Reihen vergoldeter Stühle einander gegenüber, und an den Wänden hingen große verschnörkelte Spiegel, ungerührt wie Wachposten.

Beim Gehen betrachtete Margaret interessiert ihre Schwester. »Du zitterst«, sagte sie zu ihr.

»Was?«

»Hast du Angst vor den Bomben?«

Ihre Schwester wich ihrem Blick aus. »Natürlich habe ich keine Angst.«

Sie waren bei einer breiten Flügeltür angelangt. Auf jeder Seite stand ein livrierter Lakai in Habachtstellung.

»Warum der Vogel wohl gegen das Fenster geflogen ist?«, fragte Margaret nachdenklich. »Vielleicht hatte er auch Angst vor dem ganzen Lärm und den Lichtern.«

Die Lakaien traten gewandt nach vorne, und jeder zog seine Seite der Flügeltür auf, um die Mädchen einzulassen.

Der große Salon mit der hohen Decke war mit einer verblassten goldenen Tapete und einem dunkelgelben Teppich ausgestattet. Auch hier gab es einen Kronleuchter. Große, verschwommene Gemälde, hauptsächlich Porträts in diversen Schwarz-, Braun- und Rottönen, ragten ein wenig aus den Wänden heraus, als würden die Menschen darauf aufmerksam zuhören, was in dem Raum vor sich ging. Auf dem Rost eines gewaltigen Marmorkamins qualmte ein absurd kleines Kohlenfeuer: In Kriegszeiten war es die Pflicht eines jeden, sparsam zu heizen.

Der Vater des Mädchens, er war groß und schlank und trug einen dreiteiligen Anzug aus grauem Tweed, stand mit einem Glas Sherry in der einen und einer Zigarette in der anderen Hand vor dem Kaminsims. Ihre Mutter, angetan mit einem grünen Seidenkleid, die Haare ein gestufter Helm aus ondulierten Wellen, saß auf einem Chintzsofa. Auch sie hatte eine Zigarette und ein Glas in den Händen, in ihrem allerdings war Gin.

»Da seid ihr ja, ihr beiden!«, begrüßte ihr Vater sie fröhlich. Nicht weit entfernt fielen mehrere Bomben, sodass die Fenster in den Rahmen wackelten. »Ein fürchterlicher Lärm, nicht wahr?«

Er stotterte leicht, was sich verschlimmerte, wenn er aufgeregt oder besorgt war.

Nach fünfzehn Minuten gaben die Sirenen Entwarnung. Margaret und ihr Vater hatten sich an einen kleinen runden Tisch mit verschnörkelten Beinen und Löwenfüßen gesetzt und spielten Draughts. Ihre Mutter, die noch auf dem Sofa lag, blätterte den *Punch* durch. Die ältere Schwester saß mit einem aufgeschlagenen Buch auf dem Schoß in einem Lehnsessel. Es war offensichtlich, dass sie nur so tat, als würde sie lesen. Margaret schielte gelegentlich mit zusammengekniffenen Augen zu ihr hinüber; sie sah ihrer Schwester an, dass sie immer noch Angst hatte, auch wenn das Bombardement beendet war.

Ihr Vater machte einen Zug. »Ha!«, rief er triumphierend. »Jetzt musst du mich zum König krönen!«

Margaret lachte abfällig. »Dann bist du ja doppelt König.«

»G-genau!« Ihr Vater errötete leicht, weil er das Wort nur schwer hervorbrachte; sein Stottern war ihm peinlich – beziehungsweise sein »Sprachfehler«, wie ihre Mutter sie anhielt, es zu nennen, auch wenn es tatsächlich nur selten erwähnt wurde und niemals, wenn ihr Vater in Hörweite war. Sie schämte sich für ihn. Sie kannte keinen anderen Erwachsenen, der stotterte.

»Lilibet, mein Liebes«, sagte die Frau auf dem Sofa zu ihrer älteren Tochter, die immer noch dasaß und das Buch auf den Knien umklammert hielt, »habt ihr wirklich alles fertig gepackt? Miss Nashe wird sehr bald hier sein.«

Sie hielt den Blick starr auf das Buch gerichtet. Margaret sah wieder zu ihr hinüber. Die Atmosphäre im Raum war mittlerweile angespannt.

»Ihr müsst tapfer sein, ihr zwei«, sagte ihre Mutter bewusst munterer. »Es ist nur für kurze Zeit, bald sind wir alle wieder zusammen.«

»Warum können wir nicht einfach nach Schottland, und ihr kommt mit uns?«, fragte Margaret.

»Weil dein Vater und ich hierbleiben müssen, um bei den Menschen zu sein und an ihrer … ihrer …«

»Ihrer was?«, fragte das jüngere Mädchen.

»An ihrer Tapferkeit teilzuhaben«, sagte ihr Vater. »Und um Mr Hitler zu zeigen, dass wir keine Angst vor ihm und seinen

Bomben haben und dass wir uns seinen Sch-Schikanen niemals ergeben werden.« Er wandte sich an seine ältere Tochter. »Nicht wahr, Lilibet?«

»Ja, Daddy«, sagte das Mädchen in dem Sessel. Ihr Vater machte Anstalten, einen Spielstein zu bewegen, überlegte es sich aber anders und dachte nach. Margaret sah ihre Schwester wieder mit zusammengekniffenen Augen an, grinste breit, ohne dass ihre Eltern es mitbekamen, und streckte ihr die Zunge heraus.

»Ich verstehe nicht, was daran tapfer sein soll, uns nach Irland zu schicken«, sagte sie. »Mir kommt das eher vor wie Weglaufen.«

Ihre Mutter und ihr Vater wechselten Blicke.

»Manchmal denke ich mir, man sollte dich auf Mr Hitler ansetzen.« Der König lächelte seine jüngere Tochter über das Spielbrett hinweg an. »Er würde sich zu Tode ängstigen, wenn du ihn auch nur ansiehst.«

Draußen heulten wieder die Sirenen. Das Mädchen in dem Sessel hob den Blick von dem Buch zu den verhängten Fenstern und schlug eine neue Seite auf.

1

Detective Garda Strafford stand am Fuß der Treppe zum Kildare Street Club und blickte zum dritten oder vierten Mal Richtung Government Buildings. Der Minister hatte zehn Minuten Verspätung – mit Absicht, dessen war sich Strafford sicher: Wichtigtuer ließen keine noch so kleine Gelegenheit aus, ihre Bedeutung zur Schau zu stellen.

Es war ein warmer Oktobermittag, die Sonne hing irgendwo am Himmel, und ein bleichgoldener Dunstschleier trübte die Luft. Strafford, von Geburt her dünn, trug einen dunklen Dreiteiler aus Tweed, der lose an seiner großen, skelettartigen Gestalt hing, dazu ein dunkelgrünes Hemd und eine dunkle Krawatte. In der rechten Hand hielt er einen weichen Filzhut, über seinem linken Arm hing ein Trenchcoat aus Gabardine. Sein Haar war so hell, dass es beinahe farblos war. Eine Stirnlocke hatte die Tendenz, ihm über die Augen zu fallen, sodass er sie immer wieder in einer raschen Geste mit vier ausgestreckten Fingern zurückschieben musste.

Er blickte noch einmal die Straße hinunter.

Eine seltsame Vorstellung, dass in Europa Krieg herrschte,

während hier alles traumhaft friedlich war, zumindest hatte es den Anschein. Die irische Republik, die sich in diesem Konflikt für neutral erklärt hatte und vorhatte, es auch zu bleiben, nannte diesen Krieg nicht einmal »Krieg«, sondern bezeichnete ihn als »Notfall«. Die Stammtischbrüder hatten eine Menge Witze darüber auf Lager.

Der Minister für Auswärtige Angelegenheiten, Daniel Hegarty – »Dan, the man«, wie er sich gerne von den Parteitreuen und, noch wichtiger, von der Öffentlichkeit nennen ließ, insbesondere, wenn Wahlen anstanden –, der Mensch, auf den Strafford ungeduldig wartete, hatte den Ruf, halbwegs kultiviert zu sein. In seiner Jugend hatte er eine Zeit lang in Heidelberg studiert und angeblich einmal mit W. B. Yeats und Lady Gregory im Russell Hotel gespeist. Doch diese Weltläufigkeit spielte er herunter. Eine Grundlage seiner politischen Strategie bestand darin, sich als einfacher Landbewohner darzustellen, der sich allerdings nichts vormachen ließ, wie jedermann wusste.

Ein großer, schwarz glänzender Wagen hielt am Randstein. Der Fahrer im schwarzen Anzug sprang elegant heraus und öffnete die hintere Tür, worauf der Minister höchstselbst hervorkam und sich den Hut aufsetzte.

Er war Anfang vierzig, sah aber älter aus. Von der Gestalt her ähnelte er einem leicht zusammengedrückten und lang gezogenen Guinnessfass. Dieser Eindruck wurde durch einen voluminösen langen schwarzen Wintermantel noch verstärkt, dessen gewaltiger Umfang dort, wo die Taille gewesen wäre, hätte der Mann eine solche gehabt, von einem breiten, eng geschnallten Gürtel ein wenig eingeschnürt wurde. Sein Kopf war erstaunlich groß, viel zu groß für seine Gesichtszüge, die sich in der Mitte eines Gesichts zusammendrängten, das so ausladend und rund war wie ein Essteller. Er trug eine randlose Brille und einen kleinen schwarzen Schnurrbart, der wie ein rußiger Daumenabdruck in der Mulde unter der Nase saß, ein Geschenk des Himmels für seine Gegner, die ihn mit dem Spitznamen »Adolf« bedacht hatten. Seine wässrig blauen Äuglein lagen tief in Fettfalten, und sein Mund, bei dem Strafford unwillkürlich an das Ventil eines Fußballs denken musste, fiel an den Seiten schroff ab. Hunde, die bellen, beißen nicht, sagte man gerne mit Bezug auf ihn – allerdings konnten einige Leute in der Politik durchaus Bissspuren vorweisen, die er an diversen zarten Stellen ihrer Anatomie hinterlassen hatte. Und es hieß, wenn er mit seinen Kumpanen zusammen war, entspannte er gerne bei einer Flasche Porter oder einem Glas Whiskey. Angeblich riss er gelegentlich den einen oder anderen Witz, und am Ende der Abschlussfeier nach der Jahresversammlung der Partei soll er in einem unerwartet hellen Bariton ein Rebellenlied gesungen haben.

»Sind Sie Strafford?«, verlangte er zu wissen. Er sprach mit starkem Cork-Akzent. »Wie alt sind Sie? Sie sehen ja aus, als sollten Sie noch in kurzen Hosen herumlaufen.«

Flüchtig schüttelte er dem Detective die Hand. Seine Hand war feucht und warm und überraschend klein, beinahe zierlich, und einen Augenblick lang stellte sich Strafford vor, in den Falten dieses gewaltigen Mantels wäre eine winzige Frau versteckt, eine Assistentin, eine Ehefrau oder Tochter gar, die der Minister stets vor sich hertrug, damit sie den Handschlag übernahm. Strafford schossen häufig derlei bizarre Bilder durch den Kopf. Er glaubte daher, ein von Grund auf unernster Mensch zu sein, bei einem Polizisten gewiss eine gravierende Schwäche, aber er hatte keine Ahnung, wie er dem beikommen sollte.

Die beiden Männer stiegen die Stufen hoch, gingen zwischen den zwei glänzenden Steinsäulen links und rechts des Eingangsportals hindurch, dann zog Strafford die Tür mit der großen, quadratischen Glasscheibe auf und wich zurück, um den Minister zuerst eintreten zu lassen. Sollte er erwähnen, dass das Fenster der Legende nach während des Unabhängigkeitskriegs in die Tür eingebaut worden war, damit man im Falle eines Anschlags die *Gunmen* die Treppe heraufkommen sehen konnte? Natürlich nicht, dachte er bei sich und erinnerte sich gerade noch rechtzeitig, dass der Minister damals selbst zu den *Gunmen* gehört hatte. Strafford hatte auch in Betracht gezogen, auf das Fries ein Stück weiter an der Außenwand hinzuweisen. Die steinernen Affen dort spielten Billard, wirklich eine Kuriosität – wer wohl auf diese Idee gekommen war? Aber er bezweifelte, dass »Dan the Man« sich für so skurrile Kleinigkeiten interessierte.

Im Gegensatz zu Strafford nahm Minister Hegarty sich selbst äußerst ernst.

Aus der offenen Tür schlugen ihnen Schwaden dicker, warmer Luft entgegen, geschwängert von Zigarrenrauch, zerkochtem Rindfleisch, altem Wein und alten Männern. Der Kildare Street Club war so etwas wie das inoffizielle Hauptquartier des anglo-irischen, protestantischen Irlands. An der Art, wie sich der Minister immer wieder kurz umblickte und versuchte, seine nicht zu straffenden fetten, hängenden Schultern zu straffen, merkte Strafford, dass ihm dieser Ort nicht nur unbekannt war, sondern ihn auch einschüchterte.

Der Minister setzte den Hut ab und kämpfte sich aus dem Mantel. Er trug einen stramm zugeknöpften marineblauen Zweireiher, ein weißes Hemd mit hohem, steifem Kragen und eine dunkelblaue Krawatte mit einem winzigen Knoten, der aussah, als sei er nicht mehr gelöst worden, seit Hegarty ein junger Mann war. Von dem Moment an, in dem der Minister aus dem Auto ausgestiegen war, hatte sich Strafford an jemanden erinnert gefühlt, und jetzt wusste er, an wen. Eingeschnürt in diesen Anzug, im Würgegriff der Krawatte, mit dem großen Kopf und den dünnen schwarz glänzenden Haaren, die an seiner bleichen, feuchten Stirn klebten, war er Oliver Hardy wie aus dem Gesicht geschnitten.

Urplötzlich tauchte ein gebeugter weißhaariger alter Mann vor ihnen auf – als wäre er just in diesem Moment aus einer verborgenen Falltür im Boden gekommen. Der Minister schreckte zurück und drückte sich Hut und Mantel schützend an die Brust.

»Ich bin hier mit …«, begann er.

»Ja, ja, Mr Hegarty«, unterbrach ihn der Portier. »Hier entlang, bitte.«

Hegarty sah den Detective irritiert an – woher wusste der Portier, wer er war? Strafford lächelte und nickte ihm ermunternd zu. An solchen Orten kannte er sich aus. Sein Vater war auswärtiges Mitglied des Klubs gewesen, die Mitgliedschaft hatte er allerdings schon lange beendet. Als Straffords Vater noch regelmäßig einmal im Monat für ein Wochenende kam, vergnügte er sich damit, sich in den großen Erker, der auf die Nassau Street hinausging, zu stellen, in seinem auffälligsten karierten Anzug samt passender Weste, die Hände hinter dem

Rücken verschränkt, Uhrkette und seidenes Einstecktuch, die Insignien seiner Klasse, deutlich sichtbar, und dabei finster auf die Passanten hinabzublicken.

Der Minister fühlte sich letztlich dann doch bewogen, seinen Klammergriff zu lösen und Mantel und Hut dem betagten Portier zu überlassen. Der hängte sich den Mantel über den Arm, setzte den Hut darauf und führte die beiden Männer an die Bar.

Da kam Strafford in den Sinn, dass er selbst, genauso wie Hegarty Oliver Hardy wie aus dem Gesicht geschnitten war, wiederum womöglich einem jungen Stan Laurel ähnelte, bleich und dürr, wie er war, mit seiner eingefallenen Brust, dem schmalen Kopf und seiner sanften, zerstreuten Art. Er musste die Lippen fest zusammenpressen, um nicht zu lachen. Als er noch ein Junge war, hatte seine längst verstorbene Mutter immer gesagt, er habe einen widernatürlichen Sinn für Humor. Er fand, sie hatte im Großen und Ganzen recht damit, auch wenn er beim Heranwachsen gelernt hatte, sich mehr oder weniger zurückzuhalten. Er war schon immer ein Einzelgänger gewesen, und seine speziellen Späße stellten eine Art Gesellschaft für ihn dar, wohl ähnlich wie Freunde, die sich Kinder ausdachten.

Die Bar war leer, bis auf den Barkeeper in seinen gestreiften Hosen und der schwarzen Weste. Der Minister bestellte einen Jameson.

»Sie dürfen im Dienst wahrscheinlich nicht trinken«, sagte er zu Strafford.

»Nun ja, ich weiß gar nicht, ob ich streng genommen im Dienst bin, Herr Minister. Ich nehme einen Bushmill's.«

Hegarty schnaubte. Natürlich, Bushmill's: der Rachenputzer der Protestanten.

Der Barkeeper stellte die beiden Gläser mit gelbbraunem Whiskey auf den Tresen und erklärte, was sich in welchem befand. Dann platzierte er neben jedes noch ein Glas Leitungswasser.

Hegarty hob sein Glas Jameson. »*Sláinte*«, sagte er mit einem Hauch von Herausforderung; er war bekannt dafür, dass er sich sehr für die Nationalsprache einsetzte. Er hatte sogar einmal einen Zehn-Jahres-Plan vorgeschlagen, um das Sprechen der irischen Sprache im ganzen Land verpflichtend vorzuschreiben. An seinem Revers steckte ein kleiner Goldkreis, der ihn als *Gaeilgeoir* auswies.

Auch Strafford nahm sein Glas. »*Sláinte*«, antwortete er beherzt; das gesellschaftliche Leben war in dieser noch jungen Nation ein Minenfeld.

Eine Weile tranken sie schweigend und blickten auf den Spiegel gegenüber und die hinter der Bar aufgereihten Flaschen. Hegarty sah auf die Uhr. »Mittlerweile sollte er doch da sein, oder?«, meinte er gereizt. »Ich dachte, Ihre Leute seien immer pünktlich.«

Strafford wusste genau, was er mit »Ihre Leute« meinte. Er gehörte zu den wenigen Nichtkatholiken bei der Garda, der Nationalpolizei, und soweit er wusste, war er der einzige Protestant im Rang eines Detective. Er war schnell aufgestiegen – nach nur zwei Jahren bei der Polizei hatte man ihn vom Streifendienst entfernt und zum Detective befördert –, allerdings war er sich immer noch nicht ganz sicher, warum er überhaupt Polizist geworden war. Vielleicht hatte er damit die neue Ordnung unterstützen wollen. Protestanten machten lediglich fünf Prozent der Bevölkerung der Republik aus, und die Mehrheit von ihnen hatte sich nach der Unabhängigkeit sang- und klanglos aus dem öffentlichen Leben zurückgezogen und die Führung der neuen katholischen Bourgeoisie überlassen. Strafford war ein Sohn der angloirischen Vorherrschaft – auch wenn er persönlich sich kaum mehr von Yeats' Herrenreitern vom Lande unterscheiden konnte –, und er verspürte ein wenig verschämt ein gewisses Pflichtgefühl, was oder wem gegenüber hätte er gar nicht genau sagen können. Jedenfalls hatte er sich mittlerweile mit seiner ungewöhnlichen Stellung als protestantisches Mitglied einer beinahe ausschließlich katholischen staatlichen Institution abgefunden und dachte kaum mehr darüber nach, außer bei jenen Gelegenheiten, bei denen er gezwungenermaßen darauf aufmerksam gemacht wurde.

Er und der Minister hatten schon fast ausgetrunken, und immer noch war kein Anzeichen von dem Beamten von der britischen Botschaft zu sehen, dem Anlass ihrer Zusammenkunft. Der Minister atmete deutlich hörbar durch die Nase aus, das Geräusch eines wichtigen Mannes, der sich herabgewürdigt fühlte und dem es schwerfiel, sein Temperament zu zügeln. Minister Hegarty war es nicht gewohnt, dass man ihn warten ließ.

Eine gute Viertelstunde war vergangen, als Richard Lascelles schließlich auftauchte. Er war ein typischer gelangweilt wirkender Engländer – Strafford kannte diesen Typus gut –, bewusst geziert, aber mit einem Rückgrat aus gehärtetem Stahl und einem skrupellosen Leuchten hinter dem sorgfältig aufrechterhaltenen entspannten Lächeln. Er trug einen

British-Warm-Mantel und glänzende, handgefertigte Budapester. Auf der Innenseite seines Handgelenks balancierte er seine Melone, den Daumen am Hutrand eingehakt. Diesen Trick zu erlernen musste ihn beträchtliche Zeit und Anstrengung gekostet haben, zu welchem Zwecke blieb dahingestellt, außer vielleicht wegen der kleinen Freude daran, derartig geschickt etwas vorzuführen, das gleichzeitig belanglos und schwierig war.

Ja, befand Strafford, hinter Lascelles' aalglattem Äußeren steckte wahrscheinlich ein kleiner Spaßvogel. Das musste er im Kopf behalten.

»Tut mir leid, dass ich zu spät bin.« Lascelles riss den Arm abrupt zurück, sodass der Hut durch die Luft wirbelte. Er fing ihn mit den Fingerspitzen auf und setzte ihn auf dem Tresen ab; seine prahlerische Geschicklichkeit nahm kein Ende. »In der Botschaft hat es ein wenig Aufregung gegeben.« Er schüttelte Hegarty die Hand und warf einen fragenden Blick Richtung Strafford. »Ich ging davon aus, dies sei ein privates Treffen?«

Hegarty stellte den Detective vor. Lascelles lächelte wieder, herzlicher diesmal. Schon ein einziger Blick auf Straffords Kleidung und sein allgemeines Auftreten genügte, und schon konnte er dem jungen Mann präzise Schicht, gesellschaftliche Stellung und Religionszugehörigkeit zuordnen.

»Sie gehen mit und hören sich an, was er will«, hatte Inspector Hackett, Straffords Chef, ihm aufgetragen. »Sie können in seiner Sprache mit ihm sprechen.«

Die Dienststelle des Ministers hatte Einwände gegen die Anwesenheit des Detective gehabt, aber die Botschaft hatte über Hackett um dieses Treffen ersucht – die Briten kannten ihn und vertrauten ihm, soweit sie überhaupt jemandem in diesem Land vertrauten –, und man hatte es für ratsam gehalten, dass jemand von der Polizei den Minister begleiten sollte.

In Anbetracht der Spannungen mit Großbritannien wegen der Neutralität sowie der Sturheit der britischen Regierung angelegentlich der Forderung der Royal Navy nach Zugang zu irischen Häfen, was die irische Regierung eisern ablehnte, hielt Strafford die ganze Sache für klar regelwidrig. Und warum ausgerechnet der Kildare Street Club? Andererseits war gerade das meiste regelwidrig, nachdem die britischen Großstädte von deutschen Bombern angegriffen worden waren und sich das Vereinigte Königreich gegen eine Invasion gewappnet hatte.

»Also«, sagte Hegarty, »was kann ich für Sie tun, Mr Lascelles?«

Lascelles hatte zuvor das Angebot, etwas zu trinken, abgelehnt. Nun sagte er: »Lassen Sie uns doch zum Lunch nach oben gehen. Das Kotelett ist hier nicht schlecht, und sie haben einen famosen Weinkeller.«

Hegarty und der Detective leerten ihre Whiskeygläser, mit denen sie sparsam gehaushaltet hatten, dann stiegen die drei Männer die Treppe zum Speiseraum im ersten Stock hinauf. Drei große, lichterfüllte Fenster gaben den Blick über die Nassau Street auf den Zaun des Trinity College und den Cricketplatz dahinter frei. Gerade war ein Spiel im Gange, sicherlich eines der letzten der Saison. Die kleinen Gestalten in Weiß bewegten sich scheinbar in Zeitlupe über das Gras, als würden sie ein archaisches religiöses Ritual zelebrieren, was sie irgendwie ja auch taten, dachte Strafford bei sich.

In dem Raum befanden sich etwa ein Dutzend Männer beim Mittagessen, einige zu zweit, die meisten jedoch allein. Frauen waren heute nicht zugegen, allerdings war man wenige Jahre zuvor gegen einigen heftigen Widerstand übereingekommen, dass Mitglieder Damen zum Lunch oder zum Dinner in den Klub einladen durften. In einer Ecke stand offenkundig abgesondert ein für drei Personen eingedeckter Tisch: Hegartys Leute hatten vorab angerufen, um sicherzugehen, dass niemand sie belauschen konnte. Die Botschaft hatte zwar nicht verraten, worum es bei der Unterredung gehen sollte, aber es wurde deutlich, dass es sich um eine Angelegenheit von einiger Tragweite handeln würde und es nicht sein durfte, dass jemand davon Wind bekam.

Hegarty und der Engländer wählten beide die Ochsenschwanzsuppe, und alle drei bestellten gegrillte Seezunge als Hauptgang. Lascelles schlug vor, ein Glas Rotwein zu bestellen, da sie zum Fisch eine Flasche Weißen trinken würden. »Der rote Hauswein ist hervorragend«, sagte er.

So wurde dementsprechend eine Flasche Roter bestellt, Strafford allerdings trank keinen und meinte, er wolle noch ein wenig warten; er trank generell nur selten – in der Bar hatte er den Whiskey lediglich geordert, um ein Zeichen zu setzen, und jetzt spürte er ihn bereits.

Während sie auf die Suppe warteten, nickte Lascelles in Richtung des Fensters und der Cricketspieler in der Ferne. »Ich wäre zu gerne dort draußen«, meinte er wehmütig, dann wandte er sich rasch wieder den beiden Männern am Tisch zu und sagte: »Das ist natürlich keine Kritik an Ihnen, meine Herren.«

»Nun denn, Mr Lascelles.« In Hegartys randloser Brille

blitzte das Licht vom Fenster auf. »Wollen wir zur Sache kommen? Ich vermute, Sie haben ein Anliegen.«

Lascelles richtete den Blick noch einmal auf das Cricketspiel, einen Ellbogen auf die Stuhllehne gestützt, und rieb sich mit einer Fingerspitze langsam über das Kinn, gleich unter der Unterlippe.

»Die Sache ist die, Herr Minister«, er zögerte und wählte seine Worte sichtlich mit Bedacht, »wir – also die Botschaft – wurden von unseren Vorgesetzten in London angewiesen, uns mit einer etwas heiklen Bitte an Ihre Regierung zu wenden.«

»Was für eine Bitte?« Hegarty machte keinen Versuch, die leichte Feindseligkeit in seiner Stimme zu verhehlen.

Lascelles nahm keine Notiz davon: Er hatte seine Stelle noch nicht lange inne, aber mit dem irischen Beamtentum hatte er schon reichlich Erfahrungen gesammelt. »Es geht um zwei Kinder«, sagte er.

Hegarty starrte ihn an. »Kinder?«

»Richtig. Zwei junge Mädchen, um genau zu sein.«

2

Die Suppe wurde serviert, ebenso der einfache grüne Salat, den Strafford bestellt hatte, um nicht aufzufallen, während die anderen beiden ihren ersten Gang verspeisten. Nichtsdestotrotz warf Hegarty einen verachtungsvollen Blick auf die etwas welken Blätter. Zweifellos dachte er, Strafford würde sich demonstrativ bescheiden geben, das glaubte zumindest Strafford; bei einem Mann wie Hegarty gab es keinen Mittelweg. Was mussten Yeats und Lady G. nur von ihm gehalten haben?

Die Cricketspieler hatten ihr Spiel unterbrochen und waren auf dem Weg zu den Umkleiden, wie Strafford beobachtete. Er verachtete Sport jeglicher Art, bis auf Tennis, das er wegen der flüssigen Eleganz des Spiels mochte – nicht dass er jemals gut darin gewesen wäre, aber er hatte die wenigen talentierten Spieler, die auf seine Schule gegangen waren, bewundert und in manchen Fällen auch beneidet.

»Die Mädchen sind vierzehn und zehn.« Lascelles streute eifrig Salz in seine Suppe. »Wir müssen sie umgehend aus London herausholen. Wir sind ratlos, was wir mit ihnen anfangen sollen, seit der Blitzkrieg begonnen hat. Aber sie müssen unbedingt an einem geschützten Ort untergebracht werden, wo wir sie in Sicherheit wissen.«

Hegarty, sein Löffel verharrte auf halbem Weg in der Luft, betrachtete Lascelles mit höchster Aufmerksamkeit. »Und darf ich fragen, wer sie sind, diese ›Mädchen‹?«

Auch Lascelles unterbrach seine Mahlzeit und lächelte ihn wieder an, wobei er die Zähne zeigte. Er sah gut aus, auf vornehme, aber dennoch irgendwie brutale Weise, mit der schmalen Stirn, hohen Wangenknochen und dunklen, sonderbar funkelnden Augen. Seine Haut wirkte irgendwie ledrig, als hätte er viele Jahre in äquatorialem Klima verbracht. Nach Straffords Erfahrungen waren Diplomaten ein sonderbarer Schlag: Ihre häufigen Entwurzelungen und Versetzungen in mannigfache Gegenden der Welt ließen sie hinter ihrem geübt ausdruckslosen Auftreten eine Spur nervös wirken, als rechneten sie jeden Augenblick damit, dass ein Bote herbeigeeilt kam und ihnen die Order überbrachte, innerhalb einer Stunde ihre Sachen zu packen und das Feld zu räumen.

Hegarty wartete immer noch auf eine Antwort auf seine Frage. Lascelles spitzte die Lippen und warf einen kurzen Blick zur Seite. »Herr Minister, sagen wir einfach, die Mädchen stammen aus einer guten Familie – einer schrecklich guten Familie.«

»Ich verstehe.« Hegarty ließ seinen Löffel wieder in der Suppe verschwinden. Er lächelte verschlagen, wodurch sich sein Gesicht zusammenzog, sodass alles noch enger beisammenzustehen schien. »Es heißt ja«, sagte er im Plauderton und hielt dabei die Lider gesenkt, »Ihr König und Ihre Königin bleiben in London, solange die nächtlichen Bombardements andauern, um …«, mit hochgezogenen Augenbrauen blickte er auf, »… um an den Leiden des gemeinen Volks teilzuhaben.«

»So ist es. Ihre Majestäten bestehen darauf, nicht von der Stelle zu weichen.«

»Das ist sicherlich sehr großmütig von ihnen«, bemerkte Hegarty mit einem kleinen trockenen Schniefen. »Und die Familie bleibt bei ihnen?«

»Das lässt sich daraus schließen, ja.« Lacelles wählte seine Worte mit Bedacht. »Aber in Zeiten wie diesen gibt es natürlich vieles, was man der Öffentlichkeit besser vorenthält. Das ist eine Frage der Stimmung.«

»Ach ja?« Hegarty gab ein heiseres Glucksen von sich.

Strafford, der zwischen dem Minister und dem Diplomaten saß, beobachtete fasziniert, wie die beiden feilschten, obwohl die Bedingungen für ein mögliches Abkommen noch nicht einmal erörtert worden waren.

Zwei Mädchen aus einer Familie an der Spitze der britischen Gesellschaft: Er konnte sich schon vorstellen, um wen es sich handelte. Dieses Treffen war außerordentlich interessant geworden.

Hegarty aß seine Suppe auf, schob den Teller zur Seite, wischte sich seinen kleinen, feuchten roten Mund mit der Serviette ab und hustete in eine winzige Faust; trotz seiner massigen Gestalt waren diverse seiner Körperteile Miniaturen, als wäre ihrem Wachstum Einhalt geboten worden, gleichsam die letzten Reste des Kindes, das er einmal gewesen sein musste, so unglaubhaft es heute auch schien. Langsam ergriff er sein Glas und trank den letzten Tropfen Wein, der sich noch darin befand.

»Irland verhält sich in diesem Krieg neutral, Mr Lascelles«, sagte er pointiert. »Das ist Ihnen sehr wohl bewusst.«

»Natürlich. Allerdings weiß ich auch – ja, das wissen wir wohl beide –, was im Interesse Irlands liegt.«

Der Kellner, ein grauhaariger Muskelmann in gestreifter Weste, kam an den Tisch. Er hatte die Weinkarte dabei. Lascelles nahm sie entgegen und vertiefte sich stirnrunzelnd darin, die Unterlippe dabei mit Daumen und Zeigefinger betastend. Hegarty erregte Straffords Aufmerksamkeit und zwinkerte ihm zu, ohne seinen Gesichtsausdruck auch nur im Mindesten zu verändern.

Lascelles blickte zum Kellner auf. »Den Rheinwein, Dudley«, sagte er.

»Sehr wohl, Mr Lascelles«, brummte der Kellner. Die Haut an seinen Wangen und am Kinn war rot geädert und schuppte sich an manchen Stellen grau. Strafford fand, er sah aus wie ein Preisboxer im Ruhestand. An Orten wie diesem war das Personal immer interessant, und er fand es frustrierend, dass er es nie schaffte, mehr über den Hintergrund der Leute zu erfahren, ohne herablassend zu wirken oder direkt anzuecken. Zu Dudley passte der Name Dudley so wenig, wie man sich nur vorstellen konnte. Dennoch hieß er so, außer Lascelles hatte es erfunden, was ihm bei seiner Art von Humor durchaus zuzutrauen war. Kaltherzigen Menschen wie ihm gefiel es, sich über jene lustig zu machen, die sie vielleicht als niedere Schichten bezeichnen würden.

»In unserem Interesse, sagen Sie.« Hegarty blickte nachdenklich zu den Cricketspielern. »Und wie könnte das Ihrer Meinung nach aussehen?«

Über dem Feld verdichtete sich der Nebel, und die Sonne hatte mehr Mühe,hindurchzudringen.

»Tatsächlich glaube ich, dass sich unsere Interessen, also Ihre und unsere, in diesem Fall decken«, antwortete Lascelles leise, wobei er immer wieder kurze Blicke nach rechts und links warf und doppelt sicherstellte, dass ihn auch wirklich niemand belauschen konnte.

»Die Briten haben vor zwanzig Jahren meinen Vater erschossen, im Unabhängigkeitskrieg«, sagte Hegarty und blieb dabei sanftmütig, gar freundlich. »Wussten Sie das, Mr Lascelles?«

Lascelles leerte sein Weinglas, dann stellte er es auf die Tischdecke und rollte es auf dem Fuß langsam immer wieder im Kreis, ohne den Blick davon abzuwenden. »Ja, das wusste ich«, sagte er ruhig. »Aber nach allem, was ich höre, ist es Ihrem Vater seinerseits gelungen, bei derselben unerfreulichen Misere einen Gutteil unserer Männer zu erschießen. Ja«, er lächelte und zeigte dabei wieder seine Zähne, »wenn ich mich nicht irre, trugen Sie doch selbst Waffen als junger Mann, in – was war es noch? In der West Cork Brigade?« Er blickte zum Fenster. »Oh, guter Wurf, Sir!«, rief er.

Lascelles schenkte sich selbst und dem Minister noch Wein ein – Strafford hielt die Hand über sein leeres Glas. Während er den Austausch zwischen den beiden Männern verfolgte, hatte er zunehmend das Gefühl, nach und nach alle Farbe zu verlieren, sodass er mittlerweile vollkommen durchsichtig geworden sein müsste. Und wirklich, für die beiden, die mit ihm am Tisch saßen, schien er bereits unsichtbar zu sein, eine Figur aus Glas, denn sie ignorierten ihn gänzlich. Das machte ihm nichts aus: Was den gesellschaftlichen Umgang anbelangte, so gehörte er zu den geborenen Zuschauern im Leben, und damit war er auch zufrieden. Er war meistens der Beobachter, selten der Handelnde.

Dudley, der Unglaubwürdige, kam mit dem bestellten Fisch, assistiert von einem rothaarigen jungen Mann mit wunden Knöcheln – eigentlich war er noch ein Junge –, der aussah wie ein verängstigtes Stierkalb. Der Wein wurde vorgezeigt, dann entkorkte ihn Dudley mit brüsker Routine, auf die er sichtlich stolz war. Er schenkte Lascelles einen kleinen Schluck ein und wartete, einen Unterarm auf den Rücken gelegt. Lascelles kostete den Wein, spülte den Mund damit aus, ließ ihn erst in die eine Wange schwappen, dann in die andere, bevor er schluckte, und nickte dann dem Kellner zu.

»So, Mr Lascelles«, sagte Hegarty, nachdem Dudley und sein Helfer gegangen waren, »Sie möchten also diese beiden Mädchen von ihrer schrecklich guten Familie trennen und sie eine Weile zu uns hinüberschicken, damit wir sie sicher verwahren?«

Lascelles hatte Fisch und Kartoffeln in mundgerechte Würfel geschnitten. Er musste zumindest einen Teil seiner Kindheit in Amerika verbracht haben, dachte sich Strafford, denn amerikanischen Kindern wurde das so beigebracht, das wusste er. Genau wie bei dem Personal von Klubs wusste man bei diesen Botschaftstypen nie, woher sie kamen oder wer ihre Vorfahren waren. Aussehen und Aussprache waren typisch für Eton oder Oxford, aber er konnte auch sonst irgendwo herkommen. War Lascelles überhaupt ein englischer Name? Strafford glaubte sich zu erinnern, dass der Privatsekretär des Königs so ähnlich hieß – beziehungsweise, das fiel ihm jetzt ein, nicht so ähnlich, sondern genauso: Tommy

Lascelles. Ob das wohl ein Verwandter war? Viele Familien mit diesem Namen konnte es nicht geben.

»Das war Sinn und Zweck unseres Ansinnens, ja.« Lascelles zerteilte immer noch gewandt sein Essen. »Sie haben ja schon darauf hingewiesen, dass Irland sich neutral verhält, Herr Minister, und ich bin froh, sagen zu können, dass es ein sehr friedfertiges Land ist«, er hielt kurz inne, »heutzutage zumindest. Deshalb ist es ideal für unseren Zweck. Zunächst hielten wir Kanada für die beste Wahl, aber die U-Boote der Jerrys werden im ganzen Nordatlantik gerade besorgniserregend aktiv. Australien? Viel zu weit weg. Südafrika? Nun ja. Also fragten wir uns – also London fragte sich –, ob Sie hier drüben denn vielleicht einverstanden wären, die armen heimatlosen Kinder aufzunehmen und ihnen während dieser Zeit Obdach zu gewähren.« Er trank einen Schluck Wein und spitzte anerkennend die Lippen. »Ganz ordentlich, dieser Rheinwein, finden Sie nicht?«

Hegarty neigte das Gesicht tief über den Teller – wie ein Schaf über ein Stück Rasen, dachte Strafford bei sich – und vermischte die zerdrückten Kartoffeln mit dem Fischsaft, um dann Gabel um Gabel mit dem daraus resultierenden Brei zum Mund zu führen, während dieser Prozess von sicherlich unbewussten, anerkennenden kleinen Schmatzern begleitet wurde.

»Mr Lascelles«, Hegarty hielt den Blick noch gesenkt, sein Kiefer arbeitete, »sagen Sie mir doch, was wäre«, er machte eine kurze Pause, dann sprach er weiter, »um es klar und deutlich zu sagen, was würde dabei für uns herausspringen?«

Lascelles war darin vertieft, sein Mittagessen zu separieren, zu portionieren und zu zerschneiden. Doch trotz seiner Art, wie ein Yankee mit dem Essen umzugehen, musste er auf jeden Fall auf eine Privatschule gegangen sein, dachte sich Strafford: Nur ein Mensch, der eine der exklusiveren Erziehungsanstalten Englands besucht hatte, würde die wässrige Seezunge und die matschigen Kartoffeln mit derart ungezwungenem Gleichmut verzehren – obwohl sogar er die dicken Erbsen hatte liegen lassen, die nicht grün waren, sondern einen ungesund wirkenden, staubigen Grauton hatten. Trotz seiner Neutralität musste auch Irland einige durch den Krieg bedingte Einschränkungen hinnehmen.

Entgegen allem Anschein hatte Lascelles zugehört. Er legte Messer und Gabel weg, trank noch einen Schluck Wein, tupfte sich den Mund mit der Serviette ab, zog seinen Stuhl näher zum Tisch und beugte sich vertraulich nach vorne.

»Ihr Land braucht Kohle, wird mir berichtet«, sagte er leise aus dem Mundwinkel heraus. »Kohle, Mr Hegarty, Kohle ist etwas, wovon Großbritannien eine Menge besitzt – in diesen gefährlichen Zeiten gehört es zu unseren wenigen unerschöpflichen Ressourcen.«

»Das bezweifle ich nicht.« Hegarty kniff seine kleinen Augen mit den bereits schweren Lidern zusammen. »Die Yorkshire Dales, die walisischen Täler …« Verträumt ließ er den Satz ausklingen. Irland hatte nur seinen Rasen.

»So ist es.« Lascelles nickte. »Nun, HMG bietet, in Gestalt des Außenministeriums, die Möglichkeit einer vierzehntägigen Lieferung zum Hafen von Dublin an, von … nun ja, sagen wir einstweilen, x Tonnen, als Geschenk des ehemaligen Unterdrückers«, er lächelte vielsagend, »an einen ehemaligen Unterdrückten.«

»Ein Geschenk?« Hegarty stülpte die Unterlippe nach

außen und zeigte die glänzende rosa Innenseite. Es wirkte gleichzeitig wie ein Lächeln und ein höhnisches Grinsen.

»Dann eben ein Anreiz«, räumte Lascelles leichthin ein. Er wandte sich plötzlich Strafford zu, als wäre ihm gerade eingefallen, dass er auch da war, und sprach ihn direkt an. »Und Sie, junger Mann, wie finden Sie die Seezunge?«

»Sehr gut«, antwortete Strafford möglichst tonlos und gleichgültig, wie er es einstudiert hatte.

Tatsächlich jedoch hatte er den Fisch aufgegeben, der fade und lediglich lauwarm war. Lascelles war noch unermüdlich dabei, sein Essen zu verputzen, und beförderte die einzelnen Portionen mit geübter Schnelligkeit auf der Gabel in den Mund. Strafford überlegte, wie alt er wohl sein mochte. In den Vierzigern, schätzte er, so wie Hegarty, doch im Gegensatz zu Hegarty wirkte er jünger, mit seinen großen weißen Zähnen und der sonnengebräunten Haut, die in den Falten unter seinen Augen und neben den Ohren einen unverkennbar schwärzlichen Schimmer hatte. Ja, eindeutig die Kolonien.

Unterdessen blickte Hegarty aus dem Fenster und saugte an etwas, das sich zwischen seinen Backenzähnen festgeklemmt hatte, wohl ein Stück Fisch.

»Sie verlangen viel«, sagte er an Lascelles gewandt. »Falls die deutsche Gesandtschaft Wind von dieser Art Deal bekommt, den Sie da vorschlagen, sitzen wir alle in der Patsche.«

»Aber wie sollten sie denn ›Wind‹ davon bekommen?«, fragte Lascelles lachend.

»Wenn die Mädchen erkannt würden?«

»Man geht davon aus, ihr Aufenthalt im unzivilisierten

Bereich von … im ländlichen Irland sei so unwahrscheinlich, dass es den Leuten schlichtweg nicht einfallen würde, es könnte sich um sie handeln. Man hat ihnen beigebracht, sich unter falschen Namen zu bewegen … Ellen und Mary. Sie werden es sicherlich als eine Art Spiel betrachten und mit Begeisterung mitmachen.«

»Es ist riskant.«

»Von unserem Standpunkt aus wäre es ein weitaus größeres Risiko, sie in London zu lassen. Alles wurde sorgfältig abgewogen. Wir können die Mädchen in einer dunklen Nacht mit dem Flugzeug oder auf einem ungekennzeichneten Marineschiff schicken, ohne dass es eine Menschenseele mitbekommt.«

»Ja, bis auf jeden Angestellten und jede Aufwärterin in der britischen Botschaft, und die sind nur der Anfang«, meinte Hegarty trocken. Eine Weile bearbeitete er wieder das Stückchen, das zwischen seinen Backenzähnen hängen geblieben war. »Und sagen Sie mir doch, was wir mit diesen Mädchen anfangen sollen, falls wir uns einverstanden erklären, sie aufzunehmen?«

Der Engländer schloss kurz die Augen und machte eine besänftigende Geste mit der linken Hand.

»Wir haben mit dem Herzog von Edenmore gesprochen«, murmelte er. »Er ist willens, eine Unterkunft anzubieten. Er wohnt auf Clonmillis Hall, bei Clonmillis in der Grafschaft Tipperary …« Er hielt inne. »Stellen Sie sich vor, bevor ich hierher entsandt wurde, war mir nie klar, dass es Tipperary wirklich gibt! Ich dachte, es sei nur ein erfundener Name in dem alten Lied.« Kopfschüttelnd lachte er in sich hinein. Dann fuhr er mit ernster Miene fort. »Der Herzog ist eine

Art Verwandter der … der Familie der Mädchen. Das Anwesen um Clonmillis Hall ist groß, ziemlich abgeschieden und sicher. Nach Einschätzung unserer Leute könnte es keinen besseren Ort für die armen Kleinen geben.«

Hegarty blickte sich unruhig im Raum um. Es war offensichtlich, dass er die Zusammenkunft gerne zu einem Ende bringen würde. »Ich kann lediglich Ihre Anfrage an … an unsere Leute weitergeben.«

»Hervorragend!« Lascelles versetzte der Tischkante mit den Fingerspitzen beider Hände einen leichten, fröhlichen Schlag. »Dann warte ich auf Ihre Nachricht.« Er wurde wieder förmlich. »Aber ich muss betonen, dass die Angelegenheit äußerst dringlich ist.«

»Das ist mir klar«, sagte Hegarty leicht gereizt. »Trotzdem werden wir die Sache von allen möglichen Seiten beleuchten müssen. Es ist eine Frage der Sicherheit und der Verschwiegenheit und … und so weiter.« Der Lunch war beendet. Wieder blickte er sich unsicher um. Jetzt sah er erst recht wie Oliver Hardy aus, in den Momenten in den Filmen, wenn der dicke Mann langsam begreift, dass etwas ernsthaft ins Auge gehen könnte. »Wen bittet man hier um die Rechnung?«

»Ach, halten Sie sich nicht damit auf, das geht auf das Konto der Botschaft.« Lascelles machte eine ausladende Geste. »Möchten Sie noch einen Kaffee, bevor Sie aufbrechen?«

»Meinen Sie, ich könnte eine Tasse Tee bekommen?«

»Sicherlich, Herr Minister, sicherlich. Und Sie, Mr Stafford – möchten Sie Kaffee oder Tee?«

»Strafford«, sagte Strafford und lächelte. »Mit *r*. Keine Sorge, das sagen alle verkehrt.«

3

Was ihr Aussehen anbelangte, so war Celia Nashe die klassische englische Rose. Aber ihr Vater, der einige Jahre in der Palestine Police Force gedient hatte, behauptete immer, sie sei mit Abstand die Zähere von ihnen beiden. In der Werbung würde ihr Teint mit den Worten »Pfirsichsahne« beschrieben, ihre kurzen hellblonden Haare hatten nie eine Dauerwelle benötigt, und jeder Luftwaffensoldat würde sich glücklich schätzen, ihr Lächeln als letzte Erinnerung mitzunehmen, während seine abgeschossene Spitfire mit der Nase voran ins Meer stürzte. Sie war eine der sehr wenigen Frauen innerhalb der Sonderabteilung gewesen – ihr Vater hatte dort Kontakte auf höchster Ebene –, doch als die Möglichkeit eines Krieges zur Gewissheit wurde, war es ihr gelungen, sich eine Versetzung zum MI5 zu verschaffen. Das hatte sie ihren eigenen Verdiensten zu verdanken, aber auch beträchtlicher Einflussnahme, einerseits wieder ihres Vaters, darüber hinaus und noch entscheidender aber eines Onkels mütterlicherseits, der Brigadegeneral in der Household Cavalry war.

Wie auch immer ihre Erwartungen an den Geheimdienst ausgesehen haben mochten, die Realität war eine klare Enttäuschung, wie sie zugeben musste. Von Beginn an hatten ihre männlichen Kollegen ihr – und zwar mit klaren Worten – versichert, »Frauenzimmer« seien das Letzte, was sie dort brauchten oder haben wollten, und sie sei nur dabei, weil Krieg herrschte und die Männer an anderer Stelle benötigt würden. Sie solle sich bloß nicht einbilden, jemals in vollem Umfang als Agentin tätig zu werden. Sie würde in Reserve gehalten, bis sich eine einfache Aufgabe finde.

Der Auftrag, mit dem sie nun betraut wurde, kam ihr weniger anspruchslos vor als ziemlich seltsam. Ihre Vorgesetzten hatten ihr wenige Hintergrundinformationen geliefert. Sie sollte London verlassen, aber das Ziel lag nicht allzu weit entfernt – Schottland, nahm sie an, oder gar Wales, was sie allerdings nicht hoffte. Sie sollte außerdem genügend Kleidung und andere Dinge mitbringen, um auch für einen Aufenthalt gerüstet zu sein, der womöglich etwas länger ausfallen würde. Ihre Aufgabe würde darin bestehen, auf »zwei junge Damen« aufzupassen, hatte ihr direkter Vorgesetzter Manling bedeutungsschwer angekündigt und sich dabei sogar mit dem Zeigefinger an den Nasenflügel getippt.

»Darf ich fragen, wer diese Mädchen sind, Sir?«, hatte sie sich erkundigt.

»Nein, das dürfen Sie nicht, meine Liebe«, hatte Manling geantwortet und überheblich dabei gelacht. »Sie finden es bald genug heraus. Morgen Abend bringt man Sie zu ihnen, um sie abzuholen, und dann fährt man Sie an die Küste zu einem Boot.«

Also nicht Schottland, aber auch nicht Wales, was durchaus erstaunlich war.

»Ein Boot wohin?«

Manling hatte mit gespieltem Bedauern nur den Kopf geschüttelt. Sie sah ihm an, wie sehr es ihn befriedigte, sie im Dunklen zu lassen. Er war dick und mittleren Alters, hatte schlimme Schuppen und emsig umherwandernde Hände – schon mehrmals hatte er es bei ihr versucht, war jedoch jedes Mal höflich, aber entschieden zurückgewiesen worden – und liebte die Nacht-und-Nebel-Seite der geheimen Welt, in der er sich bewegte.

Andererseits war jeder so, mit dem sie zusammenarbeitete, bis auf den letzten Mann, wenn man sie überhaupt Männer nennen konnte – nach allem, was sie von ihnen mitbekommen hatte, waren es eher zu groß geratene Schulbuben. Celia hoffte nur, sie wussten, was sie taten. Sie hatte schon Gerüchte von diversen katastrophal gescheiterten Aktionen gehört, weil die zuständigen hohen Tiere töricht draufgängerisch gewesen waren. Sie waren zu unbekümmert, wenn es um das Leben der Männer im Einsatz ging. Nach einer komplett vermasselten Operation, bei der drei erfahrene Agenten ums Leben gekommen waren, hatte sie zufällig mitangehört, wie Manlings Chef, der noch aufgeblasener war als Manling, beinahe amüsiert bemerkt hatte: »Das war ja wohl keine unserer Sternstunden.«

Frauen würden das natürlich besser machen, aber Frauen schafften es nie an die Spitze, außer eine ausreichend große Anzahl von Männern kam ums Leben, so wie im Ersten Weltkrieg. Aber Typen wie Manling – sie lächelte oft darüber, wie passend der Name doch war – würden niemals ihren Kopf im Kampf riskieren. Sie waren allesamt Schreibtischtäter, auch wenn sie das stolze Gehabe sturmerprobter Kämpen zur Schau trugen, die soeben von ihren streng geheimen und extrem riskanten Offensiven zurückgekehrt waren.

Man hatte Celia mit einer automatischen Browning ausgestattet – »Unterschreiben Sie hier und zielen Sie bloß nicht in meine Richtung« –, einer schicken kleinen Waffe, wie sie zuerst meinte, und sie für einen Nachmittag zu einem Schießplatz in Surrey gebracht, um den Umgang damit zu lernen. Tatsächlich war die Pistole gar nicht so klein und überraschend schwer dazu. Der Schießunterricht war eher rudimentär, denn kein Mensch ging auch nur einen Augenblick davon aus, sie würde jemals aufgerufen sein, im Zorn einen Schuss abzugeben. Der zuständige Unteroffizier hatte sie beglückwünscht, weil sie die Handhabung so schnell herausgehabt hatte, und ihr gegenüber beteuert, welch eine gute Schützin sie sei. Doch dann hatte er gleich alles wieder verdorben, indem er sie bat, mit ihm ins Kino zu gehen.

An dem Abend, an dem sie London verlassen sollte, hatte ein dickes, glänzendes schwarzes Monstrum, eher ein Schlachtschiff als ein Auto, sie um kurz vor zehn in ihrer Wohnung in der Finchley Road abgeholt. Die Scheinwerfer waren übermalt, sodass in der Mitte der Lampen nur kleine helle Kreuze sichtbar waren. Sie nahm an, sie wären ins Stadtzentrum unterwegs – wegen des Blackouts konnte man nur schwer sagen, in welche Richtung sie fuhren. Dann gab es einen Bombenangriff, das Schlimmste konzentrierte sich aber bei den Docks. Ihr Fahrer, ein Zivilist oder zumindest wie einer gekleidet, hatte sie knapp begrüßt und danach kein Wort mehr gesagt. Sie hatte neben ihm auf dem Beifahrersitz Platz nehmen wollen, aber er hatte sie ohne viel Federlesens auf den Rücksitz verfrachtet.

Alles wurde immer unwirklicher. Auf der Fahrt durch die Dunkelheit erkannte sie kaum die Konturen des Fahrers vor sich. Sie stellte sich vor, er wäre ein Roboter, und sie würden die ganze Nacht so weiterfahren, das große Auto leise dahinrollend, die um sie herum aufragenden Gebäude, die nach und nach zurückblieben, und drüben im Osten der Bombenregen, der Himmel erfüllt von Flammen, den brodelnden Rauchwolken und dem wilden Muster des Flakfeuers.

Schließlich endete der Angriff. In den Docks loderten aber noch die Feuer, und das würde bis zur Morgendämmerung und darüber hinaus anhalten.

Der Nachthimmel war bedeckt, doch dann kam kurz der Mond heraus, und sie erkannte, dass sie auf der Mall waren, direkt vor ihnen der lang gestreckte graue Komplex des Buckingham Palace. Sie nahm an, sie wären unterwegs zu dem Versteck, das der Geheimdienst angeblich irgendwo in der Nähe der Victoria Station unterhielt. Doch als sie am Palast vorbei und Richtung Süden zu fahren schienen, bog der Fahrer zu ihrer Überraschung und plötzlichen Verwirrung in ein Seitentor ein, das sich träge vor ihnen öffnete, und sie fuhren auf einen kleinen gepflasterten Hof.

Der König und die Königin – fast wäre sie in Ohnmacht gefallen: der König und die Königin! – empfingen sie in einem gelben Salon.

»Hat Ihnen d-denn niemand gesagt, mit welcher Aufgabe Sie betraut werden, meine Liebe?«, erkundigte sich der König freundlich.

»Ich wusste, dass ich zwei junge Mädchen auf eine Reise ins Ausland begleiten soll, aber nicht, wer diese Mädchen sind oder wo es hingehen würde.«

Das Königspaar war sichtlich verärgert darüber, wie wenig man ihr gesagt hatte, und Celia merkte ihnen an, dass sie sich sehr bemühen mussten, es nicht zu zeigen.

»Nun gut.« Seine Majestät wandte sich wieder an Celia. »In Z-Zeiten wie diesen ist es wohl nicht an uns, nach dem Grund zu fragen. Sie werden das sicherlich hervorragend machen. Wir wünschen Ihnen selbstredend alles G-Gute!«

Sie plauderten noch einige Minuten, aber danach konnte sie sich nur an wenig von dem erinnern, worüber sie gesprochen hatten – die Königin hatte zumeist geschwiegen und vage in die Mitte des Raumes gelächelt. Zuerst fand sie alles überwältigend, aber dann doch recht, nun ja, normal. Das Königspaar hätte auch einfach sehr vornehme Tante und Onkel sein können, die sie noch nie zuvor getroffen hatte, die aber so lauwarm und distanziert höflich waren, wie es bei reichen Verwandten meistens der Fall war.

Dann kamen die Mädchen, in Reisemänteln und festen Schuhen, und wurden ihr vorgestellt. Sie dachte noch daran, einen Knicks zu machen: Es waren zwar Kinder, aber dennoch Prinzessinnen. Die Ältere schien sich unbehaglich zu fühlen und wich Celias Blick aus, ob aus Hochmut oder weil sie schüchtern war, ließ sich nur schwer sagen. Die Jüngere, das sah sie sofort, war blitzgescheit und betrachtete sie kühl mit einem abschätzenden und, außer sie bildete es sich nur ein, skeptischen Blick. Ganz schön frech, selbst wenn sie eine königliche Hoheit war!

Sie hatten identische Handtaschen, überraschend billig aussehende Dinger aus rosa gefärbtem Leder, deren Anblick Celia aus irgendeinem Grund anrührte, sodass sie fürsorgliche Muttergefühle entwickelte. Wie jeder andere auch gewöhnte sie sich langsam an den Krieg, aber manchmal, so wie jetzt, wurde ihr bewusst, dass jede Nacht in den großen Industriestädten im ganzen Land Hunderte von Menschen, auch Kinder, die gar nicht so anders waren als diese beiden, auf den Straßen, in ihrem Zuhause, in behelfsmäßigen Luftschutzkellern niedergemetzelt wurden. In der beunruhigenden Ereignislosigkeit der ersten Monate, der Zeit des sogenannten Sitzkrieges, hatte jeder noch spekuliert, wie ein totaler Krieg an der Heimatfront aussehen würde. Jetzt wussten es alle.

Sie verließ das goldene Zimmer und wartete diskret im Gang, während die Eltern sich von ihren Töchtern verabschiedeten. Ihr zitterten immer noch die Hände. Allein die Vorstellung, gerade in Gegenwart von königlichen Personen gewesen zu sein, des Königs von England und seiner Königin, die ihre Töchter, von denen die Ältere die erste Thronfolgerin und *heir presumptive* war, ihrer Obhut anvertrauten. Bei der Aussicht darauf wurde ihr wieder schwindelig.

Dann kamen die Mädchen heraus. Sie wirkten tapfer, waren aber auch blass, sogar die Jüngere, deren Lippen zitterten, während sie versuchte, die Tränen zurückzuhalten.

Sie wurden durch düstere, zugige Korridore geführt und eine breite Treppe hinunter. Die Mädchen gingen voran – schließlich kannten sie sich hier aus –, und dann stand Celia wieder draußen im Dunkeln. Sie musste sich beinahe zwicken, um sicher zu sein, dass sie wach und die letzte Viertelstunde kein Traum gewesen war.

Zwei Palastbedienstete, anonyme Männer in Hemdsärmeln und langen schwarzen Schürzen, packten die zahlreichen Gepäckstücke der Prinzessinnen in den Kofferraum des

Wagens. Die Taschen waren aus Schweinsleder gefertigt und hatten glänzende Messingschnallen, sodass Celias eigener abgewetzter Koffer und die Reisetasche erbärmlich schäbig daneben aussahen. Der Fahrer hatte am Tor geraucht, aber als die kleine Gruppe erschien, ließ er die Zigarette rasch fallen, trat sie aus und verbeugte sich unbeholfen vor den Mädchen. Dann setzte er sich ans Steuer, und es ging los.

Aber wohin?

4

Es war eine lange und anstrengende Reise. Die Mädchen, die kaum ein Wort mit Celia gesprochen hatten, kuschelten sich unter einer Wolldecke zusammen und schliefen bald ein. Celia saß neben ihnen und blickte aus dem Fenster auf die vorbeiziehende nächtliche Landschaft. Sobald sie die Stadt verlassen hatten, klarte der Himmel auf und eine Mondsichel kam wieder zum Vorschein. In dem gespenstischen Licht konnte sie meilenweit über die flache Landschaft blicken. Sie fuhren durch Reading, dann über die Berkshire Downs, an Bath und Bristol vorbei und folgten dem Avon bis an die Küste, wo sie schließlich anhielten.

Sie befanden sich in einem anonymen kleinen Fischerdorf. Nirgendwo war ein Lebenszeichen oder auch nur ein einziges Licht zu sehen. Am Pier wartete eine Art Marineschiff auf sie. Alle Markierungen waren übermalt. Celia glaubte, es könnte eine Korvette sein, auch wenn sie sich mit Schiffen nicht sonderlich gut auskannte. Die Mädchen mussten geweckt werden – die Jüngere hatte im Schlaf gemurmelt und mit den Zähnen geknirscht –, und die Besatzung half ihnen an Bord. Die Männer waren zwar wie gewöhnliche Seeleute gekleidet, mit dicken Pullovern, Latzhosen und Kappen mit glänzenden Schirmen, aber sie gehörten offensichtlich der Marine an.

Unter Deck war es beengt, und es roch nach Maschinenöl und Männerschweiß. Die Mädchen wurden in der Bugkabine untergebracht, wo es zwei Kojen gab. Celia bekam eine Art Kabuff hinter dem Schott zugewiesen. Als Schlafplatz diente ihr lediglich ein abgewetzter alter Sessel mit losen Sprungfedern, die sie an diversen Stellen piksten und ihr letztlich nur kurze Phasen unruhigen, albtraumhaften Dösens zugestanden.

Der Kapitän war erschreckend jung – er konnte kaum älter als fünfundzwanzig sein. Er sah gut aus und war zurückhaltend. Celia gegenüber verhielt er sich respektvoll und entschuldigte sich für den Schmutz und die Unannehmlichkeiten an Bord.

»Die da oben meinten, so ein alter Kahn würde weniger Aufmerksamkeit erregen, weiß der Himmel, warum«, sagte er. »Sobald wir die Flussmündung verlassen haben, geht die Überfahrt zügig, es wird kaum mehr als ein paar Stunden dauern, wenn das Wetter hält.«

»Aber wo fahren wir denn überhaupt hin?« Celia ärgerte sich über sich selbst, weil sie so quengelig klang; nach der langen Fahrt war sie müde und gereizt.

Der junge Mann zog wieder entschuldigend den Kopf ein. »Hat man Ihnen das nicht gesagt?« Das schien das Motto des gesamten Abends zu sein. »Nach Irland. Wir fahren direkt nach Waterford hinüber und lassen Sie ein kleines Stück oberhalb an der Küste von Bord gehen. Dort steht dann ein Wagen bereit …«

»Soll das heißen, die Reise geht auf der anderen Seite noch weiter?«

Sie hatte erneut versucht, nicht unleidlich zu klingen.

»Ich fürchte, ja.«

»Wie weit ist es dann noch?«

Sie war noch nie in Irland gewesen und wusste so gut wie gar nichts über das Land; man hätte ihr genauso eröffnen können, sie fahre in eine unzivilisierte Kolonie an der Küste Afrikas.

»Das kann ich Ihnen nicht sagen«, meinte der junge Mann. »Ich habe nur die Order, Sie hinüberzubringen und ins Auto zu setzen. Danach …« Er zuckte mit den Achseln und machte ein Clownsgesicht mit übertrieben nach unten gezogenen Mundwinkeln, um ihr sein Mitgefühl auszudrücken.

Nachdem sie ihm gedankt hatte, salutierte er unbeholfen und ging zur Brücke. Sie machte es sich in dem Sessel bequem, so gut es ging.

Und dafür hatte sie ihren Onkel, den Brigadier, gebeten, sie beim Geheimdienst unterzubringen?

Bald verfiel sie in eine Art Schlaf, schreckte aber nach kurzer Zeit beunruhigt hoch. In den ersten Sekunden wusste sie nicht, wo sie war oder was passierte. Das Schiff rollte in einer langen, trägen Dünung schwer dahin. Sie stützte sich mit den Händen auf den Armlehnen ab und hörte beziehungsweise spürte den ungleichmäßigen Rhythmus der Schiffsschraube, die das Schiff in kurzen Abständen immer wieder erbeben ließ, sodass die Stahlbleche vibrierten und ratterten.

Sie musste nach den Mädchen sehen.

Als sie die Tür zu deren Kabine öffnete, indem sie den Messingknauf ganz vorsichtig drehte, damit er kein Geräusch machte und die beiden womöglich weckte, packte sie plötzlich kalte Angst. Ein Nachtlicht in der Decke tauchte den beengten Raum in einen schwachen bläulichen Schein, und so erkannte sie, dass eine der Kojen leer war. Die grobe Marinedecke war zurückgeschlagen. Celia beugte sich über das zweite Bett. Das ältere Mädchen schlief darin. Ein Arm lag quer über dem Gesicht, wie um einen Schlag abzuwehren. Es roch stark nach Erbrochenem.

Celia eilte zurück in den Gang, blieb stehen und sah sich panisch um. Wo sollte sie hin?

Sie merkte, dass sie betete, dass sie im Geiste immer wieder murmelte: Lieber Gott, bitte! Links endete der Korridor abrupt vor einer Tür, die ganz aus Mahagoni und Messing bestand; rechts führten ein paar Metallstufen in die Dunkelheit der Nacht. Ihr fiel ein, dass der Kapitän sich vorhin auf diesem Weg verabschiedet hatte. Ihre Schuhe klapperten auf den Stufen und machten einen Heidenlärm – es hätte eine Verstärkung ihres eigenen Herzschlags sein können, der wie verrückt in ihrem Brustkorb hämmerte.

Das Boot traf auf eine besonders hohe Welle, und das Deck unter ihr schwankte. Fast hätte sie das Gleichgewicht verloren und wäre gestürzt, wenn da nicht ein metallener Handlauf gewesen wäre, an dem sie sich festhalten konnte. Der Mond war untergegangen, aber achtern glühte der Himmel dunkelviolett. Sie wusste, das war nicht die Morgendämmerung.

Als sie den Umriss der kleinen Gestalt vor diesem fernen fiebrigen Leuchten sah, glaubte sie zunächst an Einbildung. Aber dem war nicht so.

»Was für ein Glück!«, rief sie, packte das Kind an den Schultern und zog es eng an sich.

Eine absurd wirkende Frage kam ihr in den Sinn: Wie sollte sie die beiden nennen – wie sollte sie die beiden ansprechen? Es wäre lächerlich, ein Kind mit »Eure Königliche Hoheit« zu titulieren. Aber niemand hatte ihr das gesagt – ja, niemand hatte ihr irgendetwas gesagt, außer dass man die Prinzessinnen niemals als solche bezeichnen sollte und niemand ihre echten Namen kennen durfte. Wie sollte sie das schaffen, wenn sie derart im Unklaren gelassen wurde? Das war nicht gerecht. Ihre Mutter hätte zornig und mit Nachdruck ausgerufen: Einfach – nicht – gerecht!

»Ich habe mir den Bombenangriff angesehen.« Das kleine Mädchen bemühte sich, sich aus Celias fester und erleichterter Umarmung zu befreien.

Celia blickte zu dem flammenden Himmel in der Ferne. Später sollte sie erfahren, dass das Ziel des Angriffs die Marinewerften in Pembroke gewesen waren. »Du hättest nicht hier heraufgehen sollen!«, brüllte sie beinahe. »Du hättest über die Reling fallen können und …«

Das Kind machte sich los und wich zurück, das Kinn gesenkt und die Fäuste seitlich geballt. »Ich weiß, was man auf Booten macht!«, rief sie bedrohlich leise und trotzig. »Mein Vater hat eine Jacht, die ist so groß wie … so groß wie …« Ihre Vorstellungskraft ließ sie im Stich. »Sie ist ungefähr zwanzigmal so groß wie dieser jämmerliche Kahn, und wenn ich an Bord bin, darf ich an Deck sein und alles sehen, was vor sich geht.«

»Du hättest in deiner Kabine bleiben sollen. Warum bist du weg?«

»Sie hat immer wieder erbrochen.«

»Deine Schwester?«

»Es war ekelhaft, diese Geräusche dabei – das hätten Sie hören sollen.«

Einen kurzen Augenblick schwiegen sie beide, dann senkte Celia reuevoll den Kopf. »Verzeih mir«, sagte sie. »Ich hätte dich nicht so packen dürfen. Aber ich hatte Angst …«

»Alle haben Angst«, verkündete das Kind höhnisch. »Aber ich sehe gerne zu, wenn Orte bombardiert werden.«

»Ach, mein Liebes.« Celia stockte die Stimme. »Meine liebe, liebe, süße Margaret, du darfst solche Sachen nicht sagen, besonders dann nicht, wenn du sehr wohl weißt, dass sie nicht wahr sind.«

Das kleine Mädchen lachte, diesmal weniger unwirsch, wenn auch mit demselben Maß an Geringschätzung. »So wollen Sie mich rufen? Also mit meinem richtigen Namen?«

»Nein, nein, es tut mir leid, ich wollte …«

»Daddy hat mir aufgetragen, ich soll sagen, dass ich Mary heiße. Er meinte, es sei so eine Art Spiel, aber ich weiß, das stimmt nicht. Glauben Sie, wir werden in Gefahr sein, dort drüben«, – sie nickte abrupt in Richtung des dunklen Horizonts im Westen – »nachdem wir ja so tun müssen, als wären wir jemand anders?«

»Ihr werdet nicht in Gefahr sein, versprochen«, sagte Celia. »Deshalb bin ich bei euch, um auf euch aufzupassen und euch vor Schaden zu bewahren.«

5

William Fitzherbert, Herzog von Edenmore und hochdekorierter Kriegsheld, stand am Fenster des Salons im ersten Stock von Clonmillis Hall und beobachtete überrascht und mit nicht geringer Bestürzung, wie sich der Wagen über die rasengesäumte Zufahrt näherte. Die Nachrichten mussten sich überschnitten haben, denn die Gruppe war erst für den Nachmittag erwartet worden. Mrs O'Hanlon würde außerordentlich verärgert sein, das wusste er. Bei der Aussicht auf seine schlecht gelaunte Haushälterin wurde ihm angst und bange. Er fürchtete sich vor der Frau, das gestand er sich offen ein, aber ohne sie funktionierte hier nichts.

Das Auto war ein kastanienbrauner Bentley, lang gestreckt und elegant – genau das Richtige, um auf den Landstraßen von Tipperary nicht aufzufallen, dachte der alte Mann sarkastisch. Was hatten sie dabei nur im Kopf gehabt, die schlauen Jungs in Whitehall oder wo auch immer der Geheimdienst mittlerweile saß. Die Operation sollte doch streng geheim durchgeführt werden. Er hatte im letzten Krieg selbst an einigen verdeckten Einsätzen teilgenommen, aber wahrscheinlich war der Geheimdienst bei diesem neuen Versuch, die Deutschen in die Knie zu zwingen, etwas mehr in Schwung gekommen und agierte professioneller. Zumindest hoffte er das. Der Anblick des Bentley, der über die Zufahrt rumpelte, stimmte ihn allerdings nicht zuversichtlich. Hätte man ihn doch nur gefragt, er hätte sie von Hynes mit dem verbeulten alten Humber abholen lassen können. Damit hätte man keinerlei Aufmerksamkeit erregt, denn der alte Humber war in der gesamten Grafschaft ein vertrauter Anblick.

Die Atmosphäre in dem anstößig prahlerischen Gefährt, die zuvor angespannt gewesen war, war dank der Langeweile und der Reisemüdigkeit mittlerweile entspannter. Von Waterford aus war es nicht sehr weit, aber nach der Anreise aus London und der Überfahrt mit dem Schiff war es ihnen lang vorgekommen. Lascelles saß am Steuer, denn der Bentley gehörte ihm, einer der wenigen Luxusgegenstände, die er sich als Ausgleich für seine Versetzung in dieses gottverlassene armselige Land gegönnt hatte. Er hatte das Fenster heruntergekurbelt, aber die Luft im Innenraum stank immer noch süß-säuerlich nach Erbrochenem: Die ältere Prinzessin war seekrank gewesen und roch übel aus dem Mund.

Der Detective, der neben ihm auf dem Beifahrersitz Platz genommen hatte, hatte keinen einzigen vollständigen Satz von sich gegeben, seit sie in Ballymac vorgestern oder wie auch immer der Ort an der Südostküste hieß, wo das Marineschiff angelegt hatte, losgefahren waren. Strafford hatte am Landungssteg gestanden und gewartet, eine einsame Gestalt in Trenchcoat und Schlapphut, dürr und reglos. Vor Morgengrauen hatte man ihn in der Dunkelheit von Dublin aus in einem Militärfahrzeug der Irischen Streitkräfte heruntergefahren und ihn dann an dem menschenleeren Kai sich selbst überlassen.

Das kleine Schiff, stumpf und breit wie ein Trawler, hatte sich wegen schweren Wetters vor Pembroke verspätet; das machte nichts aus, denn auch Lascelles war aufgehalten worden, nicht vom Wetter, sondern wegen einer anderen Art von Sturm, genauer gesagt wegen eines erneuten Zanks mit seiner aktuellen Freundin, der jungen Isabel Galloway – sie war noch keine neunzehn, wie er vor Kurzem überrascht und durchaus auch beunruhigt festgestellt hatte. Wenn er es sich recht überlegte, machte sie mehr Scherereien, als dass es die Sache wert war, zumal sie weniger als halb so alt war wie er und erschöpfend eigensinnig.

Als Strafford eingestiegen war, hatte seine Kleidung einen kalten Hauch feuchter, salziger Luft verströmt. Lascelles fand, er sah lächerlich jung aus, besorgniserregend geradezu, beinahe so jung wie seine Freundin Isabel und auf jeden Fall zu jung für einen Einsatz, der so sensibel und beschwerlich war wie dieser.

Nachdem sie sich einen Gruß zugeraunt und die Hände geschüttelt hatten, hatten sie eine halbe Stunde schweigend nebeneinandergesessen, durch die Windschutzscheibe in die Dunkelheit hinausgestarrt und geraucht – beziehungsweise Lascelles hatte geraucht, denn Strafford rauchte nicht und er trank auch nicht sonderlich viel, wie sich später herausstellen würde –, bis das Schiff, ohne Lichter zu führen, plötzlich hinter dem Pier aufragte wie Leviathan, der aus der Tiefe auftauchte.

Der Umstieg der schläfrigen Mädchen und ihrer Begleiterin war leise und rasch vor sich gegangen. Eine Meile außerhalb des Dorfes waren dann zwei Autos aus einer Toreinfahrt gekommen und hatten sich ihnen angeschlossen, eines vor und eines hinter ihnen. In jedem Wagen saßen vier Männer mit Hut, stocksteif wie Schaufensterpuppen. Lascelles war darüber unterrichtet worden, dass sie von einem Sonderkommando eskortiert würden. Die Autos fuhren mit Abblendlicht in gleichmäßiger Geschwindigkeit. Sie hielten sich in unauffälligem Abstand und sollten sie bis zu ihrem Ziel begleiten.

Sie erreichten die Grafschaft Tipperary, als der Morgen dämmerte und ein diesiges spülwassergraues Licht über die Hänge eines Gebirgszugs mit Namen Knockmealdowns kriechen ließ, ein Name, an den sich Lascelles zu seiner eigenen Überraschung erinnerte: Nun ja, einen solchen Namen vergaß man nicht so leicht.

Als der Bentley jetzt die Zufahrt entlangrollte, blickten die Mädchen auf dem Rücksitz teilnahmslos aus dem Fenster und betrachteten die weitläufige Parklandschaft. Sie saßen rechts und links von ihrer – was war die junge Frau denn eigentlich? Ihre Aufpasserin? Ihre Leibwächterin? Wahrscheinlich beides, vermutete Lascelles. Auch sie hatte wenig zu sagen. Wie hieß sie noch? Verdammt: Sie hatten es ihm gesagt, aber nun hatte er es vergessen. Wie sollte er sie dem Hausherrn vorstellen?

Er seufzte. Er hatte gute Aussichten auf den Posten des Zweiten Sekretärs in der Pariser Botschaft gehabt, bevor es losgegangen war. Paris! Eine verlorene Welt, zumindest für ihn.

Immerhin war sie ausgesprochen hübsch, die blonde Miss

Wieauchimmer, was nicht so ganz zu ihrer strengen Art passte – sie gebärdete sich wie eine erst vor Kurzem in den Dienst gestellte junge Offizierin, die ungeduldig war, weil man sie vorzeitig beurlaubt hatte, und die nichts lieber wollte als zurück an die Front.

Celia! Zumindest erinnerte er sich an ihren Vornamen. Aber wie hieß sie mit Nachnamen?

Auf halber Strecke – die Zufahrt musste nach Lascelles' Schätzung mindestens eine Meile lang sein – tauchte ein junger Mann auf, der in die entgegengesetzte Richtung ging. Er trug Cordhosen, ein ärmelloses Lederwams über einem Wollpullover und dazu eine flache Tweedmütze. In seiner linken Armbeuge hielt er eine Schrotflinte mit abgekipptem Lauf. Er gönnte dem Auto nicht die geringste Aufmerksamkeit, sondern hielt den Blick gesenkt und lief auch nicht langsamer.

Als sie an ihm vorbeifuhren, drehte sich das jüngere Mädchen schnell um und reckte den Hals, um ihm durch das Heckfenster nachzublicken. Unter dem Rand seiner Mütze quollen glänzende schwarze Locken hervor. Er erinnerte sie an einen der Jagdaufseher auf Balmoral, einen ganz bestimmten, der ähnlich dunkel und ernst war, ein bisschen zigeunerhaft wirkte und genau solche Locken hatte.

Lascelles lenkte den Wagen auf dem Kies schwungvoll in einem weiten Halbkreis nach rechts – er liebte es, mit dieser fabelhaften großen Maschine zu spielen, und erfreute sich daran, wie sie in einer harten Kurve das Heck zur Seite schob, wie ein züchtiges Mädchen, das den Jitterbug tanzte – und hielt am Fuße der Eingangstreppe. Er ließ den Motor laufen, denn so konnte er dem hervorragend kalibrierten Schnurren lauschen, aber auch einen Augenblick gewinnen, um sich rasch einen Eindruck vom Gebäude zu verschaffen. Zwischen den Treppenstufen wuchs Moos, ein verrostetes Geländer führte hinauf zu der verwitterten Eingangstür, und der Türsturz aus Granit hatte im Lauf der Jahrhunderte Pockennarben bekommen. Im Großen und Ganzen wirkte das Anwesen schäbig, ein Haus, das noch nicht ganz heruntergekommen, aber auf dem besten Wege dazu war. Edenmore hatte wirtschaftlich seine beste Zeit hinter sich, so viel stand fest.

Hatte denn niemand das Haus in Augenschein genommen, bevor man es als Zuflucht für die Evakuierten aus dem Königshaus ausgewählt hatte?

Vielleicht ging es ja genau darum, überlegte er. Vielleicht sollten die Mädchen gerade in einem maroden Gebäude an einem Ort, wo sich Fuchs und Hase gute Nacht sagten, untergebracht werden, weil es so unwahrscheinlich war.

Das Mädchen, dem übel geworden war, rührte sich träge auf dem Sitz hinter ihm. Die junge Frau erinnerte die beiden Schwestern, alle ihre Sachen aus dem Auto mitzunehmen. Strafford drückte die Dellen aus seinem Hut. Lascelles war aufgefallen, dass der Detective sich kaum die Mühe gemacht hatte, das Haus anzusehen – wahrscheinlich kannte er ein Dutzend solcher Gebäude: Strafford war ein direkter Nachkomme protestantischer Siedler aus dem sechzehnten Jahrhundert. Aber wenn das der Fall war, was zum Teufel machte er dann bei der Pseudopolizei im Land der Paddys, die kaum mehr war als eine Bande auf Rente gesetzter *Gunmen*, denen man blaue Serge-Uniformen verpasst und gesagt hatte, sie sollten sich benehmen?

»Warten Sie noch kurz«, sagte Lascelles. »Ich melde uns erst an.«

Er stieg aus dem Auto aus und die Stufen hinauf. Gerade, als er den Türklopfer ergreifen wollte, fiel die Tür langsam von oben an rückwärts nach innen. Was zum Kuckuck …? Er kam sich vor wie Buster Keaton, als er mit offenem Mund und erhobener Hand dastand, während sich die Tür langsam auf den Boden der Eingangshalle senkte.

Ein Bursche in Latzhose und kragenlosem Hemd, der die Tür sanft mit beiden Händen herunterließ, blickte zu ihm auf, ebenfalls mit offenem Mund. Der eine war so verblüfft wie der andere. Dann erschien der Herzog hinter dem Arbeiter und verlieh seinem cholerischen Unmut durch einen finsteren Blick Ausdruck. »Herrgott noch mal, McLaverty«, schnauzte er, »Sie sollten doch schon vor einer Stunde fertig sein! Schaffen Sie die Tür sofort aus dem Weg!«

McLaverty, jung, mit roten Haaren, rosa Gesicht und Sommersprossen, packte die Tür und zog sie zurück in den Vorraum – beinahe wie einen platt gewalzten Leichnam, bei dem die Totenstarre schon eingesetzt hatte –, drehte sie auf die Seite und lehnte sie an die Wand. Auf dem steingefliesten Boden lagen diverse Werkzeuge verstreut, und ein hölzerner Arbeitsbock stand viereckig auf seinen stämmigen Beinen wie ein störrischer Esel. Es roch nach Holzspänen und Trockenfäule.

»Verzeihung, Verzeihung«, sagte der Herzog zu Lascelles und bahnte sich einen Weg durch den Unrat auf dem Boden. »Edenmore. Willkommen. Bitte entschuldigen Sie die Unordnung. Die Scharniere waren fast durchgerostet, ich wollte sie lieber noch richten lassen, bevor Sie kommen – das hat offensichtlich nicht ganz so funktioniert wie geplant. Und Sie sind? Lascelles oder der andere, der Detective?«

Lascelles vollführte seinen Trick mit der Melone, balancierte sie auf der Unterseite des Unterarms und schnippte sie in seine Hand, sodass der Herzog erst blinzelte und dann die Stirn runzelte. »Richard Lascelles, Sir. Von der Botschaft. Wir haben telefoniert.«

»Ja, natürlich.« Sie schüttelten sich schroff und ungelenk die Hand. »Und Ihre königlichen Hoheiten …« Er hielt inne und korrigierte sich rasch. »… die jungen Damen.«

Die Mädchen kamen gerade die Treppe herauf, gefolgt von Celia und Strafford. Sie gingen langsam und bedächtig, wie man es ihnen schon als Kleinkindern beigebracht hatte. Mit ihren zugeknöpften Mänteln, den adretten Kappen und den braunen Lederhandschuhen sowie den rosa Handtaschen am Handgelenk wirkten sie irgendwie drollig, ernst und altmodisch; Strafford fand, sie sahen aus wie zwei Infantinnen aus einem höfischen Porträt von Velázquez.

Aus den Tiefen des Hauses kam nun eine kleine, gedrungene, beinahe quadratische Frau in einem hellbeigen Kleid und schwarzer Strickjacke. Ihre dichten grauen Locken waren auf dem Hinterkopf wie Stahlwolle aufgetürmt und fielen ihr in Büscheln vorne über die Stirn. Sie hatte ein kleines Gesicht, das einst schön gewesen sein mochte, kalte blaue Augen und einen spitzen Mund. Das war Mrs O'Hanlon, die Haushälterin des Herzogs. Eigentlich hieß sie Bean Ó Hanlúain, aber der Herzog hatte sich trotz seiner Angst vor ihr kategorisch geweigert, sie mit der gälischen Version ihres Namens anzusprechen. Sie avancierte in königlichem Tempo, und während sie sich näherte, tat der Herzog, der sie nicht sah, einen Schritt zurück, stieß mit ihr zusammen und wäre ihr auch noch beinahe auf die Zehen gestiegen. Strafford hatte mittlerweile die Türschwelle erreicht und erblickte einen rothaarigen jungen Mann, der sich mühte, seine Arbeitsutensilien aufzusammeln.

Lascelles stellte die Mädchen vor. Als er ihre Namen mit Ellen und Mary angab, starrte ihn der Herzog einen Moment lang verständnislos an.

»Ah, verstehe«, sagte er dann und entspannte die Stirn wieder, »Ellen und Mary. Ich verstehe.« Mit der Parodie eines Lächelns blickte er zu den Mädchen hinunter, fürchterlich anzusehen, denn dabei stellte er ein schlecht sitzendes und verfärbtes Gebiss zur Schau. »Willkommen auf Clonmillis …« Er unterbrach sich. »Meine Lieben, ihr seid herzlich willkommen.«

Er griff die Haushälterin am Oberarm, zog sie nach vorne und postierte sie vor sich wie eine Art menschlichen Schild. Mrs O'Hanlon setzte zu einem Knicks an, aber Lascelles schüttelte rasch zur Warnung den Kopf.

Celia Nashe – genau, Nashe, dachte Lascelles, so hieß sie! – blickte misstrauisch in den dunklen Vorraum. An der Wand rechts hing der Kopf eines Tieres mit Geweih, es musste ein Hirsch sein oder ein Elch – hatte sie nicht irgendwo gelesen, dass es in Irland Elche gab? Das Tier betrachtete sich mit glasigem, starrem Blick selbst in einem fleckigen, goldgerahmten Spiegel auf der gegenüberliegenden Seite.

Unter dem Spiegel stand ein massiver, dunkler Mahagonitisch, auf den man eine hohe chinesische Vase mit angeschlagenem Fuß gestellt hatte. Sie enthielt einen Strauß getrockneter Chrysanthemen. Strafford, der seine Kindheit inmitten einer solchen unwirtlichen und seelenlosen Umgebung verbracht hatte, tat die junge Frau leid, die zweifellos wie auch er an die Wochen, vielleicht gar Monate, dachte, die vor ihnen lagen, während die herbstliche Feuchte der stählernen Kälte des Winters wich.

Bisher hatte keines der Mädchen auch nur ein Wort gesagt. Nun lösten sie sich von dem Gedränge im Eingang, voran diejenige, die Ellen genannt werden sollte, gingen weiter in den Gang hinein, blieben stehen und drehten sich gleichmütig zu den anderen um. McLaverty, ein Knie auf dem Boden, sammelte Holzspäne auf und stopfte sie in einen Jutesack. Die Mädchen warfen ihm noch nicht einmal einen kurzen Blick zu, als er dort kniete, der bürgerliche Bittsteller. Ja, sie schienen alles zu ignorieren, gut geschult, wie sie bereits in der feinen Kunst waren, nichts zu beachten als diejenigen Gegenstände und Vorgänge, auf die ihre Aufmerksamkeit eigens gelenkt wurde.

»Ja, ja«, sagte der Herzog, »ja, gehen wir doch alle hinein.« Er sah sich nach der Haushälterin um, die wieder hinter ihm verschwunden war. »Mrs O'Hanlon, vielleicht etwas Tee?«

Er ging voran, die anderen hinterher. Strafford und Celia bildeten das Schlusslicht. Strafford berührte den Ellbogen der jungen Dame leicht mit dem Finger. »Das wird schon«, murmelte er.

Sie warf ihm einen harten, kalten Blick zu.

Das war natürlich dumm von ihm, dachte er amüsiert und verdrossen zugleich, den Eindruck zu erwecken, sich auf eine Stufe mit ihr stellen zu wollen, indem er versuchte, ihr Trost anzubieten. Er zweifelte nicht daran, dass er ihrer Einschätzung nach auf der Wichtigkeitsskala eine Position am unteren Ende einnahm, irgendwo zwischen ihr selbst ganz oben und zum Beispiel dem rothaarigen jungen Schreiner ganz unten.

Mrs O'Hanlon fragte die Mädchen, ob ihre Anreise aus England angenehm gewesen sei.

»Ihr ist schlecht geworden«, sagte die Jüngere und zeigte mit rachsüchtiger Genugtuung auf ihre Schwester.

6

Alle marschierten ins Wohnzimmer. Überall herrschte Unordnung, nicht nur wegen der Tatsache, dass die Mädchen waren, wer sie waren, sondern viel prosaischer, weil sie früher aufgetaucht waren als erwartet. Niemand wusste so recht, wie man sich angesichts der allgemeinen Aufregung und des durch die Ankunft von Mitgliedern des Königshauses verursachten Krisenzustands verhalten sollte – zumindest niemand außer den königlichen Geschwistern selbst, die vollkommen souverän wirkten, auch wenn der einen immer noch schwach der Geruch von Erbrochenem anhaftete.

Der Herzog warf einen sehnsüchtigen Blick zu den Flaschen, die auf dem Sideboard neben dem Kamin standen, fein säuberlich der Größe nach geordnet und wöchentlich von Mrs O'Hanlon persönlich abgestaubt. Wahrscheinlich war es noch zu früh, um Sherry anzubieten, und er war sich sowieso nicht sicher, wem er einen anbieten sollte. Lascelles, ja, aber was war mit dem Detective und der Gouvernante der Mädchen oder wie auch immer man sie bezeichnete?

Er hätte es kaum ablehnen können, den Prinzessinnen Zuflucht zu gewähren – er war ein entfernter Verwandter der Königinmutter, der Großmutter der Mädchen –, aber es würde ganz schön vertrackt werden, wenn sie hier wohnten. Das Haus war eigentlich nicht geeignet, um Kinder darin unterzubringen. Seine Frau Pamela war vor zwanzig Jahren ohne direkte Nachkommen gestorben, und nach ihrem Tod war er in einen Zustand mehr oder weniger erfüllten Junggesellentums zurückgefallen.

Mrs O'Hanlon erschien in der Tür, die Hände unter der Brust verschränkt. Sie hatte einige nicht gerade dezente Klagen über die an ihren Kräften und ihrer Zeit zehrende Zusatzbelastung durch die Anwesenheit der Mädchen verlauten lassen. Wären die beiden nicht gewesen, wer sie waren, Mrs O'Hanlon hätte sicherlich eine Möglichkeit gefunden, ihr Kommen zu verhindern. Aber es schien sie etwas besänftigt zu haben, als sie erfahren hatte, dass sie neben dem Herzog selbst die einzige Person war, die offiziell über die wahre Identität der jungen Besucherinnen informiert worden war.

Der Herzog wandte sich an die Mädchen und ließ dabei wieder sein vergilbtes Gebiss aufblitzen.

»Ihr werdet sicherlich euer Quartier inspizieren wollen.« Er bemühte sich angestrengt, fröhlich zu klingen. »Mrs O'Hanlon, würden Sie die Mädchen in ihre Unterkünfte bringen?«

»Bevor oder nachdem ich den Tee bereiten lasse?«, fragte sie mit beißendem Sarkasmus.

»Tee?«, sagte der Herzog abwesend, dann folgte eine ungeduldige Geste. »Ja, ja, zeigen Sie ihnen erst ihr Zimmer. Sie müssen auspacken und so weiter.«

Die Haushälterin trat zur Seite, und die beiden Mädchen gingen an ihr vorbei hinaus. In ihren Mänteln und Kappen und Handschuhen wirkten sie wie perfekte Verkleinerungen zweier erwachsener Frauen, adrett gekleidet und selbstbewusst.

Celia Nashe folgte ihnen – der frostige Blick der Haushälterin hatte ihr sofort verraten, dass diese beängstigend respekteinflößende Frau bereits gegen sie eingenommen war.

Der Herzog war immer froh, der Anwesenheit von Frauen enthoben zu sein. Er rieb sich eifrig die Hände, als würde er sie waschen, und steuerte auf die Flaschen zu. Es war ihm egal, wie früh am Tag es war, er würde sich jetzt ein Gläschen genehmigen.

Er war überrascht, als Richard Lascelles – der offensichtlich etwas Stärkeres nötig hatte – den angebotenen Sherry ablehnte und fragte, ob er stattdessen einen Bushmills Whiskey haben könnte. Der Detective lehnte höflich alles ab.

»Setzen Sie sich doch, setzen Sie sich«, sagte der Herzog zu beiden Männern und machte sich mit Flaschen und Gläsern zu schaffen. Er hatte die Einladung nicht in die Runde aussprechen wollen, aber als er sich umdrehte, hatte ihn nicht nur Lascelles, sondern auch der Detective beim Wort genommen: Ersterer hatte es sich in einem Sessel am Kamin bequem gemacht, als würde er dorthin gehören, während Letzterer auf einem Sofa gegenüber den Fenstern saß. Als alter Soldat war der Herzog ganz und gar nicht sicher, ob der Polizist, der, obschon Zivilist, doch bestimmt zu den OR, den »anderen« Rängen, gezählt werden musste, das Recht hatte, es sich so selbstverständlich bequem zu machen. Er ließ es unkommentiert: In diesen ungeordneten Zeiten würden alle möglichen Regeln unter den Tisch fallen müssen.

Er reichte Lascelles den Whiskey und stellte sich dann mit einem bescheidenen Gläschen Sherry für sich selbst vor den

Kamin, mit dem Rücken zum Feuer, beziehungsweise zum Rauch, denn der Torf war feucht und glomm nur düster, statt zu brennen.

»Das Vereinigte Königreich hat eine schlimme Niederlage einstecken müssen«, sagte er zu Lascelles gewandt. »Glauben Sie, das Volk ist dem gewachsen?«

Lascelles hatte einen Schluck getrunken, hielt das Glas vor sich und betrachtete das satte torfbraune Getränk mit zutiefst anerkennender Miene. Ein Gutes hat das Haus, dachte er bei sich, es gab Alkohol. Er hatte schon das Gegenteil befürchtet, obwohl sie in Irland waren: Man konnte sich niemals sicher sein, wie die Regeln aussahen, weder bei den Protestanten noch bei der Aristokratie, obwohl das für gewöhnlich ein und dasselbe war. Er hielt es zwar gerne geheim, aber mütterlicherseits stammte er von schottischen Presbyterianern ab, daher kannte er sich in solchen Dingen aus. Es gab immer noch Verwandte dort oben, die er gelegentlich besuchen musste. Vor einigen Jahren hatte er einmal Weihnachten in einem granitenen Herrenhaus in der Nähe von Auchendinny in Midlothian verbracht. Die Schrecknisse hatten sich ihm für immer ins Gedächtnis eingebrannt.

»Ob es dem gewachsen ist?« Er zuckte mit den Achseln. »Das ist alles eine Frage des Kampfgeists. Für Winnie ist Kampfgeist gerade ganz furchtbar wichtig. Das ist im Moment das Schlüsselwort.«

»Winnie?«, fragte der Herzog schroff.

»Mr Churchill.«

»Ach, so wird er genannt?« Der Herzog wusste das sehr wohl, aber die legere Art und Weise, wie Lascelles über den Premierminister gesprochen hatte, gefiel ihm nicht. Diesen jungen Burschen fehlte einfach der Respekt gegenüber den maßgebenden Persönlichkeiten. Der Krieg hatte einen bedauernswert auflockernden Effekt auf die gesellschaftlichen Normen. Er dachte finster an den jungen McLaverty und seine nachlässig und liederlich ausgeführte Arbeit. Irland befand sich im Gegensatz zum letzten Mal noch nicht einmal im Gefecht, aber die Latte wurde hier immer tiefer gelegt, genau wie auf der anderen Seite des Wassers, beziehungsweise sogar noch tiefer, wenn man es sich recht überlegte. Früher war alles anders gewesen. Ja, seit 1922, als das Land, vielmehr sechsundzwanzig seiner zweiunddreißig Grafschaften, die sogenannte Unabhängigkeit erlangt hatte, war nichts mehr wie zuvor.

»Unsere Familien sind miteinander verwandt«, sagte Lascelles.

Der Herzog blickte ihn verständnislos unter seinen angegrauten Augenbrauen heraus an. »Wie?«

»Die Churchills und meine Familie. Cousins oder so, ewig schon, seit der Zeit des ersten Herzogs von Marlborough.«

»Aha. Verstehe.« Der Herzog räusperte sich. Er überlegte, ob er vielleicht seine eigenen, noch edleren verwandtschaftlichen Beziehungen erwähnen sollte – seine Cousine Königin Mary hatte einmal hier auf Clonmillis Hall übernachtet –, aber in solchen Angelegenheiten sollte man nicht wetteifern. Außerdem wusste Lascelles wahrscheinlich ohnehin schon von der Verbindung; es würde ein schlechtes Licht auf ihn und die Botschaft werfen, wenn so etwas nicht gründlich erforscht worden wäre. Aber falls er es wusste, könnte er ruhig etwas mehr Achtung an den Tag legen. Er war insgesamt viel zu sehr der moderne, hochnäsige Typ. »Nun ja, wenn überhaupt jemand die Lage retten kann, dann ist das Mr Churchill«, sagte der Herzog abschließend mit Nachdruck.

Sein Glas war leer – er hatte sich nur wenig eingeschenkt –, und das traf auch auf Lascelles' Tumbler zu. Sollte er ihm noch einen Schluck anbieten? Auf keinen Fall durfte sich herumsprechen, dass hier den ganzen Tag getrunken wurde. Ach was, er wollte es riskieren.

Er nahm Lascelles das Glas ab und ging wieder zum Sideboard.

»Was denken denn Ihre Leute in der Botschaft?«, fragte er. »Wie lange wird es dauern, bis man diesem Hitler den Teppich unter den Knobelbechern wegzieht?«

Lascelles nahm sein aufgefülltes Glas mit einem gemurmelten Dank entgegen. »Ich weiß nicht, ob das so einfach wird. Wenn die Deutschen über den Kanal kommen, nun ja …« Genussvoll trank er einen Schluck und fuhr fort. »Angeblich steht ein Flugzeug in ständiger Bereitschaft, um den PM und seine wichtigsten Minister im Falle einer Invasion nach Kanada auszufliegen.«

Der Herzog hatte wieder seinen Platz am Kamin eingenommen. »Defätistisches Gerede«, blaffte er so barsch, dass seine Lippen dabei flappten. »Das letzte Mal haben wir sie weggeputzt.«

»Bei dieser Runde sieht es leider etwas anders aus.« Lascelles wandte sich Strafford zu, der, das Kinn auf die gespreizten Finger gestützt, dagesessen und mit anscheinend nur sehr geringem Interesse dem Austausch der beiden Männer gefolgt war. Tatsächlich bereute er, das Getränk ausgeschlagen zu haben, nicht weil ihm der Sinn nach Alkohol stand, sondern weil er sich mit einem Glas in der Hand wohler gefühlt hätte: In der Gegenwart anderer Menschen wusste er nie, was er mit seinen Händen anfangen sollte – er fand, man hatte ganz generell zu viele lose Extremitäten.

»Sagen Sie, alter Junge, könnten Sie uns eine oder vielleicht auch drei Minuten allein lassen?«, bat Lascelles ihn. »Der Herzog und ich haben ein paar Dinge zu besprechen.«

»Natürlich.« Strafford stand auf, durchquerte das Zimmer, ging hinaus und schloss die Tür geräuschlos hinter sich.

»Komischer Kerl«, meinte der Herzog finster. »Ich hatte fast vergessen, dass er da ist.«

»Ist wohl einer der Ihren.«

»Wie? Oh, ja – Church of Ireland, nehme ich an. Was macht er denn bei der Garda?«

Als Antwort zeigte Lascelles nur seine furchterregenden Zähne; er hatte etwas von einem alten Afrika-Kämpen – einem Großwildjäger oder so etwas. Der Herzog war sich alles andere als sicher, ob er ihn guthieß. Was für Diplomaten brachten sie denn heutzutage bloß hervor?

Soweit er es beurteilen konnte, ging gerade so gut wie alles vor die Hunde. Im letzten Krieg konnte es doch nicht so schlimm gewesen sein. Er hatte in Passchendaele gekämpft, und als er mit einer gasgeschädigten Lunge und einem Granatsplitter im linken Knie als Kriegsversehrter nach Hause geschickt wurde, war ihm an der Heimatfront alles mehr oder weniger so vorgekommen wie in der Zeit vor dem Krieg. Die Burschen, die in dieser Schlacht zu Tode gekommen waren – es waren viele! –, würden die Welt heute kaum wiedererkennen, die Welt, für die sie zu kämpfen geglaubt hatten.

Lascelles steckte sich eine Zigarette an und zog aus der Brusttasche ein kleines ledergebundenes Notizbuch und einen silbernen Druckbleistift. »Nun denn«, sagte er plötzlich forsch und geschäftsmäßig. »Kommen wir zu den Bedingungen.«

Der Herzog hustete wieder und wurde merklich kleinlaut. Das Wort »Bedingungen« hatte für seine Begriffe einen viel zu geschäftlichen Beigeschmack – als würden sie einen Handel treiben! »Ja, es werden Kosten entstehen«, gestand er schroff ein. »Zwangsläufig.«

»Scharniere und dergleichen?«, sagte Lascelles scherzend, ohne zu lächeln.

Der alte Mann runzelte unmutig die Stirn. »Wir sind hier nicht auf Langzeitgäste eingestellt«, bellte er. »Man hätte vorab Vorkehrungen treffen müssen. Diese Mädchen …« Er lenkte sich ab, indem er einen Schluck Sherry trank. Dann fuhr er fort, allerdings etwas gemäßigter. »Wir können leider keinerlei Luxus bieten. Ihre Königlichen Hoheiten werden sich mit allem abfinden müssen, wie es jetzt ist. Wir sind hier schließlich nicht in den Home Counties – wir sind in Irland.«

Lascelles klopfte die Zigarette am Rand des Aschenbechers ab. »Sie – beziehungsweise das gesamte Haus – dürfen die Mädchen nicht so bezeichnen«, sagte er ernst. »Es sind nicht Ihre Königlichen Hoheiten – vergessen Sie, dass sie königlich sind. Ich gehe übrigens davon aus, dass die Bediensteten nicht eingeweiht sind?«

»Ihnen wurde die wahre Identität unserer Gäste nicht verraten, wenn Sie das meinen«, antwortete der Herzog verhalten. Wer konnte schon sagen, was sie da unten wussten oder nicht wussten? »Mrs O'Hanlon musste ich natürlich einweihen, aber ich kann mich ziemlich sicher auf ihre Diskretion verlassen.«

»Wir brauchen ein bisschen mehr als Diskretion«, meinte Lascelles.

»Sie wird es schon unter Verschluss halten.« Der Herzog lachte in sich hinein. »Sie hält sich für etwas Besseres als das übrige Personal.« Doch das war egal, dachte er bei sich: Das Geheimnis würde früher oder später herauskommen.

Lascelles hatte nicht zugehört. Er blickte finster in den Kamin. »Dieses verdammte Land wird von Wilden überrannt, die meinen, dass der Unabhängigkeitskrieg immer noch nicht zu Ende ist. Es ist nicht sicher.«

»Warum schicken Sie die Mädchen dann hierher?«, warf der Herzog rasch ein. Natürlich war es nicht sicher – wie war nur jemand auf die Idee gekommen?

Lascelles runzelte ebenso gereizt wie verärgert die Stirn und blies den Zigarettenrauch aus. »Ich war dagegen. Aber die Regierung hat darauf beharrt und zu meiner Überraschung auch der Palast. Wenn es ein neutrales Land sein sollte, warum dann nicht Schweden oder gar die Schweiz? Sie haben in jedem Königreich und Fürstentum Europas Verwandte. Aber nein, hier musste es sein. Und nun sitzen wir da.« Er schlug das Notizbuch auf und legte es sich auf die Knie, den silbernen Bleistift gezückt. »Jedenfalls wurde die Botschaft autorisiert, die entstehenden Kosten zu begleichen – natürlich nur vertretbare Kosten. Auf jeden Fall muss streng Buch geführt werden, und Sie müssen alle Quittungen vorlegen.«

Die bereits gerötete Stirn des Herzogs flammte nun ziegelrot auf. Wie konnte es dieser Emporkömmling, der zuvor in den Kolonien stationiert war, es wagen, ihn auf diese Art und Weise anzusprechen? Eine Bewegung vor dem Fenster lenkte ihn ab. Eines der Hausmädchen war im Garten und hängte Wäsche auf. Als der alte Mann hinsah, löste sich ein Laken und landete mit einem Zipfel in einer schlammigen Pfütze. Das Hausmädchen fing es rasch wieder auf und rieb energisch an dem Fleck, nachdem sie zuvor darauf gespuckt hatte.

»Quittungen«, sagte er schicksalsergeben. »Ich spreche mit Mrs O'Hanlon. Um solche Dinge kümmert sie sich.«

7

Mrs O'Hanlon, die in der Tat die meisten, wenn nicht gar alle praktischen Angelegenheiten des Lebens auf Clonmillis Hall beaufsichtigte, hatte Celia Nashe und die Mädchen zwei Treppen hinaufgeführt, die zweite düsterer als die erste, dann durch mehrere verwinkelte Korridore in einen offenbar separaten Flügel des Gebäudes. Die Mädchen sollten sich ein Zimmer teilen; nicht weil es nicht genügend Räume gegeben hätte, sondern weil man der Meinung war, sie sollten gemeinsam untergebracht werden, um einander Gesellschaft zu leisten. Es war ein großer, karger Raum mit hoher Decke und einem einzigen breiten Schiebefenster, das auf ein Stück Rasen hinabblickte, hinter dem der Wald lag. Zwei schmale Betten standen nebeneinander, dazwischen eine Kommode aus Eichenholz mit einem Krug und zwei Emailleschüsseln. Außerdem gab es noch einen gewaltigen Mahagonischrank mit einer verspiegelten Tür, zwei staksige Stühle und ein wenig einladendes, gedrungenes Sofa mit einer geschnitzten Holzleiste entlang der Lehne. Die Koffer der Mädchen hatte man bereits heraufgebracht, sie standen proper aufgereiht vor dem Schrank.

»Das ist ja hübsch!« Celia Nashe sah sich fröhlich um. »Findet ihr nicht?«

Ellen und Mary, wie sie jetzt hießen, standen in ihren Mänteln und Kappen genauso nebeneinander wie ihre Koffer und erwiderten schweigend Celia Nashes Blick. Trotz der unbeugsamen Haltung der Mädchen, die regelrecht an Unhöflichkeit grenzte, empfand Celia ein gewisses Mitleid mit ihnen, das sie jedoch nicht zeigen wollte. Sie alle mussten mit der gegebenen Situation zurechtkommen. Doch genau wie Richard Lascelles fragte sie sich, ob die Eltern der beiden wussten, wo sie ihre Kinder hingeschickt hatten – hatten sie jemals auf Clonmillis Hall übernachtet? Hatten sie es jemals besucht?

Sie für ihren Teil hätte ihren Hund nicht in so ein bedrohliches Mausoleum geschickt.

Andererseits war ja allgemein bekannt, dass die Mitglieder der königlichen Familie anders waren als andere Menschen. Sie lebten in einer Welt, in der Regeln galten, mit denen gewöhnliche Leute keine Erfahrung hatten und deren Anforderungen sie sich kaum vorstellen konnten.

Überrascht stellte sie fest, dass die Betten nicht gemacht waren. Mrs O'Hanlon bemerkte ihren Blick, und ihre bereits angespannte Miene wurde noch strenger.

»Wir hatten die … die jungen Damen erst nach dem Lunch erwartet«, sagte sie. »Man hat keine Rücksprache mit mir gehalten, deshalb kann ich nicht sagen, aus welchem Grund Sie alle so früh gekommen sind.«

Mary setzte sich auf die Kante des einen der bloßen Betten, federte ein paarmal auf und ab und verzog das Gesicht. Ihre Handtasche behielt sie dabei auf dem Schoß. Auf dem Kopf hatte sie einen Tam o' Shanter, eine Schottenmütze, und unter dem Mantel trug sie einen Rock mit Schottenkaro, der von einer riesigen Sicherheitsnadel zusammengehalten wurde. Celia war zwar alleinstehend und hatte keine Kinder, doch sie kannte sich dennoch zumindest ein bisschen mit Kindern aus – ihr Bruder hatte zwei Töchter, die etwa so alt waren wie diese beiden – und merkte, dass die Kleine kurz vor einem kapitalen Trotzanfall stand. Ganz bestimmt vermisste sie ihre Eltern, aber das wollte sie ganz offensichtlich nicht durchblicken lassen.

Mrs O'Hanlon hatte sich ans Fenster gestellt und blickte in den Garten hinunter. Sie schnalzte mit der Zunge. »Dieses Mädchen«, murmelte sie. Dann wandte sie sich Celia zu.

»Wir haben Sie im Blauen Zimmer untergebracht«, sagte sie. »Es liegt hier im Flur, nur ein Stück weiter.«

»Dürfen wir jetzt auspacken?«, fragte Ellen, das ältere Mädchen. Sie hatte ihren Mantel aufgeknöpft, aber nicht ausgezogen. Der Himmel war bewölkt und die Luft in dem Raum mit der hohen Decke kühl; der Herbst war bisher gnädig gewesen, aber die Feuchtigkeit des kommenden Winters war bereits zu spüren.

Mary erhob sich vom Bett und ging zum Fenster, um nachzusehen, was Mrs O'Hanlons Missfallen erregt hatte. Sie sah das Hausmädchen im Garten, das mit der schweren, nassen Bettwäsche kämpfte. Wenn sie mit dem Gesicht ganz nahe an die Scheibe kam und schräg nach unten blickte, konnte Mary auch den Herzog sehen, wie er mit dem Rücken zum Fenster im Wohnzimmer stand. Das Hausmädchen, eine dralle junge Frau mit dunklen Haaren, die unter einer weißen Leinenhaube steckten, nahm den Wäschekorb unter den Arm und ging damit auf eine Tür zu, die in eine Art

Spülküche zu führen schien. Als sie auf der Höhe des Fensters war, das unten ein paar Zentimeter offen stand, ging sie langsamer, und aufgrund ihrer Haltung war Mary klar, dass sie das Gespräch im Inneren belauschen wollte. Dann ging sie weiter in die Spülküche.

Ellen hatte einen ihrer Koffer auf das Sofa gelegt und packte aus.

»Komm, ich helfe dir.« Celia ging zu ihr.

Mrs O'Hanlon steuerte auf die Tür zu. »Dann lasse ich Sie alleine«, meinte sie.

Niemand beachtete sie – Celia kniete vor dem Koffer, aus dem Ellen ein hellblaues Kleid nahm –, und Mary bemerkte mit Interesse den giftigen Blick, den die ältere Frau der jüngeren zuwarf, als sie aus der Tür ging. Die beiden würden ganz sicher nicht miteinander auskommen. Mary machte es sich zur Aufgabe, Menschen zu beobachten und sich zu merken, wie sie sich benahmen. Sie war der Meinung, sie würde eine gute Detektivin abgeben, wahrscheinlich könnte sie das besser als die dürre Bohnenstange in dem Trenchcoat, der ihnen zugewiesen worden war – sie sollte nicht einmal wissen, dass er Polizist war.

Hinter ihr sprach ihre Schwester in dem herrischen Ton, in dem sie immer mit Bediensteten redete, mit Celia: »Ich kann wirklich selbst auspacken, Miss Nashe. Sie müssen sich sicherlich um Ihre eigenen Sachen kümmern.«

Mary sah Celia an, dass sie verblüfft war, auf so gebieterische Art angesprochen zu werden. Nun, daran würde sie sich gewöhnen müssen. Mary hatte sich bereits einen Spitznamen für ihre Aufpasserin mit der frostigen Miene ausgedacht: Miss Nervensäge.

»Natürlich, wenn du meinst.« Celia kniete immer noch. »Und sag doch bitte Celia zu mir«, sie warf einen kurzen Blick zu Mary am Fenster hinüber, »das gilt für euch beide, ja?«

Ellen tat so, als hätte sie nichts gehört. Sie war schlecht gelaunt, und das hieß, sie war unsicher, wie sie sich unter diesen besonderen Umständen genau verhalten sollte.

Celia stand auf und strich sich den Rock glatt. Sie warf ein kleines und ein wenig verlegenes Lächeln in Marys Richtung und ging aus dem Zimmer.

Eines musste sie ihrer Schwester zugestehen, dachte Mary. Unsicherheit hin oder her, sie wusste, wie sie jemanden in die Schranken wies, indem sie die Stimme nur ein kleines bisschen härter klingen ließ.

»Du packst besser auch aus«, sagte Ellen zu ihr, ohne sich umzudrehen. »Ich hatte erwartet, wir bekommen persönliche Dienstmädchen, aber so etwas scheint es in Irland nicht zu geben.«

Mary hörte, wie sich Mrs O'Hanlon und Celia in einem Nebenraum – dem Blauen Zimmer – in eisigem Tonfall unterhielten.

»Falls Sie irgendetwas brauchen«, sagte Mrs O'Hanlon gerade, »ganz egal was, dann müssen Sie es nur sagen. Ich bin diejenige, an die Sie sich wenden müssen.«

»Danke, Mrs …« Celia hatte offenbar den Namen der Haushälterin vergessen.

Mrs O'Hanlon ließ einige Sekunden in drückender Stille verstreichen – Mary konnte sich das Funkeln in ihren hellblauen Augen vorstellen –, und dann sagte sie überdeutlich: »O'Hanlon.«

»Natürlich, natürlich!«, rief Celia sofort und peinlich berührt. »Verzeihen Sie, Mrs O'Hanlon. Vielen Dank.«

Die Haushälterin ging aus dem Zimmer, und ihre Schritte entfernten sich durch den Gang. Mary wartete einen Augenblick, dann schlich sie leise hinaus und drückte sich an der Wand entlang, bis sie das Blaue Zimmer erreichte. Die Tür stand einen Spalt offen. Celia hatte ihre Reisetasche auf eine niedrige Kommode neben dem Bett gestellt und nahm etwas heraus. Mary brauchte einen Augenblick, um es als Holster zu identifizieren. Es bestand aus dunkelbraunem Leder und hatte eine Lasche, die mit einem metallenen Druckknopf befestigt wurde. Celia öffnete den Druckknopf, hob die Lasche an und zog eine schwarzblau glänzende Pistole heraus. Sie überprüfte sie kurz, steckte sie in das Holster zurück, zog eine Schublade der Kommode auf, legte Waffe und Holster hinein und schob sie zu.

Mary überraschte das, was sie gesehen hatte, nicht im Mindesten, sie war nur aufgeregt: Sie war sich sicher gewesen, dass jemand eine Waffe haben würde.

Also bestand Gefahr.

Unter ihr schickte sich jemand an, die Treppe hinaufzusteigen, und so lief sie rasch zurück und verschwand in dem Zimmer, das sie wohl als das ihre würde bezeichnen müssen, das ihre und das ihrer Schwester. Ellen hatte das Auspacken unterbrochen. Sie stand vor dem Fenster und blickte hinaus in den bewölkten Morgen. Warum war sie so still, und warum hielt sie die Hand vors Gesicht? Weinte sie? Als sie Mary hinter sich bemerkte, kehrte sie zu ihrem Koffer zurück, wandte aber das Gesicht ab.

Mary legte sich, immer noch im Mantel, auf das Bett, das

sie sich ausgesucht hatte. Mit auf der Brust gefalteten Händen lag sie steif und reglos da, übte, eine Leiche zu sein, und blickte zur Decke hinauf. Die weichen Schatten, die sich in den Ecken sammelten, gefielen ihr; sie hatten etwas Heimliches und angenehm Melancholisches an sich. Das war bei allen Decken so, sogar in den hellsten Räumen. Sie wünschte sich oft, sie könnte ihren Körper verlassen, nach oben schweben und dort wie eine Spinne in diesem dauerhaften, träumerischen Zwielicht verharren.

Die Person, die die Treppe heraufgestiegen war, war nun oben angelangt. Sie hörte Männerschritte im Gang. Als sie den Kopf wandte, ging der Detective gerade an der Tür vorbei.

Sie dachte wieder an Celia Nashes Waffe. Irgendwann wollte sie sich hineinschleichen, wenn Celia nicht da war, die Waffe aus dem Holster nehmen und in der Hand halten. Es interessierte sie, was das für ein Gefühl war. Diese Waffe war sicherlich ganz anders als die Gewehre ihres Vaters, mit denen er auf Vögel schoss. Die waren eher ein Werkzeug als Waffen. Miss Nashes Pistole dagegen war etwas völlig anderes.

In der Ferne hämmerte jemand. Das war bestimmt der junge Mann mit den Sommersprossen – McLaverty hieß er –, der immer noch die Haustür reparierte. Wie kam es, dass sie sich an seinen Namen erinnerte, den des Detectives aber vergessen hatte? Das Leben war voller solcher merkwürdiger Widersprüche. Sie dachte an den jungen Mann, an dem sie auf der Zufahrt vorbeigefahren waren, und fragte sich, wie er wohl hieß. Er sah wirklich aus wie Jamie McDonald, der Jagdaufseher auf Balmoral. Nur war er hübscher als Jamie.

8

Strafford war recht zufrieden im Haus herumspaziert. Zuerst hatte er sich ans Erdgeschoss gehalten – die Bibliothek hatte eine nicht unerwartete Enttäuschung dargestellt: stockige, ledergebundene Ausgaben von *Hudibras* und Scotts *Ivanhoe* sowie weitere Titel dieser Art –, dann hatte er sich etwas zaghafter in die oberen Regionen vorgewagt. Er verspürte eine leichte Verzagtheit; ein anderes Wort fiel ihm nicht ein, um seine Stimmung zu beschreiben, allerdings war dieses Gefühl nicht gänzlich negativ. Tatsächlich enthielt es eine gewisse Freude, die fahle Freude, die ihm die Nostalgie üblicherweise bescherte. Alles, was ihm begegnete, kannte er aus seiner Kindheit, besonders die Gerüche – Staub, Abflussrohre, Cardinal-Bohnerwachs auf roten Steinfliesen, unzählige verkochte Abendessen –, sodass es ihm vorkam, als sei er eingeschlafen und würde durch ein Haus schlafwandeln, das er im wachen Leben vor langer Zeit gut gekannt hatte.

Im zweiten Stock angelangt, kam er an der einen Spaltbreit geöffneten Tür des Zimmers der Mädchen vorbei, aber er warf keinen Blick hinein und blieb auch nicht stehen. Er fand ihre Anwesenheit etwas unheimlich; sie kamen ihm immer noch vor wie Gestalten aus einem berühmten alten Gemälde, das durch Zauberhand lebendig geworden war.

Aus dem Fenster am Treppenabsatz sah er, wie der braune Bentley angelassen wurde und die Zufahrt entlangfuhr. *Lascelles fugit*, dachte er sardonisch und erinnerte sich an seinen noch sardonischeren Lateinlehrer auf der Quäkerschule in Waterford.

Entlang des Korridors stand eine weitere Tür offen. Celia Nashe war zu sehen, die sich im Zimmer zu schaffen machte.

Er zögerte. Als Kind hatte er nach einer Blinddarmoperation eine nicht sonderlich glückliche Woche im Krankenhaus verbracht, während der er von einer Schwester namens Nashe gepflegt worden war. Schwester Nashe war eine unterkühlte, bedrohliche Person mit ungewöhnlich großen Händen und einem deutlich sichtbaren mausgrauen Schnurrbart. Als sie ihn am Tag seiner Aufnahme mitten am Vormittag ins Bett steckte, sagte sie als Allererstes zu ihm, dass sie »keinen Spaß« verstehe. Auf der Herfahrt hatte die jetzt anwesende Miss Nashe ihm gegenüber eine ähnlich strenge und eisige Haltung an den Tag gelegt, die sie offenbar auch beizubehalten beabsichtigte. Sie war sichtlich fest entschlossen, sich als kühler, distanzierter Profi zu präsentieren, und er hatte keinen Grund anzunehmen, sie sei es nicht.

Er vermutete, dass sie nicht die Gouvernante der Mädchen war – sie sah nicht aus wie eine Gouvernante, allerdings wusste er auch nicht genau, wie Gouvernanten aussahen –, sondern eine Agentin des britischen Geheimdienstes. Hackett, sein Chef, hatte Strafford gegenüber beteuert, dass man ihm seitens der Botschaft nur wenig gesicherte Informationen über sie habe zukommen lassen, und das gelte übrigens auch für alles andere, was mit der Operation zu tun hatte. Strafford ging davon aus, dass sie fürchtete, als Frau in ihrer Rolle, worin auch immer sie bestehen mochte, bei einer so heiklen und potenziell gefährlichen Mission nicht ernst genug genommen zu werden. Dennoch waren sie beide, sie und er, gemeinsam mit dieser Sache befasst, ob es ihnen gefiel oder nicht, und sie würden so gut wie möglich miteinander auskommen müssen. Ihm war es einerlei, ob sie ihm hier übergeordnet war. Er wollte sie das auch wissen lassen: Er hatte keinerlei Interesse daran, sich ausgerechnet wegen des Dienstgrads mit ihr zu kabbeln.

Er klopfte leicht mit dem Knöchel an die offene Tür. Die junge Frau fuhr zusammen und sah ihn über die Schulter an.

»Ach, kommen Sie doch herein, Detective.« Sie hörte sich nicht gerade begeistert an.

Er fragte sich, ob sie ihn wohl während der ganzen Dauer ihres Aufenthalts in Clonmillis so formell anreden wollte. Und wenn ja, wie sollte er sie ansprechen? Sie hatte gewiss auch einen Titel, aber sie schien nicht die Absicht zu haben, ihn Strafford zu nennen. Er meinte, Offiziere des MI5 würden als Kommandanten bezeichnet. Vielleicht sollte er das einfach einmal ausprobieren, nur um zu sehen, wie sie reagierte. Dann überlegte er es sich anders. Selbst seine harmlosesten Scherze verpufften meistens.

Sie war gerade dabei, ihre restlichen Sachen auszupacken. In einer offenen Schublade entdeckte er einen ordentlich zusammengefalteten Stapel Seidenstrümpfe, dazu ein paar andere, unidentifizierbare intime Dinge. Da er ein wohlerzogener junger Mann war, wandte er rasch den Blick ab, allerdings erst, nachdem er, fast ganz unter der Kleidung verborgen, etwas entdeckt hatte, das unverkennbar ein Holster war, unter dessen Lasche die Waffe sichtbar glänzte.

Eigentlich hätte ihn das nicht überraschen dürfen, tat es aber irgendwie doch. Er hätte erwartet, dass man sie mit etwas Dezenterem ausgestattet hätte – Gift in einem Siegelring vielleicht, einem Schwert in einem Jagdstock oder gar mit einem Zauberschirm wie Mary Poppins.

Celia erkundigte sich nach Lascelles. Strafford erzählte ihr, der Engländer sei gerade eben nach Dublin aufgebrochen – die Hinterreifen des Bentley hatten einen geradezu höhnischen Kiesregen aufgeschleudert –, und ihre Miene verriet eine Sekunde lang eine Spur gekränkter Überraschung. Er hatte es selbst nicht gerade höflich von Lascelles gefunden abzufahren, ohne sich von ihnen beiden verabschiedet zu haben. Wenn er sich nicht täuschte, ließ Miss Nashes flüchtiger Gesichtsausdruck darauf schließen, dass sie bereits Gefallen an Richard Lascelles gefunden hatte – er wäre also ihr Typ.

»Sie richten sich ein, wie ich sehe.« Er verschränkte die Arme und lehnte sich mit einer Schulter an den Türrahmen.

»Nun ja, ich versuche es«, antwortete sie mit einem spröden, betrübten kleinen Lächeln. »Ich hatte nicht damit gerechnet, dass das Haus so riesig ist.«

Er glaubte, ein ganz leichtes Händezittern bei ihr bemerkt zu haben. Reisekrankheit, vermutete er – sie und die Mädchen hatten eine lange Strecke hinter sich. Oder war sie besorgt? Er sollte das wohl auch sein.

Auf dem Rand eines Aschenbechers, der auf der Kommode stand, balancierte eine angezündete Zigarette, mit Lippenstift an einem Ende, von der sich ein dünnes Rauchfähnchen nach oben schlängelte.

»Wenn Sie sich daran gewöhnt haben, kommt es Ihnen gar nicht mehr so groß vor«, sagte er. »Diese alten Häuser sind trügerisch.«

Sofort schalt er sich innerlich: Mittlerweile sollte er doch wissen, nicht so eine ungezwungene Vertrautheit mit großen und ehrwürdigen Häusern zu demonstrieren. Sie nahm sonst noch an, er wolle sie beeindrucken.

»Was ist mit den ... den Mädchen?«, fragte er. Wie um alles in der Welt sollte er sie denn bezeichnen? »Glauben Sie, sie gewöhnen sich hier ein? Es ist ja eher abschreckend.«

Sie hängte eine hellrosa Strickjacke auf einen hölzernen Kleiderbügel aus dem Schrank.

»Sie haben jetzt schon Heimweh, das merke ich« sagte sie. »Aber das wird schon. Ellen wird der Kleinen schon Mut machen.«

»Glauben Sie? Ich habe eher das Gefühl, es wäre andersherum.«

»Davon ist sicherlich vieles nur Schau. Zehnjährige tun immer groß, bis irgendetwas schiefläuft.«

»Dann hoffen wir, dass das nicht passiert – also dass nichts schiefläuft, meine ich.«

Sie erwiderte sein Lächeln nicht, sondern griff stirnrunzelnd nach der Zigarette und zog fest daran. Sie rauchte noch nicht lange, das sah er, und es wirkte, als erfüllte sie eine kleine, schwierige und heikle Aufgabe, denn sie hielt die Zigarette sichtlich ungeübt und machte keinen Lungenzug. Seine Mutter hatte auch so geraucht, wenn sie nervös oder aufgebracht war. Er betrachtete Miss Nashe genauer. Sie war definitiv nicht entspannt. Vielleicht war sie doch nicht ganz die Eisjungfrau, als die sie erscheinen wollte. Jedenfalls hielt er es für unwahrscheinlich, dass er ihr nahe genug kommen dürfte, um ihre wahre Temperatur zu messen.

Sie hängte die Jacke in den Schrank und nahm ein Paar Schuhe aus ihrem Koffer.

»Und Sie? Wie ist es mit Ihnen?« Ihm war bewusst, dass er sich wieder in gefährliches Gewässer begab. »Kommen Sie zurecht?«

Sie warf ihm einen strengen Blick zu – ihre Augen hatten einen besonders leuchtenden Grauton –, doch dann zuckte sie mit den Achseln. »Ja, ich komme wunderbar zurecht«, antwortete sie barsch, jedoch wurde ihr Tonfall ein wenig weicher, womit er nicht gerechnet hatte: Immerhin war sie nicht gänzlich immun gegen Mitgefühl. Sie blickte vor sich ins Leere. »Ich denke dauernd an … ach, ich weiß nicht. Hänsel und Gretel. Die Prinzen – oder in diesem Fall die Prinzessinnen – im Tower. Natürlich ist das albern. Nur dieses Land, dieses Haus – ich hatte mir das anders vorgestellt.«

Er lächelte wieder. »Und wie hatten Sie es sich vorgestellt?«

Einen Augenblick stand sie einfach nur mitten im Zimmer, die Schuhe in der einen Hand und die zur Hälfte gerauchte Zigarette in der anderen. »Nicht ganz so abschreckend«, meinte sie. »Ein wenig freundlicher. Die Iren, denen man in England begegnet, sind immer so fröhlich …« Sie hielt inne. »Das hört sich furchtbar herablassend an, oder? Sie sind ja selbst Ire?«

»Ja, natürlich.« Er wandte mit gerunzelter Stirn den Blick ab. Er war überrascht über sich selbst: warum »natürlich«?

»Sie hören sich nicht so an wie … wie andere Iren, mit denen ich mich im Laufe der Jahre unterhalten habe.« Die junge Frau bückte sich und stellte die Schuhe nebeneinander auf den Boden des Schranks, die Spitzen nach außen gerichtet; sie waren schwarz, nicht neu, aber gut poliert, mit geraden Absätzen. »Sie haben einen anderen Akzent, meine ich.«

»Ach ja? Das fällt mir gar nicht auf.« Das stimmte nicht – ihm fiel das immer auf –, aber es war wohl die richtige Antwort darauf.

Celia zog ein letztes Mal an ihrer Zigarette und drückte sie im Aschenbecher aus. »Beachten Sie mich nicht.« Sie ärgerte sich jetzt sichtlich über sich selbst. »Ich benehme mich wie ein Dummchen – aber das bin ich nicht, wirklich.« Sie blickte ihm unverwandt in die Augen. »Das glauben Sie mir hoffentlich.« Es klang eher wie ein Appell als wie eine Warnung.

Nun, er glaubte es wirklich: In ihrem tiefsten Inneren saß ein harter Kern, trotz der hübschen Augen und der rosa Strickjacke. Natürlich war ihm klar, dass er alle Engländerinnen mehr oder weniger hart fand; es lag an ihrer Art zu sprechen, abgehackt und schnell und immer ein wenig kühl amüsiert. Zumindest hörte es sich für sein irisches Ohr so an. Wenn er nicht so sprach, wie sie es von Iren gewohnt war, dann hörte er vielleicht auch anders.

»Ich finde ganz und gar nicht, dass Sie ein Dummchen sind.« Er versuchte, den Kavalier zu geben.

»Verzeihen Sie«, sie errötete leicht, »aber ich kann mir einfach keine Namen merken. Das ist fürchterlich von mir, ich weiß. Ich habe schon den Namen der Haushälterin vergessen und einen bösen Blick dafür geerntet. Würden Sie mir den Ihren noch einmal sagen?« Er nannte ihn ihr. »Strafford«, meinte sie, »ja, den hätte ich mir eigentlich merken sollen. Er ist recht ungewöhnlich, nicht wahr? Mit dem *r*, meine ich.«

Zu seiner Überraschung wurde ihm in diesem Moment plötzlich bewusst, dass sie ihm ziemlich sympathisch war, trotz oder vielleicht gerade wegen ihrer betont kalten und distanzierten Art. Dennoch fühlte er sich nicht besonders zu ihr hingezogen. Vielleicht war es eher so, dass er ihr Aussehen bewunderte und wie sie sich gab, schmuck und kompakt, fein säuberlich eingeschlagen wie ein Päckchen in Packpapier. Und ihr Lächeln war nett, wenn auch widerwillig. Sie hätte seine Schwester sein können, wenn er eine gehabt hätte.

Nichtsdestotrotz beunruhigte ihn diese leichtsinnig eingestandene Beunruhigung und Unsicherheit ein wenig. Er wäre nicht so weit gegangen zu sagen, ihre Nerven liefen Gefahr, sie im Stich zu lassen, aber er hatte eindeutig eine gewisse Erschütterung wahrgenommen. Er dachte daran, wie Hackett ihn ausdrücklich darauf hingewiesen beziehungsweise eher gewarnt hatte, dass dies Celia Nashes Operation und er ihr strengstens untergeordnet sei. Er sei Verstärkung, hatte Hackett gesagt, strengstens Verstärkung – aber zusätzlich natürlich Minister Dan Hegartys Augen und Ohren auf Clonmillis Hall, auch wenn ihn niemand eigens instruiert hatte, nicht mit so vielen Worten. Aber war diese Miss Nashe wirklich so knallhart, wie sie wirken wollte? Er hoffte es.

Im Land gab es mehr als genug ehemalige *Gunmen* und dazu ein paar ganz neue, die einen unüberwindlichen Hass auf das niederträchtige Albion hegten. Was, wenn er zum Handeln aufgefordert wurde? Er war Detective, kein Geheimagent. Er war nicht einmal bewaffnet. Als er bei der Polizei angefangen hatte, hatte man ihn mit einer Waffe ausgestattet – es war ein Revolver, ein großes, unhandliches Monstrum, mit einem 6-Zoll-Lauf und einer geflochtenen Kordel am Griff. Aber sofort nachdem er sie erhalten hatte, hatte er sie ganz hinten in eine Schublade gelegt und versucht, sie zu vergessen. Doch jetzt kam er immer mehr zu der Überzeugung, dass er sie hätte mitnehmen sollen. Wenn Schwester Nashe bewaffnet war, sollte er es nicht auch sein?

Schwester Nashe! Er musste achtgeben, sie nicht mit diesem Spitznamen anzusprechen.

Ja, er hätte die Waffe mitnehmen sollen. Es wurden immer noch Gewalttaten verübt, besonders auf dem Land. Manchmal setzte es sich eine Bande *Gunmen*, unzufriedene IRA-Mitglieder, die den Krieg herbeisehnten, der vor beinahe zwei Jahrzehnten beendet worden war, in den Kopf, loszuziehen und einen Polizisten zu erschießen, und sehr oft erwiderten die Polizisten zur Vergeltung das Feuer. Der Staat hatte Massenhinrichtungen durchgeführt. Desolate Zeiten, wie sein Vater sagen würde. Was wäre, wenn in einer dunklen Nacht eine Bande Hitzköpfe mit Maschinenpistolen und Handgranaten auftauchen würde? Sollte er sie mit seinem vornehmen Akzent vertreiben?

Wie auch immer, er wollte auf gar keinen Fall jemanden erschießen müssen. Nicht dass er nicht den Mut dazu gehabt hätte – ihm fielen durchaus einige Kandidaten ein, die seiner Meinung nach eine gezielte Kugel verdient hatten –, aber das würde alles ändern, das wusste er. Er wäre dann ein Mensch, der jemanden getötet hatte, ein Mensch, als den er sich nicht mehr wiedererkennen würde: ein Fremder.

»Sie wissen, dass es auf dem gesamten Gelände regelmäßige Militärpatrouillen gibt«, sagte er. »Sie werden sie nicht sehen, aber sie sind da. Es wird alles gut gehen, da bin ich mir sicher.« Wieder eine Unwahrheit: Er war sich dessen keineswegs sicher.

Celia lachte kurz und unerwartet ruhig, beinahe fröhlich; sie hatte ihr Gleichgewicht wiedergefunden. »Ja, ich darf meiner Fantasie nicht freien Lauf lassen«, sagte sie. »Wer sollte schon zwei jungen Mädchen etwas zuleide tun wollen?«

Auch darauf gab er keine Antwort: Wenn er das erwidern würde, was er wirklich dachte, dann wäre ihr das kein Trost. Irland hatte achthundert Jahre lang unter britischer Herrschaft gestanden, mehr oder weniger, je nachdem, wer zählte. Auch wenn der größere Teil des Landes jetzt unabhängig war, hatte die lange Besatzung eine weittragende, beständige und tief sitzende Bedeutung für einen beträchtlichen Teil der Bevölkerung.

»Sie haben natürlich recht.« Er entschied sich wieder für die beruhigende Unwahrheit. »Wem würde es einfallen, zwei Kindern etwas anzutun?«

Celia belohnte das mit einem Lächeln, das ihr Gesicht verwandelte und ihre hübschen Züge weicher und weniger stählern machte.

Aber wenn sie wirklich davon ausging, dass es keine Bedrohung gab, warum fand sie es dann nicht überflüssig, dass ein Trupp bewaffneter Soldaten die Grenze des Anwesens rund um die Uhr bewachte?

Von unten drang der hallende und eigenartig bedrohliche Klang eines Gongs herauf, der sanft geschlagen wurde. Die

Schläge, drei in langsamer Abfolge, schienen die Treppenstufen hinaufzuhüpfen wie große, schwerelose, polierte Kupferkugeln.

»Das wird wohl der Lunch sein.« Strafford lächelte.

Hach, mit welcher Leichtigkeit er doch lächeln konnte, dachte er, besonders wenn ein Lächeln das Letzte war, was die Umstände rechtfertigten.

9

Der Gong hatte wirklich den Lunch angekündigt. Der wiederum entpuppte sich als hektische Angelegenheit, was Strafford wenig überraschte, denn wie er wusste, stand die angloirische Küche für gewöhnlich am Rand des Zusammenbruchs, wenn der tägliche Rhythmus des Haushalts auch nur im Mindesten gestört wurde.

Jahrelang war dieses Haus zufrieden dahingetrieben wie ein großer, ankerloser Schiffsrumpf in einem ruhigen Meer. Die letzten Menschen, die dort genächtigt hatten, waren der Neffe des Herzogs gewesen, ein gewisser Captain Danvers, und seine rothaarige Frau. Sie waren nach Einschätzung des gesamten Personals ein kapriziöses Paar – der Captain trank alles, was er in die Hände bekam, und war zur Schlafenszeit stets sternhagelvoll, während Mrs D., wie man sie nannte, mit allem, was Hosen anhatte, mindestens flirtete. Seither war wenig passiert, was auf der ruhigen Oberfläche des Lebens auf Clonmillis Hall Wellen geschlagen hätte. Und nun war plötzlich alles durch eine Gesellschaft von Hausgästen gesprengt worden, die exotische, geheimnisvolle und ein wenig Furcht einflößende Fremde waren.

Unter dem Personal hatte man verbreitet, die beiden Mädchen, die evakuiert werden sollten, bis die nächtlichen Bombenangriffe auf London nachließen, seien die Töchter der Großnichte des Herzogs – die es natürlich nicht gab. Sie sei mit einem hochrangigen Militäroffizier verheiratet, der gemeinsam mit seiner Frau nach Kairo entsandt worden sei. Celia Nashe war angeblich die Gouvernante der Mädchen, die in dem Junggesellenhaushalt auf sie aufpassen sollte. Das Personal würde diese Geschichte natürlich über Clonmillis Hall hinaus verbreiten.

Die Erklärung für Straffords Anwesenheit hatte hingegen ein wenig mehr Erfindergeist verlangt. Am Ende hatte man beschlossen, ihn als Miss Nashes Cousin einzuführen. Die Blutsverwandtschaft zwischen dem Herrn und der jungen Dame war eine saubere Art und Weise, den Anstand zu wahren, der stillschweigend von Mrs O'Hanlon und, wie man glaubte, auch vom übrigen Personal, insbesondere den Frauen, gefordert wurde.

Der junge Mann war angeblich wegen seines schlechten Gesundheitszustands ins Land gekommen, belegt durch seine tuberkulöse Blässe und die magere Gestalt. Maggie, das Hausmädchen, hatte angeblich einmal bemerkt, an ihm sei ja gar nichts dran, was sie in den darauffolgenden Tagen nicht daran hinderte, ihm schöne Augen zu machen, wann immer sich die Gelegenheit ergab. Maggie war zwar keine Schönheit, aber es hieß, sie sei »wild«, und man müsse auf sie achtgeben. Sie war es gewesen, derentwegen der Herzog gereizt geseufzt und Mrs O'Hanlon mit der Zunge geschnalzt hatte, als sie Maggie von ihren unterschiedlichen Blickwinkeln aus dabei beobachtet hatten, wie sie auf den Zipfel des Lakens gespuckt und heftig gerubbelt hatte, bevor sie es wieder an die Wäscheleine gehängt hatte.

Strafford fragte sich, wie viel von diesen ausgeklügelten Geschichten wohl geglaubt wurde; sehr wenig, vermutete er. Seiner Erfahrung nach wussten die Bediensteten alles, was in einem Haushalt vor sich ging, bei den Herrschaften wie bei den Angestellten. »Sollen wir das Bett nicht besser neu überziehen?«, hatte ihn ein Hausmädchen einmal gefragt und ihn frech und belustigt angesehen. Doch sie schienen ihr Wissen seltsamerweise kaum zu schätzen, vielleicht weil sie glaubten, wenn sie in etwas eingeweiht waren, könne es nicht viel wert sein und sei wahrscheinlich sowieso kein richtiges Geheimnis.

Man hatte kaum begonnen zu essen, da blieb Hynes, Butler und Faktotum, ein alter Herr mit ungebärdigem Haar, das weiß und fein war wie Wollgras, sichtlich wacklig auf den Beinen, mit dem Fuß an der Schwelle zum Speisezimmer hängen und ließ eine Platte mit Kohl fallen, die so laut und dramatisch schepperte, dass es den am Tisch Sitzenden vorkam wie die letzte Posaune. Auch Florence, das Stubenmädchen, eine groß gewachsene hager-schöne junge Frau mit Schwanenhals, hatte zwei linke Hände, wie sie später Elsie, der Spülmagd, gestand. Elsie war ein wenig einfältig, und man kannte sie schon so lange unter dem Namen »Arm Elsie«, dass man es im Geiste mit Bindestrich schrieb, also »Arm-Elsie«, und ihren richtigen Namen fast schon dadurch ersetzt hatte.

Unterdessen inspizierte der Herzog zweifelnd den Tisch, als wäre er nicht ganz sicher, dass die Leute, die um ihn herum saßen, echt waren oder Trugbilder, die seiner Fantasie entsprungen waren – mit den Jahren neigte er zunehmend zu Tagträumereien. Mittlerweile war er der düsteren Überzeugung, dass es ein Fehler gewesen war, die Prinzessinnen aufzunehmen, selbst wenn dadurch sein heimliches Ziel erreicht werden könnte, nämlich durch diesen Akt der Großherzigkeit so viel Gewinn zu machen, um das Bleidach von Clonmillis Hall neu decken zu lassen. Die Reparatur war dringend nötig, allerdings hatte Lascelles mit seinem unverschämten Gerede von Buchführung und Quittungen und so weiter diesen Plan bereits ins Wanken gebracht. Quittungen, also wirklich!

Nach der anfänglichen Hektik um die Reise und die Ankunft stieg eine vage Verzweiflung in Strafford auf, wie Meerwasser im Bauch eines untergehenden Schiffes. Wie um alles in der Welt sollte er mit der Leere der kommenden Tage und Wochen – womöglich gar Monate – fertigwerden? Seine Aufgabe hier war gar keine Aufgabe, lediglich eine potenzielle. Er war Polizist, und unter normalen Umständen hätte man ihn erst gerufen, nachdem ein Verbrechen begangen worden war. Was für eine Art von Arbeit war das, wenn man es überhaupt als Arbeit bezeichnen konnte, abwarten und beobachten zu müssen, für den Fall, dass etwas passierte? Erforderte diese Aufgabe wirklich die Anwesenheit einer Geheimagentin und eines Vollzeitkriminalbeamten?

Seine düstere Stimmung verstärkte sich noch, als er herausfand, dass er nicht im Hauptgebäude untergebracht werden sollte, sondern in einer Art Nebengebäude bei den Stallungen, das aus grob behauenen Steinen bestand, mit winzigen Fenstern und einem steilen Schieferdach. Mit dem Maßstab des Gebäudes stimmte etwas nicht: Es wirkte zu eng, als dass ein Mensch darin wohnen könnte – wahrscheinlich war es selbst ein umgebauter Stall –, und als Strafford zum ersten Mal über den Hof darauf zuging, hätte es ihn nicht überrascht, eine Koboldfamilie dort vorzufinden, die wahren Bewohner, die sich in knöchelhohen Stiefeln, scharlachroten Mützen und leuchtend grünen Jacken an diesen kleinen Fenstern drängten, weil sie einen Blick auf den baumlangen Eindringling werfen wollten, der vorhatte, ihre Unterkunft in Beschlag zu nehmen.

Im Inneren gab es drei Räume, ein kleines Wohnzimmer, ein beklemmend schmales Schlafzimmer und nach hinten eine Küche, die kaum mehr Platz bot als ein größerer Geschirrschrank. Hinter der Küche befand sich ein übel riechendes Toilettenhäuschen, mit einem schrägen Blech aus verzinktem Eisen als Dach, einem Klosett mit angeschlagenem Holzsitz und zwei alten Wasserhähnen, die aus einer kahlen Gipswand ragten, darunter ein völlig vernarbtes Emaillebecken. Im Wohnzimmer standen ein Tisch und ein Stuhl, eine prolabierte Chaiselongue, deren Stroheingeweide unten heraushingen und teilweise auf dem Boden lagen, sowie ein dickbäuchiger Holzofen mit einem verrosteten Rauchabzug, der in einem Loch in der Decke verschwand. Sein Bett war ein klappbares Metallgestell, unter dem verschämt der grauweiße Henkel eines Nachttopfs herausspitzte, ein eindeutiger Beweis, dass man sich auf die Toilette besser nicht verließ. Als Florence, das Stubenmädchen, ihn zum ersten Mal hereingeführt hatte, hatte er den Koffer am Fuß des Bettes auf den Boden gestellt und sich, zumindest dem mitleidigen Blick der jungen Frau nach zu urteilen, wohl mit zutiefst verzweifelter Miene umgesehen.

»Das wird prächtig, Sie werden dort stilvoll untergebracht«, hatte ihm Hackett versichert. »Wahrscheinlich steckt man Sie in den Westflügel, in eine große Zimmerflucht mit Marmorkaminen und Blick auf den See.«

Es gab keine großen Räume und keine Marmorkamine, zumindest nicht für ihn; es gab noch nicht einmal einen See.

Er hoffte, wenigstens während der Stunden mit Tageslicht ins Haupthaus zu dürfen: Wenn er den Großteil seiner Verbannung in dieser Steinhütte verbringen musste, liefe er ernsthaft Gefahr, den Verstand zu verlieren.

In den Ställen standen Pferde, ein halbes Dutzend. Bei seinem ersten Erscheinen war jedes an seine halbhohe Tür gekommen, hatte den Kopf herausgestreckt und ihn mit der pferdetypischen Mischung aus Neugierde und Indifferenz – mit gläsernem Blick – angesehen, die er schon immer unheimlich und leicht beunruhigend fand. Er ritt nicht, aber als er jung war, waren immer Pferde da gewesen.

Er selbst war ein Einzelkind, heimlichtuerisch und für die Menschen in seiner Umgebung enervierend unergründlich. Später kam ihm in den Sinn, dass er für seine Eltern eine Enttäuschung gewesen sein musste, besonders für seine Mutter. Als sie als Braut nach Roslea gekommen war, hatte sie eine *grande hôtesse* werden wollen. Ihre Besucher hätten sich im Haus gedrängt, wenn denn in dem trostlosen Winkel der Grafschaft Wexford, wo Roslea House stand, welche verfügbar gewesen wären. Eine mäandernde Zufahrt, die mindestens halb so lang war wie die Zufahrt hier in Clonmillis und einen Grasstreifen in der Mitte hatte, führte zum Haus. Sein Vater, der seinen Sohn mit wohlwollender Missachtung behandelte, enttäuschte die glanzvollen Ambitionen seiner Frau, denn er lebte für die Farm und sein Vieh und verabscheute gesellige Zusammenkünfte jeglicher Art, ob glanzvoll oder nicht.

»Dieser Bursche von der Botschaft ist ja ziemlich fix aufgebrochen«, sagte der Herzog jetzt und unterbrach die traurigen Erinnerungen des jungen Mannes. »Wirkte nicht gerade so, als hätte er viel fürs Landleben übrig. Dieses Auto …« Seine Stimme ging in ein finsteres Brummen über, während er vor sich hin mampfte.

Strafford fiel auf, dass Mary damit beschäftigt war, ein Stück Brokkoli sorgfältig von den anderen Nahrungsmitteln auf ihrem Teller abzusondern und es mit der Gabel zur Seite zu schieben. Ihre Schwester, die ihr gegenübersaß, hielt das Rückgrat so steif, dass ihr Rücken von den Schultern an abwärts einen flachen konkaven Bogen bildete. Ihre dunklen Haare lockten sich über der Stirn und rund um den ganzen Kopf in einer Form, die, wie Strafford fand, an ein Diadem erinnerte oder gar – ha! – an eine Krone. Vielleicht war diese Wirkung ja beabsichtigt, dachte er bei sich.

»Hier gibt es bestimmt ein paar hübsche Spazierwege«, sagte Celia Nashe plötzlich und blickte bemüht fröhlich von ihrem Teller auf. »Sind die Anlagen sehr weitläufig?«

Der Herzog sah sie stirnrunzelnd an, eine buschige Augenbraue entrüstet gehoben. Es war, als hätte sie ihn nach seinem Kontostand gefragt. »Anlagen?«, rief er, als hätte sie einen äußerst ausgefallenen Begriff verwendet. »Von Anlagen weiß ich nichts. Es sind jedenfalls 1200 Hektar Land, mehr oder weniger.« Er machte Kaubewegungen. »Auf dem größten Teil davon kann man wohl spazieren gehen. Allerdings bin ich nicht sicher, ob Sie es hübsch finden«, das Wort

»hübsch« wurde von einem kleinen abschätzigen Schnauben begleitet, »aber man kann ganz gut jagen, und in unserem kleinen Flüsschen, der Henny, schwimmen immer noch ein paar Lachse, die die Wilderer nicht erwischt haben.«

»Gibt es eine Bücherei in der Stadt?«, fragte Strafford.

Diese Frage provozierte einen giftigen Blick seitens des Herzogs. Celia Nashe war es, die schließlich antwortete. »Ja, es gibt eine Carnegie-Bibliothek«, sagte sie. »Ich habe das vor unserer Ankunft nachgeprüft.«

»Wie klug von Ihnen«, meinte Strafford. »Wie weit ist das von hier? Der Ort, meine ich?«

»Zehn Meilen zu Fuß«, antwortete der Herzog mit einem weiteren leichten Schnauben, als wollte er andeuten, für einen wahren Landbewohner seien zehn Meilen lediglich ein paar Schritte die Straße entlang. Wieder gab er sein schreckliches, freudloses Grinsen zum Besten. »Acht, wenn Sie querfeldein reiten, aber für mich sehen Sie nicht gerade wie ein Reiter aus. Es gibt auch einen Bus. Er hält am Tor.«

Celia blickte nun zum Fenster und zu der unbestimmten Welt dahinter. Strafford musterte sie heimlich. Sie hatte den Gesichtsausdruck eines Menschen, der gerade im Gefängnis angekommen war und schon einen Ausbruchsplan schmiedete.

In dem bleichen Licht, das durch das Fenster fiel, sah er wieder, wie hübsch sie war. Ihm war klar, dass sie sich nicht im Mindesten für ihn interessieren würde – er hatte mitbekommen, wie sie ihn einmal angesehen und sogleich ad acta gelegt hatte, zumindest was Liebesdinge betraf –, aber mit Richard Lascelles sah die Sache ganz anders aus. Es wäre interessant, was passieren würde, wenn der Diplomat zurückkehren und eine gewisse Zeit auf Clonmillis Hall bleiben würde. Durch eine pikante kleine *affaire* der Art, auf die sich Lascelles bestimmt spezialisiert hatte, würde sich zumindest die emotionale Temperatur des Hauses um ein, zwei Grad erhöhen.

Doch hätte Strafford ernsthaft über die Sache nachgedacht, hätte er begreifen können, dass Celia sich in diesem Moment einfach über sich selbst ärgerte, weil sie sich so albern aufgeführt hatte, als er vorhin plötzlich in ihrer Zimmertür erschienen war. Er hatte sie überrumpelt, indem er sich teilnahmsvoll gezeigt und sie gefragt hatte, ob sie denn zurechtkomme.

Natürlich musste er genau in dem Moment kommen, als sie nicht im Mindesten zurechtkam, sondern sich nach dieser grässlichen Überfahrt und dann dem Schock, hier auf Schloss Rackrent gelandet zu sein, durch und durch miserabel fühlte. Was musste er nur von ihr gedacht haben, als sie über Hänsel und Gretel und die Prinzen im Tower gequasselt hatte? Sie sollte doch eigentlich ein Profi sein? Aber jetzt – warum hatte sie bloß nicht den Mund halten können? –, jetzt hatte sie ihm gestanden, dass sie gar nicht auf Irland und diesen fürchterlichen Bau vorbereitet gewesen war, und auch nicht auf den Akzent der Leute, von dem sie zunächst gedacht hatte, sie würden ihn eigens aufsetzen, um sie zu verspotten, so gekünstelt »Oirish« hörten sie sich in ihren Ohren an. Und dann war da noch die Haushälterin – wie hieß sie noch? Hanly oder Hanlon, irgendwie so ähnlich. In dem Augenblick, in dem sie Celia zu Gesicht bekommen hatte, hatte sie ihr quasi den totalen Krieg erklärt.

Wie sollte sie mit alldem zurechtkommen? Sie war nicht

dafür ausgebildet worden, auf zwei Mädchen aufzupassen, die beide auf unterschiedliche, aber gleichermaßen starrköpfige Weise entschlossen waren, ihr so viel Kummer wie möglich zu bereiten.

Sie würde sich einfach damit abfinden müssen. Immerhin war sie ein Profi, auch wenn ihre Vorgesetzten beschlossen hatten, ihr einen Einsatz zuzuweisen, den jeder Frischling völlig kompetent hätte erledigen können.

Schließlich fand der Lunch ein Ende, was bei allen am Tisch einen beinahe hörbaren Seufzer der Erleichterung hervorrief. Es war eine so öde Veranstaltung gewesen, dass Strafford wehmütig mit dem Gedanken spielte, darum zu bitten, zukünftig die Mahlzeiten in seiner Unterkunft bei den Stallungen einnehmen zu dürfen. Allerdings wäre es dort noch unangenehmer und unbehaglicher, so ganz allein in der Feuchtigkeit und Kälte.

Ellen und Mary hatten darum gebeten, sie zu entschuldigen, und machten sich auf, um fertig auszupacken, zumindest sagten sie das. Der Herzog zündete seine Pfeife an. Strafford war gespannt, ob Celia es ihm gleichtun und eine Zigarette anzünden würde, um zu demonstrieren, was für eine moderne Frau sie war.

Eher grau als golden hing draußen der Herbstnebel dicht und starr über den stillen Feldern.

Der Herzog stieß einen Wirbel Tabakrauch aus, der seinen Kopf umgab wie Ektoplasma. »Nun erzählen Sie mal. Sie sind so eine Art Team, nicht wahr, Sie beide?« Strafford und Celia Nashe sahen ihn verständnislos an. »Sie sind doch hier, um sie zu bewachen«, fuhr der alte Mann gereizt fort, »die

Prinzessinnen oder die Mädchen oder wie auch immer man sie nennen soll?«

»Ich bin damit betraut, für ihre Sicherheit zu sorgen, ja.« Celia wählte ihre wenigen Worte mit Sorgfalt und ließ den alten Herrn wissen, dass sie es nicht schätzte, so von oben herab angesprochen zu werden. »Ich weiß nicht so recht, ob ich das Wort ›bewachen‹ dafür benutzen würde – sicherlich nicht in ihrer Gegenwart.«

Der Herzog bedachte nun Strafford mit seinem stechenden Blick. »Und Sie?«, bellte er.

Strafford lächelte. Zu seiner großen Freude war der alte Bursche eine perfekte Parodie seiner selbst. »Ich bin bei der Garda Force …«

»Herrgott, das weiß ich wohl! Ich will wissen, was Sie hier zu tun gedenken. Das hier ist ein funktionierender Hof.«

Strafford gab keine Antwort, sondern dachte wieder über diesen merkwürdigen Auftrag nach. Durch die Anwesenheit von Mitgliedern des Königshauses wurde Clonmillis Hall zu einer Art Erweiterung der Botschaft, ein kleiner Teil von England, abgeriegelt inmitten dessen, was jahrhundertelang Rebellengebiet gewesen war. Die irische Regierung hätte wohl eher nicht zugestimmt, die Prinzessinnen aufzunehmen, hätte man ihnen nicht regelmäßige Lieferungen der so dringend benötigten Kohle angeboten. Strafford fand dieses Geschäft infolge seiner Erziehung widerwärtig – sein Vater verachtete das öffentliche Leben und alle, die daran teilhatten. Bestenfalls war es kalte, pragmatische Staatskunst, im schlimmsten Falle ein Beispiel für Großbritanniens Skrupellosigkeit und die Gier und den schamlosen Opportunismus Irlands.

»In puncto Sicherheitsregime muss ich mich Miss Nashe wohl beugen«, sagte er zu dem Herzog und fügte leiser hinzu: »Falls es eines geben sollte.« Er warf der jungen Frau, die ihm gegenübersaß, einen kurzen Blick zu, aber sie schien fest entschlossen, ihm nicht in die Augen zu sehen. »Meinem Verständnis nach«, fuhr er fort, »insoweit ich die Sache überhaupt verstehe, sollen wir alle nach außen ruhig und entspannt wirken, um die jungen Damen nicht zu beunruhigen.«

»Aber was sollen die beiden denn machen?«, stöhnte der Herzog. Er blickte aus dem Fenster, und vom Tabakrest in seiner Pfeife stieg wieder eine munter wirbelnde Wolke aus Rauch und Funken auf. »Da sind natürlich die Pferde«, fuhr er hoffnungsvoll fort und beantwortete damit seine eigene Frage. »Mädchen mögen doch Pferde! Wir mussten die Hunde abschaffen, nachdem einer von ihnen erschossen wurde, weil er auf einem Hof in der Gegend den Schafen zugesetzt hat. Es gibt wohl auch eine Katze hier – sie wird in der Küche gehalten, wegen der Mäuse. Könnte aber wild sein, soweit ich weiß. Ach je.«

Strafford hatte den Verdacht, dass Celia Nashe, genau wie er selbst auch, die Klagelieder des alten Herrn unwiderstehlich komisch fand; zumindest hatte sie sichtlich Schwierigkeiten, die Miene nicht zu verziehen. Er wandte den Blick von ihr ab, blieb reglos sitzen und starrte beharrlich auf die Tischplatte, aus Angst, sie könnten beide in Lachen ausbrechen, sobald sich ihre Blicke trafen.

Merkwürdigerweise hatte er das Gefühl, dass dieses Gegenteil eines Austauschs die erste echte Kommunikation zwischen ihm und der jungen Frau darstellte. Konnte es sein, dass Miss Nashe doch einen Sinn für Humor hatte? Dass sie gar ein heimliches Vergnügen an der grundlegenden Absurdität der Welt als Ganzes empfand, so wie er auch? Nachdem er kurz darüber sinniert hatte, kam er widerwillig zu dem Schluss, dass dies alles in allem sehr unwahrscheinlich war. Miss Nashe war offenkundig ein Mädchen aus den Home Counties, wenn nicht von Geburt, dann doch im Geiste – ihrem Akzent nach zu urteilen konnte sie irgendwo südlich des Wash geboren worden sein –, und daher zweifelte er eher daran, dass sie das Leben und seine Ereignisse sonderlich zum Lachen fand.

»Zu Hause erleben sie wohl kaum viel Aufregendes«, wagte er sich schließlich vor, den Blick weiterhin auf den Tisch gerichtet und einen Brotkrümel unter der Fingerspitze hin und her rollend. »Die Mitglieder des Königshauses haben mir immer ein bisschen leidgetan, weil sie sich ständig bemühen müssen, inmitten von Glanz und Gloria nicht zu gähnen.«

Der Herzog warf ihm einen kurzen Blick zu, da er den Sarkasmus, ja gar die Andeutung von Spott nicht nur über die Königsfamilie, sondern mittelbar auch über sich selbst und seinesgleichen heraushörte. Wer war dieser Kerl, dass er es wagte, so offen Kommentare über die Leute, die über ihm standen, abzugeben?

Strafford: Er ließ sich den Namen durch den Kopf gehen. Viehhaltung, wahrscheinlich, verarmt. Die Fitzherberts von Clonmillis Hall standen selbst nicht gerade an der Spitze. Sicher, früher schon – o ja, weit oben! –, aber das war einmal.

Celia Nashe hatte unterdessen nun doch eine Schachtel Zigaretten hervorgezogen – Senior Service natürlich – und zündete sich eine an. Sie hatte nicht einmal um Erlaubnis gefragt, sodass der Herzog auch sie mit einem zornigen Blick bedachte. Clonmillis Hall mochte ja neutrales Gebiet sein, wie der Rest dieses leidigen Landes – seines Landes und auch wieder nicht –, aber dennoch war es überfallen worden. Er fragte sich trübselig, wie lange die Belagerung wohl noch dauern würde.

10

Von Beginn an gehörte es zu Marys Lieblingsbeschäftigungen, die Hall in aller Ruhe zu erkunden. Stundenlang spazierte sie mutterseelenallein zufrieden herum und führte mit einer quietschigen kleinen Fistelstimme Selbstgespräche, was sie amüsierte, wenn sie es bemerkte – denn meistens plapperte sie drauflos, ohne sich dessen bewusst zu sein. Am liebsten trieb sie sich in den oberen Stockwerken des Hauses herum, wo die Zimmer vernachlässigt und muffig waren und es, aus welchen Gründen auch immer, nach verfaulten Äpfeln roch; diesen schwermütigen, assoziativen Geruch mochte sie, hätte aber nicht sagen können, warum.

Eines Tages blieb sie auf einem dieser einsamen Streifzüge durch das Haus in einem zugigen Korridor stehen, vor einem hohen Fenster mit Blick auf die Stallungen. Die Fensterscheiben waren zersprungen und verstaubt. Sie lehnte die Stirn an den Fensterrahmen. Mummy und Daddy hatten am Vorabend angerufen, doch wie gewöhnlich hatten sie die meiste Zeit mit ihrer Schwester gesprochen. Nach dem Anruf hatte sich Mary in den Schlaf geweint, und sollte ihre Schwester das gehört haben, so hatte sie nichts dazu gesagt.

Dort am Fenster hoffte sie, einen Blick auf Billy Denton zu erhaschen.

Billy war der junge Mann mit der Flinte, den sie am ersten Tag auf der Zufahrt erblickt hatte und dessen Bild ihr fest im Gedächtnis geblieben war. Er arbeitete in mehreren Funktionen auf Clonmillis Hall, und eine seiner Hauptaufgaben bestand in der Versorgung der Pferde. Seit der ersten Begegnung auf der Zufahrt hatte sie ihn gelegentlich kurz wiedergesehen. Wie sie sofort bemerkt hatte, sah er sehr gut aus, obgleich er immer mürrisch dreinblickte. Er hatte haselnussbraune Augen, und seine schwarzen Locken glänzten wie feuchte Kohle. Mary hatte wiederholt versucht, ihn in ein Gespräch zu verwickeln, aber er war einfach an ihr vorbeimarschiert, als wäre sie Luft.

Bestimmt wäre das anders, wenn er wüsste, wer sie in Wirklichkeit war, und sie hatte häufig gute Lust, es ihm zu sagen, nur um seines Gesichtsausdrucks willen.

An diesem Vormittag war aber nicht Billy unten im Hof, sondern jemand, der aussah wie ein Landstreicher, auch wenn sie sich nicht vorstellen konnte, wie ein Landstreicher hier hätte hereinkommen können. Nachts hatte es geregnet, aber jetzt war das Wetter wieder gut, und die Pflastersteine glänzten in dem feuchten, diffusen Licht. Der Mann, der ihr zunächst den Rücken zuwandte, versuchte auf einem Knie, sich ein Stück grobes gelbes Garn auf Knöchelhöhe um ein Hosenbein zu binden.

Er war klein und gedrungen und trug eine geflickte Tweedjacke, einen zerbeulten Hut und genagelte Schuhe. Obwohl sie ihn nur von hinten sah, wusste sie, er war alt. Sie wollte gerade weitergehen, da wandte er plötzlich den Kopf, beziehungsweise er schwenkte ihn herum, als wäre er auf ein Drehgelenk montiert, und blickte finster zu ihr hoch. Es war unheimlich – woher hatte er gewusst, dass sie dort oben war und auf ihn hinuntersah? Er hatte ein breites Gesicht mit schiefen Zügen, und seine Augen wirkten irgendwie merkwürdig und schienen nicht zusammenzupassen.

Rasch trat sie vom Fenster zurück, erschrocken über den wilden, starren Blick, mit dem er sie fixiert hatte.

Vielleicht war er einer von den Leuten, nach denen Miss Nashe und der Detective Ausschau halten sollten. Wenn dem so war, machten sie ihre Arbeit nicht sonderlich gut. Der Landstreicher, oder was auch immer er war, konnte vom Hof aus leicht ins Haus gelangen, dessen Türen nie zugesperrt waren, außer nachts, und häufig nicht einmal dann. Falls er einbrechen würde, müsste Miss Nashe dann mit dieser stupsnasigen glänzenden kleinen Pistole auf ihn schießen? Das war eine aufregende Vorstellung. Wenn es so weit kommen sollte, würde sie hoffentlich dabei sein können. Einmal hatte sie mitangesehen, wie ein Pferd erschossen wurde – es war bei einem Jagdrennen, und das Tier war beim Sprung über ein Hindernis gestürzt und hatte sich ein Bein gebrochen.

Ob Miss Nashe wohl schon einmal jemanden getötet hatte? Sie sah nicht so aus, aber wie sollte ein Mensch schon aussehen, der so etwas getan hatte? Soldaten erschossen und jagten einander ständig in die Luft, und sie sahen auch nicht anders aus als alle anderen, bis auf diejenigen mit Kriegsneurose, wie der alte Jeavons, der Assistent des Wildhüters auf Windsor, der im letzten Krieg gewesen war und nun den Flattermann hatte und ununterbrochen vor sich hin murmelte.

Meine Güte, dachte sie, höre ich mich womöglich an wie Jeavons, wenn ich Selbstgespräche führe? Sie wusste nicht, ob sie bei dieser Vorstellung lachen oder sich Sorgen machen sollte.

Durchaus zu ihrer Enttäuschung stellte sich letztlich heraus, dass der alte Mann auf dem Hof kein Landstreicher war und auch kein Eindringling, der gekommen war, um sie und ihre Schwester zu töten. Er hieß Pike und stand im Dienste des Herzogs.

Am Nachmittag desselben Tages, an dem sie ihn von Fenster aus erblickt und er sich umgewandt und sie mit diesem Furcht einflößenden Schielen angestarrt hatte, begegnete sie ihm persönlich. Diesmal saß sie auf dem Stamm eines umgestürzten Baums neben der Stelle, die Untere Koppel genannt wurde, aber nichts weiter war als ein Kreis aus zertrampeltem Lehmboden, umgeben von einem wackeligen Pechkiefernzaun, in einer Senke neben dem Wald gelegen und von der Hall aus nicht sichtbar.

Ihre Schwester machte ihre Dressurübungen auf einem Pferd, das der Herzog ihr geliehen hatte. Prince, so hieß das Tier – was für ein dummer Name! –, zeigte sich nicht gerade kooperativ, wohl weil er sich noch nicht an die ihm unbekannte Reiterin gewöhnt hatte, vermutete Mary: Sie mochte keine Pferde und verstand sie deshalb auch nicht, obwohl ihre Eltern darauf bestanden, dass sie ritt. Dieses Pferd scheute jedenfalls immer wieder nach links, riss den Kopf nach oben und nach unten und zerrte an den Zügeln, sodass ihre Schwester beinahe aus dem Sattel fiel.

Der Detective-von-dem-sie-nicht-wissen-sollte-dass-er-ein-Detective-war stand auf der anderen Seite der Koppel.

Er trug einen Gabardinemantel und geborgte Gummistiefel, die ihm zu groß waren. Er hatte seinen Platz außerhalb des Zauns eingenommen, auf den er die Ellbogen stützte, und las ein Buch. Mary erkannte an der schlaffen Art und Weise, wie er dort lehnte, dass er sich langweilte – mit Langeweile kannte sie sich aus. Er war unglaublich dünn, sie vermutete, er litt an Tbc. Sie war sich nicht ganz sicher, was Tbc war oder wofür die Buchstaben standen – es hatte etwas mit den Bronchien in der Brust zu tun –, aber es war eine Krankheit, über die ständig in verhaltenem Ton gesprochen wurde, zumindest früher, bis die deutschen Bomber kamen und mit ihnen etwas Unmittelbareres, vor dem man Angst haben und worüber man endlos diskutieren konnten.

Urplötzlich blieb Prince abrupt stehen, sodass ihre Schwester beinahe gestürzt wäre, hob den Kopf, biss fest auf die Trense und wieherte ängstlich. Das Weiß seiner Augen blitzte auf.

Etwas hatte ihn erschreckt.

Da kam Pike daher, eine Schubkarre schiebend, deren eines Rad bei jeder Umdrehung gequält quietschte. Ehrlich, dachte sie, Pferde waren wirklich dumme Tiere – alles konnte sie aufschrecken: ein Kaninchen, das aus einem Graben sprang, oder ein Traktor, dessen Auspuff in einer Meile Entfernung knallte. Sogar ein vom Wind aufgewirbelter Fetzen Papier konnte die Ursache dafür sein, dass sie panisch scheuten und mit den Vorderhufen in die Luft schlugen.

Prince wich nun seitwärts vor Pike und der lauten Schubkarre zurück, stieg und wieherte noch lauter als zuvor. Ihre Schwester musste sich ziemlich anstrengen, nicht herunterzufallen.

Der Detective blickte stirnrunzelnd von seinem Buch auf, gerade als das Pferd, nachdem es mit dem Rumpf das Tor aufgedrückt und rückwärts die Koppel verlassen hatte, sich umwandte und mit der hilflosen Reiterin im Sattel am Waldrand entlang davongaloppierte, sodass es bald außer Sicht war.

Mary betrachtete den Detective mit regem Interesse. Was würde er tun? Er riss den Kopf nach rechts und links, ein bisschen wie zuvor das Pferd – nach wem hielt er Ausschau, von dem er sich Hilfe erhoffte? –, dann steckte er sich das Buch in die Manteltasche und rannte los, ihrer Schwester und dem ausgerissenen Pferd hinterher.

Pike, der nahe der Stelle, wo Mary saß, stehen geblieben war und seine Schubkarre abgestellt hatte, richtete sich auf, eine Hand ins Kreuz gedrückt. Grinsend blickte er dem Detective nach, der mit schwingenden Armen und wehenden Rockschößen, die Knie wie Kolben arbeitend, über die Wiese den Hang hinaufrannte.

»Herrgott, der Bursche kann aber rennen!« Er lachte heiser. »Ein Meistersprinter!«

Aus der Nähe betrachtet war Pike faszinierend hässlich. Er sah genauso aus wie eine Kröte, mit einem breiten flachen Mund und fleischigen Lippen, von denen die untere feucht und schlaff herunterhing. Seine tabakbraunen Zähne hatten Lücken und waren kaputt. Auch er war schmutzig, in den Poren seiner Wangen und auf seiner Kartoffelnase hatte er kleine schwarze Flecken, die sie ekelhaft an Kaviar erinnerten. Seine Augen zogen ihre sofortige Aufmerksamkeit auf sich. Sie hatten unterschiedliche Farben, das rechte war grau, das linke war von einem unecht wirkenden, glänzenden Hellblau. Das blaue bewegte sich überhaupt nicht, sondern starrte nur geradeaus, als wäre es auf einen schrecklichen Anblick fixiert, den nur es allein sehen konnte.

»Die Kleine reitet prima«, sagte er.

»Sie heißt Ellen.« Mary kicherte; sie fand das irgendwie aufregend, wahrscheinlich weil es eine Lüge war. Aber man hatte ihr aufgetragen, das zu sagen, und deshalb war es wohl auch nicht verkehrt. »Sie ist meine Schwester.«

»Und wie heißt du?«

»Ich?« Wieder lachte sie kurz auf. »Mary.«

»Mary. Aha.« Er blickte sie ein paar Sekunden lang ausdruckslos an und bewegte dabei den Unterkiefer kreisförmig, als würde er etwas Weiches, Klebriges kauen. Dann ließ er seine Schubkarre stehen und setzte sich neben sie auf den umgestürzten Baumstamm, ächzte vor Schmerzen und drückte sich wieder die Hand ins Kreuz. Er roch nach Heu und Erde und Tabakrauch und nach etwas anderem, das sie nicht festmachen konnte. Sie hielt es einfach für seinen Altmännergeruch.

»Du guckst mein Auge an«, sagte er.

»Ist es aus Glas?«

»Ja.«

»Kann man es rausnehmen?«

»Ja.« Er lachte in sich hinein. »Soll ich dir erzählen, wie ich mein echtes verloren habe?«

»Ja, bitte.«

In gespannter Erwartung räkelte sie sich in ihrer Kleidung; sie liebte Erzählungen von fürchterlichen Missgeschicken.

»Das war eine große Nebelkrähe.« Pike beugte sich mit den Händen auf den Knien nach vorne und blickte mit seinem einen verbliebenen Auge nachdenklich vor sich.

»Ich war dort drüben auf der Langen Weide und habe Rüben geerntet, und da ist sie auf mich herabgestürzt, dachte wahrscheinlich, ich sei ein alter Bock, der gestürzt ist und sich ein Bein gebrochen hat, und zack!« Er schnippte mit Daumen und Zeigefinger vor der Nase des Mädchens in der Luft. »Schon hatte sie mir das Auge aus dem Kopf geholt.«

Sie blickte ihn mit zutiefst skeptischem Gesichtsausdruck an. »Ist das wahr?«

»O ja, Miss, bei Gott«, versicherte Pike ihr. »Warum sollte ich dich denn anlügen?«

In dem Moment war plötzlich eine neue Stimme zu hören. »Glaub ihm bloß kein Wort.«

Billy Denton hatte sich unbemerkt von hinten genähert. Er trug eine schäbige alte Jacke mit Rückengurt, eine Hose, die an den Knien glänzte, und eine Schirmmütze. Seine Schrotflinte trug er in der rechten Armbeuge. Er hatte den Blick abgewandt, in Richtung der Bäume. Das Mädchen sah sofort, dass er zu den schüchternen Menschen gehörte, die versuchten, ihre Schüchternheit zu verbergen, indem sie den Eindruck erwecken wollten, die ganze Zeit über etwas sehr Ernstes nachzudenken, das sie wütend machte.

»Das Auge hat er verloren, als er nachts im Graben gelandet ist«, sagte er jetzt, »nachdem er sternhagelvoll aus dem Pub gekommen ist.«

Mary hörte Billy Denton zum ersten Mal sprechen – er hatte eine tiefe, volle Stimme, als hielte er behutsam einen Pfirsichkern oder so etwas im Mund –, und in diesem Augenblick beschloss sie, dass sie sich in ihn verliebt hatte. Sie stand von dem Baumstamm auf, damit er sie ansehen musste, aber er schenkte ihr nur einen flüchtigen Blick und runzelte immer noch ernst die Stirn.

In diesem Moment kehrte ihre Schwester zurück, die die Kontrolle über das Pferd zurückgewonnen hatte. Sie ließ Prince gemessenen Schrittes über die Koppel reiten. Das Tier schien sich nicht im Mindesten für sich und sein ungebärdiges Benehmen zu schämen. Es wirkte wie ein prähistorisches Wesen mit seinem flachen Miniaturgesicht und den großen, glänzenden schwarzen Augen.

»Wir müssen uns zum Essen umkleiden, Mary, es ist Zeit.«

»Nein, das stimmt doch gar nicht!« rief das kleine Mädchen entrüstet. Ihr war aufgefallen, dass ihre Schwester es vermied, Denton anzusehen. Wahrscheinlich war auch sie in ihn verliebt; das würde ihr ähnlich sehen, sich auf Sachen zu verlegen, die andere Menschen haben wollten. Ihr war es egal, wie sie sich fühlten, wenn sie etwas für sich selbst beanspruchte.

Prince' glänzendes Fell dampfte nach dem Galopp. Er zerrte immer noch an der Trense und machte würgende Geräusche. Wie konnten Menschen, die von sich behaupteten, Pferde zu mögen, sie stundenlang am Stück mit einer Metallstange zwischen den Zähnen herumlaufen lassen?

Pike schielte zu Ellen hinauf, die rittlings auf dem Tier saß. »Gerade habe ich zu der Kleinen hier gesagt, was für eine prächtige Reiterin du bist, Miss.«

»Danke«, sagte Ellen knapp, stieg ab und streckte ihrer Schwester ungeduldig die Hand entgegen. »Komm schon, sonst kommen wir zu spät zum Abendessen, und dann ist Mrs O'Hanlon verärgert.«

Mary machte ein finsteres Gesicht – es nervte sie, dass

ihre Schwester immer wieder so tat, als würde sie glauben, sie hätte Angst vor der Haushälterin. Aber sie ließ sich wegführen. Prince folgte ihnen mit gesenktem Kopf, als würde er den Boden nach etwas absuchen, das er verloren hatte.

»Das sind doch zwei tolle Mädchen, findest du nicht?«, sagte Pike zu Denton und blickte den beiden nach. »Die Ältere ist bloß ein bisschen eingebildet, so wie sie einen ansieht.« Er erhob sich steif und sog dabei Luft durch die Zähne ein. »Mann, mein Rücken bringt mich heute um!«, rief er. »Sag mal, hast du vielleicht eine Kippe?«

Denton zog ein Päckchen Player's heraus, reichte dem alten Mann eine, riss ein Streichholz an und hielt es ihm hin, die Flamme mit der hohlen Hand schützend. »Pass nur auf, dass seine Durchlaucht nicht mitbekommt, was du ihnen für alte Geschichten erzählst«, meinte er.

»Was denn für Geschichten?«, fragte Pike unschuldig und zog fest an der Zigarette, damit sie nicht ausging. Der Rauch verursachte einen Hustenanfall, sodass er sich krümmte und die Faust auf das Brustbein presste. Sein Froschgesicht färbte sich rot, und eine Träne stieg ihm in das eine funktionierende Auge. Denton betrachtete ihn teilnahmslos und verlagerte die Flinte vom rechten Arm in den linken.

Strafford, der immer noch Knie und Ellbogen rotieren ließ, stapfte über die Wiese herauf auf die Koppel.

»Haben Sie das Mädchen gesehen?«, fragte er keuchend und schob die Strähne zurück, die ihm über die Stirn gefallen war.

»O ja.« Pike kam nach dem Hustenanfall nun seinerseits wieder zu Atem. »Die beiden sind zum Abendessen gegangen.«

»Jesus«, fluchte Strafford verhalten. Er wandte sich an Denton. »Wir sind uns noch nicht vorgestellt worden«, blaffte er. »Ich bin Strafford – mit *r*.«

Die beiden jungen Männer reichten sich die Hand, Strafford achtete darauf zu lächeln – es war nicht gut, die Einheimischen zu verprellen –, und Denton wandte wieder mit finsterem Blick den Kopf ab.

Pikes Atmung hatte sich mittlerweile genügend beruhigt, um einen weiteren Zug zu riskieren. Er hielt die Zigarette geziert zwischen Daumen und Mittelfinger. Dieser Junge aus Dublin hatte sich nicht die Mühe gemacht, sich ihm vorzustellen, wie ihm aufgefallen war. »Um dieses Mädchen müssen Sie sich keine Sorgen machen«, meinte er. »Da muss ein Pferd schon mutig sein, das es wagt, sie in den Dreck zu werfen.«

Strafford scharrte mit der Spitze eines Gummistiefels im Boden; die Schuhe, die er sich vom Herzog geborgt hatte, waren ihm drei Nummern zu groß, und er hatte bereits aufgescheuerte Fersen. Er ärgerte sich über sich selbst und über das Mädchen, weil es die Kontrolle über das Pferd verloren hatte; außerdem ärgerte er sich über diese beiden Tölpel, die hier vor ihm standen. Der Ältere versuchte nicht einmal, seine Belustigung über den Vorfall zu verbergen, während der Jüngere finster ins Nichts blickte, als wäre ihm alles lästig. Strafford kam es vor, als würde ihn dieser Tag geradezu verspotten. Im Stillen verfluchte er Inspector Hackett, weil er ihm diesen absurden und nutzlosen Einsatz zugewiesen hatte; was ihn betraf, so konnten die Wilden im Moment sehr gerne einbrechen und die königlichen Gören entführen, wenn sie Lust hatten, und ruhig so viel Lösegeld verlangen, wie sie wollten.

Er wandte sich ab. Es kam bei ihm wirklich sehr selten vor,

dass er so zornig wurde. Gerade jetzt war der Zeitpunkt, einen kühlen Kopf zu bewahren. Trotzdem marschierte er nun davon, die Hände fest hinter dem Rücken verschränkt, sodass die Knöchel weiß hervortraten.

Pike betrachtete Denton amüsiert. »Komische Zeiten, wie?«, sagte er.

Aber Denton gab ihm keine Antwort. Auch er brach auf, in die entgegengesetzte Richtung wie der Detective. Mit einem sardonischen Grinsen blickte der alte Mann ihm nach, spuckte aus, bückte sich ächzend, packte den Schubkarren an den Griffen und rollte ihn davon.

11

Es schien kein echter Schrei zu sein, und in der ersten halben Sekunde des Aufwachens dachte sie, sie hätte ihn nur geträumt. Aber sie hatte ihn sich nicht eingebildet. Er war von irgendwoher im Haus gekommen, ganz nah, hatte die Dunkelheit durchschnitten, wie ein Bogen Geschenkpapier, der in der Mitte durchgerissen wurde. Ein Kinderschrei.

Vage wurde ihr bewusst, dass sie sich gar nicht mehr im Bett befand, nachdem sie den Bruchteil einer Sekunde, bevor sie gänzlich wach gewesen war, instinktiv aufgesprungen war. Sie schlüpfte in ihren Morgenmantel und mühte sich, ihn zuzubinden, während sie zur Tür rannte – sie hatte auch Pantoffeln mitgebracht, aber sie wusste nicht mehr, wo sie sie beim Auspacken hingesteckt hatte –, und lief barfuß den Korridor entlang zum Zimmer der Mädchen.

Die Vorhänge waren offen – hatte sie sie nicht zugezogen? –, und auf einem kleinen Tisch unter dem Fenster stand ein Nachtlicht mit einer schwachen Birne, die ein schwaches gelbliches Licht im Raum verbreitete. Mary saß aufrecht im Bett. Sie hatte sichtlich heftig geweint und rieb sich mit beiden Händen die Augen. Celia setzte sich auf die Bettkante und nahm sie in die Arme. »Ganz ruhig, es ist alles gut«, sagte sie. »Hast du schlecht geträumt?«

Das Kind wehrte sich gegen ihre Umarmung. Sie war starr vor Angst, aber sie zitterte auch vor Wut, weil eine Person, die sie kaum kannte, die so rührselig war wie alle Erwachsenen und so muffig roch wie alle Erwachsenen, besonders nachts, sie einfach so packte.

»Mir geht es gut«, sagte sie, gleichermaßen verunsichert und verstimmt. Ihre Haare waren völlig zerzaust. Unter den schweren Decken hatte sie geschwitzt, aber jetzt wurde ihr kalt. Sie ärgerte sich über sich selbst, weil sie so geschrien hatte. Sie kam sich dumm vor.

»Was hat dich denn erschreckt?«, fragte Celia.

»Da war jemand im Wald, und der Himmel hat gebrannt.«

»Das war nur ein Traum, Kleines, nur ein Traum. Und jetzt ist er vorbei.«

»Das war kein Traum!«, rief das Mädchen entrüstet und löste sich aus Celias Umarmung. »Und er ist immer noch da.«

»Wer?«

»Ich habe es doch schon gesagt – im Wald! Ein Mann mit einem Vogelgesicht.«

»Mit einem Vogelgesicht? Was für ein Vogel?«

»Woher soll ich das wissen?« Also wirklich, was für eine dumme Frage! »Wie ein Vogel eben, mit Schnabel und funkelnden Augen.«

Ellen lag im anderen Bett auf der Seite, die Wange auf den zusammengelegten Händen. Im Schein der Lampe wirkte ihre Haut glänzend und fahl; sie sah aus wie eine übergroße Puppe. »Sie hasst es hier«, sagte sie leise. »Ich auch. Es ist ein schrecklicher Ort.«

»Es wird nicht lange dauern«, sagte Celia. »Nur bis die Bombardierungen aufhören.«

»Die hören nicht auf«, sagte Mary nüchtern und wischte sich die Nase am Ärmel ihres Schlafanzugs ab. »Die Flugzeuge kommen, bis sie alles in die Luft gejagt haben. Dann fliegen sie hierher und machen das Gleiche.«

»Ach, sei still.« Ellen setzte ihre träge Erwachsenenstimme auf. »Du bist so ein Baby.« Mit einer ruckartigen Bewegung drehte sie sich auf die andere Seite, mit dem Gesicht zur Wand, und zog sich die Bettdecke über den Kopf.

Celia streckte Mary die Hand entgegen, aber das Kind wich zurück und blickte sie finster an. In ihren Augen fing sich ganz schwach der Schein der Glühbirne.

»Schlaf wieder ein, Liebes«, murmelte die junge Frau. Sie bemühte sich, ruhig und tröstend zu klingen, aber es gelang ihr nicht so recht – sie war selbst nicht die Allerruhigste. »Bald bricht der Morgen an, und bei Tageslicht sieht alles anders aus.«

Das Kind legte sich wieder hin. Auch Ellen wandte ihr nun den Rücken zu und wollte nichts mehr sagen.

Celia drückte die Hände fest auf die Knie und schob sich müde hoch. Die Mädchen hatten recht: Es war scheußlich hier. Sie wünschte, Richard Lascelles wäre nicht so bald abgereist. Ihm vertraute sie, obwohl sie sich sicher war, dass sie das nicht tun sollte, zumindest nicht in gewissen Bereichen: An seinen harten, lächelnden Augen war eindeutig erkennbar, dass er sich für einen Herzensbrecher hielt.

Auf Zehenspitzen entfernte sie sich von den Betten. Als sie am Fenster vorbeikam, blickte sie hinaus in die Dunkelheit und verharrte kurz. Hatte sie hinter der schwachen

Spiegelung der Glühbirne in der Fensterscheibe eine Bewegung auf der Wiese gesehen? Sie brachte die Stirn ganz nahe an die Scheibe, schirmte mit den Händen das Licht der Lampe ab und blickte prüfend hinaus in die Nacht.

Das Gras unten war grau im Licht des Mondes.

Hatte das Kind recht? War dort wirklich jemand oder etwas gewesen oder hatten sie sich beide nur etwas eingebildet?

Vielleicht war es ein Tier gewesen, doch das glaubte sie nicht. Aber was für ein Mensch sollte um diese Nachtzeit draußen im Garten herumlaufen? Vielleicht ein Soldat, der auf seiner Kontrollrunde näher ans Haus gekommen war? Lascelles hatte ihr allerdings versichert, dass sich die Patrouillen vom Haus fernhielten und Celia sie nicht einmal sehen würde, außer sie ging hinaus auf die Straße, um sie zu suchen.

Sie warf noch einen kurzen Blick zurück zu den Mädchen, zwei reglose, ruhende Formen. Sie fand, sie sollte in der Nähe bleiben, falls die Kleine wieder schlecht träumte.

Im Flur war es dunkel. Sie schlich sich lautlos in ihr eigenes Zimmer und schloss die Tür. Ihre bloßen Füße waren kalt. Das Fenster hier ging auf dasselbe Rasenstück, das unter dem Zimmer der Mädchen zu sehen war. Sie blieb einen Augenblick stehen, hinter dem Vorhang verborgen, und blickte verstohlen durch die Scheibe. Jetzt war definitiv nichts dort unten, nur das Mondlicht schimmerte auf der Wiese, dahinter lag der dunkle Wald, und in der Ferne sah man den schwachen Umriss eines buckeligen Hügels.

Nein, da war niemand gewesen; ihre Fantasie hatte ihr einen Streich gespielt. So etwas kam nachts in einem fremden Haus nun einmal vor.

Aber trotzdem …

Sie schlüpfte in eine alte Cordhose und dicke Socken und zog sich ihre Schnürwanderschuhe, einen Pullover, eine Alpakajacke und eine Wollmütze über, die ihr bis über die Ohren reichte – als sie noch Hoffnungen gehabt hatte, womöglich nach Schottland geschickt zu werden, hatte sie sich für ausgiebige, fröhliche Wanderungen durch zerklüftete, aber einladende Landschaften ausgerüstet, mit Forellenbächen, die über die Steine plätscherten, und Heidekraut, das in der Herbstsonne leuchtete. War wohl nichts.

Sie nahm die Browning aus der Schublade, schob sie aus dem Holster, dessen Leder noch unhandlich steif war, und steckte sich die Waffe in die Tasche. Wieder staunte sie, wie schwer sie im Verhältnis zu ihrer Größe war.

Ein weiteres Mal ging sie zum Fenster, legte die hohlen Hände um das Gesicht und blickte hinaus in die Nacht.

Nur der silbergraue Mondstaub auf dem Gras, der dunkle Wald und in der Ferne der Hügel.

Benahm sie sich albern? Das hier waren besondere Umstände, aber das war keine Entschuldigung, irgendwelchen Fantasien nachzugeben. Dennoch sollte sie nichts riskieren: Sie musste sicher sein.

Sie ging zur Tür, schob sie leise auf und trat in den Korridor, dann blieb sie einen Augenblick still stehen und lauschte. Aus dem Zimmer der Mädchen hörte man eines von ihnen schnarchen – wahrscheinlich war es Mary. Hoffentlich war auch Ellen wieder fest eingeschlafen. Sie musste alles in ihrer Macht Stehende tun, um zu verhindern, dass die Kinder

Angst bekamen; sie wusste nur zu gut, dass es schwierig war, mit verängstigten Kindern zurechtzukommen, und bei diesen beiden war Zurechtkommen das Beste, worauf sie hoffen konnte.

Ein Mann mit einem Vogelkopf: Sie musste zugeben, das Bild, das dies in ihr hervorrief, hatte sie ein wenig erschüttert. Es war wirklich schwierig, seine Fantasie im Zaum zu halten, besonders mitten in der Nacht. Arme Mary, das arme kleine Ding – auch wenn zunächst alles darauf hingedeutet hatte, dass sie im Begriff war, ein richtiges kleines Biest zu werden.

Seltsam, dachte Celia bei sich, wie schnell sie die neuen Namen der Mädchen verinnerlicht hatte. Für sie waren die beiden schon keine Prinzessinnen mehr; es war das Ende eines Märchens, wenn der Zauber der Hexe aufgehoben wurde und die Wechselbälger sich wieder in ganz normale Menschenkinder verwandelten. Sie waren einfach nur junge Mädchen, die beunruhigt waren, weil man sie von ihren Eltern getrennt hatte, und die daher leichte Opfer für schlechte Träume waren. Sie erinnerte sich an ihre ersten Tage und Nächte im Internat. Sie hatte darum gefleht, nach Hause gebracht zu werden, zurück zu den Dingen, die sie kannte. Aber man hatte ihre Bitten nicht erhört.

Im Treppenhaus war es dunkel. Ihr fiel ein, dass sie eine Taschenlampe dabeihatte. Sie kehrte in ihr Zimmer zurück und fand sie in einem Seitenfach ihres Koffers – sie wusste nicht mehr, warum sie die Taschenlampe hatte verstecken wollen. Auch ihre persönlichen Dokumente bewahrte sie dort auf, ihre Ausweispapiere und ihre Lebensmittelkarte sowie einen Pass, den ihr der Geheimdienst ausgestellt hatte. Aber sie hatte ihn noch gar nicht benutzen können. Ob sie diesen Krieg wohl überleben und sehen würde, wie die einzelnen Seiten eines Tages in dem ein oder anderen ausländischen Hafen abgestempelt wurden? Für sie und wohl auch für alle anderen war die Zukunft mittlerweile ein endlicher Begriff. Sie erinnerte sich an das Leuchten der bombardierten Marinewerften in Pembroke, die sie auf dem Weg hierher vom Schiff aus gesehen hatte.

Was hatte Mary noch einmal gesagt? Der Himmel hat gebrannt.

Sie steckte die Taschenlampe ein, auf die Seite, in der sich nicht die Pistole befand, und ging leise nach unten.

Es war nie leicht, sich in einer unbekannten Umgebung zurechtzufinden, aber in einem Haus der Größe von Clonmillis Hall war es schier unmöglich. Sie versuchte, sich die Strecke in Erinnerung zu rufen, auf der Mrs O'Hanlon sie in diesen Flügel geführt hatte, als sie ihnen die Zimmer gezeigt hatte. Sie wusste nur noch, dass sie zwei Treppen hinaufgestiegen waren; der Rest bestand in ihrem Kopf nur noch aus einem Wirrwarr endloser Durchgänge, leerer Wände und weißer Türen.

Bei der Ankunft hatte man sie und die anderen in das Wohnzimmer geführt, und später wurde der Lunch im Speisezimmer serviert. Beide befanden sich im Erdgeschoss, aber mit einigem Abstand. Und wo war die Haustür? Es wäre allerdings nicht sehr sinnvoll, wenn sie dort hinausginge, selbst wenn es McLaverty gelungen war, die Tür wieder sicher einzuhängen, denn das Rasenstück, das man vom Zimmer der Mädchen und von ihrem eigenen aus sah und wo sie eine Bewegung wahrgenommen zu haben glaubte, lag um die Ecke.

Vor ihr war nur Dunkelheit, ohne auch nur einen Lichtspalt, an dem sie sich orientieren konnte. Sie wollte die Taschenlampe nicht einschalten, denn der Herumtreiber, wenn es ihn denn gab, würde den Strahl sicherlich bemerken.

Sie bewegte sich vom Fuß der Treppe an weiter, es konnte nur ein Flur sein. Von irgendwoher strich ihr ein Luftzug mit seidenen Fingern über das Gesicht. Es stank teerig nach einem Torffeuer, das schon vor Stunden ausgegangen war. Ihr kam es auch so vor, als würde sie noch den Pfeifentabak des Herzogs riechen.

In einer neuen Umgebung fielen einem zuerst und am deutlichsten die Gerüche auf. In ihrer Wohnung nahm sie nie wahr, wonach es roch, außer sie war lange weg gewesen, was nur selten vorkam, und gewiss nicht im letzten Jahr seit Beginn des Krieges. Sie erinnerte sich, was es für sie – als Elfjährige – für ein Schock gewesen war, als sie zum ersten Mal aus dem Internat wieder nach Hause gekommen war. Der Geruch, gleichzeitig furchtbar traurig und beschämend, hatte sie wie eine Ohrfeige getroffen, als sie über die Schwelle getreten war und ihre Tasche auf der Fußmatte abgesetzt hatte. Wie peinlich, dass ihren Freundinnen als Allererstes dieser Geruch entgegenwehte, wenn Celia sie mit nach Hause nahm!

Sie tappte eine Weile mit ausgestreckter Hand im Dunkeln herum und stieß gegen diverse Möbel. An einem niedrigen Tisch mit Marmorplatte schürfte sie sich das Schienbein auf. Sie hatte ihn übersehen, weil der Marmor schwarz war. Sie fluchte leise und war froh, dass sie so eine dicke Cordhose anhatte.

Sie schnüffelte wieder nach Gerüchen, die sie leiten konnten, wagte sich an einer mit grünem Wollstoff bespannten Tür vorbei und durch einen schmalen Gang, folgte dem Geruch von gekochtem Essen und Gas und stand dann tatsächlich in der Küche. Schwach zeichnete sich ein großer, eckiger Raum mit niedriger Decke ab, in der Mitte ein großer Kiefernholztisch, auf dessen Oberfläche der Mond im Fenster ein zartes Viereck aus körnigem Licht warf.

Merkwürdig, dachte sie bei sich, wie bedrohlich die behaglichsten Dinge in der Dunkelheit der Nacht doch erscheinen konnten – der schwarze Herd, der aussah, als wäre er zwei Meter breit, wirkte wie ein großes Tier, ein Stier zum Beispiel oder gar ein Rhinozeros, den Kopf gesenkt und bereit, sie anzugreifen.

Das Fenster mit den vielen kleinen Scheiben ging auf einen ummauerten Hof hinaus.

Sie stand reglos neben dem Tisch. Immer noch war kein Geräusch zu hören. Sie spürte ihren eigenen Herzschlag.

Die Hintertür war verriegelt, aber nicht mit dem Schlüssel abgeschlossen. Sie schob den Riegel langsam und vorsichtig zurück, aus Angst, er könne quietschen, und trat hinaus in die Nacht. Den großen Schlüssel nahm sie mit und wandte sich um, um die Tür damit zuzusperren.

12

Draußen war es für die Jahres- und die Tageszeit unerwartet mild. Der Himmel war klar, eine gewaltige samtene Kuppel, mit mehr Sternen übersät, als sie je gesehen hatte. Der Mond schien, ihn selbst konnte sie allerdings nicht entdecken – er musste tief stehen, nahe am Horizont, oder vielleicht irgendwo über dem Wald und dennoch hinter den hohen Baumwipfeln verborgen. Als sie klein war, hatte sie nicht gewusst, dass der Mond auf- und unterging; irgendwie hatte sie sich vorgestellt, dass er immer am Himmel stand, an einer festen Position, aber von unterschiedlichen Blickwinkeln aus zu sehen, und dass er sogar tagsüber dort war, wenn er von der Sonne überstrahlt und unsichtbar gemacht wurde. Und selbst das war nicht immer der Fall, denn manchmal schimmerte er an manchen Herbstmorgen und Winternachmittagen als eine Art durchscheinender Geist am hellblauen Himmel.

Der Hof war gepflastert. Die flachen, runden Steine waren seitwärts in den Boden gesetzt worden, eng beieinander und schräg. Sie überlagerten sich wie Fischschuppen, sodass die scharfen Kanten das Gehen erschwerten, wahrscheinlich damit die Nutztiere sich nicht in den Hof verliefen.

Wie konnten es manche Leute nur ertragen, auf dem Land zu leben?

Sie tastete sich an der Wand entlang, ging um eine knorrige und beinahe kahle Glyzinie herum, deren Stamm so dick war wie ein Männerbein, und kam zu einem schmalen Torbogen. Sie rechnete damit, dass das Metalltor verschlossen sein würde, aber nein; sie musste sich mit den Schlössern und dergleichen wohl noch einmal genauer beschäftigen. Offenbar hatte Richard Lascelles das Anwesen nicht gründlich genug erkundet. Vielleicht gehörten Sicherheitsmaßnahmen nicht zu seinem Aufgabenbereich, sondern waren dem Kommandeur der Militärpatrouillen überlassen, wer auch immer das sein mochte. Sie nahm sich vor, das herauszufinden und die Angelegenheit dringlich zu machen. Doch dazu sollte es letztlich nie kommen.

Celia schob den Riegel des Tors zurück – dieser krächzte protestierend, aber nicht laut –, ging unter dem Bogen hindurch und trat auf die Wiese. Das Mondlicht vor ihr war eine Art dumpf glänzender, spinnennetzähnlicher Materie, die alles überzog; es war heller hier, sicherlich heller als in der Stadt. Abseits der Metropole verhielt es sich wohl immer so, das Licht war heller und die Dunkelheit dunkler.

Der Mond befand sich jetzt irgendwo in ihrem Rücken, sodass die Mauer hinter ihr dort, wo sie stand, einen scharfkantigen dunklen Keil auf die Wiese warf. Sie konnte die Wiese gar nicht sehen, so tintenschwarz war der Schatten quer darüber, sie erkannte sie nur an dem federnden Boden unter ihren Füßen.

Sie stand reglos da und äugte in alle Richtungen. Der Wald zu ihrer Rechten war eine dichte schwarze Masse, die undurchdringlich und fest zu sein schien. Sie fühlte sich wieder an Märchen erinnert, an die böse Königin und den Apfel, an Dornröschen, eingemauert in der Burg inmitten dichter Dornen.

Mit beiden Händen zog sie sich die Cordhose hoch, um nicht zu stolpern – auf der einen Seite wurde die Hose von der schweren Waffe in der Tasche nach unten gezogen, auf der anderen von der Taschenlampe und dem großen Schlüssel für die Hintertür –, und drückte sich wieder an der Mauer entlang, an der Außenseite diesmal, dankbar für den schützenden Schatten.

Sie erschrak, als aus dem Wald der durchdringende Ruf eines Nachtvogels erklang. Was war das? Eine Eule? Sie hatte sich eigentlich nie um die Natur geschert, sich nicht einmal sonderlich viele Gedanken darüber gemacht, und jetzt wurde ihr bei der Vorstellung, von wilden Geschöpfen umgeben zu sein, in Bäumen, im Unterholz, in unterirdischen Bauen, ganz unheimlich zumute. Sie war in Wimbledon aufgewachsen und hatte die Roedean School besucht, wo sie mit anderen Mädchen ihres Jahrgangs jeden Sonntagnachmittag eine streng überwachte und furchtbar langweilige Wanderung durch die Sussex Downs unternahm. Bei einem solchen Ausflug hatte einmal eine Möwe ihr Geschäft auf der Kappe ihrer Schuluniform verrichtet. Ihre Klassenlehrerin war nicht begeistert gewesen und hatte sie schroff zurechtgewiesen, was Celia ziemlich ungerecht fand.

Nein, was sie betraf, konnte man sich die Natur an den Hut stecken. Ihr waren die verkehrsreichen Straßen von Piccadilly oder Knightsbridge jederzeit lieber – sogar die Wimbledon High Street.

Allmählich wurde ihr klar, wie dumm es gewesen war, sich in der Dunkelheit auf diesen Metzgergang zu begeben, nur wegen eines wahrscheinlich eingebildeten kurzen Blicks aus dem Augenwinkel heraus auf einen sich bewegenden Schatten in tiefster Nacht. Streiften diese allgegenwärtigen wilden Geschöpfe nicht nach Einbruch der Dunkelheit herum, jagten und suchten Futter und so weiter? Bestimmt hatte sie so ein Tier auf der Wiese gesehen, falls sie überhaupt etwas gesehen hatte. Wahrscheinlich ein Hirsch oder sogar ein Haustier – hatte der Herzog nicht gesagt, dass es eine Hauskatze gab? – oder vielleicht irgendein Tier, das aus einem Stall entwischt war. Sie würde sich ja wirklich idiotisch vorkommen, wenn sie am Ende ihren Browning auf eine Kuh richten würde.

Verlor sie die Nerven, und wenn nicht die Nerven, dann ihr Urteilsvermögen, weil sie ein Schatten hier herausgelockt hatte? Sie rief sich noch einmal ins Gedächtnis, dass sie ein Profi war, und das Wesentliche daran war, dass man darauf vorbereitet und fähig sein musste, einen Einsatz bis zum Ende durchzuziehen. Aber sie hatte überhaupt nicht damit gerechnet, dass sie mitten in einem Weltkrieg, der die ganze Zivilisation bedrohte, ausgerechnet hierher geschickt würde, um auf zwei Kinder aufzupassen. Schon, es waren nicht irgendwelche zwei Kinder, aber trotzdem waren es Kinder.

»Lassen Sie es mich unbedingt wissen, wenn Sie Ihren ersten Kraut erlegt haben«, hatte Corporal Lucas zum Abschied vergnügt zu ihr gesagt.

Corporal Lucas war der junge Mann am Schießstand, der ihr beigebracht hatte, wie man die Browning benutzte: wie sie stehen musste, wenn sie sie in der Hand hatte, wie man damit zielte und was man mit dem Abzug anstellte – »Nicht ziehen, streicheln«, hatte er gesagt. Sein anzügliches Zwinkern dabei hatte sie lieber ignoriert.

Aber sie hatten es beide nicht für einen Spaß gehalten, als er davon sprach, Deutsche zu töten, auch wenn er sie dabei mit seinem frechen, leicht schiefen Grinsen angelächelt hatte, dem seiner Meinung nach wohl kein Mädchen widerstehen konnte.

Menschen zu erschießen war sicherlich nicht ihr vorderstes Ziel gewesen, als sie beschlossen hatte, sich für eine Stelle beim Geheimdienst zu bewerben. Aber sie hatte dort angefangen – beziehungsweise man hatte sie aufgenommen, und zwar nicht gerade bereitwillig –, bevor Krieg herrschte. Nun, da der Feind deutlich sichtbar war, war sie bestens gerüstet, eine Waffe auf ihn zu richten, gar auf mehrere Feinde, sollte es die Situation erfordern.

Sie mochte wie eine hübschere Version von Vera Lynn aussehen – nicht nur ein junger Mann hatte ihr eine gewisse Ähnlichkeit bescheinigt, außer dass Celia zum Glück nicht solche Grabsteinzähne wie »the Force's Sweetheart« hatte –, allerdings jagte ihr die Aussicht auf Gewalt nicht nur keine Angst ein, sondern im Geheimen freute sie sich sogar darauf. Ihr Vater hatte recht: Sie war zäh, und sie war begierig, dass diese Zähigkeit auf den Prüfstand gestellt wurde.

In Anbetracht all dessen war es wohl gut, dass sie nicht gehört hatte, wie Leslie Manling beim Lunch mit einem Trio seiner Kumpane im Travellers Club über sie gesagt hatte, dass sie selbst sich zwar für eine Kreuzung aus Jeanne d'Arc und der Amazonenkönigin hielt, letztlich aber wahrscheinlich ein Hasenfuß war. »Ein hübsches Häschen ist sie ja immerhin«, und alle hatten kehlig in sich hineingelacht.

Wie auch immer, ihr war deutlich bewusst, dass alles, was ihr lieb und teuer war, ernsthaft bedroht war. Sie war in einem englischen Garten aufgewachsen, aber der Garten war jetzt zu einem Dschungel geworden, in dem wie in jedem Dschungel das Gesetz des Stärkeren galt: töten oder getötet werden.

Aber wo war sie jetzt gelandet! Die Maginot-Linie befand sich weit weg von Tipperary.

Sie war nicht zum ersten Mal Babysitter, so hießen diese Einsätze beim Geheimdienst – in diesem Fall sogar zutreffend. Etwa ein Jahr zuvor, kurz nach Beginn des Krieges, war der Erste Sekretär der britischen Botschaft in Kairo, ein Mann namens Watson-Wade, dessen Beruf naturgemäß ein wenig Spionage nebenbei beinhaltete, dabei erwischt worden, wie er Informationen an seinen deutschen Amtskollegen weitergab. Mit Ideologie hatte das nichts zu tun: Der Mann hatte das allein aus Geldgründen getan – er besaß eine kostspielige Ehefrau. London hatte ihn zu einer, wie man ihm sagte, routinemäßigen Nachbesprechung zurückgeholt, aber sobald er britischen Boden betreten hatte, hatte man ihn festgenommen und ihn in ein geheimes und gut bewachtes, abgeschiedenes Loch irgendwo mitten in Cornwall gesteckt, wo ihn die Jungs von der Inneren Sicherheit in die Mangel nehmen sollten.

Vor der Abreise aus Kairo hatte Watson-Wade gefragt, ob er seine Frau mit nach Hause nehmen dürfe. Man hatte das für angeraten befunden, denn er wäre sonst sicherlich misstrauisch geworden und hätte sich womöglich sogar aus dem Staub gemacht. Die Frau hieß Siri und war koptische Christin. Insgeheim war Celia beschämt gewesen, dass sie noch nie von den Kopten gehört und nicht einmal gewusst hatte, dass es in Ägypten überhaupt Christen gab.

Celia musste zugeben, dass die Frau schön war, auf eine ledrige, levantinische Art, wie sie fand, mit glatter dunkelbrauner Haut, wobei das Braun eine Spur Schwarz beinhaltete – ganz ähnlich wie Richard Lascelles' von Sonne und Wind gegerbter Teint. Sie hatte hohe Wangenknochen, große tiefschwarze Augen, die glänzten wie ein Teich in einer Oase, sehnige Hände und lange, spitz zulaufende Finger, an denen sie schwere edelsteinbesetzte Goldringe trug.

Diese ganze Opulenz machte offensichtlich, weshalb der arme Watson-Wade dazu getrieben worden war, Geheimnisse für Geld zu verkaufen.

Celia war die einzige verfügbare Frau und bekam den Auftrag, sich um Mrs Weh-weh zu kümmern, wie alle sie nannten – manchmal wurde sie sogar in offiziellen Schreiben so bezeichnet. Wie zu erwarten, war sie übernervös, um nicht zu sagen hysterisch.

Die beiden wurden zusammen in Bayswater untergebracht, in einer beklemmend vollgestellten modernen Wohnung mit Plastikvorhängen, die bei Tag und bei Nacht zugezogen sein mussten, aus Angst vor neugierigen Passanten. Ihr Essen kam aus der Dose, und sie tranken zahllose Tassen Tee – Mrs Weh-Weh trank ihren pechschwarz –, und während die Verdunkelung angeordnet war, schliefen sie so gut es ging auf Feldbetten, deren schlecht montierte Metallrahmen jaulten, als hätten sie Schmerzen, sobald diejenigen, die darin lagen, auch nur die kleinste Bewegung machten. Mrs Weh-Weh tat wenig anderes, als den ganzen Tag auf und ab zu laufen, mit etwas herumzuspielen, was nach Celias Einschätzung wohl Gebetsperlen waren, übel riechende ägyptische Zigaretten zu rauchen – in ihrem Koffer hatte sie zwei Dutzend Schachteln mitgebracht – und über die britischen Behörden zu schimpfen, die ihr ihren Mann weggenommen und ihn weiß Gott wo hingebracht hatten, um ihm weiß Gott was anzutun. Man hatte ihr nicht gesagt, was ihm vorgeworfen wurde, aber sie hatte natürlich eine Vermutung – Celia hatte den Verdacht, dass sie durchaus wusste, was er verbrochen hatte.

Am Abend des dritten Tages ihrer Quarantäne kamen zu Celias Erleichterung zwei Gorillas in gegürteten Regenmänteln und brachten die furchtbare Frau, die sich immer noch schrill beklagte, in einem Auto weg, dessen Seiten- und Rückfenster verdunkelt waren. Später vernahm Celia aus internen Kreisen, dass Watson-Wade unter Ausschluss der Öffentlichkeit verräterischer Aktivitäten für schuldig befunden und ins Pentonville-Gefängnis gebracht worden war, während man seine Frau in Brize Norton in ein Transportflugzeug der RAF gesteckt und zurück nach Kairo geflogen hatte, nachdem man sie zuvor geknebelt hatte, um ihr Protestgeschrei zu unterdrücken.

Während dieser drei langen Tage, die sie gemeinsam ertragen hatten, hatte die Frau Celia entweder komplett ignoriert oder war während des Auf- und Abgehens stehen geblieben, um sie anzuzischen und ihr auf Ägyptisch oder Koptisch – falls die Kopten überhaupt eine eigene Sprache hatten – unverkennbar Flüche entgegenzuschleudern. Dabei kam sie Celia mit dem Gesicht ganz nah und fletschte die Zähne, sodass Spucketröpfchen flogen.

Es hatte jedoch eine ruhige Phase gegeben, als sich die

verzweifelte Frau erschöpft und tränenverschmiert – ihr lief Kajal vom Unterlid in langen, schwarzen Streifen über die Wangen – in einen der beiden Chintz-Sessel im sogenannten Wohnzimmer, wie es fantasievoll genannt wurde, fallen ließ. Zusammengekauert saß sie lange dort und blickte starr vor sich hin, beide Fäuste gegen den Mund gedrückt.

Schließlich sagte sie mit heiserer Stimme, nachdem sie den Tag über beinahe unablässig vor sich hin geschimpft hatte: »Sie Engländer halten sich für die rechtmäßigen Besitzer der Welt, als wären Sie und nicht die Juden das auserwählte Volk.«

Celia, ebenfalls erschöpft von der nicht enden wollenden Anspannung und weil sie permanent angeschrien wurde, hatte sich ihr gegenüber in den zweiten Sessel neben dem Gaskamin fallen lassen und hörte sich selbst sprechen, ohne so recht gewusst zu haben, welche Worte herauskommen würden: »Aber wir hatten das doch gar nicht vor. Jemand, Lord Curzon oder so, hat einmal gesagt, dass Großbritannien das Empire durch Zufall angehäuft hat.«

Auf diesen Satz hin schnaubte Mrs Weh-Weh verächtlich. »Ha! So täuschen Sie sich und beruhigen Ihr Gewissen, falls Sie überhaupt so etwas besitzen. Aber wie wir alle sind Sie wütende Tiere, greifen die Welt an und reißen mit Zähnen und Krallen blutige Stücke heraus. Schakale, das ist es, was Sie sind«, in dem Moment fletschte sie wieder verächtlich die Zähne, »wilde chauvinistische Schakale!«

Celia war fasziniert und bestürzt gewesen. Die Stimme der Frau hatte plötzlich so alt geklungen wie das Land, aus dem sie kam, die Stimme einer Sibylle oder Sphinx, unversöhnlich und furchteinflößend, aus den dürren, sonnenüberfluteten Wüsten. Schockierend waren nicht die Worte, die sie ausgesprochen hatte, sondern der Ton. Bis zu diesem Moment war Celia nicht eingefallen, dass England, ihr England, mit den sanften Hügeln und Landhäusern, dem Big Ben und den Pearly Kings und Queens, Yorkshire Pudding und Eis am Meer, Gegenstand eines so heftigen Hasses und solcher Verachtung sein könne.

Watson-Wade war in Pentonville gestorben, nicht lange nach seiner Verurteilung. Man fand ihn eines kalten Dezemberabends erhängt an einem zerrissenen, zusammengeknoteten Bettlaken an den Gitterstäben des Fensters; angeblich Selbstmord, aber im Hauptquartier des Geheimdienstes – das damals ironischerweise vorübergehend in einem anderen Gefängnis, Wormwood Scrubs, untergebracht war, das man zu diesem Zwecke ausgeräumt hatte – erzählte man sich flüsternd von Tisch zu Tisch, dass zwei Männer in Regenmänteln ihn früher an diesem Tag besucht hätten, und niemand habe sie gehen sehen, zumindest nicht durch den Haupteingang. Der Krieg hatte erst vor wenigen Wochen begonnen, und wie beim letzten Mal sagten alle, er sei bis Weihnachten vorüber; zumindest alle, die beim letzten Mal nicht dabei gewesen waren.

War es möglich, dass sie den Krieg verloren?, fragte sich Celia. Konnte jemand in ihr Land einfallen, konnte ihr Volk in die Knie gezwungen und versklavt werden? Sie hatte das bisher nicht eine Sekunde für möglich gehalten, bis sie von Watson-Wades Tod erfahren hatte.

Sie wusste nicht, warum sein Tod, ob er nun durch eigene Hand oder durch andere gestorben war, für sie die Ursache düsterer Vorahnungen darstellen sollte, aber es war so, und es hatte auch nicht nachgelassen, sosehr sie die Angelegenheit auch aus ihrem Bewusstsein verdrängte. Sie war immer da, die Vorstellung von dem armen Mann, auch wenn er ein Verräter war, erhängt in seiner Zelle, und auch von seiner Frau, die jetzt als Witwe in einem schäbigen Raum in Kairo über einem Souk ein offenes Fenster anheulte, wo der säbelförmige Mond krumm an einem bleichen Nachthimmel voller gleichgültiger Sterne hing, während weit im Norden gewaltige Geschwader von Menschen und Maschinen erbarmungslos durch Felder und Städte und Dörfer eines bald blutgetränkten Europa in Richtung Westen zogen.

Wenn die Deutschen kamen, dann wären Celia und Agenten wie sie unter den Ersten, die erschossen würden, das war ihr klar.

In dem dunklen Garten wurde sie plötzlich aus ihren düsteren Träumen gerissen. Sie wich rasch in den schwarzen Schatten der Mauer zurück und ergriff die Pistole in ihrer Tasche, die sich in ihrer kleinen, zarten Faust riesig und unhandlich anfühlte.

Unter einem Baum am Waldrand stand ganz still eine Gestalt. Sie wusste nicht, warum sie ihn erkennen konnte, denn er stand genau wie sie im Schatten, aber sie erkannte ihn.

Für sie sah es ganz so aus, als trüge er einen Regenmantel.

13

Sie hatte keine Angst, nicht so richtig. Alle ihre Sinne waren geschärft. Eigentlich hätte sie erwartet, dass ihr Herzschlag sich beschleunigen würde, aber im Gegenteil, ihr Herz schlug langsamer, in einem gleichmäßigen, beinahe getragenen Rhythmus; es fühlte sich an wie eine ferne Trommel auf einer Beerdigung. Sie fürchtete, sich in die Hose zu machen, nicht aus Angst, sondern wegen des Adrenalins, das ihr durch die Adern schoss.

Sie nahm die Browning heraus und entsicherte sie.

Und jetzt? Alles schien unwirklich, wie in einem B-Movie aus Hollywood: ein Garten mitten in der Nacht, eine mysteriöse Gestalt, die im Schatten herumschlich, und ein blondes Mädchen mit einer Waffe in der Hand. Es fehlte nur noch das Heulen einer Polizeisirene in der Ferne.

Es hätte ja lustig sein können, nur war es das nicht.

Das war kein Kinofilm: Es passierte wirklich. Es konnte sein, dass am Ende hier jemand tot war, und dieser Jemand konnte gut und gerne sie selbst sein, auch wenn sie bewaffnet und in Alarmbereitschaft war. Ja, es war wirklich, aber irgendwie – nun ja, irgendwie war es auch lächerlich.

Als sie ihn zuerst entdeckte, dachte sie, der Mann unter dem Baum müsse ein Eindringling sein, aber nicht zwingend eine Bedrohung für ihre königlichen Schützlinge darstellen. Im besten Falle war es ein Wilderer, im schlimmsten – sie wusste nicht, wie der schlimmste Fall aussehen würde.

Vielleicht war es ja gar kein Eindringling. Vielleicht gehörte er zum Personal. Wer weiß, womöglich gab es eine altgediente Tradition, bei der irgendein armer Tropf dazu verpflichtet wurde, hier draußen die ganze Nacht Wache zu schieben, sogar in Friedenszeiten, sogar wenn es keine edlen Gäste auf Clonmillis Hall gab, die beschützt werden mussten. Vielleicht hatte er sogar einen Titel – die Nachtwache seiner Gnaden oder irgendetwas ähnlich Antiquiertes und Absurdes. Fast musste sie lachen; durch die Anspannung war sie schon überdreht.

Mittlerweile schmerzte ihr Handgelenk, weil die Pistole so schwer war – warum konnte das Ding bloß nicht leichter sein? –, und sie wurde auch immer nervöser. Zaudernd stand sie da und hatte keine Ahnung, was genau sie machen sollte. Irgendwie meinte sie, sie müsse sich in diesem Moment unbedingt korrekt verhalten, warum, wusste sie allerdings auch nicht.

»Sie da!«, rief sie, und ihre Stimme klang unter der Unermesslichkeit der Nacht merkwürdig flach. »Sie da, neben dem Baum – treten Sie vor!« Der Mann in dem Mantel zuckte zusammen, dann wandte er den Kopf rasch nach rechts und links, ganz offensichtlich überrascht und sichtlich unfähig zu sagen, woher die Aufforderung gekommen war. »Treten Sie vor«, rief Celia noch einmal, »kommen Sie aus dem Schatten. Stellen Sie sich auf den Rasen, wo ich Sie sehen kann. Ich warne Sie, ich bin bewaffnet.«

Nachdem sie nun die Initiative ergriffen hatte, kam ihr die Situation noch viel unwirklicher vor als bis zu diesem Moment. Sie verfiel sogar auf den Gedanken, das Ganze könne ein Streich sein, um ihr Angst zu machen und zu beweisen, dass sie doch ein Dummchen war, was sie zuvor abgestritten hatte. Womöglich würde sie am nächsten Morgen das Gespött des gesamten Haushalts sein, der Herrschaft wie der Dienerschaft. Angeblich hatten die Iren ja eine Leidenschaft dafür, Fremde hereinzulegen und sie lächerlich zu machen – es gab doch den »Irish bull«, diese irischen Unsinnssätze –, das sei Teil ihres Charmes.

Endlich löste sich der Mann aus seinem überraschten Trancezustand, trat zwei Schritte in den schwachen, quecksilberhaften Mondschein vor und blieb stehen. Er trug einen Hut, die rechte Hand steckte in der Manteltasche. Was, wenn auch er eine Waffe hatte? Er müsste sie nicht einmal aus der Tasche ziehen: Er könnte direkt durch den Stoff schießen.

Aber er wüsste nicht, wo er hinzielen sollte, denn er konnte sie nicht sehen, weil sie im pechschwarzen Schatten der Mauer hockte – oder doch?

»Nehmen Sie die Hände hoch!«

Sie hatte nie damit gerechnet, diese Worte wirklich einmal ausgesprochen zu hören, nicht im echten Leben und schon gar nicht von ihr selbst.

»Miss Nashe?«, fragte der Mann auf der Wiese zögerlich. Er hörte sich an, als würde er gleich anfangen zu lachen.

Es war Stafford oder Strafford oder wie auch immer er hieß – der sonderbare Ire, der sich nicht irisch anhörte. Verdammt! Sie kam sich vor wie eine komplette Idiotin – wie gut, dass es Nacht war, sonst würde er sehen, wie ihr die Schamesröte ins Gesicht stieg.

Sie richtete sich auf, sicherte die Waffe und steckte sie sich wieder in die Hosentasche. Dann löste sie sich aus dem Schutz des Schattens und trat auf die Wiese. Ihre Augen hatten sich mittlerweile an die Dunkelheit gewöhnt, und sie konnte besser sehen. Das Mondlicht zeichnete alle Umrisse scharf, aber irgendwie wirkte alles verkehrt herum, als würde sie ein Fotonegativ betrachten.

»Was machen Sie denn hier?«, rief sie und klang dabei ziemlich unleidlich.

»Das Gleiche könnte ich Sie fragen«, meinte Strafford.

Nach seiner anfänglichen Überraschung, in einem Garten und mitten in der Nacht so unerwartet angesprochen zu werden, wirkte er überhaupt nicht entrüstet.

Sie stand da, starrte ihn an und versuchte, seinen Gesichtsausdruck zu lesen.

Der Adrenalinschub hatte nachgelassen, und ihr wurde plötzlich bewusst, wie schneidend die Luft war.

»Warum sind Sie hier draußen?«, fragte sie noch einmal.

»Ich dachte, ich hätte etwas gehört«, antwortete er. »So eine Art Schrei.«

Das musste Marys Schrei gewesen sein. Sie staunte – sein Quartier lag in einiger Entfernung von Clonmillis Hall, auf der anderen Seite der Stallungen. Er musste ein außergewöhnlich gutes Gehör haben; sie staunte zudem über seine Alarmbereitschaft. Wäre sie dort draußen bei den Stallungen untergebracht gewesen und hätte geschlafen, hätte sie aus so großer Ferne überhaupt einen Schrei wahrgenommen, auch wenn er noch so durchdringend gewesen wäre?

Er schien ihre Gedanken zu lesen, denn er fügte hinzu: »Ich war wach und habe gelesen. Ich leide etwas an Schlaflosigkeit.«

Sie glaubte ihm kein Wort und hielt das für eine Höflichkeitslüge. Er wollte wohl nicht den Eindruck erwecken zu behaupten, immer wach und aufmerksam zu sein, während alle anderen schliefen. Ein rechter Gentleman also. Ein solches Feingefühl war sie in ihrer Branche nicht gewöhnt. Das machte sie misstrauisch: Machte er sich lustig über sie? Sie ermahnte sich, nicht so defensiv zu sein. Es war eine Schwäche von ihr, immer zu fürchten, man mache sich lustig über sie. Hoffentlich war das kein Zeichen einer tief sitzenden Unsicherheit – wenn sie beim Geheimdienst irgendeine Art von Karriere anstrebte, würde sie nicht wenige spöttische Bemerkungen seitens der Männer aushalten müssen.

»Wahrscheinlich haben Sie wirklich etwas gehört«, sagte sie. »Es war ein Schrei. Mary, die Kleinere, hatte einen Albtraum. Sie hat geträumt, ein Mann wäre im Wald und der Himmel stehe in Flammen.«

»Aha, deshalb sind Sie also hier draußen.«

»Hier war aber doch niemand, oder? Außer uns, meine ich. Haben Sie jemanden gesehen, einen Eindringling?«

»Keine Menschenseele.«

»Sie hat gesagt, der Mann habe einen Vogelkopf.«

»Also, so jemanden habe ich gewiss nicht gesehen. Und ich habe auch nicht gesehen, dass der Himmel gebrannt hätte.«

»Wie gesagt«, meinte sie knapp, »es war ein Traum.«

»Ja, natürlich«, antwortete er etwas milder.

Dennoch spürte sie, dass auch er sich ein wenig im Hintertreffen fühlte. Wahrscheinlich war es peinlich, hier draußen einfach so überrascht zu werden, wenn man sich in der Dunkelheit unter den Bäumen versteckte. Vielleicht war er pinkeln gewesen; ihrer Erfahrung nach verspürten Männer, sobald sie irgendwelche vier Wände verließen, sofort den Drang, den Hosenstall aufzuknöpfen und sich dem nächsten Baumstamm oder irgendeinem grünen Fleck zuzuwenden. Primitive Wesen. Nun, wenn ihm das unangenehm war, egal aus welchem Grund, so war sie froh. Es schaffte einen Ausgleich zwischen ihnen, denn das Gleichgewicht hatte sich gestern Morgen recht übel zu ihren Ungunsten verschoben, als sie es sich gestattet hatte, ihre Zweifel und Unsicherheiten auszuplaudern. Jetzt konnte sie mit ihm von vorne anfangen, und zwar gleichberechtigt: Sie hatten sich beide zum Narren gemacht.

»Sie haben wirklich eine Waffe?«, fragte er.

Er klang gleichzeitig beeindruckt und skeptisch und dazu auch leicht amüsiert.

»Und Sie?«, konterte sie.

»Nein. Beziehungsweise ich habe eine, ich meine, man hat mir eine ausgehändigt, aber ich habe sie nicht dabei. Das war wohl nachlässig von mir.«

Sie fand seine Verlegenheit irritierend und doch auch seltsam beruhigend: Ja, sie waren beide im Nachteil.

»Bald geht die Sonne auf«, sagte er.

»Ja.«

»Ist mit der Kleinen alles in Ordnung?«

»Natürlich. Ich habe Ihnen ja gesagt, sie hat nur geträumt.«

Ein Sichelmond war hinter dem Wald aufgegangen und hing über den dichten Bäumen, als würde er in einer unsichtbaren Hängematte lehnen. Strafford legte den Kopf schief und betrachtete ihn. »Hätten Sie mich erschossen?«, fragte er zurückhaltend.

»*Sie* hätte ich hoffentlich nicht erschossen, aber jemand anderen schon. Einen Eindringling.«

»Haben Sie das schon einmal gemacht? Jemanden erschossen, meine ich?«

Ihr war aufgefallen, dass sie älter sein musste als er. Um wie viel?, fragte sie sich. Drei, vier Jahre? Vielleicht mehr? Das war ein bisschen erschreckend. Die meisten ihrer Freundinnen waren bereits verheiratet.

»Es wird kalt«, sagte sie schroff. »Wir sollten ins Haus gehen.«

14

Sie hatte recht gehabt mit ihrer Vermutung, ihn in einem ungünstigen Moment erwischt zu haben, und auch damit, dass die Behauptung, er sei wach gewesen, als er den Schrei gehört hatte, eine Lüge war. Er litt wirklich immer wieder einmal unter Schlaflosigkeit, manchmal monatelang am Stück, aber als der Schrei des Kindes ihn geweckt hatte, hatte er tief und fest geschlafen. Es war dumm gewesen, etwas anderes vorzuschützen, und er wusste nicht einmal, warum er es getan hatte.

Als der Schrei durch die Nacht gellte, war er in seinem schmalen Bett hochgeschreckt – die ausgeleierten Sprungfedern hatten laut gequietscht – und hatte sich in der Dunkelheit nicht orientieren können.

Es war ein Schrei gewesen, dessen war er sich sicher. Ein Kaninchen vielleicht, über das ein Fuchs hergefallen war? Solche Geräusche hatte er während seiner Kindheit und Jugend in Roslea oft gehört. Stets war ihm das Blut in den Adern gefroren, wenn er im Bett die über die Wand kriechenden Laubschatten betrachtete, dem Nachtwind lauschte, der stöhnend unter die Traufen des alten Hauses fuhr, und an die kleinen

Geschöpfe dachte, die in einem schmuddeligen Graben in irgendeinem weit entfernten Feld einen blutigen Tod starben.

Aber angenommen, was er von Clonmillis Hall her gehört hatte, war kein Tier im Todeskampf, sondern ein Mensch in Angst und Schrecken?

Ihn fröstelte in der kühlen, feuchten Luft – selbst der heiße Sommer dieses Jahres hatte im Gemäuer der Stallungen keine Wärme hinterlassen –, und so schlüpfte er, noch im Pyjama, in einen Pullover und eine Hose, dann in den Trenchcoat, dessen Gürtel er fest zuzog, nahm seinen Hut und machte sich noch schlaftrunken auf den Weg in die Nacht.

Die Luft draußen war sanft und mild, beinahe lind. Der Himmel war klar, und der Mond hing niedrig über dem Wald. Er sah aus wie ein Auge, das unter dem Lid hervorlugte und seinen Bewegungen interessiert und rachsüchtig folgte; er hatte den Mond schon immer unheimlich gefunden, ein verstohlener Beobachter, der dort oben hing und alles überwachte.

Er lief über den gepflasterten Hof zum Haus. Alle Fenster waren unbeleuchtet, und die Hintertür war verschlossen. Er stand da und lauschte, aber es herrschte Totenstille.

Vielleicht hatte er sich den Schrei doch nur eingebildet oder ihn geträumt.

Er ging seitlich um das Haus herum, fand sich im Mondlicht gut zurecht und betrat die Wiese, die er bis zum Waldrand überquerte, bevor er sich wieder dem vorspringenden Westflügel zuwandte. Auch dort waren keine Lichter zu sehen. Er konnte das Zimmer der Mädchen nicht genau verorten. Vielleicht befand er sich auch auf der völlig falschen Seite des Hauses.

Etwas flog über seinem Kopf vorbei, ziemlich niedrig, ein schweres Rauschen in der Dunkelheit. Eine Eule auf der Jagd, vermutete er.

Er zog sich wieder in den Schatten der Bäume zurück.

Es war lange her, seit er mitten in der Nacht auf dem Land in einem Garten gewesen war. Man konnte überraschend weit sehen, über Felder und Weiden. In der Senke eines fernen Hügels hing eine lange weiße Nebelwolke, reglos, als hätte das Land vor dem Einschlafen noch einen letzten Seufzer ausgestoßen. Der Lehmboden und das gefallene Laub dufteten satt und braun. Der Mond schimmerte durch die Blätter über ihm. Er spürte, dass etwas in der Luft lag, eine große, innere Wahrheit, und Straffords Gedanken verharrten in einer Art gedämpfter Ekstase in Erwartung des Geheimnisses, das sicher bald offenbart würde.

Dann rief die Frau ihm zu, er solle vortreten, und er wurde sofort aus seinem Zustand gerissen. Der Schweiß stand ihm im Nacken, seine Fingerspitzen kribbelten.

Er erkannte Celias Stimme. Ihre Kaltblütigkeit beeindruckte ihn. Sie war eine beeindruckende Erscheinung, wie sie da im grauen Licht des Mondes stand, gleichzeitig real – mit dieser voluminösen Jacke und der ziehharmonikaartig fallenden Hose – und nicht ganz echt, als wäre einer von Shakespeares Waldgeistern für eine Szene kurz ins Rampenlicht getreten. Mit ihrer Mütze, deren Ohrenklappen auf beiden Seiten nach oben gebunden waren, sah sie ein wenig wie ein überdimensionales Plüschtier aus.

Wer war sie wirklich, Celia Nashe? Was war sie? Gab es im Geheimdienst wirklich junge Frauen wie sie, so wohlproportioniert und ernsthaft? Er hatte angenommen, dort gebe es nur ehemalige Angehörige der Kolonialarmee mit Stoppeln am Kinn, Typen wie Lascelles, oder schießwütige, leicht wahnsinnige Veteranen von Flanderns Feldern und vom Veld.

Als sie bemerkt hatte, wie kalt es sei, und vorgeschlagen hatte, nach drinnen zu gehen, hatte er eingewilligt, obwohl er es überhaupt nicht kalt fand und sein Trenchcoat nicht halb so dick war wie ihre Jacke. Womöglich hatte sie ja leichtes Fieber.

»Ich könnte jetzt eine Tasse Tee gebrauchen«, fügte Celia hinzu und wandte sich zurück zum Haus und zum ummauerten Hof vor der Küche.

Sie ging über das Pflaster voraus, und sie betraten das Haus durch den Hintereingang.

Nachdem draußen der Mond geschienen hatte, schien die Küche in eine undurchdringliche Dunkelheit getaucht zu sein. Sie tasteten die Wände nach Lichtschaltern ab, aber hier im Dienstbotenbereich gab es keinen Strom. Strafford entdeckte eine Öllampe und zündete sie an. Das bauchige Glas blühte auf wie der Kopf einer riesigen goldenen Tulpe. Celia entzündete die Kerzen in einem Leuchter auf dem Tisch. Um sie herum tanzten Schatten an den Wänden.

Der Herd war schon vor vielen Stunden ausgegangen; er war noch zu warm, um ihn zu berühren, aber nicht mehr warm genug, um Wasser darauf zu kochen. Es gab einen Gasofen, ein dürres, verrußtes Ding auf vier seltsam zierlichen schmiedeeisernen Füßchen. Strafford zündete einen Brenner an und setzte Wasser auf, während Celia Henkelbecher, Löffel, eine Zuckerdose und einen Milchkrug auf den Tisch stellte. Die Milch war bereits sauer, aber das war egal: Sie würden ihren Tee einfach schwarz trinken. Celia dachte an die arme MrsWeh-Weh und fragte sich, wo sie in diesem Moment wohl sein mochte. Vielleicht hatte sie Großbritannien und die Briten aus ihrem Kopf verdrängt; vielleicht war es ihr gelungen, ihren toten Mann zu vergessen, und sie hatte wieder geheiratet – sie schien nicht der Typ Frau zu sein, der lange alleinstehend bleibt.

Celia löffelte Tee in eine Porzellankanne, und Strafford goss Wasser aus dem Kessel hinein.

Sie setzten sich über Eck an den großen Kiefernholztisch.

»Das ist ja wie ein Mitternachtsmahl an der Schule«, sagte Celia, »nur ohne die Würstchen im Schlafrock und die Hefebrötchen. Gab es solche Mitternachtsmahle auch an Ihrer Schule, als Sie ein Junge waren?«

»Ich bin auf eine Quäkerschule gegangen«, sagte Strafford. »Bei uns gab es wenige Festivitäten dieser Natur.«

»Ach je. Das hört sich ja trostlos an.«

»Eigentlich nicht. Alles in allem war es ganz in Ordnung dort.«

»Sie hatten Glück. Bei meinen beiden Brüdern war es schrecklich. Dotheboys Hall und so weiter.«

Hier bot sich jetzt die Möglichkeit, etwas über ihre Herkunft und ihren Hintergrund im Allgemeinen zu erfahren, dachte Strafford. Doch er zögerte. Wollte er sie denn überhaupt jenseits der beruflichen Ebene kennenlernen? Er hatte keine Ahnung, wie lange er in ihrer Gesellschaft in Clonmillis würde bleiben müssen – oder zumindest in ihrer Nähe, denn als Gesellschaft ließ sich das, was sie anbot, kaum bezeichnen.

Von Anfang an hatte er nicht den Eindruck gehabt, sie sei ein Mensch, den er sonderlich interessant finden würde.

Ganz nett und bewundernswert – sogar begehrenswert –, aber weit davon entfernt, faszinierend zu sein. Sie schien ihm zu der durch und durch angenehmen, langweiligen Sorte gut erzogener Engländerinnen zu gehören, denen man gelegentlich auf dieser Seite der Irischen See begegnete, für gewöhnlich auf Jagdbällen während der Woche der Dublin Horse Show. Dann kamen sie in kleinen Grüppchen aus London herbei, wie weibliche Forschungsreisende, erpicht darauf, etwas vom Leben und von den Sitten und Gebräuchen der Urbevölkerung einer sagenumwobenen exotischen Insel zu sehen, die Brasilinsel der Ungesegneten, wie es ein Freund von ihm, ein frisch gebackener Rechtsmediziner mit beißendem Humor, gerne ausdrückte.

Es überraschte ihn immer, dass er wirklich noch nie eine Liebesbeziehung gehabt hatte, zumindest keine ernsthafte. Derzeit hatte er keine Freundin und auch keine Aussicht auf eine. Selbst das Wort »Freundin« hatte einen unwahrscheinlichen Beiklang und ließ ihn nicht an die Leidenschaft und die Qualen der Liebe denken, sondern an Internatsschülerinnen, laute Hockeyspiele, »Schwärmereien«, parfümierte *billets-doux* und kleine Schächtelchen mit rosa Schleife. Seltsam.

Es war nicht so, dass er sich nicht für Frauen interessieren würde, ganz im Gegenteil. Aber das Liebeswerben und alles, was es beinhaltete, hielt er für eine hochkomplizierte und beschwerliche Angelegenheit. Auch das war wohl seltsam, wie er annahm, andererseits kam er sich selbst meistens seltsam und fremd vor.

Es gab eine Schauspielerin, der er neulich, zufällig von seinem Freund, dem Rechtsmediziner, vorgestellt worden war, aber nach einem ersten nervösen Treffen – Nachmittagstee im Shelbourne, ein Rauschen aus dünnen Stimmen in dem hohen Salon und dem Regen auf den Bäumen im St Stephen's Green auf der anderen Straßenseite – legte sie immer auf, wenn sie seine Stimme am Telefon hörte. Später erfuhr er, dass sie inzwischen mit einem anderen Mann verkehrte, offenbar einem Engländer. Es hatte ihn nicht sehr geärgert: In ihrer ausgelassenen Welt aus Premierenfeiern, verkaterten Vormittagen und endlosem Theaterklatsch hätte er sich verloren gefühlt.

Zumindest redete er sich das ein.

Isabel Galloway, die fragliche junge Dame – oder eher die junge Dame außer Frage, wie er sich sarkastisch erinnerte –, war bühnenwirksam zart und aufgedreht, aber sie hatte Köpfchen, und sie ließ sich von niemandem etwas vormachen. Hätte er es weiter versuchen sollen? Allein der Gedanke an diese ganze Anstrengung ließ ihn müde seufzen, worüber er sich wiederum ärgerte. Sein Vater scherzte häufig auf seine verschmitzte, aber nicht lieblose Art, dass von ihnen beiden, Vater und Sohn, der Sohn oft der Ältere zu sein schien.

»Sie haben sich diesen Einsatz wohl auch nicht freiwillig ausgesucht, genauso wenig wie ich?«, fragte Celia Nashe jetzt.

Durch das Fenster nahm Strafford ein schwaches, schmutziges Leuchten über dem Wald wahr. Ein Oktobersonnenaufgang. »In meinem Metier können wir uns gar nichts aussuchen«, sagte er.

»In meinem auch nicht«, entgegnete Celia rasch, als wolle sie den Eindruck gar nicht erst aufkommen lassen, dass sie es in ihrem »Metier« irgendwie leichter hätte als er in seinem.

Sie suchte in den Taschen ihrer Wolljacke, brachte ein Päckchen Senior Service zum Vorschein und zündete sich eine an. Als sie den Mund zu einem festen kleinen Kreis formte und ihn nach oben richtete, um den Rauch Richtung Decke zu pusten, sah sie einen Augenblick aus wie ein Straßenkind aus dem Eastend, das »Colonel Bogey« pfiff. Strafford lächelte in sich hinein. Jetzt zog sie Mütze und Jacke aus. Sie hatte etwas Jungenhaftes an sich, mit schmalen Hüften und langen Beinen, was ihm bisher noch gar nicht aufgefallen war. Ja, sie war in vielerlei Hinsicht attraktiv, das musste er zugeben. Ach ja.

Aber was würde passieren, wenn er sich in sie verliebte? Er glaubte das keine Sekunde, aber trotzdem, was wäre, wenn? Sie würde ihm das Herz brechen, kein Zweifel. Sie war genau das Mädchen dafür, entschieden und forsch, eine Person, die nicht im Mindesten an der Bedeutung ihrer Rolle innerhalb des großen Ganzen zweifelte und die keinesfalls bereit war, ihre Karriere durch einen Klotz am Bein ausbremsen zu lassen, zum Beispiel in Gestalt eines verschmähten, schmachtenden Bewunderers, der ihr auf den Fersen folgte. Er konnte sich nicht einmal vorstellen, ihr Freund zu sein, noch weniger ihr Liebhaber. Aber sollte es doch irgendwie dazu kommen, wenn auch nur für einen kurzen Moment, um sich zu amüsieren, so konnte er sich nur allzu gut vorstellen, dass sie ihn verließ – *Jetzt reiß dich doch zusammen, Herrgott noch mal, das ist doch nicht das Ende der Welt, du wirst jemand Neues kennenlernen.* Ja, diesen Moment konnte er sich sehr gut vor Augen führen.

Celia, die einen Ellbogen auf dem Tisch und das Kinn in die Hand gestützt hatte, sagte: »Warum uns die Iren nur so hassen.«

»Uns?«, fragte er etwas überrascht.

Sie blickte ihn an. »Die Briten, meine ich.«

»Ah.«

Er hatte geglaubt, ihre Bemerkung beziehe sich auf etwas anderes: Geheimagenten zum Beispiel oder Hüter von Gesetz und Ordnung im Allgemeinen. Er fühlte sich ein wenig benommen, als wäre er noch nicht ganz wach, und unter der Haut spürte er ein leichtes Brennen, als wären alle Muskeln entzündet. Auch seine Augen brannten.

»Haben Sie von den Desmond-Rebellionen hier in Irland gehört?«, fragte er. Sein Blick war auf das Fenster gerichtet, und mit den Fingern der linken Hand trommelte er einen kleinen Marsch auf die Tischplatte – eine alte Angewohnheit.

»Nein«, antwortete Celia. Sie klang nicht gerade interessiert, was ihm aber nicht aufzufallen schien. »Wann war das?«

»Es waren genau genommen zwei Rebellionen.« An diesem Thema fand er Gefallen; Geschichte hatte ihn schon immer begeistert, erst in der Schule, dann auf der Universität. »In Munster, im Südwesten des Landes, in den 1570ern und im darauffolgenden Jahrzehnt. Der Earl of Desmond war das Oberhaupt des FitzGerald-Clans, was etwas verwirrend ist. Noch verwirrender ist, dass sie Geraldines genannt wurden. Sie waren im zwölften Jahrhundert mit den Normannen herübergekommen, und es heißt, sie wurden beizeiten irischer als die Iren selbst. Sie waren immer noch Feudalherren und wollten die Unabhängigkeit von der Krone. Außerdem hatten sie gar nichts übrig für die Reformation, die ihrer Meinung nach gar keine Reform war. Es war also zum Teil ein Religionskrieg, der erste in Irland, aber noch lange nicht der letzte.«

Wieder trommelte er den kleinen Marsch auf den Tisch.

»In der ersten Runde wurden sie besiegt, in den 1570ern«, fuhr er fort, »aber dann erhoben sie sich erneut. Zwei Mal, das war zu viel für die Engländer. Sie schickten Truppen aus Dublin herunter. Sie rückten methodisch und mit äußerster Grausamkeit vor, um jeden Mann, jede Frau und jedes Kind niederzumetzeln, die sie entdeckten. Sie töteten ihre Tiere und legten das Land in Schutt und Asche – noch Jahre danach herrschte in ganz Munster eine Hungersnot, und Zehntausende Menschen starben. Der Earl of Desmond wurde zur Strecke gebracht und abgeschlachtet. Sein Kopf wurde in einen Sack gesteckt und Queen Elizabeth geschickt, wie es damals üblich war, der restliche Körper wurde an der Stadtmauer von Cork City zur Schau gestellt.« Er lächelte sanft. »Die Iren haben ein langes Gedächtnis.«

Celia betrachtete stirnrunzelnd die glühende Spitze ihrer Zigarette. »Ja, mir ist durchaus bewusst, dass schreckliche Dinge geschehen sind …«, begann sie.

»Und dann war da noch Cromwell«, sagte Strafford lebhaft, beziehungsweise mit etwas, was bei ihm als Lebhaftigkeit durchging. »Lassen Sie uns Cromwell nicht vergessen, für Sie Ihr ›chief of men‹, wie John Milton sagt, für uns jedoch die Verkörperung des Teufels.«

Die junge Frau seufzte. Nicht dass ihr Irland und all die Schandtaten, die ihre Landsleute ihm angetan hatten, egal gewesen wären, aber diese Gräueltaten waren so lange her. Was war mit den genauso fürchterlichen Dingen, die jetzt passierten, auf der anderen Seite der Irischen See, wo jede Nacht Hunderte genau jener Landsleute – »Männer, Frauen und Kinder« – von deutschen Bomben niedergemacht wurden?

Auch Strafford seufzte, aber lächelnd, auf seine leicht melancholische Art. Ihm war bewusst, dass der Kragen seines Pyjamas oben aus seinem Pullover herausspitzte. »Es tut mir leid«, sagte er. »Ich hätte nicht damit anfangen sollen, mit den Rebellionen und Cromwell und so weiter, aber Sie hatten ja gefragt, warum die Iren so inbrünstig hassen, manche von ihnen zumindest.«

»Von ›ihnen‹?«

Er lächelte. »Von uns.«

Mittlerweile hatten sich auf Celias gerunzelter Stirn zwei parallele vertikale Falten über dem Nasenrücken gebildet. »Hassen *Sie* uns denn?«, fragte sie. »Soweit ich das beurteilen kann, sind Sie eher wie wir als wie sie.«

»Ach, aber Sie kennen mich doch eigentlich gar nicht.« Strafford war amüsiert.

»Wohl wahr«, meinte sie. »Ich kenne nicht einmal Ihren Vornamen, wie mir gerade aufgefallen ist.« Er nannte ihn ihr. Sie murmelte: »Oh.«

»Ja, so reagieren die meisten.«

»Ich bin nur noch nie zuvor einem St John begegnet.«

»Ich auch nicht. Er wird übrigens mit zwei Wörtern geschrieben, ›Saint‹ und ›John‹.«

Sie war sich sicher, dass er sich über sie lustig machte. Aber diesmal war es ihr egal.

Er sah wirklich unglaublich jung aus, auf jeden Fall viel zu jung, um Detective zu sein. Ein wenig erinnerte er sie an den ersten Jungen, mit dem sie im Alter von siebzehn zarte Bande geknüpft hatte: Ihm waren die Haare genauso in die Stirn gefallen wie Strafford. Freddie hatte er geheißen, Freddie Dixon. Sie fand es komisch, dass sie jetzt an ihn denken musste, hier, in dieser Küche in einem Haus am Waldrand in einem völlig fremden Land, das dennoch nur eine kurze Strecke über das Wasser entfernt von ihrem Heimatland lag. Das Leben ist schon seltsam, dachte sie, sehr seltsam.

In einer Ecke regte sich etwas, und eine Katze kam zum Vorschein, eine große weiße mit rosa geränderten Augen. Sie betrachtete sie kalt, bevor sie in die Dunkelheit davonstolzierte.

Die Morgendämmerung wurde heller, sodass das Kerzenlicht bleich wirkte. Etwas zwischen ihnen, von dem sie nicht bemerkt hatten, dass es offen war, hatte sich geschlossen, und sie waren sich beide dessen bewusst. Es war wie ein Fenster, das einen Moment lang alle Möglichkeiten zugelassen hatte, doch jetzt war es eine Barriere, durchsichtig, aber undurchdringlich.

Der Traum einer Herbstnacht, dachte Strafford, und plötzlich überkam ihn eine merkwürdige Traurigkeit.

Er stand vom Tisch auf, trug seine Tasse zur Spüle, wusch sie unter dem Wasserhahn aus und stellte sie umgedreht auf die alte eichene Abtropffläche.

»Ich kann nicht nachvollziehen, wie man ein gesamtes Volk hassen kann«, sagte er. »Bestimmte Individuen, ja, sogar viele, aber doch nicht kollektiv. Trotzdem verstehe ich im Innersten die Verbitterung, die in diesem Land gegen diejenigen gehegt wird, die Sie ›wir‹ nennen – ich meine die Briten.« Jetzt wandte er dem Spülbecken den Rücken zu, und sein Blick hatte etwas Angestrengtes. »Ich weiß nicht, was sie, also Ihre Leute in London, sich dabei gedacht haben, diese beiden Mädchen hierher zu schicken. Ausgerechnet …« Er hielt inne, hob eine Hand und ließ sie resigniert wieder fallen. »Jedenfalls sind sie jetzt da, und wir sind für ihre Sicherheit verantwortlich.«

15

Eine lange Woche verging, eine weitere begann, und das milde Herbstwetter hielt sich, mit Nebel am Morgen und dunstigen Nachmittagen. Zahllose Sterne standen am Nachthimmel, über den ein langsam aufblühender Mond wanderte, ein angelaufener silberner Bogen mit ganz schwachen goldenen Flecken. Strafford war gelinde überrascht, als er einen Blick auf den Kalender warf und ihm klar wurde, wie viel Zeit seit seiner Ankunft auf Clonmillis Hall verstrichen war. Was hatte er mit all diesen Tagen angefangen? Er konnte sich kaum erinnern. Wenn er zurückdachte, war es wie ein Blick in den Nebel. Menschen und Gegenstände waren nur bis zu einer gewissen Tiefe und verschwommen sichtbar, alles jenseits davon verlor sich in einem eisweißen Schleier.

Viel von dieser Zeit hatte er mit Lesen verbracht, seiner Lieblingsbeschäftigung. Mit dem Bus war er nach Clonmillis gefahren, das sich als anonyme, austauschbare Marktstadt entpuppte. Dort hatte er die Carnegie-Leihbücherei gesucht, von der Celia Nashe gesprochen hatte. Sie lag im oberen Bereich der County Hall, einer gewaltigen neugotischen, puritanischen Burg aus dem neunzehnten Jahrhundert, mit Türmen, Schießscharten und sogar einer künstlichen Zugbrücke über einem grasbewachsenen Graben, der noch nie Wasser gesehen hatte, abgesehen von den häufigen ländlichen Regengüssen. Eine heilige Stille empfing ihn, und er füllte den Antrag auf einen Gastausweis aus.

Die Bibliothekarin, eine Miss Broaders – sie war eine unelegante und abgespannt wirkende Erscheinung, die etwas von einer Nonne an sich hatte –, betrachtete ihn, den Fremden, mit einer Spur Interesse, machte aber keinen Versuch, herauszufinden, wer er wohl war oder wie und warum es ihn in diese Gegend verschlagen hatte. Später sollte er erfahren, dass sie Witwe war; wahrscheinlich wurden alle Bibliothekarinnen »Miss« genannt. Beim Ausfüllen des Formulars für den Ausweis erwog er, eine falsche Adresse anzugeben, schrieb stattdessen aber einfach »Clonmillis Hall«, worauf Miss Broaders eine Augenbraue hob, jedoch immer noch nicht nachfragte.

Mit der Zeit gab sie sich aber doch zuvorkommender, freundlicher gar, als ihre betonte Zurückhaltung ihn hätte vermuten lassen. Auf die Frage nach *Liebende Frauen* von D. H. Lawrence klärte sie ihn darüber auf, dass das Buch in Irland verboten war, unter einem kurzen Aufflackern verärgerter Belustigung – ihr Missmut richtete sich seinem Vernehmen nach nicht gegen ihn, sondern gegen die Zensurgesetze des Landes. Dann wandte sie sich an die Hilfsbibliothekarin, ein schüchtern wirkendes Mädchen, das leicht errötete, und bat sie, ein paar Minuten die Theke zu übernehmen, führte Strafford hinunter zum Parkplatz und zu ihrem Auto, einem Morris Eight mit einer ansehnlichen Beule in der vorderen

Stoßstange. Dort wühlte sie in einem Haufen Bücher auf der Rückbank und tauchte mit dem Roman wieder auf, um den er gebeten hatte. »Sagen Sie niemandem, dass Sie es von mir haben«, murmelte sie, und Strafford meinte zwar kein Zwinkern, aber doch ein leichtes Zucken ihres linken Augenlids wahrgenommen zu haben, begleitet von einem weiteren kurzen, amüsierten Grimassieren ob des halbseidenen Akts der Komplizenschaft, auf den sie sich gezwungenermaßen hatten einlassen müssen.

Er begleitete Miss Broaders zurück zur Bibliothek – sie stiegen die klappernde, metallene Feuertreppe wieder hinauf, über die sie auch heruntergekommen waren, was die Heimlichkeit der Transaktion, die sie gerade durchgeführt hatten, irgendwie verstärkte –, und dort suchte er sich einen weiteren Stapel Bücher zum Mitnehmen zusammen. Eigentlich hätte er höchstens drei Bücher ausleihen dürfen, aber Miss Broaders meinte, man könne durchaus eine Ausnahme machen, da er außerhalb wohne; angesichts dieser völligen Missachtung der Regeln sah die Hilfsbibliothekarin ihre Vorgesetzte überrascht, ja geradezu schockiert von der Seite an.

Auf der Rückfahrt zu Clonmillis Hall saß Strafford mit seinem Bücherschatz neben sich auf dem Sitz hinten im Bus und strahlte wie ein Schuljunge. Er stellte immer wieder fest, dass die kleinsten Freuden des Lebens überproportional großes Vergnügen bereiteten.

Auf Clonmillis Hall erhob er still, aber entschieden Anspruch auf die Bibliothek. Der große, rechtwinklige Raum war muffig, und die Luft war klamm. Er überredete Mrs O'Hanlon, das Hausmädchen Maggie anzuweisen, ihm in dem brusthohen Kamin aus rotem Marmor ein Feuer anzuzünden. Wenn der Lunch abgeräumt war – die Mahlzeiten wurden mit der Zeit nicht weniger beklemmend –, zog er sich dorthin zurück und verbrachte den Nachmittag damit, zufrieden die Bücherstapel durchzublättern, die Miss Broaders ihm großzügig zur Ausleihe zur Verfügung gestellt hatte.

Seine Auswahl war recht beliebig. Er hatte den Lawrence, der sich als Enttäuschung entpuppte, etwas Schlankes, Schmutziges von Simenon, Band eins von Schillers Geschichte des dreißigjährigen Krieges, *Der Schweizerische Robinson*, ein Lieblingsbuch aus seiner Kindheit, und noch ein paar andere. Im Laufe der kommenden Woche sollte er sie mit derselben Wertschätzung und manchmal auch mit derselben Unaufmerksamkeit lesen, während sich seine Gedanken von den Druckbuchstaben lösten und in jedwede Richtung abschweiften, die ihm gefiel. Die Handlungen der fröhlichen Schweizer Schiffbrüchigen – konnte Robinson überhaupt ein Schweizer Name sein? – erforderten kaum fortwährende Konzentration, und dank seiner liederlichen Lesegewohnheiten legte er den Band von Schiller weg und wusste genauso wenig über die religiösen Konflikte des siebzehnten Jahrhunderts wie zuvor, auch wenn er interessiert feststellte, dass das Buch von einem Captain Blaquiere von der Royal Irish Artillery übersetzt worden war und die Ausgabe, die er ausgeliehen hatte, ein gewisser N. Kelly 1800 in Dublin herausgebracht hatte. Eine solch manifeste Nähe der Vergangenheit wärmte sein im Grunde altmodisches Herz.

Er fragte sich, was Inspector Hackett wohl sagen würde, wenn er ihn dort am Kamin in ein Buch vertieft herumsitzen sehen würde. Inspector Hackett war der Literatur sicherlich eher weniger zugetan.

Diese genießerischen Nachmittage erinnerten ihn an eine Zeit in seiner Jugend, als er den gesamten Winter über nicht zur Schule gehen und zu Hause bleiben musste. Woran litt er damals noch? An rheumatischem Fieber? Diphterie? Ziegenpeter? Was es auch immer war, das hauptsächliche Symptom war eine chronische und nicht ganz unangenehme Schwäche, die ihm das Gefühl gab, ausgestreckt in der verschwitzten Wärme einer Art himmlischen Gänsedaunenmatratze zu liegen. In seinem Sessel in der Bibliothek von Clonmillis Hall, neben dem knisternden Feuer, gestattete er es sich, in den gleichen kokonartigen Zustand flauschiger und nur geringfügig schuldbewusster Behaglichkeit zu versinken.

In diesen Tagen der bibliophilen Glückseligkeit sah er wenig von den Mädchen oder von Celia Nashe. Der Herzog kam gelegentlich vorbei, um sich mit ihm zu unterhalten. Er schlich sich dann in den Raum, weil er angeblich den einen oder anderen Band suchte, den aufzuschlagen er, wie sie alle beide wussten, nicht die geringste Absicht hatte, geschweige denn, ihn zu lesen.

Worüber sprachen sie im Verlauf dieser Visitationen? Strafford konnte sich nie so recht daran erinnern, was das Thema gewesen war, sobald ihn der Herzog in seinen Filzpantoffeln und mit seinem leuchtend roten Schal wieder verlassen hatte. Letzteren trug er jeden Tag von morgens bis abends, während er sich beklagte, der Herbst bereite seinem verwundeten Knie Schmerzen. Außerdem sei es eine gefährliche Zeit für seine Lunge, die noch unter den Nachwirkungen des Gasangriffs leide, in den er während des »ersten Aufzugs«, wie er es durchwegs ausdrückte, geraten sei, als wäre der Erste Weltkrieg für ihn eine lange und extrem laute Aufführung in einer Music Hall gewesen.

Manchmal blickte Strafford zu dem Koppelfenster gegenüber dem Kamin hinauf und erhaschte einen Blick auf Prinzessin Elizabeth – er wusste, er sollte sich angewöhnen, sie ausschließlich als »Ellen« zu bezeichnen, aber das vergaß er häufig –, die draußen im leichten Galopp auf dem Pferd vorbeiritt, das sie sich mit Erlaubnis des Herzogs aus seinem Stall mit einem halben Dutzend Reittieren hatte aussuchen dürfen. Natürlich hatte sie das edelste Tier ausgewählt, ein schön proportioniertes Pferd namens Prince, ein glücklicher Zufall, wie Strafford fand. Das prachtvolle Tier war graubraun, hatte einen typischen Araberkopf, und sein Fell wogte wie ein Gerstenfeld, über das ein warmer Sommerwind streifte.

Selbst Strafford sah, dass das Mädchen mit seinen vierzehn Jahren bereits eine gute Reiterin war; es war eine besondere Freude, ein geradezu ästhetisches Vergnügen, den beiden, Reiterin und Reittier, zuzusehen, wie sie sich in vollkommenem physischen Gleichklang über die Wiese bewegten. Das Tier schien den Rasen nur mit den Spitzen der Hufe zu berühren, das Mädchen stand ein wenig im Sattel auf und neigte sich in perfekter Haltung nach vorne, verwandelte sich in ein Wesen, das nicht nur aus Fleisch und Blut bestand, sondern aus weit weniger substanziellen Materialien, geschmeidig und flüssig wie die neblige Luft, durch die das Paar davonjagte wie Spukgestalten.

Es war offensichtlich, dass das Mädchen das Pferd liebte, eifersüchtig, leidenschaftlich, mit all der Kraft seiner insgeheim glühenden jungen Seele. Er war ihr Luxus, ihre freudvolle Befreiung von den Einschränkungen, die daher rührten, wer und was sie war. Jahre später, als sie erwachsen war und die Krone übernommen hatte, sollte sie sich an das herrliche, wunderschön geformte Pferd erinnern, mit Tränen des Bedauerns und des erinnerten Glücks in den Augen. Prince war ihr Freund, ihr Führer, ihr Retter, er war es, der ihren Aufenthalt auf Clonmillis Hall erträglich machte; kurz gesagt, er war – bei dem Gedanken sollte sie betreten über sich selbst lachen – ihr Prinz.

Sie wusste sehr wohl, dass ihre stets scharfäugige Schwester die sofortige Verbindung zwischen ihr und dem Tier bemerkt hatte. Mary – Prinzessin Elizabeth bemühte sich ebenso wie Strafford, aber gewissenhafter, von sich selbst und Margaret nur noch unter ihren angenommenen beziehungsweise den ihnen auferlegten Namen zu denken – Mary war eine ganz passable Reiterin, mehr aber auch nicht.

Auch Mary wusste das, aber es war ihr egal. Für sie besaß ein Pferd keine eigene Persönlichkeit, es war nur ein großes, tölpelhaftes Vieh, eine rohe Kraft in der Welt, das körperlich stärker war als sie und dennoch kaum einen ihrer Gedanken wert. Nicht Tiere interessierten sie, sondern Menschen, allerdings waren diejenigen, die sie am meisten interessierten, die Seltsamen, diejenigen, die selbst wiederum fast etwas Animalisches an sich hatten. Deshalb mochte sie es, wenn die Familie sich auf Balmoral aufhielt, wo das Personal, besonders die Leute, die für das Gelände zuständig und allesamt Schotten waren, die Hälfte der Zeit über so sprachen, als würden sie miteinander streiten, und während der restlichen Zeit taten sie es tasächlich. Es erregte sie, wenn Leute miteinander stritten; sie fand nichts entmutigender als Ruhe und Frieden und ganz besonders Einigkeit.

Ach, ihre Eltern fehlten ihr aber. Als sie eines Nachts nicht schlafen konnte, war sie zu Miss Nashe ins Zimmer gegangen, in ihr schützendes Bett gekrochen und hatte sich dort an den warmen, in Seide gehüllten Rücken der jungen Frau geschmiegt. Sie sollte eigentlich wütend auf sich sein, weil sie so schwach gewesen war, aber in jener Nacht war es ganz besonders dunkel, und die Schatten um sie herum waren lebensechter und bedrohlicher, die Bomben näher und der Himmel gleich hinter dem Horizont brannte. Miss Nashe war aufgewacht, hatte aber nichts gesagt, sondern nur ein schmiegsames S gebildet, und so waren sie sofort zusammen eingeschlafen. Am nächsten Morgen wurde mit keinem Wort erwähnt, was in der Nacht vorgefallen war, obwohl Mary das zunächst befürchtet hatte. Sie war dankbar und versuchte, den unfreundlichen Spitznamen zu vergessen, den sie sich für ihre diskrete nächtliche Trösterin ausgedacht hatte.

16

Wieder war es Nacht, und wieder wurde Strafford in den frühen Morgenstunden geweckt, diesmal allerdings nicht von einem Schrei, sondern vom eindringlichen Schrillen eines Telefons aus dem Zimmer nebenan.

Eine kurze Weile blieb er liegen und starrte in die Dunkelheit, sein Herz schlug fest. Er dachte an seine Mutter. Sie war noch keine fünfzig, als sie krank wurde. Es war Sommer. Die Ärzte gaben ihr noch sechs Monate, und an Weihnachten wusste sie dann tatsächlich, wie sie selbst sagte, dass ihre Zeit gekommen war. Sie zog nach unten, in ein Bett, das ihr die alte Magd Kate, die letzte noch verbliebene Hausangestellte – mit dem Anwesen war es schon jahrzehntelang stetig abwärts gegangen –, auf einem großen, durchgesessenen Sofa in einem der Hinterzimmer mit Blick auf den Rasen hergerichtet hatte.

Dort hatte die sterbende Frau ihre letzten Wochen verbracht. Die Fenster waren zum Schutz vor der Winterkälte abgedichtet, und in dem blau gekachelten Kamin brannte Tag und Nacht ein Buchenholzfeuer. Neben sich auf dem Boden hatte sie immer eine Handglocke stehen, ein großes, schönes Instrument aus Messing mit einem Holzgriff, der vom langen Gebrauch glänzte. Eine ähnliche Glocke hatte immer einer der Aufsichtsschüler in Straffords Schule mit bösartigem Nachdruck geläutet, um das Ende der Pausen und die Wiederaufnahme des Unterrichts anzuzeigen. Seine Mutter benutzte sie, um nach ihrer »Medizin« zu schicken, wie sie die Gläschen Weinbrand nannte, die sie in kurzen Abständen über den Tag verteilt und bis spät in die Nacht zu sich nahm, um die Schmerzen ihres bereits verfallenden Körpers zu lindern.

Es war Brauch, dass die Weinbrandflasche nicht bei ihr im Zimmer aufbewahrt wurde, sondern jedes Mal, wenn sie danach klingelte, vom Sideboard im Esszimmer herbeigetragen werden musste, unter der Hülle einer Wärmflasche. Strafford war über die Weihnachtsferien zu Hause und häufig verborgen derjenige, der diesem Ruf folgte, da sein Vater in einen lähmenden Zustand der vorzeitigen Trauer versunken war und Kate die Glocke häufig nicht hörte. Jetzt sah er wieder die zitternden Lippen der Sterbenden auf dem Glasrand vor sich und die einzelnen Weinbrandtröpfchen, die vorne auf ihr Nachthemd gefallen waren.

Seine Mutter und er waren nie gut miteinander ausgekommen, warum, wusste er nicht; irgendwie war er eine Enttäuschung für sie gewesen, in welcher Hinsicht, konnte sie anscheinend auch nicht genauer bezeichnen als er. Er bekam plötzlich Gewissensbisse, als er sich daran erinnerte, wie ungeduldig er ihr gegenüber oft gewesen war, weil ihr Sterben so lange gedauert hatte.

Er zwang sich aus dem niedrigen Metallbett, nahm eine Decke, die er sich über die Schultern legte, und lief auf Socken und verhalten fluchend in das andere Zimmer – als Wohnzimmer konnte man es nicht mit Fug und Recht bezeichnen, und sei es nur aus dem Grund, dass er so wenig darin wohnte.

Man hatte ein Feldtelefon eingerichtet, damit er mit dem Zug Soldaten in Verbindung bleiben konnte, die den Bereich der sogenannten Home Farm bewachten. Für das Militär war er die Verbindung zum Haus. Ein raffinierterer Apparat war in Celia Nashes Zimmer installiert worden. Er verband sie direkt mit der Botschaft in Dublin und von dort aus mit dem Hauptquartier des MI5 im Scrubs.

Die Vorrichtung, mit der man Strafford ausgestattet hatte, bestand aus einem soliden Kasten aus Eichenholz, an dessen Vorderseite eine Gabel mit einem Telefonhörer darauf angebracht war, mit einer metallenen Kurbel auf der Seite, die die Batterien lud; ein dünnes schwarzes Gummikabel, das aus ihm herauskam, hatte man durch das Fenster gesteckt, über die ganze Wiese und durch den Wald zu einem getarnten Versteck zwischen den Bäumen geführt, nahe einem ebenfalls getarnten Wachhäuschen an der Clonmillis Road. Es war ein dürftiges Arrangement, aber es funktionierte offenbar, denn das Ding klingelte. Es stand auf dem Tisch und schrillte beharrlich. Strafford fühlte sich an ein wütendes Baby erinnert, das nach seiner Flasche schrie. Er nahm den Hörer.

»Ja, ja, was gibt es?«

Wegen des Rauschens in der Leitung war die Stimme, die zu ihm sprach, schwer zu verstehen. Sie schien von der anderen Seite des Erdballs zu kommen, als hätte sie Berge, Ebenen und Täler überwunden und sich über den Boden des tiefen Ozeans geschlängelt, um schließlich wie ein dünnes

Elfenpfeifen aus der Bakelitmuschel an seinem Ohr zum Vorschein zu kommen.

»Major de Valera hier«, sagte die Stimme.

Strafford dachte, er habe sich verhört oder das sei ein Witz. »Hier ist Strafford. Wer ist noch mal dran?«

»de Valera – Major Vivion de Valera.«

»Ah. Verwandt?«

»Was?«

»Egal.«

Éamon de Valera war der Taoiseach, der Regierungschef des Landes, eine namhafte und umstrittene Persönlichkeit, kein Freund der Engländer – einige Monate zuvor hatte er die von Churchill höchstpersönlich angebotene irische Einheit als Gegenleistung dafür, dass Irland sich am Krieg beteiligte und seine Häfen für die Königliche Marine öffnete, abgelehnt.

Nachdem die Verbindung kurz unterbrochen gewesen war, krächzte die Stimme noch schriller als zuvor aus dem Telefon.

»Wie bitte?«, fragte Strafford.

»Wir haben einen Eindringling festgenommen!«

»Aha. So. Sie haben ihn festgenommen?«

»Was?«

»Nichts, nichts. Wer ist es?«

»Weigert sich, seinen Namen zu sagen.«

»Können Sie es nicht aus ihm herausprügeln?«

»Verzeihung? Wie war das?«

Strafford seufzte. Scherze waren hier nicht angesagt. »Ich komme vorbei und sehe ihn mir an. Wo sind Sie?«

»Wir bringen ihn zum Eingangstor.«

Man hatte sich darauf verständigt, dass es den Angehörigen

des Militärpostens nicht gestattet war, den Bereich der Home Farm zu betreten. Das war Bestandteil der ausgeklügelten Scharade, mit der vor den Prinzessinnen verheimlicht werden sollte, dass sie rund um die Uhr bewacht wurden. Strafford hielt diese Regelung für lächerlich, aber es wäre zwecklos, dagegen zu protestieren. »In Ordnung«, sagte er gereizt. »Ich komme hin. Es dauert aber eine Weile, bis ich die Zufahrt zurückgelegt habe. Das ist verdammt weit.«

Er hängte ein und schob die Kiste wieder an die Wand, nicht ohne Anstrengung, denn der Apparat war ziemlich schwer. Er warf einen Blick auf seine Uhr: fünf Uhr dreißig. Er zog sich an, schlüpfte in den Mantel, setzte den Hut auf und schlang sich einen Wollschal um den Hals, dann trat er hinaus in die Dunkelheit.

Der Himmel war wolkenverhangen, der Mond nicht zu sehen, und er musste sich mit einer elektrischen Taschenlampe den Weg leuchten. Früher in der Nacht hatte es heftig geregnet, und als er die Zufahrt entlangging, roch er die durchtränkten Felder auf beiden Seiten, spürte die klargespülte, kühle Luft im Gesicht.

Ein gepanzerter Wagen parkte schräg vor dem Tor, das stumpfe schwarze Hinterteil ragte in die Straße hinein. Vier, fünf Soldaten standen zusammengedrängt daneben, einer hielt eine Sturmlaterne, die einen unheimlichen Schein nach oben warf und ihre Gesichter in Halloween-Masken mit hervorstehendem Kinn und leeren Augenhöhlen verwandelte. Zwei der Männer waren mit Karabinern bewaffnet, die für Straffords Begriffe besorgniserregend veraltet aussahen.

Strafford identifizierte Major de Valera – den Namen konnte er immer noch nicht ernst nehmen – an seiner Kappe mit dem glänzenden Schirm und so etwas wie Sternen auf den Schulterklappen seiner Uniform. Ja, er musste Devs Sohn sein, denn er sah aus wie der Chief in einer jüngeren, weniger strengen Ausgabe. Er trug eine Hornbrille, seine tränenden Augen waren rot gerändert, seine Nase war lang und merkwürdig dick an der Spitze. Ein übergroßes, unbequem aussehendes Holster war an seinem Sam-Browne-Gürtel befestigt. Er wirkte nicht unbedingt wie ein Soldat – nein, er sah genau aus wie das, was er offensichtlich war: ein Zivilist in Militäruniform. Warum um alles in der Welt hatten sie ausgerechnet ihn ausgewählt, um die Töchter des Königs von England zu bewachen? Allerdings ohne dass man den Major über die Identität der beiden Mädchen informiert hatte – wer auch immer die Operation leitete, war zumindest so klug gewesen. Warum man es für gut befunden hatte, die Haushälterin des Herzogs einzuweihen, während es vor dem befehlshabenden Offizier geheim gehalten wurde, war Strafford ein Rätsel – ein weiteres unter den vielen Rätseln dieser dämlichen Operation.

»Sie sind Strafford, oder?«, sagte der Major barsch. Er klang schlecht gelaunt und gereizt. Wahrscheinlich schob er seit Einbruch der Dunkelheit Dienst und bemühte sich, wach zu bleiben und die Männer nicht merken zu lassen, wie müde er war.

»Stimmt – Detective Garda Strafford. Wo ist der Bursche, den Sie geschnappt haben?«

Sie hatten ihren Gefangenen in den Panzerwagen gesetzt und die Tür hinter ihm geschlossen, wahrscheinlich um ihn daran zu hindern wegzulaufen. Er war Ende zwanzig, dünn und rattengesichtig, seine Nase war so lang wie die des Majors, aber vorne spitz zulaufend und mit einer tiefen Delle unter der Wurzel, wo er wahrscheinlich irgendwann einmal ziemlich fest mit einem scharfkantigen Gegenstand geschlagen worden war.

Strafford machte die Tür auf und stellte den Fuß auf das Trittbrett. »Ihr Name?«

»Wer will das wissen?«

Nach einer Pause sagte Strafford leise: »Ich.«

Der Mann sah ihm in die Augen und schluckte. Trotz seines Missbehagens konnte Strafford ganz gut bedrohlich wirken, wenn Bedrohlichkeit vonnöten war.

»Harte«, sagte der Gefangene. »Joseph Harte.« Er roch stark nach Alkohol.

»Und was machen Sie um diese Uhrzeit hier draußen, Mr Harte?«

Der Mann fasste wieder Mut und kicherte. »Luft schnappen.« Er fuhr sich mit dem Zeigefinger rasch unter den zusammengekniffenen Nasenlöchern hin und her. Auf dem Schoß hielt er einen kleinen Beutel umklammert, in dem sich plötzlich etwas zu bewegen begann.

»Was ist das?«, fragte Strafford. »Was ist dadrin?«

»Nichts.«

»Geben Sie her«, sagte Major de Valera.

Harte war nicht geneigt, sich von dem Beutel zu trennen, aber auf ein Zeichen des Majors trat einer der Soldaten vor, nahm das Gewehr in die andere Hand und entriss ihn ihm.

»Aufpassen«, warnte ihn Harte durchtrieben grinsend. »Nicht dass es Sie beißt.«

Der Soldat blickte den Major unsicher an.

»Was ist das?«, fragte de Valera Harte mit seiner hohen Stimme. »Ein Frettchen?«

Strafford behielt den Beutel im Auge, in dem das Tier sich heftig wand. Wie hatten der Major und seine Männer bis gerade eben übersehen können, dass ihr Gefangener einen Sack mit einem Frettchen darin hatte?

»Ich würde vorschlagen, Sie bringen ihn zur Polizei in Clonmillis«, sagte Strafford. »Mal sehen, ob sie dort Anzeige gegen ihn erstatten wollen.«

Man hatte ihn angewiesen, sich von der örtlichen Polizei fernzuhalten. Der Hauptkommissar in Clonmillis war ein notorischer Trinker, daher konnte man ihm nicht trauen; ihm hatte man weisgemacht, es hätte Gerüchte gegeben, dass die örtliche IRA vorhabe, Clonmillis Hall anzugreifen und niederzubrennen, daher würde das Anwesen rundum von bewaffneten Patrouillen überwacht.

»Eine Anzeige? Was denn für 'ne Anzeige?«, fragte Harte ungehalten.

»Ruhe!«, herrschte ihn der Major an. Er wandte sich an einen der Soldaten. »Sergeant, bringen Sie den Mann nach Clonmillis und liefern sie ihn bei der Garda dort ab. Sagen Sie, wir hätten ihm beim Wildern erwischt.«

»Ja, Sir«, antwortete der Sergeant.

Der Sergeant war ein großer, mondgesichtiger, vergnügt aussehender Bursche mit einem Blechhelm auf seinem übergroßen Schädel, der die Form eines Kohlkopfs mittlerer Größe hatte, und es war offensichtlich, dass es ihm schwerfiel, nicht zu lachen: Bei Major de Valera wusste er zweifellos, mit wem er es zu tun hatte. Mit einem weiteren Soldaten ging er auf die andere Seite des Wagens und stieg ein. Der Soldat ließ den Motor an – er hörte sich an wie ein wiehernder Esel, dann knallte der Auspuff –, lenkte das Auto auf die Straße, und sie fuhren los, Abgaswolken hinter sich ausstoßend.

Strafford verabschiedete sich von dem Major, der die Schultern zurückriss und ihn mit einem zackigen militärischen Gruß bedachte. Einer der anderen Soldaten wollte es ihm gleichtun und hob die Hand, schaffte es aber, dabei sein Gewehr zu verlieren. Es fiel mit lautem Scheppern auf den Asphalt. Strafford war verblüfft, dass es nicht losging – das wäre das perfekte Ende für sein traumartiges nächtliches Abenteuer, dachte er bei sich.

Er lief die nass geregnete Zufahrt hoch, ein zehnminütiger Gewaltmarsch über rutschigen Schotter und durchweichte Grasbüschel. In seinem Schlafzimmer zog er sich die Gummistiefel aus und legte sich, immer noch in Regenmantel, Pullover und Hose, auf das schmale Bett. In einer Stunde würde Maggie, das Hausmädchen, mit einem Kessel heißem – beziehungsweise eher lauwarmem – Wasser für seine morgendliche Rasur kommen. Dann würde er mit vom Rasierer stechenden, spröden Wangen unter den skeptischen Blicken der herzoglichen Pferde über den Hof durch die Hintertür ins Haus gehen und sich zum Frühstück setzen.

Später, am Vormittag, gingen Celia Nashe und die beiden Mädchen im Clonmillis Wood spazieren. Der Wald war lang gezogen, aber nur zweihundert Meter breit; er führte am Haus vorbei und am Rand eines sanften Hangs entlang, auf der Hausseite lagen Wiesen mit vereinzelten Kühen, auf der anderen Seite verlief die Clonmillis Road. Sie hatten etwa die Hälfte des Waldstücks hinter sich, als die Laubbäume Reihen von Nadelbäumen wichen. Der Boden bestand hier aus einer ebenen Schicht Kiefernnadeln, die sich unter den Füßen anfühlte wie eine Matte. Sie folgten einem kaum erkennbaren Pfad, der sich stetig an der Seite des flachen Hügels entlangschlängelte.

Hier, mitten im Wald, herrschte eine tiefe Stille. Kein Vogel, kein Windhauch war zu hören, und die Luft unter den Bäumen war ein dichter blaugrüner Nebel. Die Schwestern gingen voraus, die jüngere dicht auf den Fersen der älteren, und Celia folgte mit etwas Abstand.

Celia fragte sich oft, worüber die Mädchen wohl sprachen, wenn niemand in der Nähe war, der sie belauschen konnte. Sie schienen am besten miteinander zurechtzukommen, wenn sie nur zu zweit waren; die Anwesenheit anderer Leute verführte sie zu Kabbeleien. Es überraschte sie, was für verletzende und grausame Dinge sie zuweilen zueinander sagten. Sie selbst hatte keine Schwestern.

Diese Überlegungen beschäftigten sie so sehr, dass sie die Umgebung völlig ausblendete, bis es urplötzlich gleich hinter ihr, an ihrer Schulter, wie es ihr vorkam, einen gewaltigen Knall gab, der sie in hilflose Panik versetzte. Ihr Herz raste, und ihre Knie zitterten. Im ersten Moment konnte sie sich nicht vorstellen, was den Krach verursacht haben könnte, aber instinktiv und noch bevor sie sich umwandte, schlug sie die Jacke zurück und griff nach der Browning im Holster an ihrer linken Achselhöhle.

Als sie die leisen Schritte von jemandem hörte, der zwischen den Kiefern hervortrat, drehte sie sich doch um, immer noch ohne zu wissen, was sie erwartete. Auch die Mädchen waren stehen geblieben und wandten sich um. Celias Hand, mit der sie den Griff der Pistole umklammerte, war unter dem Aufschlag ihrer Jacke verborgen, trotzdem war sie sich sicher, dass Mary einen Blick auf das Holster erhascht hatte – diesem wachsamen kleinen Ding entging gar nichts.

Billy Denton, der seitlich aus dem Wald hervor auf den Weg trat, senkte den Lauf der Flinte, sodass sie auf den Boden gerichtet war. Celia nahm den Geruch von Schießpulver wahr. Sie gab ein angespanntes, brüchiges kleines Lachen von sich. »Na, Sie haben mich aber erschreckt!«, rief sie.

Der junge Mann trug eine fadenscheinige Norfolk-Jacke, ein kragenloses und nicht sehr sauberes weißes Hemd, braune Cordhosen und feste, lederne Schnürstiefel.

»Tut mir leid«, sagte er, allerdings hörte er sich nicht danach an. »Ich dachte, hier draußen wär niemand.«

»Was machen Sie denn?«

»Ich schieße Saatkrähen.«

»Saatkrähen?« Wohl eine bestimmte Art von Krähen, dachte sie. »Warum?«

»Das sind Schädlinge.«

Celia runzelte die Stirn; sie hatte nicht gewusst, dass Vögel Schädlinge sein konnten, zumindest nicht ganz normale Vögel wie Raben und Krähen. Sie vermutete, sie fraßen das Getreide oder so – oder war es der Witz eines Landbewohners auf Kosten eines Stadtmenschen? Der junge Mann wirkte jedenfalls keine Spur amüsiert. Er sah auf eine düstere Art gut aus, mit glänzenden schwarzen Locken und milchweißer Haut und einem Sattel teefarbener Sommersprossen über dem Nasenrücken.

»Ich heiße übrigens Nashe«, sagte sie. »Celia Nashe.«

Sie hielt ihm die Hand hin, aber er tat so, als würde er es nicht bemerken.

»Denton«, sagte er.

Sie zog die Hand zurück. Er betrachtete sie ausdruckslos, die Schrotflinte ruhte auf seinem Unterarm.

»Und das da sind Mary und ihre Schwester Ellen«, sagte Celia. »Wir wohnen gerade auf Clonmillis Hall.«

»Ja, ich weiß.«

Immer noch wurde seine versteinerte Miene nicht freundlicher. Er wirkte weniger feindselig als entschlossen gleichgültig.

Mary kam zu ihnen zurückgerannt, während Ellen blieb, wo sie war.

»Wie viele haben Sie geschossen?«, fragte Mary atemlos. Sie blickte mit einem kleinen aufgeregten Lächeln zu ihm auf, ganz untypisch für sie, dachte Celia.

Billy Denton runzelte die Stirn. »Wie viele was?«

»Krähen – machen Sie nicht Jagd auf die?«

»Saatkrähen«, korrigierte er sie. Celia glaubte, eine leichte Veränderung in seiner Haltung auszumachen, er wurde ein kleines bisschen weicher. »Nicht viele«, fuhr er fort. »Die sind ganz schön schlau: Kaum hebst du das Gewehr, sehen sie den Lauf aufblitzen, und schon sind sie weg.«

Das Mädchen hatte noch eine Menge Dinge auf Lager, die es zu ihm sagen wollte, aber er verschwand ohne ein Wort im bläulichen Schatten des Waldes und war gleich darauf nicht mehr zu sehen. Mary blickte Celia mit gerunzelter Stirn und zu einem Strich zusammengekniffenen Mund an; es war klar, dass sie Celia dafür verantwortlich machte, den jungen Mann vertrieben zu haben.

»Sie sind ja ganz weiß«, sagte sie vorwurfsvoll.

Celia blinzelte. »Was?«

»Haben Sie noch nie gehört, wie ein Gewehr abgefeuert wird?«

»Doch, natürlich.«

»Ich dachte, mit Waffen kennen Sie sich aus.«

»Ach, sei doch still«, sagte Ellen, die zu ihnen kam und ihre Schwester bei der Hand nahm. »Gehen wir.«

Sie ging weiter und zerrte Mary hinter sich her. Mary sah Celia über die Schulter mit einem bösartigen dünnen Lächeln an, als wollte sie sagen, das zahle ich dir heim, du wirst schon sehen.

»O Gott«, murmelte Celia in sich hinein und berührte kurz ihre Stirn. Ihr klingelten immer noch die Ohren von dem Schuss. In Wahrheit hatte sie noch nie gehört, wie ein Gewehr abgefeuert wurde. Der Knall war überraschend laut, und ihr wurde bewusst, dass sie nervlich in schlechterer Verfassung war, als sie gedacht hatte.

Billy Denton verließ den Pfad und ging zwischen den hohen, schlanken Baumstämmen hindurch. Ihm war nicht wohl, warum, wusste er auch nicht. Es war nur eine junge Frau mit zwei Mädchen – warum verunsicherte ihn die zufällige Begegnung mit ihnen so? Es kam ihm vor wie eine Szene aus diesen alten Volksmärchen, die Pike so gerne erzählte, die Frau eine als Hausmädchen verkleidete Hexe, die beiden Mädchen ihre verzauberten Gefangenen und er selbst der unschuldige Förster mit seinem Gewehr. Ja, genau so hätte Pike das erzählt.

Es gefiel Pike, die Rolle des klugen alten Fuchses zu spielen, mit ländlichen Sagen und Mythen aus »vergangener Zeit« – er war ein wandelndes *Ireland's Own* und genauso ein

Schwindel wie das meiste, worüber in diesem Käseblatt geschrieben wurde. Hinter dem Geschwätz und Gesäusel war Pike jedoch durchtrieben und aalglatt wie eine Ratte in der Gosse. Sogar wie er redete – er fügte ständig irische Aussprüche und Wörter ein –, war gekünstelt. Er sprach so, wie es Amerikaner von Iren erwarteten.

Hier hörten die Nadelbäume auf – der Herzog hatte sie vor Jahren angepflanzt, in der Überzeugung, er würde damit ein Vermögen verdienen, doch dann hatte er das Interesse daran verloren. Billy machte kehrt und lief eine Feuerschneise entlang, die die Kiefern von den ursprünglichen Bäumen trennte. Vor ihm raschelte etwas im Laub, und so blieb er stehen, hob das Gewehr auf Schulterhöhe und blickte mit zusammengekniffenen Augen an den Läufen entlang.

Dann senkte er es ganz langsam wieder.

Aus dem grünen Gewirr vor ihm blickten ihn zwei Augen an, in einem rußverschmierten Gesicht unter einem Helm, der mit Eichenblättern getarnt war; die Spitze eines Gewehrlaufs ragte aus dem Dornengebüsch. Er trat einen Schritt nach hinten und setzte den Kolben des Gewehrs auf dem Boden ab. Der Soldat löste sich von seinem Posten im Unterholz und zog sich langsam zurück, immer noch den Blick auf ihn gerichtet, immer noch kauernd, bis ihn die Bäume verschluckten und er nicht mehr zu sehen war.

Denton wartete einen Augenblick, für den Fall, dass da noch mehr Soldaten waren. Dann lachte er kopfschüttelnd und machte sich in Richtung Clonmillis Road auf.

Das war nicht seine erste Begegnung mit dem Militär. Er hatte sie in der vergangenen Woche schon drei-, viermal entdeckt, wie sie in Deckung auf dem Boden lagen, die

Gewehre im Anschlag – wofür? –, oder wie sie zwischen den Bäumen hindurchschlichen und sich gegenseitig Signal gaben, einander vorwärts oder zurückwinkten und dabei eigentlich aussahen wie eine Gruppe Schauspieler in einem Kriegsfilm. Er konnte sie nicht ernst nehmen. Wenn sie nicht aufpassten, würde noch jemand von einer Kugel getroffen werden.

17

Joey Harte dachte sich oft, wie schade es doch war, dass man keinen Umhang mehr trug, zumindest nicht, ohne zu riskieren, ausgelacht zu werden. Er jedenfalls würde einen tragen, wenn er könnte. Joey gefiel sich in der Rolle des Geheimnisvollen, als einsamer Wolf auf der Jagd, eine Art Geheimagent. Er gab sich zweifelhaft und verstohlen, hielt sich immer ganz am Rand des Bürgersteigs und schlich leise durch die Dunkelheit. Schleicher, so lautete sein Spitzname im Ort.

Er lebte in einem weiß getünchten Ein-Zimmer-Häuschen – oder eher grau getüncht, wie ein lokaler Spaßvogel einmal bemerkt hatte, woran sich alle erinnerten. Es stand an der John's Street, eingekeilt zwischen einer Metzgerei und dem Hof eines Schmieds, und er hatte es für wenige Schilling im Monat von dem Metzger gemietet. Sein Vater war ein Trunkenbold, der Joeys Mutter geschlagen hatte, bis sie mit einem Kesselflicker durchgebrannt war, und von da an bekam Joey zu der eigenen Tracht Prügel auch noch die ihre dazu. Schließlich musste man ihn von zu Hause entfernen, aus Angst, der Vater könnte ihn in einer seiner ganz schlimmen Nächte womöglich umbringen.

Und so hatte Joey seine Jugend in diversen Pflegeheimen und sogenannten Industrial Schools verbracht. In jeder einzelnen dieser Einrichtungen war er schikaniert und von den Priestern und den Christlichen Brüdern belästigt worden. Er hatte noch nie Arbeit gehabt, sondern lebte von der Wohlfahrt, schnorrte sich Alkohol und Zigaretten, wilderte ein bisschen und klaute auch gelegentlich einmal etwas. Die Stadt duldete ihn; er war eines ihrer »Originale«.

Er hatte frühzeitig bei den »*Lads*« Anschluss gefunden, wie man sie mittlerweile nannte – üblicherweise mit verdrehten Augen, einem Zungenschnalzen und einem müden, nachsichtigen Lächeln –, und war mit der Zeit zu ihrem inoffiziellen Kurier geworden. Dazu gehörte nicht viel mehr, als samstagmorgens zum Wettbüro zu laufen oder, wenn sie sich in dem Hinterzimmer im ersten Stock über Redmond's Pub trafen, das wohl das Hauptquartier darstellte, die durstigen Kehlen mit Porter zu versorgen – sie redeten eine Menge, die *Lads*.

Diese Treffen fanden einmal die Woche statt, hinter verschlossener Tür. Sie diskutierten, was auch immer diskutiert werden musste, zum Beispiel, wie sie es bewerkstelligen könnten, sich Geld aus Amerika zu besorgen, wie sie in den Besitz von ein paar Waffen kommen könnten oder ihre Pläne für einen weiteren Vorstoß zur Grenze, um die Fenster der Zollposten auf der anderen Seite mit Steinen einzuwerfen. Die *Lads* waren »Politische«, die es sich zum Ziel gemacht hatten, die Briten aus dem Norden zu vertreiben und das Land wiederzuvereinigen. Sie hatten Nordirland noch nie betreten, und es wäre ihnen wohl schwergefallen, die sechs Grafschaften aufzuzählen, die zur Provinz gehörten. Niemand nahm sie wirklich ernst, bis auf sie selbst natürlich.

Die Schönwetterperiode war zu Ende. An diesem Nachmittag hatte es wieder zu regnen begonnen, als Joey sich zum Seiteneingang des Redmond's hereindrückte, mit hochgeschlagenem Kragen und tief über die Augen gezogener Kappe, ganz der getarnte Verschwörer.

Der Innenraum des Pubs hatte wie tagsüber immer etwas Raues, Zerrauftes an sich, und es roch nach abgestandenem Bier und noch abgestandenerem Zigarettenrauch. Gäste waren noch keine da. Der alte Redmond stand höchstpersönlich hinter der Bar, in Hemdsärmeln und Hosenträgern bearbeitete er auf die Ellbogen gestützt seine Zähne mit einem abgebrochenen Streichholz und las dabei den *Nationalist* der letzten Woche. Er war dick, mit einem aufgedunsenen roten Gesicht und ein paar übrig gebliebenen Strähnen sandgrauer Haare, die über einem ansonsten kahlen, narbigen Schädel klebten. Er hob den Blick und starrte Joey ausdruckslos mit seinen rosa geränderten, wimpernlosen Augen an.

Joey rieb sich kräftig die Hände, als wäre ihm kalt; das machte er häufig, und es machte jeden nervös, der länger als fünf Minuten in seiner Gesellschaft sein musste. »Ist er denn oben?« Er nickte in Richtung der Hintertreppe.

»Ja.«

»Allein?«

Aber Redmond widmete sich bereits wieder seiner Zeitung. Joey verließ die Bar und stieg die Treppe hinauf.

Ein Petroleumofen mit Rußspuren stand in einer Ecke des Zimmers im Obergeschoss. Das Fenster war geschlossen, und die Vorhänge waren zugezogen, um das Nachmittagslicht nicht hereinzulassen. Es stank.

Tom Clancy, allen bekannt als Boss Clancy, saß an einem Tisch vor dem leeren Kamin. Eine schwache nackte Glühbirne brannte über dem Tisch, der wie gewöhnlich mit Papierstapeln bedeckt war, und Clancy tat wie immer so, als wäre er sehr damit beschäftigt. Niemand wusste, mit welchen wichtigen Angelegenheiten er angeblich zu tun hatte, die so viel Papierkram erforderten, aber immer wenn jemand das Zimmer betrat, saß er mit einem Bleistift in der Hand über die Papiere gebeugt, runzelte die Stirn und bewegte beim Lesen die Lippen, während seine Tabakspfeife in dem Blechaschenbecher vor ihm lag.

»Joey, *a chara*«, sagte er kühl und ohne aufzublicken. »Gewinnen wir?«

Clancy war der selbst ernannte Anführer der *Lads*. Er war ein gedrungener, bulliger Mann von etwa vierzig Jahren – alt genug, um nicht so dumm zu sein, mit Spielzeugsoldaten zu spielen, wie die Leute hinter seinem Rücken sagten. Sein Kopf hatte die Form und die Größe einer Schuhschachtel und saß auf einem Hals, der so breit war wie seine Stirn. Seine eingeölten schwarzen Haare waren so streng zurückgekämmt, dass seine Augenbrauen nach oben gezogen zu werden schienen, was ihm einen permanenten Ausdruck missmutiger Verwunderung verlieh. Er trug ein weißes Hemd mit einer roten Krawatte und ein hellbraunes Tweedsakko, dessen drei Knöpfe er die meiste Zeit geschlossen hatte. Er wirkte irgendwie teigig, seine Haut hatte die Farbe von blanchiertem Gemüse. Er schien aus sich selbst herauszuquellen und schwitzte permanent. Mrs Redmond, die Frau des Wirts, eine wortkarge und verdrießlich wirkende Frau, die nichtsdestotrotz gelegentlich sarkastische Späße zum Besten gab, schwor, wenn man nur genau genug hinsah, konnte man den Schweiß aus den Schnürsenkellöchern seiner Schuhe der Größe 46 rinnen sehen.

Joey hatte am Abend zuvor getrunken, daher hatte er heute natürlich einen heftigen Brand, aber er hielt es für unklug, die Möglichkeit eines Konterbiers auch nur anzudeuten. Clancy befand sich in einer seiner puritanischen Phasen und hatte in letzter Zeit versucht, den Trupp dazu zu bringen, dem Alkohol abzuschwören – Clancy bezeichnete seine kleine Freiwilligengruppe immer als »Trupp« und wurde fuchsteufelswild, wenn jemand sie die »*Lads*« nannte. Diesen Ausdruck fand er abfällig, schließlich waren seine Männer keine »Jungs«. Er war eine ernst zu nehmende Größe in Clonmillis, denn neben seinem heimlichen Dasein als Aufständischer – auch wenn dieses Geheimnis so gut wie jeder kannte – führte er auch die größte Eisenwarenhandlung der Stadt und war Mitglied des Grafschaftsrats.

Er legte seinen Bleistift weg und blickte zu Joey hinüber, der gleich hinter der Tür stehen geblieben war.

»Wenn du reinkommen willst, dann komm rein, Herrgott noch mal!«, schnauzte er.

Joey ging vor zum Tisch, nahm die Kappe ab und hielt sie mit beiden Händen vor sich. Die Ofendünste hatten seine Lippen bereits mit einem öligen Film überzogen, den er mit dem Zeigefinger wegwischen wollte, was ihm aber nicht gelang; er hasste den Gestank von Petroleum, und er verstand nicht, wie es der Boss aushielt, jeden Samstagnachmittag und die meisten Abende unter der Woche stundenlang hier zu sitzen und ihn einzuatmen, während er seine Unterlagen bearbeitete und diese Pfeife rauchte, die noch mehr stank als der Ofen.

»Wie geht es, Boss?«, fragte er zaghaft.

»Gut«, antwortete Clancy barsch. »Was hast du mir zu sagen?«

»Die sind noch dort draußen, die Blondine und die beiden Kinder. Der Engländer in dem schicken Auto ist nicht zurückgekommen.«

»Aber die Freistaatler bewachen das Grundstück noch?«

»Freistaat« lautete die verächtliche Bezeichnung der Rebellen für de Valeras irische Republik.

Joey blickte unsicher zur Seite. »Angeblich«, murmelte er.

Er hatte nicht die Absicht, dem Boss von seinem nächtlichen Zusammentreffen mit den Soldaten in dem Panzerwagen auf der Straße hinter Clonmillis Hall zu erzählen. Wahrscheinlich würde er sowieso davon erfahren – zwei der *Lads* waren bei der Garda und informierten den Boss regelmäßig darüber, was die Freistaatler vorhatten. Die Soldaten hatten Joey auf das Polizeirevier an der Hill Street gebracht, aber sobald sie wieder weg waren, hatte der wachhabende Beamte ihn gehen lassen. Er hatte ihm aber die Warnung mit auf den Weg gegeben, sich vom Anwesen des Herzogs von Edenmore fernzuhalten, sonst würde er beim nächsten Mal eine Anzeige wegen Herumlungerns und der Planung einer Straftat bekommen, wenn nicht Schlimmeres. Der Sack mit dem Frettchen wurde ignoriert.

Clancys Pfeife war ausgegangen. Er nahm sie, riss ein Streichholz an und brannte den aschigen Tabakrest unten im Pfeifenkopf an. »Tja, wenn der Engländer weg ist und Devs sogenannte Armee trotzdem noch Dienst tut«, sagte er, »dann haben sie wohl nicht ihn bewacht.« Er blies Pfeifenrauch aus. »Vielleicht geht es dann um die Blondine, die Ehefrau.«

»Und die beiden Mädchen.«

»Nein, nein.« Clancy schüttelte den Kopf. »So ein Aufgebot an Soldaten, um auf die Familie irgendeines Kerls aufzupassen, der in der Botschaft arbeitet? Die Briten gehen nicht so rücksichtsvoll mit ihren Lakaien um, und auch nicht mit deren Frauen. Was ist mit dem anderen Mann aus Dublin, dem Detective?«

»Strafford heißt er.«

»Stafford?«

»Nein, Strafford, mit *r*. Hat er gesagt.«

Clancy betrachtete ihn mit zusammengekniffenen Augen. »Woher weißt du denn, was er gesagt hat?« Joeys Stirn wurde rot, und er war erleichtert, als der Boss fortfuhr: »Wahrscheinlich hat dir dein Schatz seinen Namen verraten können und alles, was er so treibt.«

»Ja genau, so ist es«, beteuerte Joey eifrig und lachte nervös.

Clancy betrachtete ihn ein paar Sekunden und kaute auf seiner Pfeife herum. Irgendetwas stimmte hier nicht: Joey verschwieg ihm etwas. Andererseits war der Schleicher ein passionierter Lügner, jemand, der log, auch wenn es gar nicht notwendig war, nur um in Übung zu bleiben.

»Wann hast du sie denn zuletzt gesehen, dein Turteltäubchen?«, fragte Clancy bewusst beiläufig.

»Neulich abends«, antwortete Joey.

»Wann neulich?« Clancy lächelte – zumindest war sein Gesichtsausdruck das, was bei ihm für ein Lächeln stand.

»Mittwoch. Nein, Donnerstag.«

»Aha«, sagte Clancy.

Er könnte es auch einfach dabei bewenden lassen. Früher oder später würde Joey schon damit herausplatzen, was er geheim hielt – er hatte kein Rückgrat, genauso wenig wie dieser Taugenichts von seinem Vater. Wenn es zu Schießereien kommen würde, dann würden die Joeys als Erste vorgeschickt, wenn auch aus keinem anderen Grund, als um einen Teil der Munition des Feindes zu verbrauchen. Dafür waren Freiwillige schließlich da, wie er Seán MacBride gegenüber bemerkt hatte – er hatte den bedeutenden Mann nur ein einziges Mal getroffen, als er noch der Stabschef der IRA war, aber es blieb die eindrücklichste Begegnung seines Lebens. Er versäumte es nie, einen Vorwand zu finden, um es in den wöchentlichen Strategietreffen mit dem Trupp zu erwähnen.

»Was ist mit unserem Burschen da draußen auf dem Anwesen?«, fragte er jetzt. »Behält er alles im Auge?«

Joey kicherte. »Allerdings.«

Clancy, berüchtigt für seine plötzlichen Wutanfälle, nahm die Pfeife aus dem Mund, griff nach seinem Bleistift und kaute darauf herum, eine Ersatzhandlung fürs Zähneknirschen.

»Herrgott im Himmel«, knurrte er, »wir haben ihn und deine Kleine, zwei Leute, auf dem verdammten Gelände, und trotzdem wissen wir nicht, was da vor sich geht.«

»Ich habe heute Abend ein Rendevous mit Maggie.«

»Ach ja.« Clany riss die Augen weit auf, als wäre er beeindruckt. »Ein Rendevous, nicht schlecht, und das, nachdem du sie erst neulich abends gesehen hast. Sie bekommt offenbar nicht genug von dir.«

»Sie lässt mich durch die Hintertür rein.«

Darauf verwandelte sich Clancys Lächeln in ein anzügliches Grinsen. »Na, das tut sie ganz bestimmt«, sagte er.

Joey senkte den Blick, seine Stirn färbte sich wieder rot. Was auch immer Clancy von ihm hielt, er hatte keinen Grund, seine Liebste zu verhöhnen oder ihren Namen mit schlüpfrigen Bemerkungen in den Dreck zu ziehen. Er zog in Erwägung zu protestieren, aber er hatte nicht den Mut dazu.

»Sieh jedenfalls zu, dass du etwas über die Situation dort in Erfahrung bringst, und gib mir Bescheid«, sagte Clancy schroff zum Abschluss.

Ihm war der Anflug von Zorn in Joeys gesenktem Blick aufgefallen. Joey steckte heute voller Überraschungen. Im einen Moment noch errötete er, nur weil sein Schatz erwähnt wurde, und jetzt war er beleidigt, weil er einen kleinen Spaß auf ihre Kosten gemacht hatte. War sie nicht bloß ein Dienstmädchen im Herrenhaus? Der Boss verstand nicht, was die Burschen mit ihren Mädchen immer hatten. Allerdings hatte er selbst ja nicht viel mit Frauen zu schaffen.

Er wandte sich wieder dem Tisch und seinen Papieren zu. Er hatte den Leuten in Belfast – der Zentrale, wie er immer augenzwinkernd sagte – regelmäßig Bericht erstattet und sie über die Entwicklungen auf Clonmillis Hall informiert, seit die mysteriöse Fünfergruppe in dem braunen Wagen angekommen und eine Militärpatrouille eingesetzt worden war, um das Anwesen zu bewachen. In der Stadt hieß es, Devs eigener Sohn, Major Vivion, sei dort draußen Oberbefehlshaber. Diese kleine Information hätte sicher bewirkt, dass die hohen Tiere in Belfast die Ohren spitzten, hätte er sich entschieden, es ihnen zu erzählen, was er nicht getan hatte; es war immer gut, ein bisschen zurückzubehalten. Er wusste gar nicht mehr, wie lange er schon versuchte, die Leute in Belfast dazu zu bringen, seine Bereitschaft und die seiner Männer, sich an subversiven Aktionen zu beteiligen, zur Kenntnis zu nehmen, aber sie hatten ihn nicht beachtet – bis jetzt.

Joey hatte sich nicht von der Stelle gerührt.

Clancy sah ihn an. »Gibt es noch etwas, Schleicher?«

»Nein, Boss.«

»Sag Redmond, er soll dir ein Pint geben und es anschreiben.«

»Ah, danke, Boss.« Joey lächelte breit. »Ich habe so einen höllischen Durst, ich könnte …«

»Schon gut, schon gut – ab mit dir.«

Clancy widmete sich wieder seinen Unterlagen und strich sich die Haare glatt. Herrgott, wenn man daran dachte, von was für einem Kaliber die Männer von 1916 gewesen waren, allesamt Dichter und Gelehrte, und er hatte im Kampf für die Sache nur Leute wie Joey Harte als Unterstützung.

18

Strafford saß zufrieden in seinen Sessel versunken in der Bibliothek, die langen Beine vor sich ausgestreckt, und wärmte sich die Zehen vor dem Kamin, als er von irgendwo aus den oberen Stockwerken ganz leise Musik hörte. Er war dabei, *Eustacia im Schweizer Internat* zu lesen, das einzige Buch seiner Wahl, dessentwegen Miss Broaders bei seinem letzten Besuch in der Carnegie-Leihbücherei eine Augenbraue gehoben hatte. Jetzt klappte er das Buch zu und hielt einen Finger als Lesezeichen zwischen die Seiten.

Es war ein Walzer, so viel erkannte er, allerdings erinnerte er sich nicht an den Namen; zweifellos war es irgendetwas von einem der allzu vielen Straussens. Neugierig geworden legte er das Buch mit der Schrift nach unten auf den Boden neben dem Korb mit den Holzscheiten. Das Feuer war niedergebrannt. Er stocherte mit dem Schürhaken in der schwachen Glut herum und häufte ein wenig Anschürholz und zwei Scheite auf; in wenigen Minuten würde es wieder gut brennen.

Er streckte sich und gähnte. Ihm fiel ein, dass es ein Wort dafür gab: Pandikulation. Warum in Gottes Namen wusste er das? Ihm blieben alle möglichen Kinkerlitzchen im Gedächtnis; er fürchtete, das sei ein weiteres Zeichen für seinen tief sitzenden Unernst.

Im Nebenzimmer erklangen Stimmen. Celia Nashe prüfte dort Marys Kenntnisse der französischen Verben; die unverminderte Langeweile trieb sie alle zum Extrem.

Draußen regnete es.

Der Ballsaal war im ersten Stock und reichte von der Vorderseite des Hauses bis ganz nach hinten. Strafford blieb vor der offenen Tür stehen, kurz vor der Schwelle, und gab acht, kein Geräusch zu machen. Plötzlich fiel ihm wieder ein, um welches Stück es sich handelte. Es stammte nicht aus der Feder eines der Straussens, sondern von Franz Lehár: der Walzer aus »Die lustige Witwe«. Es war eines der Lieblingsstücke seiner Mutter gewesen, und daher kannte er es auch, denn er selbst war gar nicht musikalisch. Sie hatte immer mitgesummt, und einen Moment lang konnte er sie beinahe wieder hören: *Daah da-da dah, daah da-da dah, dah — dah — dah.*

Der Raum, den er durch die Tür sah, war riesig, und dieser Eindruck wurde noch dadurch verstärkt, dass er fast gänzlich unmöbliert war. Vor den drei merkwürdig kirchenhaft wirkenden Bogenfenstern hingen nicht einmal Vorhänge. Der gewaltige Holzboden sah aus, als wäre er ein halbes Jahrhundert lang nicht mehr gebohnert worden, und war durchzogen von feinen grauen Kreisen und Linien, wie die Oberfläche einer Eisbahn. Der Kamin aus grünem Connemara-Marmor war so groß, dass ein Mensch aufrecht darin stehen konnte, und auch die Decke war hoch und verziert mit eleganten Stuckreliefs, die dringend einmal gesäubert werden mussten.

Jemand hatte das Grammofon, einen altmodischen Apparat mit Kurbel und einem geschwungenen Messingtrichter, auf den Boden unter ein Fenster gestellt. Die Schallplatte mit dem roten Etikett, die sich auf dem Plattenteller drehte, war das Einzige, was sich in dem Raum bewegte – sie und das tanzende Mädchen.

Es war Ellen. Sie hatte ein blaues Kleid mit gerafftem Mieder an, weiße Söckchen und schwarze Lackschuhe mit einem Riemen über dem Spann. Sie trug wie immer einen Haarreif, auf einer Seite war eine Spange aus Schildpatt festgesteckt. Sie drehte sich im Takt der Musik, die Augen geschlossen. Statt eines Tanzpartners hielt sie ein viktorianisches Ballkleid aus durchsichtiger, leicht vergilbter weißer Spitze im Arm. Mit einer Hand drückte sie sich den Kragen an den Hals, während sie mit der anderen, den Arm nach links ausgestreckt, den leeren, schlaffen rechten Ärmel hielt. Das Regenlicht vom Fenster her bildete einen leuchtenden Nebel um sie herum, und das Rauschen der Grammofonnadel in der Rille erinnerte Strafford an den Klang eines weit entfernten Meeres, das am Ufer über Kiesel brandet.

Er hatte sich gerade angeschickt, sich rückwärts auf Zehenspitzen von der Tür zu entfernen, als die Musik abrupt endete und das Mädchen den Tanz unterbrach. Sie schlug die Augen auf, und plötzlich starrten die beiden sich an, gleichermaßen auf ihre jeweils unterschiedliche Art verblüfft.

»Ach, das tut mir leid«, sagte Strafford rasch, »ich habe dich nicht gesehen.«

Das war so offensichtlich unwahr, dass er eine Sekunde lang die Augen zudrücken musste und eine verschämte Grimasse zog. Das Mädchen knüllte das weiße Kleid sofort zu einer Kugel zusammen, drückte es sich an den Bauch, lief schnell zum Grammofon hinüber, ging auf ein Knie, hob die Nadel von der Platte, schob den schweren Tonarm zur Seite und befestigte ihn an dem metallenen Träger.

Strafford, der immer noch verlegen wippend in der Tür verharrte, hatte keine andere Möglichkeit, als den Raum zu betreten. Das Mädchen erhob sich vor dem Grammofon und wandte sich ihm zu, bleich, reumütig und ein wenig verärgert. Irgendwie hatte sie das Ballkleid verschwinden lassen und strich sich nun über die Vorderseite ihres Rocks, um nicht vorhandene Falten zu glätten.

Diese junge Person, sagte sich Strafford wie jemand, der sich kneift, um aufzuwachen, war eine Prinzessin von Geblüt, die erste Thronfolgerin Englands und die zukünftige Herrscherin über das British Empire, und dennoch war sie gleichzeitig einfach nur ein Mädchen, ertappt in einer persönlichen Fantasie, einem jugendlichen Traum von Eleganz und Romantik.

»Es tut mir leid«, sagte er noch einmal. »Ich wollte nicht …«

Er wusste nicht genau, was er nicht gewollt hatte. Sie standen einander leicht verzweifelt gegenüber, der große, schlanke junge Mann und das noch jüngere Mädchen in seinen Söckchen und den adrett glänzenden Schuhen. Er hatte angenommen, sie würde davonlaufen, sobald sie das Spitzenkleid losgeworden war – was hatte sie nur damit gemacht? –, aber sie schien genauso hilflos zu sein wie er und konnte ebenso wenig den Bann brechen, der sie hier in dieser schmerzhaft peinlichen Situation festhielt.

Durch die drei hohen, regennassen Fenster wogte der

Blick über die Baumwipfel hinweg zu dem geheimnisvollen fernen Hügel, der von überall zu sehen sein schien, ganz egal, in welchem Teil des Hauses man sich befand.

»Es ist kalt.« Zur Verdeutlichung fröstelte Strafford übertrieben. »Ich verstehe nicht, wie die Leute es schaffen, in solchen Häusern zu leben.«

»Ja.« Nach einer Pause fügte das Mädchen hinzu: »Meine Familie lebt in solchen Häusern, seit wir denken können.« Wieder hielt sie inne. »Wo sind Sie aufgewachsen?«

»Tatsächlich auch in einem Haus wie diesem, nur natürlich kleiner. Roslea hieß es. Nicht weit von hier, aber in einer anderen Grafschaft.«

»Aha.« Sie nickte. »Aber Sie sind Ire, oder?«

Wie ernst sie war, dachte er bei sich, für einen so jungen Menschen.

»O ja«, sagte er. »Beziehungsweise Angloire. So bezeichnen uns die Iren.« Er lächelte. »Die Briten wissen natürlich nicht so genau, was wir sind.«

»Das ist alles sehr kompliziert, nicht?«

Sie beide wandten im selben Moment den Blick ab. Strafford fühlte sich recht unbehaglich ob der Situation, aus der keiner von beiden so recht zu entkommen wusste. Natürlich könnte er einfach ein paar höfliche Worte murmeln, sich umdrehen und gehen. Dennoch blieb er. Auf dem Boden des Ballsaals schien ein unsichtbarer Kreis um sie gezogen worden zu sein, aus dem sie beide nicht entfliehen konnten, bis einer von ihnen die Zauberformel fand.

»Wonach riecht es denn hier?«, sagte Strafford. »Das riecht nach …« Ihm fiel nicht ein, was es war, aber er kannte den Geruch sehr gut.

»Nach Mottenkugeln, glaube ich«, sagte Ellen. »Meine Hände riechen danach, von dem Kleid.«

»Natürlich. Es …«, er suchte nach dem richtigen Wort, »es ruft viele Erinnerungen wach.«

»Ja.«

Wenn ich irgendwann, in Jahren, einen Hauch Kampfer rieche, wird mich das sofort an diesen Augenblick erinnern, dachte er.

Regen flüsterte an die Fensterscheiben. Die glänzenden nassen Wipfel der Bäume draußen waren graugrün, golden, rostbraun, blutrot.

»Ist alles in Ordnung?«, hörte er sich fragen.

Die Frage schien sie überhaupt nicht zu überraschen. Sie dachte ein, zwei Augenblicke ernst darüber nach. »Ja, ich glaube schon«, sagte sie dann. »Warum?«

»Einfach so. Ich dachte, ihr vermisst wahrscheinlich – naja, eine Menge.«

»Ja, aber wir sind darin geschult, dass nicht.«

»Dass was nicht?«

»Dass wir nichts vermissen.«

Er lächelte wieder und legte den Kopf auf eine Seite. »Geschult?«

»Dann eben so erzogen. Aber eigentlich ist es doch das Gleiche.« Das Mädchen schwieg einen Moment, mit gerunzelter Stirn, wie eine Lehrerin die Stirn runzeln würde, wenn sie eine Aussage formulieren will, von der sie weiß, dass sie bis auf ein, zwei der klügeren Schülerinnen und Schüler niemand begreifen würde. »Das ist Teil unserer Tätigkeit.«

»Teil …?«

»Ja. Ein Teil davon besteht darin, keiner Schwäche nachzugeben, nichts haben zu wollen oder sich nicht leidzutun.«

Strafford fiel darauf nichts ein.

Die Miene des Mädchens hellte sich auf. »Bestimmt ist schon Teezeit«, sagte sie. »Wollen wir nach unten gehen?«

Sie verließen den Ballsaal und liefen nebeneinander die Treppe hinunter. Es roch immer noch ganz leicht nach Mottenkugeln.

Nach seinen ersten Tagen auf Clonmillis Hall hatte Strafford in aller Stille aufgehört, den Nachmittagstee einzunehmen. Unter den zahlreichen Gebräuchen, die den Tag auf Clonmillis Hall einteilten, fand er diesen ganz besonders ermüdend. Statt sich also nach seiner Begegnung mit Ellen in den Salon zu begeben, wo die Teezeremonie zelebriert wurde, kehrte er in die Bibliothek zurück.

Das Feuer, das er wieder entfacht hatte, brannte gut, und die Scheite loderten mit sich selbst beschäftigt in Arabesken vor sich hin. Er nahm sein Buch und tauchte wieder in die Geschichte der rachsüchtigen Eustacia ein, die ihren Plan vorbereitete, im Schweizer Internat Chaos anzurichten. Nach einer Viertelstunde im Sessel wurden ihm, eingelullt von dem warmen Feuer und dem beschaulichen Rhythmus von Miss Brent-Dyers Prosa, die Lider schwer, und er verfiel augenblicklich in einen Dämmerschlaf.

Er hatte noch nicht lange gedöst, da wurde er von einem lautstarken und ostentativen Räuspern geweckt.

Der Herzog stand finster über ihn gebeugt und blickte ihn tadelnd an. Herrjemine, dachte Strafford, auf Wache eingeschlafen!

»Es tut mir leid, Sie zu stören«, sagte der Herzog mit ironischem Pathos. »Ich wollte Sie kurz sprechen.«

»Ja, natürlich.« Strafford steckte sein Buch rasch weg und setzte sich mehr oder weniger aufrecht in den Sessel. »Wollen Sie sich nicht setzen?«

»Ich stehe lieber.«

Trotz seiner Vorahnungen war Strafford mittlerweile gespannt, worum es sich handeln könnte. Hatte er eines der ungeschriebenen Gesetze des Hauses gebrochen? War es die Geringschätzung der Teezeremonie, die den alten Herrn verärgert hatte? Nein: Es ging um eine ernstere Sache.

»Also«, sagte der Herzog und richtete seinen finsteren Blick auf das Feuer im Kamin, »die Mädchen haben sich beschwert – na ja, genauer gesagt die Ältere, aber für sie beide.«

Nun war es Zeit für Strafford aufzustehen. Er hatte den Vorteil, fast einen Kopf größer als der Herzog zu sein. »Worüber beschwert?«, fragte er sanft, wie es sanfter nicht mehr ging.

»Vielleicht ist ›beschwert‹ ein zu starkes Wort.«

Der alte Mann fischte seine Pfeife aus der Tasche, zusammen mit einem alten ledernen Tabaksbeutel und einem kleinen stählernen Werkzeug, von dem lauter Spitzen, Klingen und Kratzer abstanden, und schickte sich an, das Ritual der Pfeifenraucher zu begehen, auszukratzen, auszuklopfen, zu füllen, zu stopfen, anzuzünden. Das Leben, überlegte Strafford, ist im Prinzip eine Abfolge kleiner und größtenteils uneingestandener Ablenkungsmanöver.

»Sie sagen«, aus der Pfeife drang eine Schwade durchsichtigen hellblauen Rauchs, und aus dem Kopf kam ein entsetzliches Gurgeln, wie ein Todesröcheln, »beziehungsweise sie sagt, dass sie durchweg zu sehr beaufsichtigt würden.«

Strafford hatte sich etwas Aufregenderes erhofft. »Beaufsichtigt?«

»Ja. Sie und Miss Nashe, meint sie, machen ständig ein Gewese um sie, Sie beobachten sie und hören zu und so weiter.«

»Ich verstehe.« Strafford hatte das Gefühl, ihn würde jemand kitzeln, und er verspürte den starken Drang zu lachen, doch er musste ihm widerstehen, koste es, was es wolle. »Aber darin besteht natürlich unsere Aufgabe«, sagte er, »zu beobachten und zuzuhören und ganz allgemein – na ja, ganz allgemein alles im Blick zu behalten.«

»Das verstehe ich ja.« Der Herzog machte eine ungeduldige, schneidende Geste mit der Handkante. »Natürlich verstehe ich das. Aber verdammich, das sind Kinder, die brauchen doch ein bisschen Freiheit, um zu spielen und … und … und um sie selbst zu sein und so fort.«

Der Herzog an sich war nicht lustig, doch versäumte er nie, in Strafford den verrückten Drang auszulösen, vor Lachen zusammenzubrechen.

Und woher kam die plötzliche Sorge des alten Burschen um das Wohlergehen der Mädchen?

»Ich wollte in der Tat über dasselbe Thema mit Ihnen sprechen, Sir.«

»Was?« Der alte Mann starrte ihn an, eine Augenbraue gesenkt und die andere hochgezogen, sodass er aussah wie ein wütender Zyklop. Etwas Pfeifenasche war vorne auf seine Tweedweste gefallen. »Was meinen Sie?«

»Nun, ich habe das Gefühl – und ich vermute, Miss Nashe würde mir da zustimmen –, dass hier auf Clonmillis Hall zu viel Kommen und Gehen herrscht, besonders auf den Außenanlagen.«

»Kommen und Gehen?« Das Zyklopenauge funkelte.

»Ja. Da ist dieser junge Bursche – wie heißt er noch, Denton? Er scheint hier überall freien Zugang zu haben.«

Der Herzog, der die Nüstern jetzt blähte, schüttelte sich empört, ruckte mit den Schultern und klappte die Unterlippe herunter. »Natürlich hat er hier überall freien Zugang! Er ist ja praktisch mein Verwalter.«

»Wurde seine Mutter nicht von den Black and Tans erschossen?«

Darauf wich der Herzog von der Hüfte an aufwärts zurück und starrte den jungen Mann von unten an, wobei seine Stirn noch einen Ton dunkler wurde. »Woher wissen Sie das?«, fragte er bedrohlich knurrend.

»Nun, bevor wir hier eingesetzt wurden, haben Miss Nashe und ich eine kleine Einweisung bekommen – getrennt voneinander natürlich.«

Der Herzog wandte den Blick ab, lief mit auf dem Rücken verschränkten Händen im Kreis, schüttelte den Kopf und gab ein tiefes Summen von sich, als wäre eine Wespe in seinem Hals gefangen.

»Herrgott«, sagte er, »das alles war vor langer Zeit, und außerdem hat das Militär geleugnet, dass sie es waren, die sie erschossen haben.« Er blieb stehen, starrte wütend in den Pfeifenkopf und stieß mit einem Stopfer seines Pfeifenbestecks hinein.

»Wie auch immer, Sie verstehen, was ich sagen will«, meinte Strafford sanft.

»Ja, und ich halte es für absurd. Glauben Sie wirklich, Billy Denton könnte ein – wie nennen Sie das – ein Sicherheitsrisiko sein? Und meine Haushälterin Mrs O'Hanlon? Glauben

Sie, sie transportiert Botschaften an die IRA in ihrer Unterhose? Und ich, was ist mit mir? Was soll mich davon abhalten, allen zu erzählen, dass die beiden Kinder, die hier untergebracht sind, in Wirklichkeit …« Er unterbrach sich und postierte sich wieder vor Strafford. »Mein lieber Mann, wirklich. Wir sind hier nicht im Londoner East End – wir sind hier mitten in Irland.«

Seine Pfeife zog gut. Er lief wieder in einem engen Kreis, langsamer diesmal, und zog Rauchwölkchen hinter sich her wie eine Lokomotive.

»Es ist nicht sehr lange her, seit sie Häuser wie dieses niedergebrannt haben.« Strafford sprach jetzt in strengerem Tonfall; er hatte es plötzlich satt, belehrt zu werden. »Sie sind nämlich nicht alle weg, die *Gunmen*.«

»Aber die Menschen, Mann! Sie haben die Menschen nicht hinter sich, nicht mehr. Die Iren sind nicht mehr kampfeslustig – dafür hat die Armut gesorgt, die Armut und die Priester, und dazu die Erkenntnis, was man braucht, um ein Land zu regieren, wenn man niemanden mehr hat, dem man die Schuld zuweisen kann, wenn es brenzlig wird. Und denken Sie an Napoleons Worte: Ein Marsch ohne das Volk ist wie ein Marsch in die Nacht.«

Strafford erwiderte nichts darauf, er hob nur die Augenbrauen und blähte die Wangen, um sich quasi geschlagen zu geben. Der Herzog wirkte nicht gerade wie ein Verfechter der Demokratie, aber er kannte das Land wahrscheinlich weitaus besser als Strafford selbst.

Bevor man an diesem Abend im Haus zum Dinner Platz nahm, wandte sich Strafford an Celia Nashe und erzählte ihr von dem nachmittäglichen Gespräch mit dem alten Herrn. Zu seiner Überraschung schlug sie sich auf die Seite des Herzogs.

»Ich hatte schon vor, selbst etwas zu Ihnen zu sagen«, meinte sie mit munterer Härte.

Sie waren im oberen Salon und standen an einem Fenster mit Blick nicht auf einen hügeligen Grasteppich, wie man es von einem solchen Fenster erwarten konnte, sondern hinunter auf den Hausgarten von Clonmillis Hall und hinüber zum Stallhof. Es wurde dämmrig, der Regen hatte aufgehört, und Nebel senkte sich auf diesen omnipräsenten, fernen Hügel – Strafford fragte sich, ob er überhaupt einen Namen hatte –, sodass er vor dem Himmel so flach und unwirklich aussah, als wäre er in Lavendelblau auf einen Bühnenhintergrund gemalt.

Celia rauchte. Sie stürzte sich auf die Zigarette und zog weniger daran, als dass sie pickte wie eine Amsel an ihrem Futter.

»Ich hatte den Eindruck, wir sollten sie nicht aus den Augen lassen«, protestierte Strafford schwach.

»Ach, ich finde, man könnte ihnen doch wenigstens ein bisschen Spielraum zugestehen, oder? Ihnen ein bisschen Zeit für sich gönnen? Es muss ja wirklich beklemmend sein zu wissen, dass man zu jeder Tages- und Nachtzeit beobachtet wird. Außerdem sind wir doch komplett von einem Aufgebot an bewaffneten Soldaten umgeben?«

Strafford sagte nichts, blickte aber skeptisch drein. Offenbar hatte sie mehr Vertrauen in Major de Valera und seine Männer, als er seinerseits aufbringen konnte, und sie glaubte außerdem, es seien mehr Leute dort draußen als in Wirklichkeit.

Aber sie war hier die Vorgesetzte, rief er sich in Erinnerung und ließ das Thema auf sich beruhen.

Doch als sie die Treppe hinuntergingen, spürten sie nichtsdestotrotz eine unbehagliche Stille zwischen ihnen, es war beinahe, als hätten sie sich richtig gezankt. Er vermutete, dass ihr genauso bewusst war wie ihm, wie sehr die übliche Ordnung der Dinge bei dieser Operation auf den Kopf gestellt war, zum einen, weil sie eine Frau war, zum anderen, weil sie älter war als er. Er hätte ihr jüngerer Bruder sein können, dem sie erlauben musste, sie bei einer Unternehmung Erwachsener zu begleiten. Er fand diese Vorstellung gleichermaßen absurd und beunruhigend, und doch stand es zwischen ihnen.

Sie kamen an die Esszimmertür. Drinnen wurden Stühle an den Tisch gezogen, mit Besteck hantiert, Kristallgläser klirrten. Das Abendessen hatte begonnen.

»Einmal tief durchatmen, ja?«, sagte er leichthin.

Aber Celia ließ sich nicht so einfach auf ein Zusammenspiel mit ihm ein und tat so, als hätte sie das nicht gehört. Außerdem war sie sowieso schon dabei, vor ihm hineinzugehen.

19

Das neue, gelockerte Sicherheitssystem, das die Mädchen gefordert, das der Herzog unterstützt und das Celia Nashe gebilligt hatte, wurde am nächsten Morgen eingeführt, und binnen einer Stunde gab es eine kleine Katastrophe.

Es war früh, und Billy Denton war unterwegs, um einen Zaun zu erneuern, der am Rand der Schonung entlanglief. Mit einer Rolle Stacheldraht ging er von Pfosten zu Pfosten und blieb bei jedem stehen, um den neuen Draht mit zwei u-förmigen Metallklemmen am Holz zu befestigen. Der Morgen war diesig und mild unter einem tief liegenden Himmel, der so weiß war wie Pfeifenton. Billy war bis zum Rand der Langen Weide gekommen, als er ein unerwartetes Geräusch wahrnahm. In der Nähe schluchzte jemand. Er legte die Drahtrolle, den Hammer und die Nageldose ab und machte sich auf in den Wald.

Er fand sie auf einer Lichtung in den Kiefern. Sie saß auf einem kleinen Hügel und hielt sich mit beiden Händen den linken Knöchel. Es war die Ältere, Ellen. Prince, das Pferd, stand ein paar Meter entfernt und graste unbekümmert an einem Fleck mit süßen Halmen, die in einer kleinen Oase inmitten der Decke aus Kiefernnadeln grünten.

Als sie ihn hörte, blickte Ellen rasch auf, die Augen vor Schreck geweitet. »Ach, Sie sind es«, sagte sie erleichtert.

Er blieb vor ihr stehen. »Was ist passiert?«

Sie wischte sich eilig die Tränen von den Wangen. »Prince ist wieder durchgegangen. Er hat sich wohl eingebildet, er habe etwas im Gras entdeckt, eine Schlange oder so.«

»Hier gibt es keine Schlangen«, sagte Denton knapp. Er hatte sich über ihren Knöchel gebeugt, um zu sehen, wie schlimm die Verletzung war. »Kannst du das Bein belasten?«

»Ich weiß nicht, ich habe es nicht versucht. Nach dem Sturz war mir erst einmal schwindelig. Jetzt geht es wieder.«

»Sehen wir uns das mal an.« Er kniete sich vor sie, nahm ihren Fuß in die Hände und drehte ihn erst nach links und dann nach rechts. Ellen schnappte nach Luft und biss sich auf die Lippe. »Tut das weh?« Sie nickte und verzog die Stirn, um einen weiteren Tränenausbruch zu verhindern. »Wir müssen den Stiefel ausziehen. Na los.«

Er hob sie auf, einen Arm unter ihren Schultern und den anderen unter ihren Knien. Sie war gezwungen, ihm den Arm um den Hals zu legen. Ihre Reitkappe und die Gerte lagen noch auf dem Boden. Er werde sie später holen, sagte er. Er roch nach Teeröl.

»Was ist mit Prince?«, fragte das Mädchen.

»Der kommt eine Weile ganz gut allein zurecht.«

Sie machten sich zwischen den Bäumen hindurch auf den Weg.

Ellen empfand es als beschämend, so hilflos herumgetragen zu werden, wie eine Überlebende, die aus einem brennenden

Haus gerettet wurde, oder etwas ähnlich Würdeloses. Doch seltsamerweise fühlte sie sich auch zum ersten Mal, seit sie nach Clonmillis gekommen war, vollkommen sicher.

Es sah aus wie ein Häuschen aus einem Märchen, winzig, einstöckig, und aus einem schiefen Schornstein stieg eine malerische Rauchfahne auf. Es stand auf einer Lichtung im älteren Teil des Waldes, ein kleines Stück von der Straße entfernt vor Blicken verborgen. Auf dem Dach wuchsen Moosklumpen, unter den Fensterbrettern Rosensträucher; die Äste einer uralten, knorrigen Glyzinie wanden sich um den Rahmen der Eingangstür wie dicke, klammernde Finger.

Billy schaffte es sogar, mit dem Mädchen auf den Armen die Tür zu öffnen. Er trug sie zum Sofa und legte sie hin. Sie schob sich mühsam in eine Sitzposition und hielt sich so gerade sie konnte; immerhin war sie, wer sie war. Billy Denton blickte stirnrunzelnd auf sie hinab, den Kopf auf eine Seite gelegt; sie fand, er sah aus, als würde er überlegen, wie man eine kaputte Maschine reparierte. Dieser Gedanke war tröstlich: Sie mochte es, wenn man unpersönlich mit ihr umging, als wäre sie – nun, als wäre sie gelegentlich so wie jeder andere auch.

Er ging auf ein Knie und hob ihr Bein an, indem er eine Hand unter ihre Wade legte, mit der anderen zog er versuchsweise am Absatz ihres Stiefels. Wieder sog sie zischend Luft ein und biss sich auf die Lippe. Er setzte sich kurz zurück, dann zog er rasch und geschickt an dem Stiefel und hatte ihn schließlich in der Hand. Ellen entfuhr ein kleiner Schmerzensschrei – sie konnte nicht anders.

»Tut mir leid«, sagte Billy Denton schroff. »Das geht nur

so. Oder man schneidet den Stiefel auf.« Er betrachtete den geschwollenen Knöchel genauer, roch den warmen, wolligen Geruch des schweißfeuchten Strumpfs des Mädchens. »Jedenfalls ist er nicht gebrochen«, sagte er.

Er setzte ihren Fuß auf den Boden, erhob sich, ging zur Spüle und bedeutete ihr, den Strumpf auszuziehen. Sie tat es, während er Wasser aus dem Hahn in eine weiße Emailleschüssel laufen ließ. Sie sah ihm heimlich zu. Er hatte seine abgetragene Norfolk-Jacke ausgezogen und über eine Stuhllehne gehängt und krempelte sich nun die Hemdsärmel hoch. Sein ärmelloser Fair-Isle-Pullover hatte am Rücken Mottenlöcher. Auf dem Linoleumboden lagen überall getrocknete Schlammstückchen, die aus den Rillen in seinen Stiefelsohlen herausgefallen waren.

Hier war alles so einfach und heimelig. Einen kurzen Moment lang wurde ihr bewusst, wie starr die Regeln waren, nach denen sie leben musste, und kurz packte sie der Groll.

Billy Denton kam mit der Schüssel herbei und stellte sie vor ihr ab. »Lass den Knöchel ein paar Minuten einweichen, ich hole so lange das Pferd.«

»Denken Sie bitte auch an meine Kappe und die Reitgerte?«

Er schlüpfte in seine Jacke und ging hinaus. Die Anzahl seiner verfügbaren Reaktionen schien begrenzt zu sein, sodass er gezwungen war, sie sparsam und mit Bedacht auszuteilen.

Ein niedriges, schmales Bett stand in einer Ecke, mit einer roten Decke darauf, die am Rand festgesteckt war. Es gab eine hölzerne Werkbank mit einem daran befestigten Schraubstock, und an der Wand dahinter hingen Werkzeuge an Nägeln, geordnet nach Art und Größe. Es roch nach Schmieröl. An der Decke waren zwei Fasanen an den Füßen aufgehängt. Ein Eisenofen brannte, die Flammen flackerten mattrot hinter der rußigen Glasscheibe in der Tür.

Ihr Knöchel pochte, und von dem Eiswasser schmerzten ihre Zehen. Trotzdem kam sie sich vor wie Schneewittchen, wenn auch glücklicherweise ohne die sieben Zwerge. Sie legte den Kopf an die Sofalehne und schloss die Augen. Alles war durcheinander, ihre Welt stand kopf, und dennoch hatte sie das Gefühl, an einem sicheren Ort zu sein.

Vielleicht war es doch die richtige Entscheidung ihrer Eltern gewesen, sie hierher zu schicken.

Bei Billy Dentons Rückkehr war sie eingenickt. Sie erwachte, als sie seine Schritte in der Tür hörte, und setzte sich wieder ruckartig auf. Billy ging noch einmal auf ein Knie und untersuchte ihren Knöchel. Das Wasser in der Schüssel war nicht mehr kalt, und die Haut ihrer Zehen war ganz weiß und runzelig, wie ein gedämpfter Nierenfettkuchen, dachte sie amüsiert. Prince war draußen beim Grasen zu hören, er rupfte Grasbüschel aus und sein Zaumzeug klimperte.

»Wir bringen dich jetzt besser zurück«, sagte Billy Denton. »Sie werden sich schon fragen, wo du bist oder ob du dich verirrt hast.«

Er nahm sie hoch, schwungvoll, aber nicht grob, und trug sie auf den Armen bis Clonmillis Hall. Ihre Kappe und ihre Gerte lagen auf ihrem Schoß. In einer Hand hatte sie den Stiefel, in dem der Strumpf steckte, mit der anderen hielt sie Prince' Zügel. Das Pferd trottete hinter ihnen her und schnaubte hin und wieder. Ihm war langweilig, dachte sie.

Pferde fanden alles langweilig, bis auf essen und galoppieren und natürlich das andere, was sie gerne machten, wenn sie zu Zuchtzwecken verwendet wurden.

Was wäre passiert, wenn Billy Denton nicht vorbeigekommen und sie weinen gehört hätte? Sie wäre womöglich eine Ewigkeit allein im Wald gewesen, bis zum Einbruch der Dunkelheit gar; womöglich hätte man sie tagelang nicht gefunden. Aber nein, sie hätten einen Suchtrupp ausgeschickt. Wie auch immer, ihr gefiel die Vorstellung, allein und verlassen inmitten der Bäume zu sein, während sich die Schatten des Abends um sie versammelten. Ihr Mut, ihre Charakterstärke wären auf die Probe gestellt worden. Sie fand es richtig, dass sie immer wieder solche Prüfungen durchmachen musste: Sie musste für die Aufgaben, die vor ihr lagen, gestählt werden.

Sie war ein sehr ernstes Mädchen; auch das Ernstsein gehörte zu ihren Aufgaben.

Trotzdem, als sie später wieder im Haus war und unter einer Decke auf dem Sofa lag und die Leute viel Aufhebens um sie machten, spürte sie in den Kniekehlen immer noch die Wärme und den Druck von Billy Dentons linkem Arm.

Strafford war es, der sie zuerst sah oder vielmehr hörte, als die beiden mit dem Pferd in den Stallhof kamen. Er hatte sich den Luxus einer späten Rasur gegönnt und stand am Waschbecken in dem angebauten Badezimmer hinter seiner Unterkunft. Als er die Hufe auf dem Pflaster klappern hörte, drehte er den Rasierspiegel ein wenig – ein Sprung lief quer über das Glas, sodass es aussah, als wäre sein Gesicht von einem tiefen, silbrigen, blutlosen Schnitt zweigeteilt worden –

und sah den jungen Mann mit dem Mädchen auf den Armen sowie Prince, der hinter ihnen hertrabte. Er ging hinaus in den Hof, nahm das Handtuch ab, das er sich um den Hals geschlungen hatte, und trocknete sich das Gesicht. Er hatte keinen Kragen am Hemd – die metallenen Kragenknöpfe funkelten im Morgenlicht –, und seine Hosenträger hingen in zwei langen Schlingen neben seinen Oberschenkeln.

»Hallo«, sagte er zu dem Mädchen. »Du bist wohl gestürzt? Hoffentlich ist nichts gebrochen.«

»Es ist nur verstaucht«, brummte Billy Denton, dem es nicht zu gefallen schien, dass Strafford so plötzlich aus dem Boden geschossen war. »Das Pferd hat gescheut und sie abgeworfen.«

Strafford nickte. Celia Nashe würde außer sich sein – so viel zu ihrer Strategie der gelockerten Überwachung, dachte er befriedigt –, aber er hatte nicht die Absicht, eine große Sache daraus zu machen.

Er fragte sich, warum Denton permanent niedergeschlagen wirkte, mit seinem mürrischen Gesichtsausdruck und dem finsteren, ausweichenden Blick. Lag es an dem gewaltsamen Tod seiner Mutter, der ihn so verbittert gemacht hatte, auch wenn er damals noch ein Kleinkind war?

Was wäre, fragte sich Strafford, wenn seine eigene Mutter von einer Bande betrunkener, randalierender Soldaten ermordet worden wäre? Hätte er der Klasse Menschen vergeben, die zu schützen die Soldaten angeblich hergeschickt worden waren? Er erinnerte sich, wie er Celia Nashe von den Desmond-Rebellionen und ihren skrupellosen und blutigen Nachwirkungen erzählt hatte. Was war da bloß in ihn gefahren? Er wusste um die Grausamkeit dieser uralten Kämpfe und der abscheulichen Kriegsherrn, die sie niedergeschlagen hatten, aber er spürte keinen Hass auf die Nation oder das Volk in sich, aus dem diese Kriegsherrn gestammt hatten.

Doch war er als Abkömmling der Landräuber, die drei Jahrhunderte zuvor in Massen aus England herübergekommen waren, nicht selbst zwischen zwei Welten, zwei Befindlichkeiten, zwei unmöglichen Entscheidungen gefangen? Armes Irland, armes geteiltes kleines Land, das an uralten Missständen nagte wie ein Fuchs in einer Falle, der versucht, das gefangene Bein abzubeißen.

Trotz Dentons verdrießlicher Art hatte Strafford instinktiv das Gefühl, dass man ihm vertrauen konnte. Hinter der grimmigen Schale war er bestimmt ein anständiger Bursche.

»Es ist wirklich alles in Ordnung«, sagte das Mädchen.

Strafford stellte amüsiert fest, dass der hochnäsige Tonfall, in dem sie diese Worte sprach, völlig im Widerspruch dazu stand, dass sie in den Armen eines jungen Mannes lag, der eindeutig nichts lieber wollte, als sie irgendwo abzusetzen. Und ihr nackter und geschwollener rosa Fuß trug ebenfalls nichts dazu bei, ihren Anspruch auf das Imperium zu unterstützen.

Sie wurde in die Küche getragen und in Mrs O'Hanlons Rohrsessel neben dem Herd gesetzt. Das verletzte Bein lag erhöht auf einem dreibeinigen Hocker und ruhte auf einem weichen Kissen. Das, hätte sie es nur gewusst, war eine ganz besondere Ehre, denn seit Menschengedenken hatte niemand als die rechtmäßige Besitzerin in dem besonderen Sessel der Haushälterin sitzen dürfen.

Mrs O'Hanlon setzte nun höchstselbst einen Tiegel Milch auf dem Herd auf, damit das junge Fräulein sich mit einem Getränk aufwärmen konnte, und sie präsentierte sogar eine

Keksdose, in der sie die verbliebene Hälfte eines selbst gebackenen Früchtebrots aufbewahrte, das ihre verheiratete Schwester ihr bei ihrem jüngsten Besuch mitgebracht hatte.

Unterdessen ließ Maggie noch eine Schüssel mit kaltem Wasser für das Mädchen einlaufen, um den geschwollenen Knöchel zu kühlen. Florence, das Stubenmädchen, kam herbei, um sie sich anzusehen, hielt sich aber im Hintergrund, ihre langen, bleichen Hände vor dem Bauch verschränkt, die großen, tragisch leuchtenden Augen aufgerissen – Florence war für ihren Hang zur Romantik bekannt. Sie betrachtete schon den kleinsten Vorfall im Haushalt als Vorzeichen einer unmittelbar bevorstehenden allgemeinen Katastrophe. Mit diesem leidenden Blick, dem langen Hals und den bleichen Händen erinnerte sie Strafford an eine präraffaelitische Figur, eine Guinevere oder eine Maria Magdalena. Selbst Arm-Elsie fand eine Ausrede, aus ihrem Unterschlupf in der Spülküche herauszukommen und einen kurzen Blick auf die gestürzte Reiterin zu werfen. Es war offensichtlich, dass das gesamte Personal im Stillen diese kurze Unterbrechung des ewig gleichen Tagesablaufs im Haus begrüßte.

Obwohl sie so tat, als missfiele es ihr, im Mittelpunkt von so viel Aufmerksamkeit zu stehen, konnte auch Ellen selbst nicht umhin, die ganze Sache ein wenig vergnüglich zu finden. Immerhin war es eine Art Störung, ein Zustand, vor dem sie bisher meistens streng geschützt war.

Billy Denton, der Held der Stunde, hatte sich heimlich davongemacht, ohne dass es jemand bemerkt hatte.

Schließlich erschien Celia Nashe. »Um Himmels willen, Kind«, heulte sie, »was ist dir denn zugestoßen?«

Mrs O'Hanlon starrte sie mit geblähten Nüstern theatralisch anklagend an – wo war sie gewesen, die Autokratin mit dem eisigen Blick, als ihr Schützling allein und verletzt im Wald lag? Und war das melodramatische Entsetzen, das sie an den Tag legte, nicht eine Spur übertrieben?

Strafford stimmte ihr zu. Sie hat ein schlechtes Gewissen, sagte er sich und bemühte sich, nicht zu lächeln.

Er hielt es für das Beste, Billy Dentons Beispiel zu folgen und sich in aller Stille zurückzuziehen. Er war fertig mit Eustacia und ihren Missgeschicken im Schweizer Internat und wollte sich nun der Biografie von Kaiser Nero widmen; die sollte vielleicht etwas mehr Schwung haben.

Hoffentlich hatte Maggie in der Bibliothek den Kamin angezündet.

Mary war mit Pike unten bei den Schweineställen, als Billy Denton auf dem Rückweg in sein Häuschen vorbeikam und ihr in kaum mehr als einem Dutzend Wörtern von dem Malheur erzählte, das die Reiterin im Wald ereilt hatte. Es überraschte sie nicht, dass das Tier ihre Schwester abgeworfen hatte: Sie war zwar keine Expertin, aber sie hatte nur einen Blick auf Prince werfen müssen, um zu wissen, dass er ein Durchgänger war. Es ärgerte sie, dass sie nicht dabei gewesen war, um die Aufregung mit eigenen Augen zu sehen.

Sie faulenzte im Schubkarren auf einem Haufen Stroh, die Füße hingen zwischen den Griffen über den Rand. Pikes muffige alte Jacke diente ihr hinter dem Rücken als Kissen, und sie rauchte eine Wild-Woodbine-Zigarette von ihm. Er hatte ihr einen ganzen Penny dafür abgeknöpft, der alte Gauner – sie wusste aber sicher, dass man für zwei Pence schon ein Fünferpäckchen bekam.

Das war die dritte Zigarette, die sie seit ihrer Ankunft auf Clonmillis Hall geraucht hatte. Sie hatte schon den Bogen heraus, auch wenn sie bei den ersten ein, zwei Zügen nach dem Anzünden noch jedes Mal husten musste. Als Billy Denton aufgetaucht war, hatte sie die Zigarette ins Stroh fallen lassen und sich beinahe in Flammen gesetzt, aber nachdem er weg war, hatte sie sie wieder herausgeholt. Jetzt lehnte sie sich zurück, paffte zufrieden die zweite Hälfte und dachte, wie sehr sie doch Marlene Dietrich ähneln müsse, die derzeit ihr Lieblingsfilmstar war.

»Meinst du, sie müssen ihn erschießen?«, sinnierte sie laut und blickte dem zittrigen blauen Faden Zigarettenrauch nach, der durch die reglose Morgenluft gerade nach oben stieg. Sie trug einen Wollmantel mit Pelzkragen, pelzgefütterte Stiefeletten und ein seidenes Kopftuch, das sie sich aus einer Schublade in Miss Nashes Zimmer ausgeliehen hatte, ohne Miss Nashes Erlaubnis.

Pike wuchtete mit einer Mistgabel Stroh über die niedrige Steinmauer des Schweinestalls. Die Schweine in dem Koben machten herrlich ekelhafte Geräusche. Sie mochte den Geruch der Schweine: Es erinnerte sie an Balmoral – von allen Schlössern, in denen ihre Familie lebte, war ihr Balmoral das liebste. Ihre Schwester hatte ihr erzählt, es gehöre ihren Eltern, nicht der Krone, und darüber war sie ziemlich froh; sie hatte über die Französische Revolution gelesen und wusste, was Mitgliedern des Königshauses passieren konnte, wenn das Volk sie leid war. Schottland wäre ein guter Ort, um sich zurückzuziehen, sollte die Notwendigkeit bestehen: Die Schotten waren ungeheuer loyal, trotz all der Schlachten, in denen die Engländer sie geschlagen hatten.

»Wen erschießen?«, fragte Pike, ohne seine Arbeit zu unterbrechen.

»Prince natürlich«, sagte Mary. »Das Pferd.« Sie wusste nicht, ob Pike wirklich so dumm war oder ob er nur so tat, um sich ungestraft über sie lustig machen zu können. Sie hatte den Verdacht, dass er ein hinterlistiges Schlitzohr war. »Wenn sie gestorben wäre, dann hätte man ihn doch bestimmt getötet, oder?«

Jetzt hielt der Mann inne, richtete sich auf und blinzelte mit seinem einen Auge in Richtung des blauen Hügels am Horizont.

Kurz bevor Billy Denton vorbeigekommen war, hatte Mary Pike gebeten, ihr zu zeigen, wie er sein Glasauge herausnahm. Als er es tat, war sie angenehm abgestoßen – das Auge wirkte enorm groß, als er es sich auf die Handfläche fallen ließ und es ihr hinhielt, damit sie es betrachten konnte, aber was wirklich zum Gruseln war, war die zusammengefallene leere Augenhöhle, die genauso aussah wie das kleine runzelige Loch mitten im Hintern eines Schweins.

»Bevor sie ihn erschießen könnten«, sagte der alte Mann nachdenklich, »müsste es eine Verhandlung geben.«

»Eine Verhandlung?«

»Genau. Hast du noch nie davon gehört, dass ein Pferd vor Gericht gestellt wurde?«

»Du machst doch nur Spaß.«

Sie hatte die Zigarette bis auf den letzten Zentimeter geraucht und hielt sie jetzt Pike hin, damit er sie fertigrauchen konnte; sie mochte es, wie er das Gesicht verzog und den durchweichten Stummel geschickt an seine zusammengekniffenen Lippen drückte, um den letzten Rauch in die Lunge zu bekommen.

»Nein, das ist wirklich wahr!« Er schwenkte den Blick zur Seite und sah sie spitzbübisch an. »Drüben in Tuckerstown, da hat es mal einen Hengst gegeben, der seinen Herrn abgeworfen hat, sodass der sich das Genick gebrochen hat. Da haben sie das Vieh ins Gericht gebracht, vor den alten Richter Gilhooley und Geschworene. Drei Tage hat die Anhörung gedauert. Es hätte übel für den Hengst ausgehen können, wäre nicht eine Stute gekommen, die vernarrt in ihn war, um für ihn auszusagen.«

Das Mädchen gackerte höhnisch. »Du bist so ein Lügner!«

Pike schüttelte weise den Kopf und wackelte mit dem Finger. »Kein Wort von dem, was ich dir erzähle, ist gelogen«, sagte er. »Wegen diesem Stutenfüllen ist er ungeschoren davongekommen, und sie ist ihm bis heute nicht von der Seite gewichen.«

Er nahm die Mistgabel wieder zur Hand und warf einen Haufen Stroh über die Mauer des Stalls, was großen Anklang bei den schnaubenden, schnüffelnden Tieren auf der anderen Seite fand.

»Fressen Schweine wirklich ihre Jungen?«, fragte sie.

»O ja, das sind herzlose Viecher.«

Es gab eine Pause. Mary schwang die Beine über den Rand des Schubkarrens. Jetzt war sie es, die nachdenklich in Richtung des traumblauen Hügels blickte.

»Gut, dass sie nicht umgekommen ist.« Sie zupfte sorgfältig einen Tabakkrümel von ihrer Unterlippe ab.

»Das stimmt«, meinte Pike trocken und ächzte, als er sich bückte und die Mistgabel wieder in den leicht dampfenden Strohhaufen steckte. »Das wäre schrecklich gewesen.«

»Dann würde sie nie Königin werden.«

Pike lachte wiehernd. »Eine Königin? Wird sie das? Gott im Himmel!«

»Nicht *eine* Königin«, sagte Mary verächtlich, »*die* Königin. Das wird sie nämlich, wenn unser Vater stirbt.«

Pike hielt mitten in der Bewegung inne und richtete das Auge wieder auf sie, aber diesmal aufmerksamer.

»Und wer ist euer Vater, wenn ich fragen darf?«

Sie seufzte gereizt und blickte gen Himmel. »Der König, natürlich! Du weißt ja wohl gar nichts, oder?«

Sie verschränkte die Arme vor der Brust und wandte geringschätzig den Blick ab. So hatte ihre Schwester das immer gemacht, die Arme verschränkt und weggeguckt und mit der Zunge geschnalzt, bevor sie affektiert geworden war und quasi mit allem aufgehört hatte, außer sich so gerade zu halten wie die Statue, die sie aufstellen würden, wenn sie tot war. Aber ihre Schwester würde ja wirklich eines Tages Königin sein, und wer, wenn nicht sie, hatte das Recht, affektiert zu sein? Das musste Mary zugeben. Es war nervig, aber so war es nun einmal.

Sie fragte Pike, warum er sich die Hose an den Knöcheln mit einer Schnur zuband.

Pike hörte nur halb zu. »Das ist keine Schnur«, sagte er zerstreut, »das ist Zwirn.«

»Ja, aber warum machst du das?«

»Damit mir die Ratten nicht die Beine hochklettern und mich in den Arsch beißen.«

20

An diesem Tag beziehungsweise am Abend dieses Tages wurde Joey Harte erschossen. Dieses Ereignis zerstörte die seltsame, traumhafte Atmosphäre, die Clonmillis Hall seit der Ankunft der beiden Prinzessinnen mit einer Art Bann belegt hatte. Niemand im Haus hatte den Schuss, der den armen Joey tötete, überhaupt gehört, aber der Tod kam trotzdem leise hereingeschlendert, gleichsam durch die Hintertür, und danach war nichts mehr wie zuvor.

Bis zu diesem Moment der plötzlichen Gewalt war es ein Abend wie jeder andere auch gewesen. Da es Wochenende war, hatten die Mädchen etwas länger als gewöhnlich aufbleiben dürfen, aber um zehn Minuten vor neun begleitete Celia Nashe sie vom Esszimmer hinauf in ihr Zimmer. Als sie hinausgingen, schob Florence, wie immer ganz in Schwarz gekleidet und mit einem Spitzentüchlein am Hals, den Servierwagen herein, auf dem ein Radio von beträchtlicher Größe stand – der Herzog verpasste niemals die Abendnachrichten des BBC Home Service. Hinter dem Dienstmädchen trug Mrs O'Hanlon eine Kristallkaraffe auf einem Silbertablett herein, das sie auf dem Tisch zu seiner Linken abstellte.

Der Herzog wandte sich an Strafford. »Sie nehmen sicher ein Glas Portwein?«, fragte er widerwillig. Der Herzog sah in Strafford nach wie vor nichts weiter als einen geringfügig höher stehenden Diener, und es passte ihm nicht, dass der Bursche davon ausging, am abendlichen Ritual mit dem Radio und der Karaffe teilhaben zu dürfen.

»Gern, danke.« Strafford lächelte gut gelaunt. Aus Portwein machte er sich nicht viel – die Kombination aus Alkohol und etwas, das schmeckte wie ein klebriges, süßes, leicht ranziges Kindergetränk, fand er widernatürlich –, aber es bereitete ihm ein gelindes Vergnügen, den Mann zu ärgern, dem es viel lieber gewesen wäre, wenn Strafford sich nach dem Essen mit den Damen zurückgezogen hätte.

Florence hockte auf allen vieren neben dem Sofa und stöpselte unter einigen Mühen das Radio ein. Warum, so fragte sich Strafford müßig, fiel niemandem ein, das Sofa ein paar Zentimeter zur Seite zu rücken?

Mrs O'Hanlon schenkte den Portwein ein, eines ihrer kleinen Privilegien. »Noch etwas, Euer Gnaden?«, fragte sie wie jeden Abend, und wie jeden Abend wurde sie ignoriert. Sie verließ den Raum.

Der Herzog schaltete das Radio ein und wartete, bis sich die Röhren aufgeheizt hatten. »Wahrscheinlich melden sie noch mehr Niederlagen«, brummte der alte Soldat trübsinnig und trank einen Schluck. »Manchmal wundere ich mich sehr, wie dieser Krieg geführt wird. Der zivile Bereich nimmt auf jeden Fall zu viel Einfluss auf die Generäle. Wenn sie es einfach dem PM und der Armee überlassen würden, dann wäre die Sache innerhalb eines Monats erledigt.«

Das Radio erwachte knisternd zum Leben.

»… die BBC News, Ihr Sprecher ist Alvar Lidell. Die deutschen Luftangriffe auf London und Coventry werden fortgesetzt. Aus der Hauptstadt wird von beträchtlichen Schäden im East End und in den London Docks berichtet. Die Zahl der Opfer wurde noch nicht beziffert, aber es wird befürchtet, dass viele Menschen unter eingestürzten Gebäuden eingeschlossen sind. Der Premierminister sprach in einer Rede vor dem Unterhaus am früheren Abend vom Ernst der Lage im Land, aber er sagte, dass …«

Der Herzog streckte verärgert ächzend die Hand aus und schaltete das Radio aus. »Jeden Abend dasselbe«, brummte er. Er trank einen weiteren, größeren Schluck Portwein. Dann hielt er das Glas hoch und betrachtete es traurig. »Ein Fonseca 93«, murmelte er.

»Er ist sehr gut«, sagte Strafford brav.

Der Herzog nickte. »Mein Vater hat ein 550-Liter-Fass für mich abfüllen lassen, als ich noch ein Schuljunge war. Es sind nur noch ein paar Flaschen übrig.« Er schwieg. »Alles geht zu Ende.« Er wandte sich Strafford zu. »Ich beneide Sie nicht, Ihre Generation, meine ich, oder …«, er warf einen Blick zu der Tür, durch die die Mädchen verschwunden waren, »… oder ihre. Wenn der Krieg gewonnen ist, ob es dann überhaupt noch ein Empire geben wird, über das dieses Kind regieren kann, wenn es erwachsen ist?«

»Etwas wird bestimmt überleben«, sagte Strafford leichthin. »Die Welt erholt sich immer irgendwie.«

»Ach ja?«, fauchte der Herzog und wandte sich mit verächtlicher Miene und zusammengebissenen Zähnen von dem jungen Mann ab. »Meinen Sie.«

Er war wirklich ein extrem jähzorniger alter Gentleman,

dachte Strafford und nahm vorsichtig noch einen Schluck. Fonseca 1893, ja? Kein Wunder, dass es faulig schmeckte. Ein widerliches Getränk.

Oben auf dem Treppenabsatz lehnte Mary, das Kinn auf die verschränkten Arme gelegt, auf dem Geländer. Sie war zurückgeblieben, um zu hören, was es in den Nachrichten gab. Es kamen nur Bruchstücke bei ihr an, aber sie verstand immerhin so viel, dass London wieder bombardiert wurde. Ob das wohl jemals aufhören würde? Sicherlich würden ihnen doch früher oder später die Bomben ausgehen.

Da kam Miss Nashe, um sie zu holen – »Nicht herumtrödeln, Mary« –, und führte sie in den anderen Flügel. Mary hatte keine Ahnung, warum sie und ihre Schwester so weit weg von allen anderen schlafen mussten, als hätten sie eine ansteckende Krankheit.

Ellen war schon im Bett, sie saß aufrecht darin und las ein Buch. Unter dem Bein hatte sie ein Kissen, um den Knöchel höherzulegen. Die Verstauchung war doch nicht so schlimm, ganz wie Billy Denton vorhergesagt hatte, aber Ellen würde noch ein paar Tage humpeln müssen. Mary war überzeugt, dass das nur gespielt war, damit alle sie fragten, wie es ihr gehe, während sie die Köpfe zu einer Seite neigten und ein trauriges Clownslächeln mit gerunzelten Brauen und nach unten gezogenen Mundwinkeln aufsetzten. Das machten die Leute immer, wenn sie so taten, als würden sie mit jemandem mitfühlen. Das Buch, das Ellen gerade las, war *Eine Geschichte aus zwei Städten* von Charles Dickens. Meine Güte, sagte Mary zu sich selbst, das ist ja sehr, sehr erwachsen!

Sie zog sich aus und schlüpfte in ihren Pyjama, war aber

zu ruhelos, um ins Bett zu gehen. Miss Nashe rumorte in ihrem Zimmer. Jeden Abend um diese Zeit telefonierte sie mit dem Spezialapparat, der neben ihrem Bett installiert worden war. Mit wem sprach sie da? Wahrscheinlich mit diesem Mr Lascelles in der Botschaft: Sie war angetan von ihm, das war am ersten Tag ziemlich offensichtlich gewesen, bevor er so unhöflich abgedampft war, ohne sich von jemandem zu verabschieden. Viel konnte sie nicht zu berichten haben – hier passierte nie etwas.

Mary hatte eines Tages den Telefonhörer abgenommen, als Miss Nashe ausgegangen war, nur weil sie wissen wollte, wie sich das anhörte. Sie erschrak, als eine herrische Frauenstimme eine »Kennfarbe« verlangte, was auch immer das sein mochte. Sie hatte den Hörer fallen lassen und war geflohen.

Sie drückte die Stirn an das kalte Fenster. Wie dunkel es doch draußen war, und wie die Nacht hinter der Scheibe zu schimmern schien.

Überprüfte Celia Nashe jeden Abend, ob ihre Waffe auch funktionierte? Mary war extrem neidisch: die Vorstellung, in einer Schublade zwischen Unterhosen und Strümpfen eine Pistole zu haben!

»Könntest du vielleicht mal Ruhe geben?«, sagte Ellen in ihrem Ich-bin-ja-sooo-erschöpft-Tonfall, ohne von ihrem Buch aufzublicken.

Mary beachtete sie nicht: Sie zupfte Wachs von einer unangezündeten Kerze in einem Kerzenständer auf dem Fensterbrett. Was bedeutete es noch mal, jemandem ein Licht aufzustecken?

»Was glaubst du, wie lange wir noch hierbleiben müssen?«,

fragte sie. Ellen gab keine Antwort. »Pike sagt, sie müssen dein Pferd erschießen.«

»Was – du meinst Prince? Das ist doch absurd.«

»Na, er hat es so gesagt.«

»Du solltest nicht auf diesen alten Mann hören, mit dem Unsinn, den er erzählt, und den ganzen Schauergeschichten.«

Mary kletterte ins Bett, legte sich mit gefalteten Händen auf den Rücken und blickte zu den dichten, aufziehenden Schatten an der Decke hoch. »Wenn eine Bombe auf den Palast fällt, sind Mummy und Daddy dann tot?«

Ihre Schwester seufzte übertrieben laut und gereizt und hielt den Blick resolut auf das Buch vor sich gerichtet. »Auf den Palast fällt keine Bombe.«

»Woher willst du das wissen?«

Aus Miss Nashes Zimmer war leise das Quietschen von Bettfedern zu hören. Sie hatte sich also schlafen gelegt. Wovon träumten Erwachsene bloß, fragte sich Mary.

Sie schloss die Augen.

»Hoffentlich erschießen sie ihn«, sagte sie schläfrig.

Ellen zählte leise langsam bis hundert, damit ihre Schwester auch wirklich einschlief. Dann schlug sie ihr Buch zu, stand vorsichtig auf, schaltete die Leselampe aus, ging ans Fenster und hob den Vorhang auf einer Seite an. Der Mond raste durch Wolken und färbte sie an den Rändern frostig weiß.

Was, wenn doch eine Bombe auf den Palast fiel? Sie wäre jetzt gerne dort gewesen, auch wenn es gerade einen Angriff gab. Wenn ihre Eltern getötet werden sollten, wollte sie mit ihnen sterben. Zumindest konnte sie sich nicht vorstellen, weiterleben zu wollen, wenn sie tot wären. Sie schauderte.

Aber sie würden nicht sterben; das konnte nicht sein. Und eines Tages würde der Krieg vorbei sein.

Sie wollte gerade wieder ins Bett, als unten seitlich am Haus ein Licht anging. Die Küchentür wurde geöffnet, und eine Gestalt erschien. Es war Maggie, das Hausmädchen. Sie blickte hinaus in die Dunkelheit, und kurz darauf huschte eine andere Person über den Hof und ins Licht – ein Mann, so wie es aussah. Die beiden gingen gemeinsam hinein, die Tür wurde geschlossen, und es war wieder Nacht.

Ellen wandte sich vom Fenster ab, als ein leises Stimmchen aus der Dunkelheit erklang: »Ist er da draußen?«

»Was?«

Die Augen ihrer Schwester blickten glänzend zu ihr auf. »Der Mann mit dem Vogelkopf.«

»Es gibt keinen Mann mit einem Vogelkopf. Das war nur in deinem Traum.«

»Nein«, sagte Mary mit beharrlicher Gewissheit. »Du wirst schon sehen.«

21

Maggie war gerade dabei gewesen, ein Natronbrot zu backen, als sie Joey Harte draußen im Hof leise pfeifen hörte. Sie hörte auf, die Teigkugel zu kneten, und warf einen Blick zu Arm-Elsie hinüber, die über das große, angeschlagene weiße Spülbecken gebeugt den Abwasch machte. Arm-Elsie war nicht nur weich in der Birne, sie hörte auch schwer, und so konnte man gut davon ausgehen, dass sie den Pfiff nicht wahrgenommen hatte.

»Hast du es bald?«, rief Maggie zu ihr hinüber.

»Nein, mir ist gut warm«, antwortete Elsie ruhig, ohne sich umzuwenden.

Maggie brauchte ein paar Sekunden, um daraus schlau zu werden.

»Hast du es *bald?*«, rief sie. »Nicht ›ist dir *kalt*‹!«

Sie war gleichzeitig amüsiert und entnervt, wie meistens, wenn sie mit Arm-Elsie zu tun hatte. Wie kam es, dass sich Schwerhörige immer auf die unwahrscheinlichste Version von etwas verlegten, was sie falsch verstanden hatten? Wann hatte sie Elsie jemals bei der Arbeit in der immer warmen Küche gefragt, ob ihr kalt sei?

»Ich bin gleich so weit. Nur noch diese paar Teller.« Das Mädchen blickte immer noch ins Spülbecken hinab.

Manchmal kam Maggie in den Sinn, dass Elsie vielleicht gar nicht minderbemittelt war und auch nicht schwerhörig, sondern alles nur vorgab, um sich einen Spaß zu machen.

»Lass die Teller einfach abtropfen und geh hoch.«

»Darf ich?«

»Das habe ich doch gesagt.«

Elsie streckte die Unterlippe vor. Sie wischte sich mit dem Handrücken über die Stirn. »Ich bin zum Umfallen müde«, sagte sie.

»Na los, dann geh ins Bett.« Maggie musste sich anstrengen, sich ihre Ungeduld nicht anmerken zu lassen. Arm-Elsie war eine Herausforderung, aber wer brächte es über sich, gemein zu ihr zu sein? »Ich räume sie für dich weg, wenn sie trocken sind.«

»Das ist wahnsinnig lieb von dir, Maggie«, sagte Elsie.

»Ach was, jetzt aber ab mit dir.«

Maggie sah dem Mädchen nach, das die schmale Hintertreppe hinauftrottete, die von der Küche aus über mehrere Treppenläufe bis hinauf zu den Personalzimmern unter dem Dach drei Stockwerke weiter oben führte. Normalerweise würde Elsie noch irgendeinen Vorwand suchen, um herumzutrödeln, bis Maggie ebenfalls ins Bett ging – sie hatte Angst vor den dunklen Stellen an den Treppenabsätzen, wo sich die Richtung der Stufen änderte. Heute schien sie zu müde zu sein, um Angst zu haben.

Maggie wartete, bis sie die schweren, schleppenden Schritte nach oben verklungen waren, dann ging sie zur Hintertür.

Joey Harte kam herein und rieb sich auf die übliche nervige Art die Hände. Maggie hatte sich daran gewöhnt und es aufgegeben, deshalb an ihm herumzunörgeln. Sie warf einen letzten kurzen Blick über den dunklen Hof – wenn jemand sah, wie sie Joey hereinließ, hatte sich das mit ihrer Stelle auf Clonmillis Hall erledigt –, zog die Tür zu, legte den Riegel vor und schloss ab. Sie hatte noch Mehl unter den Fingernägeln – der alte Butler Hynes sagte immer, Brotbacken sei die beste Methode, die Fingernägel zu säubern, der einzige Witz, den er auf Lager hatte –, und vorne auf ihrer dunkelblauen Schürze waren überall weiße Tupfen.

Joey ging direkt zum Herd, um sich zu wärmen. Er fror immer – angeblich wegen des dünnen Bluts, das er von seiner Mutter geerbt hatte, wie er behauptete. Heute Abend sah er durchgefroren aus, sein Gesicht hatte die Farbe von Magermilch, seine Nasenspitze war rot und wund und schälte sich. Eine traurige Figur, dachte Maggie bei sich, aber im Grunde war er anständig, trotz seiner gelegentlichen Vergehen; außerdem war sie mit ihrem dicken Hintern und den platten Füßen selbst keine strahlende Schönheit.

Joey schaffte es natürlich nicht, einmal den Raum zu durchqueren, ohne etwas umzuwerfen, denn er war der größte Tollpatsch, dem Maggie je begegnet war. Diesmal blieb er mit dem Fuß an dem dreibeinigen Hocker hängen. Das Ding landete polternd auf den Fliesen und rutschte unter den Tisch.

»Psst!«, zischte Maggie ihn an. »Das Mädchen ist gerade erst hochgegangen. Sie wird dich noch hören, du Trampel.«

Er lachte sie über die Schulter hinweg an, die offenen Handflächen streckte er mittlerweile dem warmen Herd entgegen. »Hast du irgendwas für mich?«, fragte er.

»Was für ein Irgendwas denn?«

»Zu einem Gläschen Malt würde ich nicht Nein sagen.«

»Dir geb ich ein Gläschen Malt!«, schnaubte Maggie. Sie hatte den Teig zu einem Laib geformt und ihn auf ein eingefettetes Blech gelegt, das in den Ofen geschoben werden sollte. Jetzt lief sie mit dem Blech quer durch die Küche auf den Herd zu. »Tee wäre fertig, wenn du willst.«

»Wie alt ist der schon?«, fragte er misstrauisch, hob den Deckel der alten gusseisernen Teekanne und warf einen Blick hinein. »Der riecht, als hätte er viel zu lange gezogen.«

»Dann musst du Durst leiden«, sagte Maggie und machte eine Finte mit der scharfen Kante des Backblechs.

Er wich zurück, und sie bückte sich, um das Blech in den Ofen zu schieben. Er legte ihr leicht die Hand auf den Po – er mochte Mädchen, die etwas mehr auf den Rippen hatten, aber er wusste wohl, dass er sich nicht zu viel herausnehmen durfte.

Seit fast sechs Monaten waren sie mehr oder weniger beständig ein Paar. Da oben wusste natürlich niemand, dass er ihr Schatz war, und erst recht nicht, dass er sie regelmäßig abends im Haus besuchte. Sie hatte ihn schon öfter gefragt, wie er es schaffte, unbemerkt an den Soldaten vorbeizukommen, aber er hatte sie nur verschmitzt angeguckt und gesagt, das sei sein Geheimnis.

Sie wusste alles von seinen Diebstählen und der Wilderei, aber das würde sie ihm schon noch austreiben. Sein Trunkenbold von Vater lebte noch, er verkümmerte im Heim, und wenn er irgendwann ins Gras biss, was jetzt jeden Tag passieren konnte – seine Leber musste mittlerweile völlig kaputt sein –, würde Joey den Hof draußen in Cullabawn erben. Es war nichts Besonderes. Er bestand aus knapp fünf Hektar Land und einem heruntergekommenen Häuschen mit Schindeldach, aber für sie beide würde es anfangs genügen, wenn die Zeit gekommen war.

Über die Zukunft sprachen sie eher nicht. Wohl aus Schüchternheit, vermutete Maggie, oder aber, um das Schicksal nicht herauszufordern. Ihr war jedenfalls klar, wie die Zukunft aussehen sollte, für Joey und für sie selbst, ob Joey es nun wusste oder nicht. Sie war fest entschlossen, ihn dazu zu bringen, sich niederzulassen und die Farm zu betreiben, und sie hatte keinen Zweifel, dass ihr das auch gelingen würde. Er war nicht der Schlechteste, bei Weitem nicht; oft sagte er liebevoll zu ihr, sie habe ihn um den Finger gewickelt.

Sie reichte ihm einen Henkelbecher von der Anrichte, er schenkte sich Tee ein und setzte sich damit an den Kartentisch. Dann gab er Milch und Zucker hinein und trank vorsichtig. Dabei zog er eine Grimasse und runzelte seinen Rattenschwanz von einer Nase, sodass sich die tiefe Kerbe in seinem Nasenbein beinahe schloss – die Kerbe hatte er daher, dass sein Dad ihn einmal mit der Schneidkante eines Meißels geschlagen hatte.

»Schmeckt schal«, sagte er.

Er wirkte abwesend. Maggie betrachtete ihn. Sie schenkte sich selbst ein, in ihre eigene, spezielle Tasse – Royal Doulton, mit gemalten Blumen und Vögeln darauf. Der Herzog hatte sie ihr einmal zu Weihnachten geschenkt. Sie setzte sich an den Tisch und musterte Joey genau. Ja, ihm ging auf jeden Fall etwas durch den Kopf, das merkte sie immer.

Sie warf einen Blick auf die große Wanduhr mit dem weißen Zifferblatt über dem Herd. Heute hatte Mrs O'Hanlon ihren Whistabend, aber sie würde bis spätestens elf Uhr zurückkehren, dann musste Joey weg sein. Die alte Schreckschraube hatte sie auf dem Kieker, nachdem sie beide vor Jahren einmal wegen eines fehlenden Geldbetrags aneinandergeraten waren. Die Haushälterin hatte Maggie unterstellt, es genommen zu haben, obwohl es später wieder aufgetaucht war; es ging sowieso nur um ein paar Schilling.

Joey schlürfte noch einen Schluck Tee, so schlecht er auch schmeckte.

»Na gut.« Maggie legte eine Hand flach vor sich auf den Tisch. »Was ist los?«

»Was?«

In der bleichen Haut am äußeren Augenwinkel hatte er eine Narbe, eine Art Scharte, ein weiteres Andenken an seinen Säufervater. Es schien dadurch leicht zu schielen, wenn er einen direkt ansah. Das gehörte zu den Dingen an ihm, die sie liebenswert fand. Viele gab es nicht.

»Du hast irgendetwas vor«, sagte sie. »Das sehe ich dir an.«

Er wurde rot und senkte den Blick; auch das mochte sie, wie er bei der kleinsten Kleinigkeit errötete. Kurz spielte er nur mit dem Henkel der Tasse herum.

»Ich habe mit dem Boss gesprochen«, nuschelte er.

»Mit wem? Clancy?« Sie sah ihn finster an. »Habe ich dir nicht gesagt, du sollst dich von dem Kerl fernhalten?«

Dieser Vorwurf war ein Ritual, und er winkte wie immer ab.

»Er hat nach den Leuten gefragt«, er nickte nach oben, »die hier gerade wohnen.«

»Ach ja, sag bloß.« Maggie hatte ein rundes, herabhängendes Kinn und einen sehr kleinen Mund, und wenn sie grimmig die Lippen zusammendrückte, so wie jetzt, sah sie aus, als wäre sie völlig zahnlos. »Und warum interessiert er sich dafür, was hier auf Clonmillis Hall vor sich geht?«

Joey fuhr mit dem Daumennagel eine Linie in der Maserung des Tischs nach. »Er fragt sich, warum das Militär aus Dublin hergeschickt wurde, um sie zu bewachen.«

»Und was geht das bitte MrTom Clancy an, wenn ich das fragen darf?«

»Er ist neugierig und will wissen, wer die sind, das ist alles, und was so besonders an ihnen ist.«

Maggie unterdrückte ein insgeheim zufriedenes Lächeln. Sie hatte erraten, wer die Besucherinnen waren und warum sie von einer Militärpatrouille bewacht werden mussten. Am Tag ihrer Ankunft hatte sie mit angehört, wie der Herzog sie mit »Königliche Hoheiten« angesprochen und sich rasch korrigiert hatte. Später, als sie draußen die Wäsche fertig aufgehängt hatte, hatte sie am offenen Fenster des Wohnzimmers den Herzog und den Engländer belauscht; es waren nur wenige Sekunden, aber sie hatten genügt, um den Kern ihres Gesprächs zu erfassen. Natürlich hatte sie nicht die geringste Absicht, es Joey zu erzählen, denn er würde sofort loslaufen und es Boss Clancy und seinen berühmten *Lads* weitersagen. Diese Jungs waren wahrscheinlich genau der Grund, weshalb die Soldaten hier ihre Runden drehten.

»Ist es die Blonde?«, fragte Joey jetzt leise, immer noch ohne sie anzusehen. »Ist sie jemand Wichtiges?«

Maggies Miene war versteinert, ihr Kinn ragte hervor, und ihr Mund war so fest verschlossen, dass er beinahe in ihrem Kopf verschwand. »Woher soll ich das wissen?«

Joey grinste sie zuckersüß und schief an. »Ach, Maggie, hier passiert doch nicht viel, über das du nicht genau Bescheid weißt.«

»Ich weiß eine Menge, aber ich erzähle weder dir noch sonst jemandem etwas davon.«

Joey nahm wieder seine Teetasse. »Jetzt ist er kalt.«

»Du Armer«, antwortete Maggie schroff. Sie saß kerzengerade da wie eine indianische Squaw und betrachtete das Bleichgesicht vor ihr, das sich sehr bemühte, entspannt und unbesorgt zu wirken.

»Der Kerl, der hier war, in dem braunen Auto«, jetzt blinzelte er zur hintersten Ecke der Decke, »gibt es Anzeichen dafür, dass er wiederkommt?«

Diesmal setzte Maggie beide Arme vor sich auf den Tisch auf und beugte sich mit grimmiger Miene und angespannt nach vorne. Es sah aus, als würde sie sich gleich aufbäumen und sich auf ihn stürzen. Er hatte ein bisschen Angst vor ihr, wenn sie in diese Stimmung geriet und ihn plötzlich mit kleinen, funkelnden Augen anstarrte.

Er entzog sich ihrem furchteinflößenden Blick und blickte sich etwas hektisch im Raum um, hob das Kinn und drehte den Hals hin und her, als wäre ihm der Hemdkragen plötzlich zu eng geworden. »Gibt es denn hier überhaupt nichts zu trinken?«, fragte er mürrisch.

»Du musst gleich weg hier. Mrs O'Hanlon kommt vom Whistspielen zurück.«

Er versuchte es wieder mit seinem schmeichelnden Grinsen und offenbarte dabei den schwarzen Stummel eines kaputten Zahns. »Wie wäre es mit einem Schluck für den Weg?« Er wusste, sie hatte eine halbe Flasche Powers hinter dem Regal versteckt, wo der Metalleimer stand. »Gegen die Kälte der dunklen Nacht«, fügte er spaßhaft weinerlich hinzu.

Maggie seufzte, holte ein Glas aus dem Wandschrank über der Spüle, nahm die Flasche herunter und schenkte einen kleinen Schluck ein. »Trink das, und dann machst du dich vom Acker.«

Aber er hatte noch eine Überraschung für sie, eine Überraschung, die er zurückbehalten hatte, bis der in seinen Augen richtige Moment gekommen war. Er betrachtete sie verschmitzt, und als er jetzt das Glas vor sich abstellte, zog er ein Stück Papier heraus und klatschte es neben dem Glas auf den Tisch, wie ein Kartenspieler, der aus dem Nichts plötzlich das entscheidende Ass präsentiert.

»Was ist das?«, fragte sie plötzlich unsicher.

»Schau es dir an.«

Sie setzte sich wieder und nahm das zerfledderte Stückchen Papier zur Hand. Es war ein gedrucktes Foto, aus dem *Irish Independent* ausgerissen. Es zeigte eine Gruppe von Menschen, die auf einem Balkon standen, manche von ihnen mit einem Zweispitz mit weißen Federn auf dem Kopf, und alle winkten einer wohl großen Menschenmenge unterhalb zu, die zu ihnen aufblickte. Mit Bleistift waren zwei der Figuren eingekreist: zwei junge Mädchen, das eine größer als das andere.

»Du weißt doch, wer das ist?«, fragte Joey.

Maggie biss sich auf die Lippe. Sie hatte Angst, sich irgendwie zu verraten. Natürlich erkannte sie die beiden – immerhin wohnten sie ja gerade im Haus?

»Ich sehe, wer das ist, also weiß ich, wer das ist«, sagte sie leichthin, obwohl sie sich erst räuspern musste. »Was ist mit ihnen?«

Ihr Herz klopfte heftig. Sie war wütend, mehr als alles andere, wütend und enttäuscht. Man hatte ihr ihr Geheimnis weggenommen, zumindest das, was sie für ihr Geheimnis gehalten hatte. Sie hatte das Wissen an sich gedrückt wie einen Diamantring, den sie zufällig gefunden und behalten hatte, in dem Wissen, dass sie ihn nie öffentlich würde tragen können, den sie aber behalten und an ihre Tochter oder gar ihre Enkelin weitergeben konnte, die sie ganz sicher eines Tages haben würde. Und jetzt war da Joe Harte, zweifellos mit Boss Clancy im Hintergrund, der ihr nicht nur zu verstehen gab, dass alle wussten, dass sie den Ring besaß, sondern auch, dass jeder von ihnen genau so einen hatte.

Großer Gott, dachte sie entsetzt, wahrscheinlich wusste sogar Arm-Elsie, der Schwachkopf, Bescheid.

»Das sind doch die beiden, die hier wohnen, oder?«, fragte Joey.

»Welche beiden?«

»Verkauf mich nicht für dumm, Maggie Ryan.«

Sie setzte ihren dümmsten Gesichtsausdruck auf, das konnte sie gut, wenn sie sich bemühte.

Aber er ließ sich nichts vormachen: Er wusste, dass er recht hatte.

Er hatte das spannende Gefühl, rehabilitiert zu sein. Boss Clancy war nicht eingefallen, wer die Mädchen sein könnten, aber Joey war ganz allein darauf gekommen, obwohl er die beiden nur einmal ganz kurz gesehen hatte, als sie mit der blonden Frau durch den Kiefernwald spaziert waren und er den Soldaten aus dem Weg ging. Außerdem war ihm aufgefallen, wie selbstzufrieden verschwiegen sich Maggie gab, seit die Fremden dort wohnten. Ihrem erschreckten Blick nach zu urteilen, dem ihre Selbstzufriedenheit gewichen war, sobald sie das Bild gesehen hatte, war klar, dass er recht gehabt hatte. Morgen würde er zu Redmond's gehen und das Foto vor dem Boss auf den Tisch klatschen, genau wie er es kurz vorher hier gemacht hatte.

»Also, ich habe jedenfalls keine Ahnung, wovon du redest«, sagte Maggie.

Sie war wirklich zornig; am liebsten hätte sie ihn geschlagen. Er trank den Whiskey in einem Schluck aus, knallte das Glas auf den Tisch und bedeutete ihr mit einem Nicken, ihm noch einen einzuschenken. Dieses Grinsen, dachte Maggie bitter. Sie schenkte ihm nach, diesmal fast bis zum Rand. Sie wusste, dass er keinen Schnaps vertrug, und vielleicht würde er ja auf dem dunklen Weg über die eigenen Füße stolpern, dieser Trampel, und sich ordentlich den Schädel anhauen, denn das hatte er jedenfalls verdient.

Von ferne hörten sie, wie die Haustür auf und wieder zu ging. Auch das gehörte zu Mrs O'Hanlons kleinen Privilegien: Sie durfte das Haus durch den Vordereingang betreten statt durch die Küche wie der Rest der Dienerschaft – nicht dass sie sich selbst als Bedienstete betrachtet hätte, nicht als Bedienstete wie die anderen.

Joey trank einen Schluck Whiskey. Wenn er das mit seinen Händen nicht aufhörte, dachte Maggie, dann würde sie ihm wirklich eins hinter die Löffel geben.

»Da kommt Mrs O'Hanlon«, sagte sie.

»Ich geh ja schon, ich geh ja schon.« Joey fuchtelte mit den Händen vor ihrem Gesicht herum. »Bin schon weg.«

Er kippte das restliche Glas hinunter und schlang sich seinen schmutzigen alten Schal, den er sommers wie winters trug, fest um den Hals. Aber sie war noch nicht bereit, ihn gehen zu lassen.

»Was geht da vor sich?«, fragte sie. »Sag es mir.«

Er setzte einen gekränkten, unschuldigen Blick auf. »Was meinst du, was da vor sich geht? Ich weiß von nichts – außer dass wir allem Anschein nach Besuch aus dem Königshaus haben, obwohl wir nichts davon wissen sollen.«

Er bedachte sie mit einem verschmitzten, wissenden Blick, dann ging er Richtung Hintertür. Maggie sprang auf. »Joey Harte, du kommst sofort hierher zurück!«

Er hatte den Riegel schon zurückgeschoben und verharrte nun mit der Hand am Schlüssel. »Gerade eben hast du noch gesagt, ich soll mich vom Acker machen, und jetzt sagst du, ich soll nicht gehen.«

O ja, jetzt amüsierte er sich prächtig.

Mit schnellen Schritten ging sie zu ihm hinüber, baute sich vor ihm auf und packte ihn an den Aufschlägen seiner Jacke. Sie reichte ihm mit dem Scheitel kaum bis zum Kinn, aber trotzdem bemerkte sie eine gewisse Nervosität in seinen Augen, als er auf sie hinabblickte. Sie wusste, dass sie ihm Angst einjagte, ein bisschen zumindest – er wusste nicht, wozu sie fähig war. Er hielt es nicht für ausgeschlossen, dass sie das Nudelholz nahm und damit auf ihn losging.

Doch dann verflog ihre Wut auf ihn ganz plötzlich. In seinem Blick lag nicht nur die Angst vor ihr. Hier in der Küche redete er ganz mutig daher, mit etwas Whiskey intus, aber Boss Clancy gegenüber würde es anders sein. Dass sie sich Sorgen machte, war schön und gut, aber wenn auch er sich

Sorgen machte, dann könnten sie beide in Schwierigkeiten stecken.

Sie sprach jetzt mit leiser, ruhiger Stimme, die Wörter kamen gleichmäßig und präzise, wie eine Abfolge kleiner glänzender Nägel, von denen sie jeden einzelnen mit einem einzigen akkuraten Schlag traf.

»Du sagst Boss Clancy und der Bande von Rüpeln, deren Anführer er angeblich ist, sie sollen sich von diesem Haus und von den Leuten darin fernhalten.«

Sie standen dort in der Tür, einander gegenüber, die kleine pummelige Dienstmagd mit ihrem furchterregenden, aber dennoch unsicheren wütenden Blick, und vor ihr die bang lächelnde, dürre Gestalt, die sie allen Ernstes heiraten wollte. Dann lachte Joey, jauchzte ungefähr so wie ein Cowboy, schlang einen seiner langen, knochigen Arme um ihre nicht existente Taille, zog sie zu sich und küsste sie – zumindest versuchte er es, denn sie wandte im letzten Moment das Gesicht ab, sodass seine Lippen auf ihrem Ohr statt auf dem Mund landeten.

»Bei Gott, Maggie Ryan«, sagte er, »mit dir hat man alle Hände voll zu tun!«

Und dann war er weg. Sie blieb einen Augenblick in der offenen Tür stehen und blickte in die klamme, feuchte Nacht hinaus. Ihr lief ein Schauer über den Rücken. Sie hatte den wertvollen Diamantring fallen lassen. Wie sollte sie ihn in dieser tiefen Dunkelheit bloß wiederfinden?

22

Diesmal war es das Telefon im Haus, das klingelte, um schlimme Nachrichten zu überbringen. Einer von Major de Valeras Männern hatte versucht, Strafford in seiner Unterkunft zu erreichen, aber Strafford war noch im Haupthaus. Das Abendessen war seit geraumer Zeit beendet, und er hatte sich in die Bibliothek zurückgezogen, um noch ein, zwei Stunden am Kamin eine Tasse Tee zu trinken und ein Buch zu lesen, bevor er sich in sein liebloses Quartier im Stallhof zurückzog.

Als das Telefon schrillte, schien sich das Haus selbst erschrocken und ängstlich zurückzuziehen. Wer um alles in der Welt rief um diese Uhrzeit an? Strafford nahm an, es müsse ein Gespräch für den Herzog sein, und widmete sich wieder seinem Buch aus der Leihbücherei – *Der Herbst des Mittelalters*: nicht gerade eine Gute-Nacht-Lektüre, aber er hatte es sich schon seit einiger Zeit vornehmen wollen. Es war ein schöner Zufall, dass das Klingeln des Telefons mit Huizingas lyrischer Eröffnungspassage über den Uhrschlag der Glocken von Nordeuropa zusammenfiel. Dann klopfte es an der Tür, und Hynes kam hereingeschlurft, sein wilder weißer Haarschopf wilder denn je.

»Verzeihen Sie, Sir«, sagte er, seine Stimme wie immer ein dünnes Knarzen, wie ein rostiges Tor, das in einem winterlichen Wind hin- und herschwang, »da ist jemand für Sie am Telefon.«

Strafford starrte ihn überrascht an, und ihn befiel sofort eine böse Vorahnung. Er klappte das Buch langsam zu und legte es weg.

»Wer ist es?«

»Ein Mann, Sir.«

»Was denn für ein Mann?«

»Ein Mann vom Militär, würde ich sagen.«

»Ist es de Valera?«

Hynes blickte ihn aus wässrigen blauen Augen an und vermutete offensichtlich, das sei ein Witz.

»Nein, nein, Sir, das ist nicht Mr de Valera«, sagte er etwas verwirrt. »Ich bezweifle, dass er hier auf Clonmillis Hall anrufen würde, so spät am Abend, oder …«, er hielt inne, und seine Mundwinkel zuckten mit dem Anflug eines Lächelns, »überhaupt zu einer anderen Tages- oder Nachtzeit. Mr de Valera hätte wahrscheinlich nicht viel Zeit für Seine Gnaden und die Übrigen von uns hier auf Clonmillis Hall.« Wieder hielt er inne; er schien plötzlich den Grund für sein Erscheinen in der Bibliothek vergessen zu haben. Dann verschwanden die Sorgenfalten von seiner Stirn. »Nein, das ist jemand vom Militär, wie gesagt. Ein Sergeant Brody, hat er gesagt, glaube ich. Oder Brady …« Er verstummte.

Strafford ging hinter dem alten Mann hinaus in den Vorraum. Das Telefon war ein altmodischer, aufrechter Apparat. Er nahm ab und legte sich die kleine kalte Muschel des Hörers ans Ohr.

Sergeant Brody oder Brady konnte seine Aufregung kaum zügeln. Strafford brauchte eine gute halbe Minute, um zu begreifen, dass es eine Schießerei gegeben hatte. Zuerst glaubte er, es müsse sich um einen Unfall handeln – er dachte an den Soldaten, der neulich nachts sein Gewehr auf die Straße fallen gelassen hatte –, und irgendwie kam er auf die Idee, das Opfer sei Major de Valera persönlich.

»Nein, nein«, brabbelte der Sergeant, »nicht der Major – es ist derselbe Kerl, den wir letztes Mal erwischt haben, der Kerl, der Kaninchen jagen wollte.«

»Aha. Ich verstehe.« Er hatte ihn deutlich in Erinnerung: groß, dünn, der Blick unstet, die Nase spitz und mit einer Kerbe darin, ständig rieb er sich die Hände, und er hatte ein Frettchen in einem Beutel. »Wie hieß er noch mal?«

»Harte, Sir. Joseph Harte.«

»Ist er tot?«

»Nicht als ich wegging – es hat ihn am Waldrand erwischt –, aber ich muss sagen, mit dem war kein Krieg mehr zu gewinnen. Er wurde am Hals getroffen. Sie sollten sich besser beeilen, Sir. Ich hole Sie am Tor ab, wie letztes Mal.«

O Gott, dachte Strafford elend, schon wieder das ganze Brimborium! Und diesmal wahrscheinlich auch noch mit einer Leiche dazu.

Sollte er den Herzog darüber informieren, was passiert war? Wahrscheinlich schon, aber er brachte es nicht fertig. Wie auch immer, der alte Herr hatte jetzt sicher schon die Segel gestrichen – es war bald Mitternacht.

Sein Mantel und sein Hut waren im Eingang. Hynes hielt ihm den Mantel hin, während er in die Ärmel schlüpfte. Aus der Sammlung unter dem Hutständer wählte er ein Paar

Gummistiefel aus und zog sie unter einigen Schwierigkeiten an; die letzten waren zu groß gewesen, diese hier waren zu klein.

Erst jetzt dachte er an Celia Nashe – er sollte ihr sicherlich darüber Bescheid geben, was vor sich ging. Ja, das sollte er auf jeden Fall. Aber er tat es nicht, und dass er es unterließ, gereichte ihm zu einer ganz kleinen rachgierigen und verschämten Befriedigung.

Er öffnete die Haustür und trat hinaus in die Dunkelheit.

Das Wetter war noch mild, auch wenn herbstliche Nebelschwaden in der Luft lagen. Wie immer roch es nach Lehm, nassem Unkraut und bereits vermoderndem Laub. Kein Lüftchen regte sich, und kein Laut war zu hören bis auf das Quatschen seiner Gummistiefel im Kies.

Der Panzerwagen erwartete ihn wie versprochen am Tor. Sergeant Brody – nicht Brady, wie sich herausstellte – war der mächtige Bursche mit dem runden Kopf, den er vom letzten Mal noch in Erinnerung hatte, ein Landbewohner mit langsamen Bewegungen und leiser Stimme. Er stand neben dem Auto und rauchte eine Zigarette. Jetzt warf er den Stummel hastig in den Graben und salutierte gleichgültig. Die Aufregung, die er am Telefon an den Tag gelegt hatte, hatte sich mittlerweile verflüchtigt, und er schien sich unter Kontrolle zu haben.

»Schlimme Sache, Sir«, sagte er.

»Was ist passiert?«

»Man hat ihn zweimal gewarnt, aber er hat sich geweigert, sich auszuweisen – er ist in der tiefen Dunkelheit durch die Gegend gestürmt. Dann wollte er abhauen, und einer unserer Jungs hat die Beherrschung verloren und geschossen. Der

Schuss sollte eigentlich über seinen Kopf hinweggehen, damit er stehen bleibt, aber stattdessen hat es ihn seitlich im Hals erwischt. Er muss eine Arterie durchtrennt haben oder so.«

»Viel Blut?«

»Viel Blut, Sir.«

»Aber Sie sagen, er ist nicht tot?«

»Mittlerweile schon, würde ich sagen. Von so einer Verletzung erholt man sich nicht.«

»Verstehe.«

Sie stiegen in den Panzerwagen. Strafford hatte noch nie einen Menschen gesehen, der erschossen worden war. Er war gespannt darauf, was es für ein Gefühl war, wenn er die Leiche sah. Musste sich nicht immer jemand beim Anblick einer blutüberströmten Leiche übergeben? Er glaubte nicht, dass ihm schlecht werden würde, aber sicher konnte er sich nicht sein. Auf affektiver Ebene wusste man so wenig über sich, dachte er bei sich.

Jedenfalls hoffte er, sich nicht zum Idioten zu machen. Hatte Major de Valera schon einmal gesehen, wie jemand durch Gewalt gestorben war? Sein Vater auf jeden Fall: De Valera senior war einer der Anführer des Aufstands von 1916 gewesen. Die Briten hätten ihn erschossen, wäre er nicht amerikanischer Staatsbürger gewesen. Angeblich hatte er einen schwerwiegenden, wenn auch vorübergehenden Nervenzusammenbruch erlitten, als er und seine Männer in Boland's Mills belagert wurden. Doch sosehr ihn das auch beeinträchtigt hatte, es hatte ihn nicht daran gehindert, ein halbes Dutzend Jahre später einen ganz besonders brutalen Bürgerkrieg zu führen.

Vor ihnen tauchte ein Fuchs auf der Straße auf, ergriff die

Flucht und rannte mit voller Geschwindigkeit im Licht der beiden Scheinwerfer eine Weile geradeaus, bevor er irgendwann in den Graben abbog.

Sie hielten an dem getarnten Wachhäuschen am Straßenrand. Sergeant Brody ging voran in den Wald. Es gab keinen Weg. »Passen Sie auf, wo Sie hintreten«, sagte der Sergeant. »Es sind überall sumpfige Stellen und Kaninchenbaue.«

In kurzer Entfernung vor ihnen leuchtete eine Sturmlampe. Auch gedämpfte Stimmen waren zu hören.

War Major de Valeras fleischig-bleiches Gesicht heute Nacht einen Ton bleicher? Mürrisch wandte er sich Strafford zu, er klang schroff und vorwurfsvoll. »Ah, Sie sind da.«

»Schneller ging es nicht«, entgegnete Strafford auf seine zurückhaltende Art.

»Ich dachte, Sie sehen sich besser an, was von dem Mann noch übrig ist, bevor wir weiter vorgehen«, bellte der Major. »Sie sind ja immerhin der Polizist.« Das hörte sich an, als sollte Strafford dafür eine Entschuldigung parat haben.

Joey Harte lag zusammengekrümmt auf dem Bauch, beide Arme unter sich gefangen, das Gesicht halb in durchnässtem Laub vergraben. Strafford musste sofort an das Foto eines von Lava überkrusteten Leichnams denken, der aus den Ruinen von Pompeji ausgegraben worden war.

Er verspürte keinerlei Übelkeit. Allerdings nahm er ein merkwürdiges Surren im Kopf wahr, was seiner Ansicht nach aber nicht daher rührte, dass er den Toten vor Augen hatte.

Drei Soldaten mit Gewehren standen im Licht der Lampe eng beieinander. Ein Vierter hielt sich abseits im Dunkel und rauchte nervös eine Zigarette; er hatte den Helm abgenommen. Seine Waffe war nirgendwo zu sehen.

»Sind Sie derjenige, der geschossen hat?«, fragte Strafford ihn.

Major de Valera zuckte zusammen, als hätte er einen elektrischen Schlag bekommen, und hustete bellend.

»Ich will nicht, dass Sie meine Leute befragen.« Seine Stimme war so hoch, dass er beinahe kreischte. »Ich habe Sie nur aus Gefälligkeit herbringen lassen. Das ist eine Sache des Militärs. Der Mann wurde gewarnt und ist nicht stehen geblieben.«

»Ist er davongerannt?«

»Wie gesagt, er wurde gewarnt und hielt nicht an. Es wurde auf ihn geschossen. Er wurde getroffen.«

»Wie lange hat er noch gelebt?«

»Nur ein paar Minuten.«

»Er hat nichts gesagt, nehme ich an?«

Der Major gab ein Schnauben von sich, das unter anderen Umständen als Lachen durchgegangen wäre. »Wohl kaum. Sehen Sie sich nur die Wunde an.«

Strafford ging neben der Leiche in die Hocke. Er hatte daran gedacht, seine Taschenlampe mitzunehmen, die er jetzt einschaltete. Den Strahl richtete er auf die oberen Teile dessen, was von Joey Harte noch übrig war. Der Kopf war leicht nach links gedreht, und ein erschrecktes Auge schien nach oben in die Leere des Nachthimmels zu starren. Der Schal, den er um den Hals gewunden hatte, war mit Blut getränkt, das im Licht der Lampe nicht rot war, sondern schwarzviolett glänzte.

Mit dem Zeigefinger zog Strafford sachte den Rand des Schals zurück, wo er am meisten durchtränkt war. In der linken Seite des Halses befand sich ein schartiges Loch; es ähnelte auf unheimliche Weise einem offenen, gerundeten Mund – ja, es sah aus wie der Mund eines ganz besonders lauten Jodlers, dachte Strafford. In seiner kurzen Zeit bei der Garda hatte er gelernt, dass eine Tragödie am allerwenigsten tragisch aussieht. »Das ist wohl die Austrittswunde?«

»Natürlich«, blaffte Major de Valera. »Die Kugel ist von rechts eingetreten.«

»Er muss nach hinten geblickt haben?«

Es folgte eine verlegene Pause. Strafford nahm an, kein Soldat legte Wert darauf, dass bekannt wurde, er hätte einen Menschen von hinten erschossen – oder war das auch nur ein Mythos, den sich Autoren von Kriegsbüchern ausgedacht hatten?

»Er hätte stehen bleiben sollen, als er dazu aufgefordert wurde«, sagte der Major. »Der Befehl war klar und unmissverständlich – ich habe es gehört.«

Strafford versuchte die Stimmung der Männer einzuschätzen, die in einem Halbkreis vor ihm standen. Hauptsächlich bestand sie aus Missmut und Verdruss, vermischt mit einer Spur Verlegenheit und, aufseiten des Majors, auf jeden Fall Trotz. Strafford begriff, dass er hier nicht erwünscht war; seine Anwesenheit machte eine schlimme Situation nur noch schlimmer. Es sah so aus, als wäre die kleine Gruppe von Männern in einem vertraulichen Ritual befangen, das Dunkelheit, Lampenlicht und eine Lichtung im Wald verlangte, und er wäre durch einen unglücklichen Zufall auf sie gestoßen.

Niemand von ihnen, der Major eingeschlossen, schien zu wissen, was als Nächstes zu tun war.

Man sollte wohl einen Krankenwagen rufen, nahm Strafford an, obwohl er nie verstanden hatte, warum ein Dienst, der dafür ausgelegt war, die Lebenden zu versorgen, zum Abtransport der Toten vergeudet werden sollte. Der hintere Teil des Panzerwagens wäre ebenso gut geeignet, wenn sie die Leiche irgendwie einwickeln konnten, damit das Blut nicht auf den Metallboden lief. Andererseits war das Fahrzeug für das Schlachtfeld vorgesehen. Warum sollte man sich dann wegen Blutflecken Gedanken machen?«

»Sollten wir nicht die Polizei in Clonmillis kontaktieren?«, meinte Major de Valera, der immer genervter wirkte. »Die müssen sich ja um die Sache kümmern, schließlich ist ein Zivilist ums Leben gekommen.«

Es war also keine Angelegenheit des Militärs mehr. Strafford begriff, dass der Major beschlossen hatte, diese heikle Situation einer anderen Obrigkeit als ihm selbst unterzujubeln, damit er sich wieder dem ernsten Geschäft des Soldatspielens widmen konnte.

»Ich rufe besser in Dublin an«, sagte Strafford. Als er sich erhob, fuhr ihm ein kurzer, stechender Schmerz in beide steife Knie. Sein Kopf summte noch; er fühlte sich äußerst eigenartig.

Welche Art von Schmerz der arme Harte wohl erlitten hatte? Strafford war immer skeptisch, wenn von einem Toten behauptet wurde, er sei sofort gestorben. Woher wollte man das wissen? Der Sterbende könnte den Augenblick des Todes als eine Ewigkeit aus Leiden und Pein empfunden haben.

Er traf eine Entscheidung. »Lassen Sie einen Ihrer Männer hier, um die Leiche zu bewachen«, sagte er zum Major. »Der Sergeant hier soll mich zurück nach Clonmillis Hall bringen. Es ist besser, die örtliche Polizei nicht einzubinden.« Hatte nicht jemand gesagt, der Polizeichef in Clonmillis sei ein Trinker? »Ich rufe meinen Vorgesetzten in Dublin an und lasse ein paar Leute herschicken.«

Der Major rümpfte nur die Nase, was Strafford als Zeichen trotzigen Einverständnisses nahm.

Strafford ging zum Panzerwagen, gefolgt von Sergeant Brody. Sie stiegen ein. Nach ein, zwei Meilen sagte der Sergeant noch einmal: »Üble Sache.«

»Wirklich übel.«

Sie legten eine weitere Meile zurück.

»In der Stadt wird das nicht gut aufgenommen werden.«

»Nein«, sagte Strafford. »Bestimmt nicht.« Und auch Inspector Hackett würde es nicht gut aufnehmen, darauf gab er Brief und Siegel.

Das alles war sehr beunruhigend und ungewiss, und doch fühlte er sich merkwürdig abgehoben von der ganzen Geschichte. Die Szene im Wald – die in einem Lichtkegel versammelten Männer, die zusammengekrümmte Gestalt auf dem Boden, abseits der Schütze, der eine Zigarette bearbeitete, und überhaupt die ganzen hohen schwarzen Wachbäume –, das rief ihm ein Gemälde in Erinnerung, das er irgendwo gesehen hatte. Was stellte es noch einmal dar? Die Ruhe während einer nächtlichen Schlacht? Die Erschießung von Maximilian I.? Irgend so etwas. Nacht, undeutliche, gesichtslose Gestalten, eine Gewalttat.

Er wusste sehr wohl, dass es am nächsten Morgen alle möglichen unangenehmen Dinge zu erledigen galt, aber im Moment konnte er nicht das Interesse aufbringen, darüber nachzudenken. Er wünschte nur, das Summen in seinem Kopf würde aufhören.

»Er hat nach Alkohol gerochen«, sagte Sergeant Brody.

»Glauben Sie, er war betrunken?«

»Das würde ich nicht behaupten, Sir, nein. Aber er hatte ganz sicher etwas getrunken.«

»Gibt es hier in der Nähe einen Pub?«

»Der nächste ist Gaffney's, acht oder neun Meilen weiter an der Straße, Richtung Ortschaft.«

Straffords Nicken galt eher ihm selbst als dem Sergeant.

»Sie glauben also, er war im Haus, ich meine auf Clonmillis Hall, hat dort etwas getrunken und kam auch von dort?« Sergeant Brody zuckte die Achseln und hielt den Blick auf die Straße und die hüpfenden Scheinwerferlichter gerichtet; Spekulationen gehörten nicht zu seinen Aufgaben. »Irgendeine Spur von dem Frettchen?«, fragte Strafford. Unter anderen Umständen hätte er über die Absurdität dieser Sache gelacht; ja, er war auch jetzt kurz davor zu lachen.

»Ich habe es nicht gesehen.«

»Das heißt, er war nicht unterwegs, um nächtens zu wildern.« Wieder sagte der Sergeant nichts. Strafford versuchte es noch einmal. »Wissen Sie, mit wem er in der Stadt verkehrte – waren Hitzköpfe oder Querulanten darunter?«

»Das weiß ich nicht, Sir. Wir haben nicht viel zu tun mit der Stadt.« Das Tor von Clonmillis Hall kam in Sicht. »Soll ich Sie bis zum Haus hochfahren, Sir?«

»Nein, besser nicht, aber trotzdem danke. Die Scheinwerfer würden alle aufwecken. Übrigens …«, die Frage war ihm schon vorher gekommen, »wo ist Ihr Quartier? Ich meine, wo sind Sie stationiert?«

Sergeant Brody fuhr den Wagen sachte auf den gekiesten Halbkreis vor dem Tor und hielt an. Der Motor ratterte und schnaufte wie ein altes Pferd nach einem anstrengenden

Rennen. Die beiden Männer waren umgeben von dem warmen und widerlich süßen Dunst von Dieselabgasen.

»Auf der anderen Seite des Hügels, dort ist eine alte Kaserne von der britischen Armee«, sagte der Sergeant. »Dort wohnen wir.«

»Wie ist es da?«

»Klamm.«

»Oh.«

Und so kam die Unterhaltung tröpfelnd zum Ende. Strafford blieb noch ein paar Augenblicke reglos sitzen, dann rührte er sich. »Danke fürs Mitnehmen, Sergeant.«

Er öffnete die Tür und trat auf den Kies. Die Milde der feuchten Nachtluft überraschte ihn aufs Neue. Würde diese unnatürliche Jahreszeit niemals enden? Er sehnte sich nach dem Winter. Gerade wollte er die Tür hinter sich zuwerfen, als Sergeant Brody sich über den Sitz beugte. »Passen Sie auf sich auf, Sir, wenn ich das sagen darf. Das wird einen ziemlichen Zinnober verursachen. Das Militär erschießt nicht jeden Tag einen Menschen.« Brody hielt inne, sichtlich überrascht von der Absurdität seiner Äußerung. »Zumindest nicht in Friedenszeiten«, fügte er hinzu.

»Da haben Sie zweifellos recht«, sagte Strafford. »Zumindest nicht heutzutage, im neutralen Irland.«

»Gute Nacht, Sir.«

Strafford schlug die Tür zu, wandte sich um und lief die Zufahrt hoch.

O ja, es würde Zinnober geben, und zwar eine Menge.

23

Er ging um das Haus herum und betrat seine Unterkunft an der Ecke des Stallhofs. Die Luft war hier drinnen kälter als draußen. Mittlerweile fühlte er sich wirklich äußerst merkwürdig. In seinem Kopf summte es immer noch – es war wie das schwache Surren einer kaputten Glühbirne –, ihm war schwindelig, und seine Arme und Beine waren so schwer, als gehörten sie jemand anderem. Er zog sich ungelenk aus, nestelte an den Knöpfen, kämpfte sich in den Schlafanzug und kroch ins Bett.

Er wollte sich kurz ausruhen, nur kurz. Dann würde er hinüber ins Haus gehen und das Hauptquartier in Dublin anrufen. Und er würde Celia Nashe erzählen, was passiert war: Es war sehr wichtig, dass sie informiert wurde. Ja, das würde er machen, er würde es Miss Nashe erzählen und danach Dublin anrufen. In dem festen Entschluss, das zu erledigen, fiel er in einen bleiernen Schlaf.

Mitten in der Nacht wachte er entsetzt auf, als ein plumpes vierbeiniges Etwas sachte auf seiner Brust landete. Er tastete hektisch nach dem Schalter der Nachttischlampe und setzte sich blinzelnd auf: Die weiße Küchenkatze tappte über das Bettzeug von ihm weg, den Schwanz steif aufgerichtet. Sie war ein vom Kampf gezeichnetes Geschöpf und wurde Pangur genannt. Sie hatte ein gespaltenes Ohr, und ihm fiel jetzt auf, dass eines ihrer Augen blind war und weiß wie glänzender Marmor. Pangur besuchte ihn häufig, besonders, seit er angefangen hatte, Kleinigkeiten vom Abendessen abzuzweigen, um sie zu füttern. Für Katzen hatte er nicht viel übrig, aber diese hier trug eine Menschenverachtung zur Schau, die ihm gefiel – Katzen sollten niemals freundlich sein. Ihre Pfoten tappten lautlos durch die beinahe vollständige Dunkelheit, bleich und schimmernd schien sie der Geist ihrer selbst zu sein.

Mit einem keuchenden Seufzer legte er sich wieder hin. Seine Stirn war glühend heiß. Er hatte keine Ahnung, was mit ihm los war. Er hatte das undeutliche, bedrückende Gefühl, wichtige Dinge nicht erledigt zu haben.

Später hörte er schwach, wie ein Auto die Zufahrt hochgefahren kam und seitlich vom Haus hielt, zumindest glaubte er es zu hören, aber er versank gleich wieder in der nachgiebigen, komatösen Dunkelheit.

Nachdem er noch eine Weile wie betäubt mit glühenden Gliedmaßen dagelegen hatte, wurde er wieder geweckt. Diesmal klopfte es an der Tür. Zuerst glaubte er, von einem der abrupten, entschiedenen Weckrufe aufgewacht zu sein, die der Kopf manchmal in Panik ausstößt, wie ein Schuss im Dunkeln, wenn er Angst bekommt, weil der schlafende Körper still wie ein Toter daliegt.

Aber nein, es war doch ein Klopfen gewesen: Da war jemand dort draußen und hämmerte beharrlich gegen die Tür.

Mit umnebeltem Gehirn kämpfte er sich hoch, zog seinen

Trenchcoat an – warum hatte er vor der Fahrt hierher nicht daran gedacht, einen Morgenmantel einzupacken? – und tappte über die eiskalten Fliesen.

Es war Butler Hynes, ganz außer sich, die tränenden Augen leuchtend vor Aufregung. Er hatte sich hastig angekleidet, und der Zelluloidkragen seines Hemds stand auf einer Seite hoch, wie beim verrückten Hutmacher. Er quasselte wild drauflos, und im ersten Moment verstand Strafford überhaupt nicht, was er sagte. Aber schließlich begriff er, dass er ins Haus beordert wurde und auf der Stelle kommen musste.

Er blickte über die Schulter des alten Mannes hinweg. Hinter dem namenlosen Hügel in der Ferne war ein schwaches, halbschattiges Glühen auszumachen: Die Morgendämmerung schminkte sich und bereitete sich auf den Tag vor.

»Ja, in Ordnung«, sagte er müde zu dem alten Mann. »Sagen Sie, ich bin gleich da.«

Während er sich anzog, fiel ihm ein, was er vergessen hatte, bevor er ins Bett gefallen und eingeschlafen war. Er hätte das Hauptquartier in Dublin anrufen und Unterstützung anfordern sollen, wie er es Major de Valera gegenüber angekündigt hatte. Das bedeutete, Joey Hartes Leiche lag immer noch unter Bewachung dort draußen im Wald, wie schon die ganze Nacht über. Er blickte sich verschlafen in dem gesprungenen Rasierspiegel an: Er sah aus wie eine ganz andere Person, ein zerraufter und verwirrter Fremder, der in einer ihm völlig unbekannten Umgebung aufgewacht war.

Er betrat das Haus durch den Hintereingang. Maggie war bereits angezogen, sah aber noch müde aus. Sie kniete mit Anschürholz, einer Streichholzschachtel und einem Eimer Anthrazit vor dem Herd. Sie sah ihn überrascht über die

Schulter an – warum war er so früh schon da? –, und plötzlich war etwas Ängstliches in ihrem Blick. Er blieb kurz stehen und starrte auf die böse funkelnde Kohle in dem Eimer. Dann ging er direkt weiter in den Vorraum und zum Telefon. Trotz seiner Verwirrung wusste er, dass er vor allem anderen zuerst Dublin anrufen musste.

Es dauerte eine Weile, bis die Vermittlung in Clonmillis abnahm. An ihrer belegten Stimme erkannte er, dass er sie aus dem Bett geholt hatte. Dann musste er noch einmal warten, bis das Amt in Dublin antwortete. Der diensthabende Wachtmeister in der Pearse Street klang ebenfalls verschlafen und begriff erst gar nicht, was Strafford da zu ihm sagte. Manchmal gab es in dem stur anhaltenden Kampf zwischen der IRA und der Staatsgewalt noch Tote, nicht häufig zwar, aber es gab sie, doch der gewaltsame Tod eines Zivilisten kam im neutralen Irland trotzdem selten vor.

»Ich soll Inspector Hackett zu Hause anrufen? Um diese Uhrzeit?« Die Aussicht auf ein so kühnes Vorhaben schien dem diensthabenden Beamten gründlich Angst einzujagen.

»Ja. Sagen Sie ihm, wir brauchen Leute hier unten.« Strafford legte auf.

Aus dem Salon im ersten Stock waren Stimmen zu hören. Als Strafford die Treppe hinaufstieg, konnte er sich kaum auf den Beinen halten.

Trotz des Nebels in seinem Kopf wusste er ganz sicher, dass er ernsthaft in Schwierigkeiten steckte, was wiederum ein merkwürdiges Gefühl hervorrief. Es war gleichzeitig bedrückend und unerheblich. Er kam sich vor, als hätte er gerade eben den Prüfungsraum verlassen und gemerkt, dass er eine obligatorische Frage komplett unbeantwortet gelassen hatte. Warum, *warum* nur hatte er gestern Abend nicht mehr im Hauptquartier angerufen, bevor er sich in diesen Fieberschlaf hatte sinken lassen?

Richard Lascelles, eindrucksvoll gewandet in Nadelstreifen, Fliege und handgefertigten Schuhen, stand neben dem Kamin im Salon und rauchte eine Zigarette, eine Hand in der Hosentasche. Die goldene Uhrkette, die vorne über seiner Weste hing, strahlte für Straffords Empfinden unnatürlich stark und heimtückisch. Alles war zu grell beleuchtet, die Uhrkette, das Anthrazit unten in der Küche, der Messingständer der elektrischen Lampe auf einem Tisch hier am Fenster. Er legte sich eine Hand auf die Stirn und wankte kurz, wie ein Schilfrohr, das sich im Wind neigt.

Auch Celia Nashe war da. Sie sah ziemlich durcheinander aus, wie jemand, der aus dem Bett geholt worden war und sich eilig hatte anziehen müssen. Als Strafford hereinkam, wandten sie beide den Kopf und sahen ihn an, Lascelles mit einem spröden Lächeln, Celia schlichtweg wütend.

»Herrgott im Himmel, wo haben Sie denn gesteckt?«, fragte sie.

»Ich war unten in der Eingangshalle und habe telefoniert«, gab Strafford zur Antwort.

Das war das Einzige, was ihm einfiel, aber am Blick der jungen Frau, mit weißen Lippen und glühenden Augen, merkte er, wie unverschämt unaufrichtig das geklungen haben musste, aber vielleicht hatte er sie auch vor den Kopf stoßen wollen. Er fühlte sich so seltsam, er wusste gar nichts mehr sicher.

»Warum haben Sie mir nicht gesagt, dass jemand erschossen wurde?«, fragte sie.

Darauf fiel ihm überhaupt keine Antwort ein, weder eine unverschämte noch sonst eine. Er wandte sich an Lascelles, der seine unausgesprochene Frage hörte und sagte: »Ihr Major de Valera hat uns Bescheid gegeben – er hat einen Kurier in die Botschaft geschickt. Ich bin sofort hergefahren.«

»Ich verstehe«, sagte Strafford. Dessen war er sich allerdings nicht ganz sicher.

Es musste also Lascelles' Wagen gewesen sein, den er nachts auf der Zufahrt gehört hatte.

»Es ist eine verdammte Schande«, sagte der Herzog, den Strafford noch gar nicht wahrgenommen hatte. In Morgenmantel und Pantoffeln kauerte er in einer seltsamen affenartigen Haltung in den Tiefen eines mit Chintz bespannten Sessels; irgendwie sah er aus, als wäre er über Nacht um zwei, drei Größen geschrumpft. Genau wie Celia Nashe war er sichtlich wütend; es war nicht unmittelbar klar, was genau er als Schande erachtete, aber Strafford glaubte kaum, dass es der Tod von Joey Harte war.

»Eine Ambulanz ist unterwegs«, sagte Strafford. »Und ein paar Leute von der Spurensicherung. Ich habe gerade mit Dublin telefoniert.«

»Ein bisschen spät, wie ich finde«, bemerkte Lascelles trocken und tippte seine Zigarettenasche auf die Fliesen vor dem Kamin. Er wandte sich Celia Nashe zu und nahm offenbar den Faden dessen wieder auf, was er vor Straffords Eintritt gesagt hatte. »Wir gehen nicht unbedingt davon aus, dass es sich um einen Gewaltakt handelt, um ein versuchtes Attentat oder dergleichen. Wenn wir die Brosamen von Informationen, die wir einholen konnten – und es ist bei Gott schwierig, in diesem gesegneten Land an Tatsachen zu gelangen –, zusammenfügen, dann ist es wahrscheinlicher, dass eine Entführung geplant wurde.«

»Was, hier?«, rief der Herzog empört.

Lascelles ignorierte ihn, ebenso Celia Nashe. Letztere fragte: »Wissen wir, wer dahintersteht?«

»Die IRA oder wie auch immer sie sich mittlerweile nennen. Im Ort gibt es einen Mann namens Clancy, der die Ortsgruppe zu leiten scheint. Sie sind ziemlich harmlos, zumindest bisher. Man befürchtet nur, dass Clancy Verstärkung rufen könnte.«

»Verstärkung?«, fragte Strafford. Seine eigene Stimme ließ seinen surrenden Kopf noch stärker vibrieren.

»Ja, Verstärkung.« Lascelles betrachtete die Spitze seiner Zigarette. »Sehr wahrscheinlich aus Belfast. In Belfast sitzen die ernst zu nehmenden Leute.«

Strafford nickte. Seine Schläfen pochten immer heftiger. Wahrscheinlich hatte er die Grippe. Wie absurd, in so einem Moment so krank zu werden! »Hatte Joseph Harte mit ihnen zu tun?«, fragte er.

Lascelles sah träge und geringschätzend zu ihm hin. »Womöglich. Der Bursche scheint aber hauptsächlich ein Herumtreiber gewesen zu sein. Ich glaube nicht, dass er für irgendjemanden eine sonderliche Bedrohung dargestellt hat.«

»Es ist möglich, dass er gestern Abend hier war, im Haus«, sagte Strafford. Er erzählte, dass Sergeant Brody im Atem des Sterbenden den Geruch von Alkohol wahrgenommen hatte.

»Aus dem Grund hätte er ja wohl kaum hierherkommen müssen«, sagte Lascelles. »Es ist nicht gerade schwierig, in Irland etwas zu trinken aufzutreiben, nicht einmal mitten in der Nacht.«

Strafford wandte sich von ihm ab und richtete sich an den Herzog. »Ich nehme nicht an, dass ihn zufällig jemand gesehen hat?«

Der Herzog warf ihm einen wütenden Blick zu. »Glauben Sie nicht, ich hätte das längst gesagt, wenn es so gewesen wäre?«

»Jemand von den Bediensteten könnte ihn eingelassen haben.«

»Sonst wird es ja wohl niemand gewesen sein! Glauben Sie etwa, wir hätten die Angewohnheit, Joseph Harte und seinesgleichen in den Salon auf ein Glas Sherry und ein abendliches Schwätzchen einzuladen?«

Celia Nashe war sehr bleich geworden, und ihre Augen funkelten nervös. »Was für eine Entführung könnten sie denn planen?«

Lascelles überlegte. »Das wissen wir nicht«, sagte er. »Das ist das Problem. Aber nehmen wir einmal an, die Mädchen werden tatsächlich entführt und von hier weggebracht, an die Westküste zum Beispiel, wo womöglich in irgendeinem ruhigen Fischereihafen ein U-Boot auf sie wartet. Und schon werden Ihre Königlichen Hoheiten auf dem Balkon der Reichskanzlei präsentiert, und Onkel Adolf streicht ihnen über den Kopf.«

Er hielt inne. Nur noch das schwache Zischen des feuchten Torfs, der im Kamin schwelte, war zu hören.

»Um Himmels willen«, sagte der Herzog schließlich, »das ist aber doch zu weit hergeholt.«

»Meinen Sie?«, fragte Lascelles, als erwartete er wirklich eine Antwort. »Sie müssen begreifen, dass der deutsche Verstand genau so arbeitet, Sir. Zu viele Wagner-Opern, meiner

Meinung nach. Sie glauben an die Macht des Dramas, des Schauspiels. Coventry zu bombardieren ist schön und gut, aber zwei königliche Prinzessinnen zu entführen, also das, *das*, würden sie sagen, wäre sicher der Todesstoß für den Kampfgeist einer Nation, die bereits unter verheerenden nächtlichen Angriffen zu leiden hat. Unter Schock und ohne Motivation wäre das arme alte Blighty reif für die Invasion. Dann heißt es Sturmtruppen auf dem Strand und Panzer auf der Pall Mall.«

Er schien es geradezu zu genießen, in seinem übertrieben gekünstelten Tonfall eines Klubmitglieds dieses Furcht einflößende Szenario zu schildern.

»Aber was hätten die Iren davon?«, fragte der Herzog. Seine Wangen hatten mittlerweile vor Erregung hochrote Flecken bekommen.

»Zuerst einmal die Erschießung von de Valera und seiner Regierung, würde ich sagen«, antwortete Lascelles.

»Sie glauben, die Deutschen würden die Irische See überqueren, wenn das Festlandgebiet fällt?«

»Der Wehrmacht ist der Begriff der Neutralität ziemlich egal. Hier gibt es gute tiefe Häfen, viele davon im Westen, zum Atlantik hin. Was Ihre Irisch-Republikanische Armee betrifft, so soll Hitler ja durchaus ihren Beifall finden – der Feind meines Feindes und so. Sie würden zweifellos davon ausgehen, den Hut aufgesetzt zu bekommen, wenn die Krauts da wären, zumindest als Anerkennung für die Entführung, und wahrscheinlich würde es genau so passieren. Sie wären eine hübsche Marionettenregierung.«

»Das klingt doch wie eine ganz unwahrscheinliche Geschichte aus einem Roman«, rief Celia Nashe entgeistert.

»Ja, nicht wahr?« Lascelles stimmte ihr gelassen zu. »Aber

im Krieg passieren nun einmal unwahrscheinliche Dinge. Man nehme nur Dünkirchen.«

Schweigen öffnete sich wie ein Luftloch, in das drei der Menschen im Raum hineinstarrten, während Lascelles, der vierte, scheinbar unbekümmert seine Zigarettenkippe ins Feuer warf.

»Was sollen wir jetzt tun?«, fragte Strafford. »Die Mädchen sofort zurück nach London bringen?«

»Nein, nein«, sagte Lascelles mit seinem trägen Lächeln. »Nein, ich glaube nicht. Insgesamt sind sie hier sicherer. In London steht es gerade nicht gut, und es wird noch schlechter werden, das behaupten jedenfalls die Eingeweihten. Nein, wie heißt es noch? Wer sich zuerst bewegt, hat verloren.«

Celia Nashe zündete sich eine Zigarette an. Strafford fiel wieder das leichte Zittern ihrer Hand auf, das die Streichholzflamme flirren ließ. Trotz der großen Anspannung des Augenblicks fühlte er sich ferner denn je von seiner Umgebung. Es war ja auch wenig verwunderlich, dass er nicht ganz er selbst war: Er war mitten in der Nacht aus dem Bett geholt worden, um in einem dunklen Wald im Licht einer Sturmlampe die Leiche eines Mannes zu begutachten, der einen tödlichen Schuss durch den Hals erlitten hatte. Das würde doch auch jemandem zusetzen, der in bester Verfassung war.

Ein Schauder lief ihm unter dem plötzlich kratzigen Stoff seines Hemds in Wellen den Rücken hinunter.

Lascelles wandte sich ihm zu. »Ich habe übrigens mit Ihrem Minister gesprochen.«

Strafford nahm diese Nachricht mit einem matten Starren auf. »Mit Dan Hegarty?« Er war überrascht, obwohl er das wohl nicht sein sollte.

»Ja, mit Hegarty«, antwortete Lascelles und nahm sich eine weitere Zigarette aus einem schlanken Silberetui, »der Mann, mit dem Sie und ich im Kildare Street Club zum Lunch waren. Ich muss sagen, er war nicht gerade begeistert von dem, was ich ihm sagen musste, nachdem seine Frau oder wer auch immer es geschafft hatte, ihn aufzuwecken. Er klang nicht ganz nüchtern. Mich hat außerdem ein Inspector Soundso angerufen«, er blickte Strafford an, »Ihr Chef, glaube ich?«

»Ja. Inspector Hackett.«

»Genau. Der Minister hat ihn antelefoniert, nachdem er mit mir gesprochen hatte. Es war ganz schön viel los in der Nacht«, er hielt eine Sekunde inne und zeigte bei einem frostigen Lächeln seine großen, breiten Zähne, »zumindest für manche von uns.«

Strafford schluckte die spitze Bemerkung. Vor langer Zeit, als er gerade in die Schule gekommen war, hatte er sich beigebracht, mit einer verständnislosen, leeren Fassade auf Sarkasmus und Schlimmeres zu reagieren.

»Ich habe gerade veranlasst, dass man ihn zu Hause anruft«, sagte er.

»Nicht nötig. Er kommt persönlich – wahrscheinlich ist er inzwischen schon eingetroffen.«

»Hackett?«, rief Strafford. »Aha. Dann sollte ich mich besser gleich aufmachen und ihm berichten.«

Lascelles hatte seine Zigarette angezündet und schickte einen Rauchkegel in Richtung Decke. »Ich nehme Sie mit«, sagte er. »Sie können mir den Weg zeigen.«

Der Herzog schickte sich an, sich aus seinem Sessel zu erheben. »Ich sollte auch mit.«

»Nein, nein«, sagte Lascelles ruhig, wieder mit einem

maskenhaften Lächeln, »das ist nicht nötig. Sie bleiben auch hier, Miss Nashe.«

Celia nickte zerstreut in den Kamin. Sie hatte ihre ungerauchte Zigarette in den Torf geworfen und knetete nervös ihre Hände. »Die Mädchen stehen bald auf«, sagte sie. Als sie aufblickte, richtete sie sich aus irgendeinem Grund an Strafford. »Ich erzähle ihnen nichts«, sagte sie. »Also von der Schießerei, meine ich.«

Der Herzog schnaubte. »Das ist egal.« Er verzog zynisch den Mund. »Die hören es sowieso bald von den Angestellten.«

Ein bleicher, feuchter Sonnenstrahl fiel durch das Fenster und warf eine bebende Lichtpfütze auf den Kamin. Auf dem Weg zur Tür berührte Lascelles Strafford kurz am Ellbogen. »Inspector Hackett wird bald unruhig werden.«

24

In dem Bentley nahm Strafford, dessen Geruchssinn ungewöhnlich scharf war, einen schwachen Rest Parfum wahr. Lascelles musste gestern Abend ein Rendezvous gehabt haben. Vielleicht gab es aber auch eine Ehefrau, eine Mrs Lascelles, obwohl das irgendwie unwahrscheinlich war.

»Großer Gott, Mann.« Lascelles lachte, während das große Auto die Zufahrt hinunterrumpelte. »Was haben Sie sich nur gedacht, dass Sie der Eisjungfrau oder sonst irgendjemandem nicht Bescheid darüber gegeben haben, was passiert war?«

»Mich hat ein Sergeant von der Wachmannschaft geholt«, sagte Strafford. Auf der Windschutzscheibe glitzerte bleich das schwache, frühmorgendliche Sonnenlicht. Sein fieberndes Blut kochte, raste durch seine Adern. »Ich habe mir die Leiche angesehen, dann bin ich zurück.«

Lascelles lachte wieder. »Ja, aber es ist Ihnen nicht eingefallen, sofort jemanden anzurufen, mich oder Ihren Inspektor oder wen auch immer, um durchzugeben, dass verdammt noch mal jemand erschossen wurde?«

Strafford gab keine Antwort. Er rätselte, warum Major de Valera ihn nicht über das Feldtelefon kontaktiert hatte, als mehr und mehr Stunden vergingen und sich immer noch niemand um die Leiche von Joey Harte gekümmert hatte. Aber wie Lascelles gerade betont hatte, auch er selbst hatte keinen wichtigen Anruf getätigt. Das war peinlich, andererseits schämte er sich schon nicht mehr ganz so sehr. Es wäre zwecklos, dachte er, sein Verhalten irgendwie zu entschuldigen oder es zu beschönigen: Er hatte einen Bock geschossen, und er würde das auf die eine oder andere Weise verantworten müssen – Inspector Hackett war recht locker, aber selbst seine Nachsicht musste irgendwo eine Grenze haben.

Trotz alledem war Strafford nur wenig neugierig darauf, was für eine Art von Rüge ihn erwartete. Er hielt sich generell nicht lange mit seinen Fehlern auf, und sie belasteten ihn auch nicht sonderlich. Seine allgemeine Geringschätzung für die Regularien und Anforderungen polizeilicher Vorgänge, die man aber dennoch nie als Insubordination bezeichnen konnte, war seinen Vorgesetzten ein Rätsel. Sie vermieden es in der Folge, überhaupt mit ihm zu tun zu haben, sodass er meistens sich selbst überlassen blieb. Inspector Hackett verstand ihn überhaupt nicht, aber das schien ihm egal zu sein. Strafford habe Potenzial, sagte Hackett immer, sobald jemand die Eignung des jungen Mannes für diesen Beruf anzweifelte; er habe eine Zukunft vor sich, das stehe fraglos fest.

Strafford selbst war sich da nicht so sicher.

Der Bentley fuhr aus dem Tor und schnurrte sanft über die schmale Straße. Der Asphalt war noch feucht vom Tau der Nacht.

»Ich dachte, Sie hätten vielleicht gut damit zu tun gehabt, Miss Nashe ins Bild zu setzen«, sagte Lascelles. Er schüttelte betrübt den Kopf. »Aber stattdessen haben Sie ihr überhaupt nicht mitgeteilt, was passiert ist.« Er hielt inne, dann sagte er: »Stehen Sie beide auf Kriegsfuß? Gab es Meinungsverschiedenheiten?« Grinsend blickte er Strafford von der Seite an. »Haben Sie es denn bei ihr probiert? Sie ist ja durchaus appetitlich, und ich würde meinen, sie geht ganz schön ran, wenn das Eis einmal gebrochen ist. Außerdem hat man gut was in der Hand, vorne wie hinten.«

Strafford rutschte unbehaglich auf seinem Sitz hin und her. Er schämte sich, weniger für Lascelles als für sich selbst. Er mochte dieses leicht anzügliche Gerede nicht, nicht aus Prüderie oder Feingeistigkeit, sondern weil es eine schwüle, unechte Vertrautheit zwischen ihm und dem Engländer etablierte.

»Ich fürchte, Miss Nashe hat keine sonderlich hohe Meinung von mir«, sagte er bewusst kühl. »Sie hält mich eher für ein Hindernis als eine Hilfe.«

»Na, gestern Nacht haben Sie sich wirklich nicht mit Ruhm bekleckert«, meinte Lascelles fröhlich. »Ich stelle mir vor, Sie werden eine ordentliche Standpauke von Ihrem Chef bekommen – eine Degradierung oder so etwas.«

»Wahrscheinlich, ja.«

Daran wollte er im Moment nicht denken. Ja, er hatte kaum die Kraft, überhaupt an etwas zu denken, da er seine gesamte Energie für die simple Aufgabe aufwenden musste, seine brennenden Augenlider offen zu halten. Er sehnte sich nach Schlaf, wie sich ein Durstiger nach Wasser sehnt; ja, nach Wasser sehnte er sich auch.

Auf einer geraden Strecke gab Lascelles Gas. Das Auto schien sich einen kurzen Moment lang in sich zusammenzuziehen, wie ein Läufer, der die Ellbogen anlegt, dann schoss es vorwärts in einen Tunnel aus Bäumen und raste unter einem hohen, gewölbten Schirm aus goldenen und leuchtend roten Blättern dahin.

Der Tag nahm zusehends Gestalt an.

Sie rollten eine abfallende Kurve hinunter und erblickten den Panzerwagen, der schief am Straßenrand parkte. Auch ein Polizeiwagen stand da, mit einem Polizisten der Garda am Steuer, die Kappe mit dem glänzenden Schirm nach hinten geschoben, und ein eckiger Garda-Rettungswagen mit stumpfer Front und mit Draht verstärkten Rückfenstern, bei der Garda ausschließlich als »Fleischlaster« bezeichnet.

Lascelles hielt hinter dem Krankenwagen, und er und Strafford stiegen aus. Beim Anblick von Detective Strafford setzte sich der Fahrer des Polizeiwagens rasch aufrecht hin und rückte seine Kappe gerade. Lascelles trug seinen zweireihigen Mantel und, wie Strafford, geborgte Gummistiefel. Aus dem Wald drangen leise Stimmen. Lascelles sah sich missmutig um. »Herrgott«, brummte er, »in was für Schlamassel ich immer gerate – und ich soll ein verdammter Diplomat sein!«

Er hatte Strafford gegenüber die Versetzung nach Paris erwähnt, auf die er Aussicht gehabt hatte und für die er wahrscheinlich den Zuschlag bekommen hätte, wäre der Krieg nicht ausgebrochen. Ja, dachte Strafford, was Stil, Eleganz und *douceur de la vie* betraf, war Clonmillis so weit von den Champs-Èlysées entfernt, wie es für einen ehrgeizigen Diplomaten nur möglich war.

Sie stiegen über einen mit Laub verstopften Graben und gingen vorsichtig weiter unter den Bäumen hindurch. Lascelles ging voran, und mehrmals schnalzte ein zurückgebogener Zweig, den er losgelassen hatte, zurück und fuhr Strafford stechend über die Wange. Hier war Strafford letzte Nacht langgelaufen, in der Dunkelheit, und bereits jetzt begann sich durch die übermäßige Nutzung ein Trampelpfad abzuzeichnen.

Vor ihm standen ein paar Gestalten zusammen unter den Bäumen. Er erkannte Inspector Hacketts schwarzen Filzhut und seine stets hängenden Schultern. Die anderen beiden waren Major de Valera und Sergeant Brody. Bei Tageslicht wirkte das Gesicht des Majors sehr rau; die Augen hinter der schweren Hornbrille schienen feuchter zu sein als im Dunkeln, und seine dicke Nasenspitze glänzte rot und wund.

Als er Schritte hörte, wandte sich Inspector Hackett um und blickte Strafford sauertöpfisch an; anscheinend hatte er nicht nur mit Strafford die Geduld verloren, sondern mit allem, worauf sein Blick fiel. Er war gleichzeitig alt und jung, gerade einmal Anfang dreißig, aber er wirkte bereits fahl und erschöpft.

»Sie haben also doch beschlossen, uns mit Ihrer Anwesenheit zu beehren«, meinte er mit zuckersüßem Sarkasmus.

Strafford hielt eine Antwort für überflüssig und sagte deshalb nichts.

Lascelles seinerseits trat vor und streckte Hackett die Hand entgegen und stellte sich vor. Hackett nickte; Strafford sah ihm an, dass der Mann von der Botschaft ihn nicht beeindruckte.

Man hatte Joey Harte mit einer Segeltuchplane abgedeckt, grau und faltig vom Tau der Nacht. Die Leiche war ganz verhüllt, bis auf einen Ellbogen, der in einem unnatürlichen Winkel darunter hervorragte. Strafford dachte wieder an die Mumien aus Pompeji.

»Sind Sie ihm vor gestern Abend schon einmal begegnet?« Hackett nickte zu der buckligen Gestalt auf dem Boden.

»Ja.« Strafford warf einen kurzen Blick zum Major. »Er war wildern. Major de Valera und seine Männer haben ihn dabei erwischt.«

Hackett sog die Unterlippe ein. Joey Hartes Vergehen schienen ihn nicht sonderlich zu interessieren. Unter einem aufgeknöpften schweren schwarzen Mantel trug er einen blauen Anzug, der schon bessere Tage gesehen hatte, eine speckige blaue Krawatte und einen beigefarbenen Pullover, den jemand für ihn gestrickt haben musste. Strafford erblickte flüchtig ein Schulterholster, aus dem der eingekerbte und polierte Griff eines kurzläufigen Revolvers hervorlugte. Smith & Wesson, Kaliber 38, wie er vermutete. Er hatte Hackett noch nie bewaffnet im Dienst gesehen.

»Wir haben ihn nicht ›dabei erwischt‹«, widersprach Major de Valera entschieden. »Er wurde entdeckt, wie er im Wald herumstreifte, und einer meiner Jungs hat ihn aufgefordert, stehen zu bleiben.«

»Und, ist er stehen geblieben?«

»Natürlich.«

Hackett nickte finster. »Schade, dass er das gestern Nacht nicht auch so gemacht hat.«

An dem glotzäugigen Blick des Majors erkannte Strafford, dass er sich eigentlich wehren wollte, dann aber wohl entschied, es nicht zu tun.

Die Männer von der Spurensicherung waren da gewesen und schon wieder fort.

»Es war wie immer sehr aufschlussreich«, meinte Hackett. »Sie konnten uns sagen, dass der arme Kerl tot ist, sonst hätten wir das nie erfahren.«

Lascelles bückte sich und hob die Plane an einer Ecke

an, um die Seite von Joey Hartes Gesicht und die klaffende Wunde in seinem Hals freizulegen. Strafford sah kurz das starre Auge des Toten, das mittlerweile von einem grauen Film überzogen war.

»Er war aus dem Ort, ja?«, sagte Lascelles. »Wie hieß er noch?«

»Joseph – Joey – Harte«, fiel Major de Valera ein, als hätte er das Gefühl, es sei seine Pflicht, das zu bestätigen.

Hackett hatte unterdessen ein Päckchen Gold Flakes aus der Tasche gezogen und bot allen eine an. Er riss ein Streichholz an. Immer noch betrachtete er den Buckel auf dem Boden. »Joseph Harte«, wiederholte er nachdenklich. »Wir haben ihn überprüft. Es gab ein paar Anzeigen gegen ihn – Hausfriedensbruch, Wilderei, kleine Einbruchsdiebstähle, nichts Ernstes.«

Lascelles, dem etwas an seinem Tonfall auffiel, musterte ihn genau. »Sollten wir uns für ihn interessieren?«, fragte er. »Ich meine, sollen wir tiefer graben?«

»Ich hätte Nein gesagt, wenn nicht …« Er hielt inne und wandte sich an Sergeant Brody. »Zeigen Sie uns das Ding.« Der Sergeant klemmte sich die Zigarette in den Mundwinkel, knöpfte die Brusttasche seiner Uniformjacke auf und zog vorsichtig ein zusammengefaltetes, regennasses Stück Papier hervor. Er reichte es Hackett, der an Lascelles gerichtet sagte: »Wenn nicht das hier gewesen wäre.« Er gab dem Engländer das Papier. »Das hatte er bei sich. Der Sergeant hier hat es gefunden.«

Lascelles blickte unbehaglich die Stirn runzelnd in die Gesichter um sich herum. Es war offensichtlich, dass er lieber nicht gewusst hätte, worüber auch immer das Stück Papier ihn gleich informieren würde. Aber er hatte keine andere Wahl, als es behutsam auseinanderzufalten – es war so nass, dass es zu zerfallen drohte – und es sich flach auf die Handfläche zu legen. Er starrte es einen Moment an. »Mein Gott«, murmelte er dann.

Strafford neigte den Kopf und warf ebenfalls einen Blick auf das unscharfe Foto.

»Ich nehme an, Sie erkennen diese Leute?«, fragte Hackett Lascelles.

Lascelles verzog das Gesicht, als habe er Schmerzen, und löste den Blick von dem Bild. »Selbstverständlich, das ist die verdammte königliche Familie.«

»Genau«, stimmte ihm Hackett zu. »Und die beiden Mädchen, die mit Kreisen markiert wurden, sind die verdammten königlichen Prinzessinnen.«

25

Alle vier setzten sich in Lascelles' Wagen, der immer noch am Straßenrand stand – Lascelles und Inspector Hackett vorne, Srafford und Major de Valera auf dem Rücksitz –, und besprachen die weitere Vorgehensweise. Als Erster ergriff Hackett das Wort. Er meinte, die beiden Mädchen sollten sofort von Clonmillis weggebracht werden, da sie ganz klar unter unmittelbarer Bedrohung stünden, wie das Foto in Joey Hartes Tasche beweise. Wenn Joey Harte wusste, wer die Mädchen waren, dann wussten es sicherlich auch andere.

Lascelles zündete sich schon wieder eine Zigarette an; die Hand, die das Streichholz hielt, war nicht ganz ruhig. »Das ist ja alles schön und gut«, sagte er gequält, »aber wo sollen wir sie hinbringen?«

Die Sorglosigkeit des Engländers, die er bisher so gewissenhaft zur Schau gestellt hatte, bekam feine Risse, wie Strafford bemerkte.

»Hieß es nicht, sie sollten nach Kanada geschickt werden?«, fragte Hackett.

Lascelles sah ihn stutzig an. Er wirkte sichtlich überrascht, dass der Polizist im Besitz einer vermeintlich vertraulichen Information war. Ja, dachte Strafford, er ist verunsichert.

»Kanada kommt nicht infrage«, sagte Lascelles knapp. »Die Schifffahrtsstraßen sind mittlerweile noch gefährlicher als die Industriehäfen und Großstädte in England.« Er dachte kurz nach und zog an seiner Zigarette. »Wir brauchen mehr Schutz. Es gibt eine neue Organisation, die vor Kurzem auf direkte Anweisung des Premierministers eingerichtet wurde – die Kommandos. Vorerst noch streng geheim, übrigens. Das sind zähe Burschen. Sie führen Sondereinsätze durch, meistens hinter den feindlichen Linien. Wir könnten bestimmt im Stillen eine Einheit herbekommen und sie hier installieren …«

Ein lautes Räuspern vom Rücksitz unterbrach ihn. Major de Valeras gräuliche Stirn leuchtete rosa.

»Hier ist bereits Militär vor Ort, Mr Lascelles.« Seine seltsam dünne, pfeifende Stimme erreichte eine noch höhere Lage. Strafford, der neben ihm saß, musterte ihn interessiert. Er hatte gesehen, wie schockiert de Valera von dem Zeitungsfoto mit den mit Bleistift gezogenen Kreisen um die Köpfe der Prinzessinnen gewesen war – gefährdete Köpfe, für deren Sicherheit er die Verantwortung trug. Konnte es denn wirklich sein, dass ihn niemand über die Identität der beiden jungen Mädchen informiert hatte, zu deren Schutz er und seine Männer hergeschickt worden waren?

Typisch für seinen Vater, den Staatschef, seinen Sohn im Dunklen zu lassen. Straffords eigener verspielt exzentrischer Vater, dem es gelegentlich gefiel, mit tiefer Stimme einen Spötter der Regency-Zeit zu geben, sagte gerne über Éamon de Valera, dass seine rechte Hand erlahme, nicht wissend, womit die linke womöglich gerade beschäftigt war.

»Das weiß ich natürlich«, beeilte sich Lascelles zu sagen. »Sie und Ihre Männer machen Ihre Sache gut, das sieht man allein daran, wie rasch gestern Nacht gehandelt wurde.« Er wusste sehr wohl, an wessen Sohn sich seine Worte richteten, und er hatte nicht die geringste Absicht, die Ursache einer diplomatischen Verwerfung zu sein. »Aber ...«

»Aber«, warf der Major ungestüm ein, »es kommt keinesfalls infrage, eine irreguläre Truppe herzuholen. Herrgott, Sie sprechen von britischen Soldaten, die auf irischem Boden stationiert werden sollen! Auf gar keinen Fall. Wir erinnern uns nur zu gut an die Black and Tans, Mr Lascelles. Angeblich hat ein junger Bursche hier auf dem Anwesen seine Mutter an diese Mordbande verloren. Außerdem scheinen Sie zu vergessen, dass Irland sich neutral verhält.«

Lascelles blickte rasch von Hackett zu Strafford. »Von wem reden wir da?« Seine Stimme wurde scharf, beinahe schrill. »Wurde die Mutter von jemandem erschossen?«

»Er heißt Denton«, sagte Strafford. »Der Bursche mit der Schrotflinte – Sie haben ihn sicher schon gesehen. Die Black and Tans haben seine Mutter hier vor der Haustür erschossen, während des Unabhängigkeitskrieges.«

Lascelles nickte beruhigt. »Ach so. Dann ist das also lange her.«

»Zwanzig Jahre«, antwortete Strafford. »Denton war damals noch ganz klein. Angeblich hat die Mutter ihn in den Armen gehalten, als sie erschossen wurde, aber das ist womöglich nur eine Legende der Einheimischen. Das Haus liegt dort drüben.« Er wies mit dem Arm in die Richtung. »Denton soll immer noch dort wohnen.«

Lascelles verlor rasch das Interesse am Thema. »Sehr traurig«, murmelte er, dann erhob er wieder die Stimme. »Aber das ist ja wohl uralte Geschichte.«

»Geschichte ist hier nie uralt, Mr Lascelles.« Hackett lachte rasselnd in sich hinein. Er sah kurz zu Strafford hin. »Habe ich recht, Detective?«

Es machte Straffords Chef Spaß, ihn, den Protestanten, wegen solcher Dinge aufzuziehen, aber Strafford hatte keine Lust, sich jetzt gerade auf eine humorige politische Diskussion einzulassen.

»Vielleicht könnte man die Mädchen nach Dublin hochschicken«, sagte er. »Sie in einem Versteck unterbringen, bis die Bedrohung vorüber ist?«

»Was veranlasst Sie zu der Annahme, dass die Bedrohung vorübergehen wird?«, fragte Lascelles kalt. Jetzt hatte er alle aufgesetzte Lässigkeit abgelegt; er war ein Mann mit einem Problem, einem Problem, das ihm um die Ohren fliegen und ihm bleibende Narben zufügen konnte. »Außerdem kann es sein, dass das Haus bereits beobachtet wird. Was soll sie daran hindern, Straßensperren zu errichten?« Er wandte sich an den Major. »Können Sie ein paar schwere Fahrzeuge für einen Konvoi anfordern?«

Mittlerweile war dem Major anzusehen, dass er seine Wut kaum noch im Zaum halten konnte. »Meine Aufgabe und die Aufgabe meiner Männer«, sagte er mit zusammengekniffenen Augen und dünnen Lippen, »war es, hier innerhalb der Grenze der Home Farm eine Wache einzurichten und Eindringlinge fernzuhalten. Der Mann gestern Nacht hätte womöglich bewaffnet sein und von seinesgleichen unterstützt werden können. Die IRA ist hier in der Gegend immer noch aktiv.«

»Gentlemen, Gentlemen.« Inspector Hackett hielt beschwichtigend die Hand hoch. »Bleiben wir ruhig. Wir erreichen gar nichts, wenn wir aufeinander losgehen.« Er nahm seinen Hut ab, schaute hinein und setzte ihn wieder auf. Er hatte einen breiten Mund, die eingeschlagene Nase eines Boxers und pfiffige glänzende Äuglein.

Lascelles kurbelte das Fenster neben sich herunter und warf seine Zigarettenkippe hinaus auf die Straße. Strafford war froh über die kurze Frischluftzufuhr. Der Hauch Parfum, den er zuvor noch wahrgenommen hatte, war längst verflogen, und das Innere des Wagens stank nach Tabak, feuchten Mänteln und kaltem Schweiß.

»Nun gut, was immer wir auch unternehmen werden«, sagte Lascelles, der langsam schlechte Laune bekam, »wir täten gut daran, im Kopf zu behalten, welche schwere Verantwortung auf uns lastet.«

Major de Valera schnaubte und verschränkte die Arme. Er blickte aus dem Fenster auf seiner Seite.

Lascelles drehte den Schlüssel in der Zündung und sagte, es sei Zeit, ins Haus zurückzukehren.

»Ich verlasse Sie jetzt, meine Herren.« Inspector Hackett öffnete die Beifahrertür.

Lascelles starrte ihn an. »Was haben Sie vor?«, fragte er.

»Ich fahre zurück nach Dublin und zu meiner Arbeit.« Hackett stieg aus.

»Aber …«

»Hören Sie zu, Mr Lascelles«, sagte Hackett ruhig, drehte sich um und beugte sich hinunter in die Türöffnung, eine Hand auf das Autodach gestützt, »Ihre Regierung hat unsere Regierung um einen Gefallen gebeten, und unsere Regierung ist dem gerne nachgekommen. Bis jetzt haben wir die zwei Mädchen sicher verwahrt, und das tun wir weiterhin, solange es in unserer Macht steht. Wenn ich zurück in der Stadt bin, rufe ich den Minister an …«

»Den rufe ich selbst an«, schnappte Lascelles.

»… ich rufe den Minister an«, fuhr Hackett fort, der sich nicht provozieren lassen wollte, »und wir prüfen, ob wir dem Major hier Verstärkung zukommen lassen können. Mehr können wir nicht tun, wenn Sie die Mädchen nicht von hier wegbringen wollen.«

Major de Valera, der ebenfalls ausgestiegen war, zog verärgert am Saum seiner Uniformjacke und rückte seine Brille gerade. Zu Hackett gewandt sagte er: »Meiner Meinung nach wäre das eine Sache der Streitkräfte. Es besteht kein Grund, den Minister zu belästigen … ich spreche selbst mit meinem Kommandanten.«

»Nun denn«, sagte Inspector Hackett leichthin und sah ihn über das Autodach hinweg an. Darauf beugte er sich noch einmal hinein, um sich von Lascelles zu verabschieden. »Dann also viel Glück, Sir.« Ironisch salutierend legte er einen Finger an den Hutrand. »Ich höre sicherlich von Ihnen.« Er blickte Strafford an. »Detective, fahren Sie mit zurück nach Clonmillis Hall? Dürfte ich Sie vorher noch kurz sprechen?«

Strafford kletterte aus dem Auto. Hackett legte ihm eine Hand unter den Ellbogen und steuerte ihn ein kleines Stück abseits. Strafford war sich bewusst, dass der Major, der noch beim Auto stand, sie aufmerksam beobachtete, er war allerdings wahrscheinlich zu weit entfernt, um zu hören, was sie sagen würden.

Inspector Hackett zog sein Päckchen Zigaretten hervor und zündete sich eine an. Angewidert hob er den Fuß und präsentierte einen schwarzen genagelten Stiefel, der mit Schlamm beschmiert war. »Sehen Sie sich das an«, sagte er, »alles voller Dreck.« Auch der Saum seiner Hose war schmutzig. »Hören Sie zu, mein Junge«, sagte er leise, »Sie sollten hier besser gut aufpassen. Wie ich gerade zu Seiner Hoheit, dem Schlauberger von der Botschaft, gesagt habe, war es seine Regierung, die uns gebeten hat, die beiden aufzunehmen. Nichtsdestotrotz, wenn ihnen etwas passiert, werden wir diejenigen sein, die Zunder kriegen – Sie und ich, meine ich, nicht der junge de Valera dort drüben oder die hohen Tiere oben im Herrenhaus. Verstehen Sie? Sie wollen doch nicht wieder Streife gehen, und ich will nicht als diensthabender Wachmann in Ballydehob enden.«

Strafford nickte. Der Major, der sie beobachtet hatte, wandte sich jetzt ab und verschwand gebückt im Wald.

»Was soll ich tun?«, fragte Strafford; er hatte sehr starke Kopfschmerzen.

»Tun Sie gar nichts, außer es muss sein.« Der Inspector nickte kaum merklich in Richtung des Autos, wo Lascelles zu sehen war, eine dunkle Gestalt hinter der Windschutzscheibe. »Soll er sich kümmern, er und das Mädchen, wie auch immer sie heißt.«

»Celia Nashe«, sagte Strafford.

Hackett blickte ihn einen Moment mit zusammengekniffenen Augen an. »Genau, Nashe, das war es«, sagte er langsam. »Wie kommen Sie denn mit ihr aus?«

In seinem Tonfall lag eine kleine versteckte Andeutung, die Strafford zu ignorieren beschloss. »Wir kommen ganz gut miteinander aus«, sagte er. »Sie ist äußerst höflich.«

Hackett kicherte. »Ach ja?« Er gab ein hässliches kleines Lachen von sich. »Nun gut, das ist jedenfalls der richtige Weg, freundlich und höflich. Und jetzt gehen Sie und setzen sich zu Mr Lascelles in sein schickes Auto. Aber hören Sie«, er packte den jungen Mann wieder am Ellbogen, »halten Sie mich auf dem Laufenden, zu jeder Zeit. Lassen Sie mich nicht im Dunkeln, so wie letzte Nacht.«

»Verstanden, Sir«, sagte Strafford.

Hackett betrachtete ihn noch einmal eingehend. »Geht es Ihnen gut? Sie sehen aus wie eine wandelnde Leiche.«

»Ich habe wohl eine Erkältung«, antwortete Strafford. »Es ist nichts weiter.«

Er wandte sich um und ging mit gesenktem Kopf davon, die Hände in den Taschen seines Trenchcoats.

Er stieg wieder in das Auto, wieder auf den Rücksitz, obwohl vorne frei war, und lehnte den Kopf an die lederne Nackenstütze. Als er die Augen schloss, pochte es dunkel. Er fühlte sich schwach, und ihm war schwindelig. Er wusste nicht, wie er den Tag überstehen sollte, so elend, wie er sich fühlte.

»Herrgott, diese Leute«, brummte Lascelles auf dem Fahrersitz, als er durch die Windschutzscheibe beobachtete, wie Inspector Hackett in den Polizeiwagen stieg und die Tür zuschlug. »Wie halten Sie es nur mit diesen Leuten aus?«

Strafford sagte nichts. Ihm fehlte die Energie, um darauf hinzuweisen, dass er wahrscheinlich selbst einer derjenigen war, die Lascelles als »diese Leute« betrachtete.

Der Engländer drückte den Fuß fest auf das Gaspedal, riss das Steuer herum und wendete das Auto brutal in drei Zügen. Strafford wurde hin und her geworfen, öffnete die Augen und setzte sich aufrecht hin; er musste durchhalten, sonst verlor er womöglich noch ganz das Bewusstsein – er hielt das für durchaus möglich. Lascelles betrachtete ihn im Rückspiegel – wie finster Augen in diesem kleinen Glasrechteck immer wirkten, dachte Strafford, wie die Augen eines Gefängniswärters, der durch den Schlitz in der Zellentür guckte –, lachte zornig und fragte: »Was halten Sie denn von alledem?«

»Von der Schießerei, meinen Sie?«

»Natürlich meine ich die Schießerei! Was denn sonst?«

»Ich dachte, Sie meinten die Frage, was jetzt mit den Mädchen passieren soll.«

»Das ist doch dasselbe.«

Strafford blickte aus dem Seitenfenster auf die Welt, die an ihm vorbeiraste. Die noch niedrig stehende Sonne blitzte durch die Hecken und blendete ihn. »Ich kann mir nicht vorstellen, dass Joey Harte eine ernsthafte Bedrohung darstellen könnte.« Er fügte hinzu: »Besonders jetzt nicht.«

»Ach nein?«, blaffte Lascelles. Er trat fester auf das Pedal und lenkte das Auto mit quietschenden Reifen um eine scharfe Kurve. Nachdem er seiner Wut freien Lauf gelassen hatte, war er ein anderer Mensch. Das hier, dachte Strafford, war der echte Lascelles, rachsüchtig und bedrohlich, fest entschlossen, nicht derjenige zu sein, dem die Schuld zugeschoben wurde.

»Eines können Sie tun«, knurrte der Engländer, »Sie können sich einmal mit diesem Denton unterhalten.«

»Ach ja?«, sagte Strafford vom Rücksitz aus. »Und worüber?«

»Darüber, wem gegenüber er es ausgeplaudert hat«, schnauzte Lascelles mit zusammengebissenen Zähnen zurück.

»Glauben Sie, er hat Harte den Hinweis auf die Mädchen gegeben?«

Lascelles lachte verärgert. »Unsere Leute haben seine Mutter erschossen. Auch wenn das schon zwanzig Jahre her ist. Eines weiß ich über die Iren: Ein Unrecht vergeben sie niemals, und sie vergessen es auch nicht.«

»Na gut«, meinte Strafford milde, »ich rede mit ihm.«

»Ja, tun Sie das.«

Lascelles sah ihn wieder wütend im Spiegel an; Strafford wünschte, er würde den Blick nach vorne auf die Straße richten. Der Tacho zeigte 60 Meilen pro Stunde an, und vor ihnen lagen ein paar beängstigende Kurven. Zu seiner Überraschung fühlte er sich plötzlich neu belebt – die Angst musste einen Adrenalinstoß ausgelöst haben. Nichts kann das Bewusstsein, am Leben zu sein, so verstärken wie der Tod eines anderen Menschen. Oder war es nur das Fieber, das in seinem Blut kochte?

Billy Denton hatte sich kurz nach Sonnenaufgang darangemacht, die Arbeiten an dem Zaun fertigzustellen, die an dem Tag unterbrochen worden waren, an dem er das weinende Mädchen im Wald gehört hatte und sie zurück nach Clonmillis Hall tragen musste. Er wollte den Rest heute erledigen, nicht, weil es sonderlich dringend war, aber er machte alles gerne ordentlich und hasste es, einmal angefangene Arbeiten nicht fertigzustellen. Bald begann es zu regnen, es nieselte gräuliche, spinnwebenartige Schlieren, kaum mehr als ein leichter Nebel. Ihm war das egal; er war es gewohnt, nass zu werden.

Unsichtbare Saatkrähen krächzten rau in den hohen Bäumen, schienen ihn zu verspotten, ihren unerbittlichen Erzfeind.

Nach einer Stunde war er gut vorangekommen und beinahe fertig. Seine Hände bluteten an den Stellen, wo der Draht sich in die Haut eingekerbt hatte. Auch das ignorierte er; seine Handrücken und Unterarme wiesen zahlreiche Narben von vergessenen kleinen Verletzungen auf.

Nach und nach beschlich ihn das Gefühl, beobachtet zu werden, und als er seine Arbeit unterbrach, sich aufrichtete und umwandte, stand da Pike in einiger Entfernung zwischen den Bäumen und sah ihm zu.

Wie lange er wohl schon dort war?

Billy war auf der Hut vor Pike, schon immer; er verabscheute ihn. Er widmete sich wieder seiner Arbeit, wusste aber, dass Pike ihn nicht in Frieden lassen würde.

»Du bist ja jetzt ein richtiger Sir Galahad.« Der alte Mann kam hinter ihm näher und lachte leise. »Das hat bestimmt ein großes Hallo gegeben, als du da neulich im Herrenhaus aufgetaucht bist, mit der Kleinen in den Armen.« Billy arbeitete einfach weiter. Die Saatkrähen veranstalteten ein Mordsspektakel, als wüssten sie, dass Pike auf der Bildfläche erschienen war, und würden alle vor seiner Anwesenheit warnen. »Hast du dein Gewehr nicht dabei? Diese Scheißviecher«, er meinte die Saatkrähen, »die könnten ein paar Ladungen Schrot gebrauchen, damit sie endlich still sind.«

Billy seufzte, hörte auf zu arbeiten und richtete sich wieder auf. Er hatte einen Drahtschneider in der rechten Hand. Die Hakenklingen in der Form von Vogelschnäbeln glänzten in dem silbrigen Regenlicht.

»Hast du nichts zu tun?«, fragte er. »Du siehst ja, dass ich beschäftigt bin.«

Pike lachte in sich hinein.

»Ach, du bist immer beschäftigt. Der Herzog«, er sprach es wie »Härrr-zog« aus, was ihn immer amüsierte, als wäre es ein guter Witz, »muss dich ja für einen echten Schatz halten. Der wird schon noch die Adoptionspapiere rausholen.« Wieder lachte er keuchend. »Mein Billy.«

Billy sah ihn ruhig an. »Du hast keinen Grund, dich über mich lustig zu machen, Pike.« Er klang eher gelangweilt als böse.

»Wer macht sich hier lustig?«, rief Pike, hob die Augenbrauen und riss sein gutes Auge weit auf. »Ich sage ja nur, du bist da oben im Haus gut gelitten.«

Billy schüttelte leicht gequält den Kopf, wie ein Tier, das von Fliegen geplagt wird. »Würdest du mich um Himmels willen jetzt endlich in Ruhe lassen, damit ich meine Arbeit machen kann?«, bat er ihn dringend.

Pike war es gewesen, der Jahre zuvor das Gerücht in die Welt gesetzt hatte, Billy sei der uneheliche Sohn des Herzogs; niemand glaubte ihm, aber die Leute fanden es trotzdem lustig, und manchmal begrüßte man ihn auf der Straße noch mit »Euer Gnaden«, gefolgt von schallendem Gelächter.

»Komm, lass uns mit dem Lieferwagen auf ein Pint zu Gaffney's fahren«, drängte ihn Pike und tat recht freundlich, wie Billy verächtlich feststellte.

»Ich hab es dir doch schon gesagt«, brummte er, »ich muss hier meine Arbeit machen.«

»Hast du 'ne Zigarette?«

»Nein.«

Dann sagte Pike mit ganz sanfter Stimme, als würde er etwas Freundliches von sich geben: »Du bist doch wirklich ein widerborstiger Idiot, weißt du das?«

Billy widmete seine Aufmerksamkeit wieder ganz dem Zaun. Im Nacken war er ganz rot geworden. Pike stand auf und blickte auf ihn herab, das eine Auge halb geschlossen, und machte leere Kaubewegungen mit dem Kiefer.

Als Billy den Drahtschneider handhabte, gab es ein scharfes, sauberes Klicken.

»Pass bloß auf, dass du dir nichts abschneidest«, sagte Pike. »Was würdest du ohne deine ganzen Finger machen?« Er wandte sich um und spazierte über das nasse Gras davon. Beide Männer waren sich bewusst, dass keiner von ihnen die Erschießung von Joey Harte erwähnt hatte. Die Nachricht war aber bereits wie der Blitz von Gehöft zu Gehöft verbreitet worden und hatte sogar die Stadt erreicht, gleichzeitig mit den Milchmännern und der ersten Post.

26

Es war noch früh am Morgen gewesen, als ein Anruf aus dem Büro des Ministers Dan Hegarty Clonmillis Hall erreicht hatte. Strafford erfuhr davon, als er mit Lascelles zurückgekommen war und Lascelles den Bentley parkte.

Der Butler Hynes hatte es so lange, wie er es nur wagte, aufgeschoben, den Anruf anzunehmen, in der Hoffnung, wer auch immer in der Leitung war, würde verzagen und auflegen, aber schließlich hatte er klein beigeben müssen. Er näherte sich dem Apparat geduckt in Abwehrhaltung wie ein mit Speer und Netz bewaffneter Gladiator, denn er betrachtete das Ding – eine Maschine, die redete! – mit einer beständigen archaischen Angst. Er nahm den Hörer ab, lauschte und hörte, wie jemand ihn bat, Seine Gnaden, den Herzog, darüber zu informieren, dass Mr Hegarty, der Minister, am kommenden Morgen Clonmillis Hall mit einem Regierungswagen einen Besuch abstatten würde.

Ob da Mr Hegarty spreche, fragte Hynes.

Nein: Es sei sein Privatsekretär.

Zuerst verstand der alte Mann kaum, was da gesagt wurde – er hatte noch nie von einem Mr Hegarty gehört und konnte sich nicht vorstellen, weshalb jemand einfach aus heiterem Himmel anrufen sollte, um die bevorstehende Ankunft einer anderen Person anzukündigen, die er offenbar vertrat.

Er war auf dem Weg in das Büro des Herzogs, wie selbiger es gerne bezeichnete, ein Alkoven, der nur durch eine kaum wahrnehmbare niedrige Tür unter der Haupttreppe zugänglich war, aber genau in dem Moment betrat Strafford das Haus. Hynes hatte den jungen Mann ein wenig ins Herz geschlossen, denn abgesehen davon, dass er höflich war und sich außergewöhnlich gut ausdrücken konnte, hatte er ihm nach seiner ersten Woche hier auch noch fünf Schilling zugesteckt. Der Butler drehte ab und wandte sich an den Detective, der auf dem Vorleger neben dem Garderobenständer auf einem Bein balancierte und sich angestrengt einen der zu engen Gummistiefel, die er sich zuvor ausgeliehen hatte, auszog.

»Der Minister kommt hierher?«, sagte Strafford überrascht, den Stiefel in der Hand. »Hat er gesagt, was er will?«

Für Hynes war das nichts als eine Posse. Er konnte sich nicht vorstellen, dass es jemand wirklich für möglich hielt, ein Regierungsbeamter, insbesondere der Privatsekretär eines Ministers, würde ernsthaft jemandem die Absichten seines Dienstherrn unterbreiten, und ganz gewiss nicht einem Diener; im Gegensatz zu Mrs O'Hanlon machte sich Hynes keinerlei Illusionen über seinen Status im Haushalt.

»Nein, Mr Stafford, das hat er nicht gesagt.« Wie so viele andere auch konnte Hynes Straffords Namen nicht ganz einordnen und sagte ihn immer verkehrt. Strafford hatte es längst aufgegeben, ihn zu verbessern. »Jedenfalls hat er nicht selbst angerufen.«

»Er kommt also herunter.« Strafford grinste. »Ach du grüne Neune.« Eigentlich fand er es spannend zu sehen, wie »Dan, the man« mit den komplizierten gesellschaftlichen Feinheiten von Clonmillis Hall umgehen würde, gar nicht zu reden von der Erschießung eines Zivilisten durch das Feuer der Streitkräfte. »Und er kommt morgen, sagen Sie?«

»Genau, Sir. Nach dem Frühstück. Zumindest hat das die Person am Telefon gesagt.«

»Die Person?«

»Er hat gesagt, er sei sein Sekretär.« Der alte Mann betrachtete einen männlichen Sekretär offenbar als eine höchst unwahrscheinliche, um nicht zu sagen lachhafte Einrichtung. »Er wird hergebracht.«

»Ist der Herzog im Bilde?«

»Ich war gerade auf dem Weg zu ihm, Sir.«

»Dann gehen Sie am besten sofort hin.«

Hynes deutete eine Art Salut an – Strafford vermutete, der alte Junge hielt ihn für einen Soldaten in Zivil, der nur behauptete, Detective zu sein – und schlurfte durch die Eingangshalle davon.

Strafford bekam den zweiten Stiefel ab, bewegte genießerisch die Zehen und vergrub sie in dem angenehm kratzigen Stoff des Vorlegers.

So fand ihn Lascelles vor. Der Engländer hatte das Auto in den Stallhof gebracht, denn er hielt es für das Beste, es zu verstecken – »Ich will nicht, dass es von Kugeln durchlöchert wird, falls es zu einer Belagerung kommt«, hatte er mit einem Totenkopfgrinsen zu Strafford gesagt, bevor er es auf die Rückseite des Hauses gefahren hatte.

Die Nachricht von Hegartys beabsichtigtem Besuch

nahm er mit einem verblüfften Stirnrunzeln auf. »Warum kommt er her?«

»Nun, wahrscheinlich hat er gehört, dass Harte erschossen wurde. Sie haben ihn doch gestern Nacht selbst informiert?«

»Ja, aber was hat er damit zu schaffen?« Ihm fiel etwas ein. »Ob er wohl vorhat zu bleiben?«

Die beiden Männer sahen einander einen Augenblick schweigend an, dann brachen sie gleichzeitig in Lachen aus.

Celia Nashe erschien oben an der Treppe. Ihr Blick signalisierte deutlich, dass sie den ostentativen Frohsinn der Männer unter diesen Umständen eher für nicht angemessen hielt.

»Der verdammte Minister kommt her«, rief Lascelles zu ihr hinauf. »Können Sie das fassen?«

Sie kam die Treppe hinunter. »Welcher Minister?«

»Hegarty«, sagte Strafford. »Der Außenminister.«

»Ah, verstehe.« Sie wirkte überrascht, als hätte sie nicht damit gerechnet, dass Irland solche Dinge wie Regierungsminister habe. »Auch das noch«, fügte sie grimmig hinzu. Sie wandte sich an Lascelles. »Ich habe den Mädchen gesagt, dass sie bis auf Weiteres im Haus bleiben müssen.«

Lascelles lächelte sarkastisch.

»Wie wurde das aufgenommen?«

»Was glauben Sie?«

Celia Nashe schien sich unwohl zu fühlen und wirkte verstimmt. Es war klar, dass Lascelles nicht die Absicht hatte, sie vergessen zu lassen, dass sie es gewesen war, die auf einer Lockerung der Kontrolle über die Bewegungsfreiheit der Mädchen auf dem Anwesen bestanden hatte.

»Welchen Grund haben Sie ihnen denn dafür genannt, dass sie das Haus nicht verlassen dürfen?«, fragte Strafford.

Die junge Frau lief rot an. »Ich habe gesagt, dass aus dem Kuhstall Gas ausgetreten sei. Ich habe Harnstoff erwähnt.« Sie biss sich auf die Lippe. »So spontan ist mir nichts anderes eingefallen.«

Strafford nickte, ohne eine Miene zu verziehen.

»Gut, gut«, murmelte Lascelles geistesabwesend – er hatte nicht richtig zugehört. Er hatte den Mantel ausgezogen und hängte ihn an den Garderobenständer. Seinen Hut flippte er treffsicher an den Haken daneben. »Ich weiß nicht, ob ich lachen oder mich fürchten soll«, sagte er. »Das hier entwickelt sich zu so einer Art irischer Farce – der alte Shaw hätte großen Spaß damit. Paddy pichelt im Wald, während sich die feinen Pinkel auf den Besuch des Regierungsinspektors vorbereiten.«

Dann marschierte er auf einmal davon, pfiff dabei und klopfte seine Jackentaschen nach seinem Zigarettenetui ab. Er hatte viel von seiner Kaltblütigkeit wiedergewonnen.

Celia wandte sich an Strafford: »Was gibt es für neue Entwicklungen?«

Fast hätte er gelacht, weil sie die Frage so steif gestellt hatte: im Zweifel zum Roboter werden. Aber er lachte nicht und erzählte ihr stattdessen von dem Zeitungsfoto, das in Hartes Tasche gefunden worden war. Sie nahm das mit bewundernswerter Ruhe auf, das musste er zugeben.

»Es war klar, dass die Identität der Mädchen niemals geheim bleiben würde.«

»Ich gehe mal los und spreche mit dem jungen Denton«, sagte Strafford. »Man hält ihn für den Informanten.«

»Für den Informanten?«

»Für denjenigen, der Joey Harte von der wahren Identität

der Mädchen erzählt hat – und der ihm das Zeitungsfoto gegeben hat. Sie wissen, dass seine Mutter von den Briten erschossen wurde?«

»Ja.« Sie hielt inne. »Glauben Sie wirklich, dass er derjenige war, der das Geheimnis verraten hat?«

»Ich weiß es nicht. Sie?«

Sie wollte mitkommen. Er schlüpfte wieder in die schlecht sitzenden Gummistiefel – innen waren sie immer noch scheußlich warm und feucht –, während sie nach oben ging, um ihre Wanderstiefel zu holen, die sie nun nicht in den weit entfernten, schmerzlich vermissten und, wie es jetzt aussah, endgültig unerreichbaren Highlands des prächtigen Schottland tragen konnte.

Gemeinsam gingen sie durch die Vordertür hinaus und machten sich Richtung Wald auf.

»Haben Sie eine Waffe dabei?«, fragte Strafford absichtlich salopp; er war sich ziemlich sicher, sie hatte nicht bemerkt, dass er einen Blick auf die Pistole in ihrer Unterwäscheschublade erhascht hatte.

»Sie?«

»Unsere Polizei ist unbewaffnet.«

»Unsere auch.«

»Aber Sie sind kein Polizist.«

Als sie die Wiese überquerten, teilten sich plötzlich die dichten Regenwolken, die den ganzen Vormittag über aufgezogen waren. Eine schwache Sonne kämpfte sich frei und überzog das Gras mit einem hellgelben Glanz.

Mary erspähte sie vom Fenster des Treppenabsatzes in ihrem Flügel des Hauses aus. Sie blieb stehen und schaute ihnen nach, bis sie außer Sicht waren. Sie hatte die beiden seit ihrer aller Ankunft auf Clonmillis Hall im Blick gehabt, in der festen Überzeugung, sie würden sich früher oder später ineinander verlieben. Als sie die beiden jetzt zusammen im Wald verschwinden sah, freute sie sich, weil sie sich bestätigt fühlte.

Es gefiel ihr, wenn sich Menschen verliebten: Das machte immer alles interessanter, besonders wenn es wahrscheinlich war, dass noch eine dritte Person mitmischte. Mr Lascelles würde diese Rolle bestens ausfüllen.

Sie kannte sich da aus, denn sie hatte lange die Vielzahl von Bediensteten beobachtet, inmitten derer sie und ihre Familie ihr Leben verbrachten, wie Wale, die zwischen den allgegenwärtigen Schwärmen von Elritzen umherschwammen.

Im Buck House war sie eines Nachmittags einmal gelangweilt und auf der Suche nach einem Zeitvertreib in eines der Schlafzimmer gegangen – im Palast gab es zweiundfünfzig, für jede Woche des Jahres eines – und hatte die oberste Hofdame ihrer Mutter, die Herzogin von Bristol, mit einem Lakaien im Bett erwischt. Sie hatte niemandem erzählt, was sie gesehen hatte, aber die Herzogin, die Mary und ihre Fähigkeit, ein Geheimnis für sich zu behalten, sehr gut kannte, verabschiedete sich ganz schnell mit einer fadenscheinigen Erklärung und zog in das Haus ihres Mannes in Südfrankreich, bis sie es für sicher erachtete, sich wieder nach England zurückzuwagen, was einige Jahre dauerte.

Was den Lakaien betraf, Fred hieß er, er sollte sich für Mary als ergiebige Quelle von Herrlichkeiten aller Art erweisen, zum Beispiel Pralinenschachteln von Fortnum & Mason – die er natürlich aus den regelmäßig gelieferten Naschereien an den Palast stibitzt hatte – und eine zahme weiße Ratte aus einem Wurf, den Freds jüngerer Bruder aufzog. Mary hielt sie eine Woche lang in einer Pappschachtel unter dem Bett und fütterte sie mit Leckerbissen wie gebackenem Schinken und Früchtebrot, bis sie entwischte. Mary sah sie nie mehr wieder. Vermutlich hatten die Palastkatzen sie erwischt.

Sie machte sich Gedanken darüber, was genau Miss Nashe und der Detective wohl im Wald anstellen würden. Küsse, Umarmungen, Seufzer und all das – aber danach? Sie hatte schon Vieh bei der Kopulation beobachtet, aber sie konnte nicht glauben, dass Menschen solche widerlichen, unbeholfenen und komischen Rangeleien zusammen im Bett vollführen würden; und wenn doch, dann würde sie sich das ganz sicherlich von niemandem antun lassen.

In einer Ecke der Fensterbank hing der ausgetrocknete Körper einer Wespe in den zerrissenen Überresten eines Spinnennetzes. Sie löste die Miniaturmumie aus den Seidenfäden, die zwar schon grau verstaubt, aber immer noch klebrig waren, hielt sie vorsichtig dicht vor die Augen und betrachtete sie. Die Natur war wirklich seltsam, dachte Mary, sie ging so verschwenderisch mit schönen Dingen um. Sie musste die Wespe nur ganz leicht zwischen Daumen und Zeigefinger drücken, und schon zerstob sie zu strohfarbenem Pulver. Sie wischte sich die Finger an ihrem Kleid ab und ging wieder ins Schlafzimmer.

Ihre Schwester saß aufrecht im Bett, wie immer die Nase in ein Buch gesteckt.

»Ich habe gerade gesehen, wie Miss Nervensäge und der ’tec sich zusammen in den Wald geschlichen haben.«

Mary war es mittlerweile gelungen, die Nacht zu vergessen, in der sie auf der Suche nach Trost und Wärme in Celia

Nashes Bett geschlüpft war, und ebenso ihren darauffolgenden Beschluss, Miss Nashe nicht mehr mit dem Spitznamen zu bedenken, den sie sich für sie ausgedacht hatte.

»Du sollst den Leuten nicht hinterherspionieren«, sagte ihre Schwester, ohne von ihrem Buch aufzublicken.

Sie hatte die Knie unter der Bettdecke angezogen und das Buch daran gelehnt. Ihr verstauchter Knöchel war schon so gut wie verheilt, aber wenn sie daran dachte, tat sie so, als würde sie ganz leicht humpeln, um alle daran zu erinnern, welche Schmerzen sie durchgemacht hatte und dass sie die Nachwirkungen der Verletzung immer noch tapfer ertrug.

»Wahrscheinlich sind sie verliebt«, sagte Mary jetzt.

»Ach, hör doch auf mit dem Unsinn, Herrgott noch mal.«

»Was soll daran Unsinn sein? Die Leute verlieben sich ständig, besonders wenn sie an einem Ort wie diesem hier festsitzen, wo man nichts anderes zu tun hat.«

Sie setzte sich auf den Rand ihres eigenen Bettes und zupfte an einem Niednagel am Mittelfinger ihrer rechten Hand. »Ich vermisse Crawfie«, sagte sie. Crawfie war der Name, den die Familie Miss Crawford gegeben hatte, der festen Gouvernante der Mädchen. Miss Crawford war nicht sehr erfreut gewesen, als sie gehört hatte, sie solle nicht mit nach Irland reisen, um auf die beiden aufzupassen. »Es wäre schön, falls sie hier wäre.«

»Wenn, nicht falls.«

»Was?«

»Na, es heißt ›Wenn sie hier wäre‹, so ist es grammatikalisch richtig.«

Mary kniff die Augen zusammen. »Ich hasse dich.«

Sie zog an dem widerspenstigen bleichen Hautfetzen an

ihrem Finger, und ein kleiner stechender Schmerz schoss ihr durch die ganze Hand. Schmerz war interessant. Sie wusste sehr wohl, dass sie nicht viel davon aushielt – allein die Vorstellung, gefoltert zu werden! Fred, ihr zahmer Lakai, hatte ihr erzählt, die Gestapo würde Gefolterten die Fingernägel ausreißen, damit sie Geheimnisse preisgaben. Das muss man sich einmal vorstellen! Sie schauderte.

»Könntest du mal aufhören, so herumzuzappeln?«, sagte ihre Schwester.

»Was glaubst du, wie lange wir im Haus bleiben müssen?« Ellen presste die Lippen zusammen und tat so, als würde sie sich auf ihr Buch konzentrieren. »Das Märchen mit dem Gasleck in den Kuhställen glaube ich nicht, du etwa?«, fragte Mary.

»Nein, natürlich nicht.«

Eine Weile herrschte Stille, dann bemerkte Mary ganz ruhig: »Miss Nervensäge hat eine Waffe.« Sie betrachtete den Niednagel aus so großer Nähe, dass sie mit der Fingerspitze beinahe den Augapfel berührte. Sie dachte daran, wie Pike sein Glasauge herausgenommen und es in seine Handfläche hatte fallen lassen; es war von einer dünnen, glänzenden Schleimschicht überzogen gewesen, als wäre es zuvor in Wasserglas getaucht worden. »Sie hat sie in einer Schublade in ihrem Zimmer, bei ihren Strümpfen und so. Es ist eine Pistole, in einem Lederholster. Ich habe gesehen, wie sie die Pistole dort verstaut hat, an dem Tag, an dem wir …«

»Könntest du jetzt bitte endlich mal *Ruhe* geben!« Ellen schlug ihr Buch zu, lehnte sich mit verdrehten Augen in die Kissen zurück und spielte wieder die Märtyterin. »Warum musst du ständig solche Lügen erzählen? Verstehst du das denn nicht? Ich habe nicht das geringste Interesse an deinen Fantasiegeschichten!«

Mary lächelte. Es war wirklich sehr, sehr leicht, ihre Schwester in Rage zu bringen. »Ich lüge nicht«, sagte sie in ihrem sanftesten und allervernünftigsten Tonfall. Sie wusste ganz genau, dass das nerviger war, als wenn sie zurückgebrüllt hätte. »Ich zeig sie dir, wenn du magst.«

»Ah ja, natürlich, du zeigst sie mir.« Ellen klappte das Buch wieder auf.

Mary saß ganz still da und betrachtete ihre Schwester ein paar Sekunden, dann stand sie auf und ging mit erhobenem Kopf, geradem Rücken und steifen Armen aus dem Zimmer. Ellen blickte ihr unwillkürlich stirnrunzelnd nach. Was für ein verrücktes Kind sie doch war! Wen ahmte sie denn jetzt nach? Einen Leibwächter im Wachdienst?

Gleich darauf war Mary zurück, mit einem Lederholster in den Händen, das an einem seltsam geformten Ledergürtel angebracht war, wahrscheinlich war es ein Schultergurt, wie Ellen nach kurzem Nachdenken schloss.

»Siehst du?« Mary ging auf das Bett ihrer Schwester zu und klickte das Holster auf. »Und jetzt behaupte noch mal, ich lüge.«

27

Das Hexenhäuschen, das ganz einsam in einer belaubten Senke stand, fanden sie ganz leicht. Es lag zwar nur ein kleines Stück von der Hauptstraße entfernt, wirkte aber so abgeschieden, dass es auch im tiefsten Wald hätte stehen können. Sie blieben zwischen den schlanken Stämmen der Nadelbäume auf dem Abhang über der Lichtung stehen und betrachteten es. Das Dach war steil, mit einer blechernen Wetterfahne in Form eines zweidimensionalen Hahns an einer Ecke. Von der anderen stieg eine träge Rauchfahne aus einem gekrümmten Schornsteinrohr beinahe gerade nach oben.

Die Fenster waren leer, hinter keinem regte sich etwas.

»Er hat das sehr gut gemacht mit – mit Ellen, als das Pferd sie abgeworfen hat«, sagte Celia. »Er hat sie die ganze Strecke bis zum Haus auf den Armen getragen.«

»Ja, ich war da, als sie in den Hof gekommen sind. Er sah ziemlich heldenhaft aus.«

»Ich glaube, selbst sie war bewegt.«

»›Selbst sie‹?«

»Nun ja, gelinde gesagt ist sie ja nun nicht die freimütigste junge Dame.«

»Nein, eher nicht.« Er musterte das Haus. »Es scheint niemand da zu sein. Sollen wir es uns näher ansehen?«

»Hoffentlich schießt er nicht aufs Geratewohl mit seinem Gewehr auf uns. Er scheint es ja nie aus der Hand zu legen.«

Sie kletterten den Abhang hinunter und wateten durch tiefe Verwehungen von feuchten und schleimigen Blättern. Strafford ging zu einem der Fenster und legte die Hände an die Scheibe, um hineinzusehen. Undeutlich erkannte er einen Tisch und ein paar Stühle, einen Holzofen, eine Küchenanrichte. Hier wohnte eindeutig ein Junggeselle. Er dachte an seine eigene Wohnung in Dublin; sie lag in der Clare Street, über dem Büro einer Vermessungsfirma. In den letzten Tagen hatte er angefangen, sie zu vermissen, obwohl er das eigentlich nicht für möglich gehalten hatte.

»Glauben Sie, er hat mit dieser Sache zu tun? Ich meine, dass der Mann erschossen wurde und so?«, fragte er. Die Scheibe beschlug von seinem Atem.

»Ich weiß es nicht«, sagte Celia hinter ihm. »Ich kann es mir kaum vorstellen.« Und dann fügte sie leise hinzu: »Fragen wir ihn doch selbst.«

Strafford wandte sich vom Fenster ab.

Billy Denton stand am Rand der Lichtung und beobachtete sie. Er trug seine fadenscheinige grüne Norfolk-Jacke, eine Schiebermütze und Lederhosen. Und in der Tat lehnte seine treue Schrotflinte in der linken Armbeuge. Es war ein Wunder, dass ihm dieses Ding nicht in der Hand festgewachsen war, dachte Strafford.

»Guten Morgen«, sagte er eher zu laut, sodass die Bäume um sie herum ein wenig zu erbeben schienen.

»Morgen«, antwortete Denton tonlos.

Er könnte ziemlich gut aussehen, wenn er sich nur gelegentlich ein Lächeln gestatten würde, dachte Celia. Ein seltsames Gefühl überkam sie, als sie ihn dort beobachtete, ein seltsames Rieseln das Rückgrat hinunter, beginnend am Bund ihres Rocks. Wieder hatte er sich lautlos an sie herangeschlichen, aber sie vertraute darauf, dass er diesmal nicht schießen würde. Sie selbst hatte ihre Waffe nicht mitgenommen, denn sie hielt es kaum für wahrscheinlich, dass sie sie brauchen würde. Billy Denton stellte bestimmt keine Gefahr dar, weder für sie noch für den Detective, dessen war sie sich sicher. Bestimmt war er viel sensibler, als er vorgeben wollte.

»Wir wollten gerade nachsehen, ob Sie zu Hause sind.« Strafford erhob wieder die Stimme, um den Abstand zwischen sich selbst und dem jungen Mann am Waldrand zu überbrücken.

»Das war ich nicht, aber gleich bin ich es«, antwortete Denton ohne die geringste Spur Humor oder gar Sarkasmus. Er war wirklich sehr spröde, dachte Strafford – und das bedeutete wahrscheinlich, dass jedes Mädchen, das er kennenlernte, ihn für einen Traummann hielt. Strafford war sich durchaus bewusst, dass er sich mit Mädchen nicht gut auskannte – eigentlich so gut wie gar nicht. Das Bild von Isabel Galloway stieg vor ihm auf wie ein Waldgeist und verschwand sofort wieder.

Denton trat vor, überquerte die Lichtung, den Kopf gesenkt und den Blick auf den Boden gerichtet. Als er auf ihrer Höhe war, sagte Celia: »Ich habe Ihnen noch gar nicht richtig dafür gedankt, dass Sie Ellen gerettet haben, neulich, als sie vom Pferd gestürzt ist.«

Denton holte einen Eisenschlüssel aus der Tasche seiner Cordhose. »Das war nichts weiter«, sagte er wegwerfend. »Ich würde das kaum als Rettung bezeichnen.«

»Aber kein Mensch weiß, wie lange sie noch dort draußen geblieben wäre, mit einem verstauchten Knöchel und ohne laufen zu können, wenn Sie sie nicht gefunden hätten.«

Der junge Mann schloss auf und betrat das Haus.

Celia und Strafford sahen sich unsicher an. Sollten sie die offene Tür als Einladung verstehen?

Strafford ging voraus.

Der enge Raum, in dem sie sich nun wiederfanden, wirkte vernachlässigt und schäbig. Es roch nach Holzrauch, abgestandenem Essen und nach unzählige Male aufgegossenem Tee. Celia fand die Einrichtung furchtbar kärglich. Wie konnte er hier ganz alleine leben, fragte sie sich, dieser seltsame, unnahbare junge Mann, der trotz allem, trotz der Schrotflinte und der kalten Schulter, die er konsequent zeigte, kaum mehr zu sein schien als ein Junge, der eine Mutter brauchte?

Denton nahm seine Mütze ab und legte das Gewehr auf den Tisch – auf dem blanken Holz ähnelte es auf unheimliche Weise der abgetrennten, getrockneten Keule eines storchbeinigen Tiers –, ging zum Spülbecken unter dem Fenster und hielt die Finger kurz unter den Wasserhahn. Dann wandte er sich seinen Besuchern zu und trocknete sich die Hände an einem Geschirrtuch ab.

»Haben Sie etwas Bestimmtes gesucht?«, fragte er.

An seinem Mundwinkel zuckte ein winziger Muskel, sodass er aussah, als lächle er sarkastisch. Strafford wusste, dass dem nicht so war.

»Sie haben gehört, dass gestern Nacht nicht weit von hier ein Mann durch einen Schuss getötet wurde?«, fragte Celia.

»Joey Harte, ja. Davon habe ich gehört.« Denton runzelte die Stirn und richtete den Blick in eine dunkle Ecke des Raums, als stünde dort etwas Wache, das nur er sehen konnte. »Was ist passiert?«

»Da waren Soldaten«, sagte Strafford. »Sie haben ihn gewarnt, er ist nicht stehen geblieben, sie haben geschossen. Vielleicht war er betrunken.«

»Soldaten«, sagte Denton leise und blickte Strafford zum ersten Mal, seit die drei das Haus betreten hatten, in die Augen; der Tick an seinem Mundwinkel zuckte schneller. »Ich habe sie gesehen, wie sie herumgekrochen sind«, sagte er. »Warum brauchen wir Soldaten hier?«

Strafford beobachtete ihn sorgfältig und versuchte, dieses zuckende, maskenartige Gesicht zu durchdringen. Man konnte unmöglich sagen, was er dachte. Vielleicht dachte er auch gar nichts. Jedenfalls hatte es nicht den Anschein, als ginge ihm der Tod von Joey Harte besonders nahe.

Celia sagte: »Clonmillis Hall könnte angegriffen werden. Es gab Drohungen.«

»Drohungen von wem?«

»Ich weiß es nicht.« Jetzt war Celia an der Reihe, in die Ecke zu blicken. »Der Herzog hat es erwähnt. Wahrscheinlich ist nichts dran.«

Strafford glaubte, ein schwaches sardonisches Leuchten in Dentons Augen zu entdecken. Der junge Mann wusste mehr, als er preisgab. Wusste er womöglich doch sehr viel mehr?

»Und deshalb sind Sie hier, oder?«, fragte Denton.

»Wir?« Celia hob die Augenbrauen.

»Sie beide und die Soldaten, von denen wir nichts wissen sollen – Sie sind alle hier, um uns zu beschützen, stimmt's?« Jetzt lächelte er, wenn man das als Lächeln bezeichnen konnte, und gab ein schwaches kleines, schluckaufartiges Lachen von sich. »Erzählen Sie das mal Joey Harte.«

Strafford steckte die Hände in die Taschen seines offenen Trenchcoats und sah sich im Raum um. Er hatte schon wieder so ein komisches Gefühl, als schwebe er ein paar Zentimeter über dem Boden und schwanke ein wenig in der leeren Luft. Das Summen in seinem Kopf war wie ein weit entferntes Gewirr von Stimmen, die hitzig über ihn diskutierten. Seine Stirn war entsetzlich heiß.

»Sie wohnen schon lange hier, oder?«, fragte er.

Denton beäugte ihn mit seinem zuckenden Lächeln. »Mein ganzes Leben.«

»Wurde Ihre Mutter auch hier erschossen?« Strafford sprach bewusst höflich und ruhig; er hätte sich genauso gut über das Wetter in dieser Gegend erkundigen können.

»Genau«, sagte Denton. »In dieser Tür. Warum?«

»Reine Neugier.« Strafford sprach sofort weiter. »Joey Harte kannten Sie natürlich?«

»Ich kannte ihn.«

»Ein Freund von Ihnen?«

»Jeder kannte ihn.«

»Hat er viel auf dem Anwesen gewildert? Ich meine«, er warf einen Blick auf das Gewehr auf dem Tisch, »hat er ernsthaft Ärger gemacht? Das würden Sie doch wissen.«

»Ach ja?«

»Der Herzog sagt, Sie sind so eine Art inoffizieller Aufseher hier.«

Letzteres schien den jungen Mann ehrlich zu überraschen, und einen kurzen Augenblick änderte sich etwas in seiner Miene. Offenbar hatte sich niemand, am allerwenigsten der Herzog, die Mühe gemacht, ihm gegenüber anzudeuten, seine Anwesenheit auf dem Anwesen werde durchaus wertgeschätzt. Solange allerdings seine Stellung nicht offiziell bestätigt wurde, musste man ihm lediglich einen Hungerlohn bezahlen und ihm dazu ein Dach über dem Kopf garantieren. Strafford kannte die Finessen seiner eigenen Kaste sehr gut.

»Joey hat hin und wieder ein paar Kaninchen erwischt und manchmal ein Fasanenpaar«, sagte Denton; sein Gesichtsausdruck war wieder leer, und selbst das Zucken an seinem Mundwinkel hatte aufgehört. »Ich würde nicht behaupten, dass er ernsthaft Ärger gemacht hat. Zumindest nicht genügend«, er machte eine vielsagende Pause, »um eine Kugel verdient zu haben.«

Strafford lächelte artig. »Sie hatten also keine großen Probleme mit ihm.«

»Die hatte niemand. Er war harmlos.«

»Das glaube ich. Trotzdem, es ist sehr traurig, was ihm zugestoßen ist.«

Wieder legte sich Stille über sie, wie ein Stein, den man in einem langsam dahinfließenden Fluss versenkt hatte. Die drei standen da, mitten im Raum, Strafford und Celia nebeneinander, Denton ihnen gegenüber. Strafford trommelte mit den Fingerspitzen seiner linken Hand einen Marsch auf die Tischkante.

»Er hatte einen Zeitungsausschnitt bei sich«, sagte Celia, »also Mr Harte, meine ich – als er erschossen wurde. Es war ein ausgerissenes Zeitungsfoto.«

»Ein Foto wovon?«

Strafford blickte die junge Frau verärgert von der Seite an. Er hatte vorgehabt, das Foto zu verschweigen, bis der seiner Meinung nach genau richtige Moment gekommen war, es zu erwähnen.

»Von ein paar Leuten«, antwortete Celia, »die auf einem Balkon stehen.«

Der junge Mann sah sie unverwandt an. »Was für Leute?«

»Ach, einfach nur – Leute. Eine Familie. Sie wissen nichts darüber, über das Foto?«

»Wie denn? Ich habe Joey nicht mehr gesehen seit – ich weiß nicht, wann. Und überhaupt, warum sollte er mir Fotos zeigen?«

Die Atmosphäre war irgendwie angespannt. Strafford und Celia hatten im selben Augenblick zu der Schrotflinte auf dem Tisch geblickt. Denton wirkte amüsiert.

Im Ofen fiel ein brennendes Scheit mit einem dumpfen Schlag nach unten.

»In Ordnung.« Strafford steckte sich wieder die Hände in die Manteltaschen. »Dann gehen wir.«

Denton nickte. »Gut.« Er wirkte nicht im Mindesten überrascht von Straffords abrupter Ankündigung.

Strafford und Celia gingen zur Tür, Strafford zog sie auf, und die junge Frau trat an ihm vorbei hinaus auf die Lichtung. Er blieb auf der Schwelle stehen und wandte sich zu Denton um, der sich nicht von seinem Platz am Tisch wegbewegt hatte. Ein dünner Sonnenstrahl vom Fenster her berührte den Schaft der Schrotflinte, sodass das Holz aussah wie die schimmernde, lohfarbene Oberfläche eines Forellenbachs.

Strafford beäugte das abgenutzte Linoleum auf dem Boden zu seinen Füßen. »War es die reguläre Armee oder die Black and Tans, die Ihre Mutter erschossen haben?«

Wieder zeigte Denton keinerlei Überraschung. »Wer behauptet, dass es die einen oder die anderen waren?«

»Na, so ziemlich jeder, mit dem ich gesprochen habe. Stimmt es denn nicht?«

Denton warf einen Blick zum Fenster und zum Sonnenlicht und zu den vielen bunten Farben des Herbstes – hellgold, dunkelgold, mattgrün, buttergelb – hinter der glänzenden Scheibe.

»Die Leute hier behaupten viel, wenn der Tag lang ist. Sie dürfen nicht alles glauben, was Sie hören.«

Strafford nickte und ging geduckt durch die Tür. Celia Nashe, die schon vorausgegangen war, war stehen geblieben und drehte sich nun fragend zu ihm um. Er sagte nichts. Gemeinsam liefen sie durch die Laubverwehungen den Abhang hinauf. Sein Gehirn fühlte sich geschwollen an. Nein, es ging ihm nicht gut, es ging ihm überhaupt nicht gut. Plötzlich hatte er das Bild von seinem schäbigen, schmalen Bett neben der Steinmauer des Stalls vor sich; in diesem Moment war das eine berückende Vorstellung.

28

Boss Clancy lugte um die Ecke, ob schon jemand vor ihm im Redmond's war. Es war früher Abend und wurde gerade dunkel, und der einzige Gast war die Witwe Biddy Jenkins, die in ihrem mottenzerfressenen Mantel und dem zerbeulten Glockenhut in einer Ecke saß. Ein Glas süßer Sherry, nicht das erste des Tages und sicherlich auch nicht das letzte, stand auf einem runden Tischchen vor ihr.

Redmond selbst hockte zusammengesunken auf einem Barhocker hinter dem Tresen und döste. Sein großer rosa Kopf lehnte an einem gerahmten Spiegel, der in verschnörkelten goldenen Lettern Sweet-Afton-Zigaretten anpries. Der Boss blickte zum vierten oder fünften Mal in ebenso vielen Minuten auf seine Armbanduhr. In einer Viertelstunde sollten sie kommen. Er nahm an, sie würden pünktlich sein; diese Burschen wussten, was Disziplin bedeutete.

Biddy warf ihm einen freundlichen, betrunkenen Blick zu. Sie war wahrscheinlich schon zu hinüber, um ihn zu erkennen. Er gab ihr ein Zeichen, legte einen Finger auf die Lippen und zeigte auf den schlafenden Mann hinter der Bar. Dann ging er so leise wie möglich durch den Korridor –

die Sohle seines linken Schuhs knarzte –, stieg die schmale Treppe hinauf und schloss sein Büro auf.

Er zog sich den Mantel aus. Es war kalt. Er hatte einen Botenjungen aus dem Laden auf seinem Fahrrad losgeschickt, um Redmond zu bitten, seine bessere Hälfte möge den Kamin anzünden – der Petroleumofen stank immer ganz scheußlich –, aber entweder hatte der Wirt es vergessen oder seine Frau hatte sich nicht die Mühe gemacht; Sadie Richmond war eine ganz schön ungefällige Zicke.

Er zog sich die Hose an den Knien hoch, ging vor dem Kaminrost in die Hocke, warf zusammengeknülltes Zeitungspapier und ein paar Stöcke hinein und riss ein Streichholz an. Der Geruch von brennender Zeitung erinnerte ihn an die Nachmittage in seiner Kindheit, als er mit seiner Schwester vor dem Feuer in der Küche auf der Rückseite des Hauses in der Rose Street saß, wenn ihre Mutter aus war – das war sie meistens. Alle beide rauchten sie zusammengerolltes Zeitungspapier, ausgerissen aus der *Irish Catholic*, und taten so, als wären es Zigaretten. Seltsam, jetzt an sie zu denken, seine Schwester. Sie war bereits Witwe und arbeitete in der Country Hall bei den Büchern.

Er stapelte drei Torfsoden auf einem Dreifuß über den Flammen, stand auf und wischte sich die Hände ab. Wieder warf er einen Blick auf die Uhr, und gerade in dem Moment ertönte draußen ein kurzer, leiser Pfiff. Das war das vereinbarte Signal. Er ging ans Fenster, zog den Vorhang ein kleines Stück zurück und blickte hinunter in die kleine Gasse.

Da waren sie. Zu zweit standen sie nebeneinander, die Hände in die Taschen gesteckt, und blickten hoch zu ihm.

Er hätte seine Pfeife anzünden sollen. Die brennende

Pfeife gab ihm das Gefühl, das Heft in der Hand zu haben. Aber dafür war keine Zeit mehr. Typen wie die zwei da unten ließ man nicht warten. Er stieg die Treppe zur Hintertür hinab und zögerte eine Sekunde, bevor er den Riegel zurückschob. Er war nervös, das war nicht zu leugnen.

Grußlos traten sie ein und ließen ihn vorangehen. Einer der beiden, mittleren Alters und mittelgroß, trug eine kurze schwarze Seemannsjacke mit Messingknöpfen und eine Strickmütze, die er sich bis zu den Ohrenspitzen heruntergezogen hatten. Er war derjenige, der das Sagen hatte, das erkannte Clancy sofort. Der andere war jünger, gedrungen und muskulös, mit breiten Schultern und krummen Beinen. Er hatte eine kurze Lederjacke mit Reißverschluss und elastischem Bund an, die Hände locker in die Seitentaschen gesteckt, sodass die Ellbogen schräg herausragten; durch seine breitbeinige Haltung und mit dem eingezogenen Kinn wirkte er wie ein Boxer. Auf seinem kahlen Kopf trug er nichts.

Sie stiegen die Treppe hinauf, Clancy voraus, die beiden dicht dahinter. Sie machten keine Anstalten, möglichst leise zu sein, und Clancy blickte nervös über das Treppengeländer zum Pub hin. Aber weshalb machte er sich überhaupt Sorgen? Was machte es schon, wenn die beiden, die hinter ihm die Treppe hochstapften, Redmond weckten? Der Wirt achtete immer sorgfältig darauf, sich aus allem herauszuhalten, was auch immer in dem Raum da oben vorging. Und was Biddy Jenkins betraf, falls sie den Radau hörte, würde sie wahrscheinlich meinen, es kämen die Engel des Herrn, um sie ins Paradies davonzutragen. Oben, wo eine nackte Glühbirne den Treppenabsatz gespenstisch beleuchtete, konnte Clancy seine Besucher deutlicher sehen. Er war schockiert über den Zustand des Gesichts des Älteren. Von der Mitte an nach oben waren seine Gesichtszüge unauffällig, aber darunter befand sich eine erstarrte Maske zerfressener totenbleicher Haut. Die rechte Wange war kraftlos und tief vernarbt, der Mund war auf dieser Seite zu einem starren, verzweifelten Grinsen nach oben gezogen – Clancy fühlte sich an einen ums Überleben ringenden Fisch erinnert, der mit einem Haken im Maul aus dem Meer gezogen wurde.

Das Schockierendste allerdings war die Nase des Mannes, die an den Seiten so scharf abgeschnitten war, dass gar kein Fleisch mehr übrig zu sein schien. Sie bestand nur noch aus einer spitzen Knorpelklinge mit zwei jähen schwarzen Öffnungen darin, die seine Nasenlöcher waren. Was war ihm widerfahren, das ihn so zugerichtet hatte? War er in eine Schießerei geraten oder hatte er zu lange gewartet, bevor eine Bombe explodierte?

O ja, die beiden hatten Kämpfe durchgestanden, besonders der Ältere; bei denjenigen, die sich auskannten, wurden sie bewundert für alles, was sie durchgemacht und was sie getan hatten.

Als Clancy die Bürotür öffnete, bemerkte er, dass die beiden hinter ihm instinktiv ganz kurz warteten, bevor sie über die Schwelle traten. Wie war es wohl, in dem Wissen zu leben, dass einen in jedem Raum, den man betrat, ein Kommando Bewaffneter erwarten könnte?

Der Mann mit dem zerstörten Gesicht zog sich die Wollmütze ab, sah sich langsam um und ließ alles auf sich wirken: den Tisch mit Clancys Papieren darauf, das Feuer im Kamin, das noch nicht so recht brennen wollte, das Fenster mit den zugezogenen Vorhängen, das gerahmte Foto von Pádraig Pearse an der Wand, dem Anführer, Patrioten und Märtyrer von 1916. Es war ein berühmtes Porträt, im Profil aufgenommen, um sein starkes Schielen zu verbergen. Das kecke kleine Gesicht des uniformierten Helden war stolz geneigt.

»Wollt ihr vielleicht ein Pint oder etwas anderes?«, sagte Clancy. »Ich kann unten in der Bar etwas holen.«

Der ältere Mann antwortete nicht, als hätte er Clancy gar nicht gehört, während der Kahlköpfige in der Lederjacke nur kurz auflachte, als wäre das Angebot, etwas zu trinken, zu absurd, um überhaupt darüber nachzudenken. Die 60-Watt-Birne an der Decke warf einen Lichtstern auf seinen blanken Schädel, dessen straffe Haut glänzte wie die runde Rückseite eines Boxhandschuhs.

»Ich bin Jones«, sagte der Ältere mir schwerem Belfast-Akzent, »und das ist Smith.«

Clancy runzelte die Stirn. »Aber es hieß doch …«

Der Mann sah ihn an. »Es ist egal, was sie dir gesagt haben. Ich sage jetzt: Ich bin Jones, das da ist Smith. Verstanden?«

»Ja, Ja. Verstanden.«

Der sogenannte Jones knöpfte seine Seemannsjacke auf, warf die Mütze auf den Tisch, zog Clancys Stuhl heraus und setzte sich breitbeinig darauf. Er trug olivgraue Hosen, die aussahen wie vom Militär, einen dicken schwarzen Rollkragenpullover und schwere schwarze Stiefel mit dicken Gummisohlen. Sein zerstörtes Gesicht mit der kleinen bleichen Schnabelnase verlieh ihm ein unheimliches vogelartiges Aussehen; nicht wie ein Falke, nicht einmal wie eine Dohle, sondern etwas genauso Tödliches und Schnelles, mit erbarmungslosen Knopfaugen. Gott helfe jedem pelzigen, warmblütigen Lebewesen, auf das er niederstieß, dachte Clancy.

Smith schlenderte unterdessen durch den Raum, blickte sich verächtlich lächelnd um, die Hände immer noch in den hoch sitzenden Taschen. Vor dem Porträt von Pearse blieb er stehen, hob die Nasenspitze im selben Winkel wie Pearse an und summte leise ein Stück der Nationalhymne.

Clancy schoss einen fürchterlichen Augenblick lang durch den Kopf, dass man ihn womöglich betrogen hatte und die beiden gar nicht diejenigen waren, für die sie sich ausgaben. Von den beiden, auf die er gewartet hatte, hatte man ihm bisher nur erzählt, und er hatte keine Ahnung, wie sie aussehen sollten. Der Ältere hatte das unverkennbare Auftreten eines Soldaten, vielleicht sogar eines Offiziers. War etwas schiefgelaufen, hatte es eine undichte Stelle gegeben? Hatten die Briten Wind davon bekommen, was im Gange war, die beiden Abgesandten eliminiert und stattdessen diese zwei geschickt, um ihn in die Falle zu locken, ihn irgendwohin über die Grenze zu bringen und ihm eine Kugel in den Kopf zu jagen?

Er zwang sich, nicht in Panik zu verfallen und sich zu beruhigen. Viele Freiwillige waren angewiesen worden, sich bei der British Army zu verpflichten, in manchen Fällen sogar über Jahre, um als Soldaten ausgebildet zu werden und Taktiken zu erlernen, die sie später gegen just die Armee verwendete, deren Mitglieder sie gewesen waren. Bei diesen beiden könnte das der Fall sein.

Jones lehnte sich zurück. »Und, sind sie es? Sag es uns.«

Clancy fühlte sich beängstigend exponiert, wie er da mit schlaff herabhängenden Armen mitten im Zimmer stand und nicht wusste, was er mit seinen Händen anfangen sollte. Es schien fast, als wäre er derjenige, der gerade angekommen war, während dieser sogenannte Jones entspannt vor dem Tisch mit den Papieren saß und aussah, als gehörte er dahin. »Wir sind ziemlich sicher, ja.«

Jones kniff die Augen zusammen.

»›Ziemlich‹?«

»Nein, wir sind uns sicher, wir sind uns sicher«, sagte Clancy stockend. Er schluckte, und als er weitersprach, klang seine Stimme atemlos und schwach. »Wir sind uns sicher.«

Er bedauerte es wirklich sehr, dass er vor ihrer Ankunft nicht seine Pfeife angezündet hatte; irgendwie war es jetzt zu spät. Smith, der Kahlkopf, hätte sicher großen Spaß dabei, ihm zu zusehen, wie er sich mit dem krümeligen Tabak abmühte und mit Streichhölzern, die sich nicht anreißen ließen, gar nicht zu reden von dem vernickelten Pfeifenstopfer, dem Hauptinstrument eines jeden Pfeifenrauchers – das würde den Mistkerl ordentlich zum Lachen bringen.

In Wahrheit lag ihm die Pfeife gar nicht, ganz egal, wie sehr er sich bemühte, sich daran zu gewöhnen. Der Arzt hatte ihm befohlen, mit dem Rauchen aufzuhören – von seinem Vater und dem Vater seines Vaters hatte er ein Herzgeräusch geerbt –, und so hatte er stattdessen zur Pfeife gegriffen. Jetzt war er von dem verdammten Ding abhängiger, als er es von den Zigaretten je gewesen war.

Natürlich war das Pfeiferauchen auch deshalb so reizvoll, weil man niemals untätig sein musste, man konnte sie jederzeit zur Hand nehmen und daran herummachen – wenn man Zeit zum Nachdenken brauchte, konnte man eine ganze Minute oder noch länger damit zubringen, sie anzuzünden, während man nachdenklich und klug wirkte. Nichtsdestotrotz hatte er oft den Verdacht, dass er damit aussah wie ein Idiot.

Jones langte in seine Jackentasche, zog ein Päckchen Gallaher's heraus und zündete sich eine an. »So, so, dann seid ihr euch also sicher, dass sie es sind«, meinte er. »Das ist gut.« Es hörte sich nicht so an, als würde er es gut oder sonst irgendwie finden. »Unsere Reise in den Süden in eure hübsche Republik wird also nicht umsonst gewesen sein, was, Jimmy?«

Smith posierte noch vor dem gerahmten Foto, drehte den Kopf hin und her und versuchte, seine Spiegelung im Glas zu sehen.

»Genau, Jimmy.« Er legte sich einen Finger auf die Nasenspitze und schob sie ein wenig hoch, damit sie aussah wie die von Pearse.

Clancy runzelte verwirrt die Stirn und blickte vom einen zum anderen.

»Ja ja, wir heißen beide Jimmy«, sagte derjenige, der am Tisch saß. »Er ist Jimmy Smith und ich bin Jimmy Jones.«

Derjenige, der Smith genannt wurde, wandte sich von dem Foto ab und schüttelte lachend seinen kahlen Kopf. »So ein Zufall aber auch.«

Clancy wusste, dass sie ihn veralberten. Er wusste auch, dass er mittlerweile große Angst vor diesen beiden hatte, vor dem einen mit der Vogelmaske statt eines Gesichts und vor dem unheimlich kecken Weltergewicht mit dem glatten, glänzenden Schädel. Sie waren alles andere als das, was er erwartet hatte. Eher wirkten sie wie Gangster aus Chicago als wie Soldaten der Nachhut, die den Freiheitskampf weiterführten, den Kampf, der zwanzig Jahre zuvor von Wendehälsen, Bürohengsten und Priestern aufgegeben worden war.

Andererseits kamen sie von jenseits der Grenze, überlegte er, um seine Ängste zu zerstreuen, und dort erledigte man die Dinge anders. Das waren harte Männer dort oben. Wie auch immer, sie würden sich hier hoffentlich nicht lange aufhalten. Den Job erledigen und ab mit ihnen. Irgendwie glaubte er, dass das so leicht nicht gehen würde; nein, ganz und gar nicht so leicht.

Meine Güte, was hatte er sich da nur eingebrockt?

Jones schnippte Asche von seiner Zigarette auf den Boden. »Erzähl uns doch mal was von diesem unglücklichen armen Scheißer, der von den Freistaatkriegern erschossen worden ist.«

»Joey Harte«, antwortete Clancy. »Was ist mit ihm?«

»Genau, was ist mit ihm? Das frage ich dich.«

»Er war niemand weiter. Hat ein paar Botengänge gemacht, das ist alles.«

»›Ein paar Botengänge‹!«, rief Jones und riss die Augen auf. Er wandte sich Smith zu. »Hör sich das einer an! Er hat Leute, die Botengänge für ihn machen.« Er sah wieder zu Clancy hin, und sein krummer Mund zuckte, der eisige Anflug eines Lächelns. »Deshalb nennst du dich Boss.« Er zog an seiner Zigarette, was in Anbetracht seines verstümmelten Mundes kein einfaches Unterfangen war.

Clancy fuhr sich mit der Zungenspitze über die Unterlippe; er hatte jetzt selbst einen trockenen Mund.

Die Angst, die echte Angst, das musste er zugeben, hatte ihn in dem Moment ergriffen, als er die Hintertür geöffnet und die beiden draußen in der Gasse hatte stehen sehen.

Er hätte das Hauptquartier nicht bitten sollen, sie herzuschicken. Was brauchte er denn harte Männer aus Belfast? Hätte er die Sache nicht selbst erledigen können? Er hätte mit dem Trupp in einer dunklen Nacht zu Clonmillis Hall hochgehen können und – und was? Bis dahin konnte er es sich vorstellen, nämlich wie er und der Trupp leise die Zufahrt hinaufschlichen, mit Sturmhauben, die sie nicht besaßen – wie kam man denn an eine Sturmhaube? Jemanden bitten, einem eine zu stricken? –, und mit imaginären Waffen. Was würde passieren, wenn sie vor der Tür standen? Und wo wären de Valera und seine Männer, und was würden sie tun, während er das Anwesen belagerte?

Vor zwanzig Jahren, als er in der South Tipperary Brigade war, war er an nächtlichen Überfällen auf ein halbes Dutzend Herrenhäuser in der Nachbarschaft beteiligt, von denen sie drei, vier niedergebrannt hatten. Aber das war früher. Jetzt war das etwas anderes, und außerdem war es niemals er selbst gewesen, der das Benzin angezündet hatte, das sie aus dem Kanister über den Parkettboden der Korridore unter den Familienporträts geschüttet hatten. Heute würde man es ihm nicht danken, wenn Clonmillis Hall in Flammen aufgehen würde. Der alte Edenmore, sturer Unionist und West Brit, der er war, beschäftigte neben seinen Hausangestellten noch mehr als zwanzig Landarbeiter. Der Eigentümer von Clancy & Co., Eisenwaren- und Holzhändler, würde es zu spüren bekommen, wenn er derjenige wäre, der diese ganzen Leute arbeitslos gemacht hätte.

Nein, mit jeder Sekunde wurde es klarer, und er musste der Tatsache ins Auge sehen: Er hätte das alles überhaupt gar nicht lostreten sollen.

Was machte es schon, wenn zwei Mädchen zur sicheren Unterbringung hierhergebracht wurden, selbst wenn sie die Töchter des Königs von England waren, wessen er sich sicher war? Er hätte es ignorieren können, hätte den Mund halten und wegschauen können, aber nein, o nein, er konnte der Gelegenheit nicht widerstehen, sich in der Stadt aufzuspielen und einen auf dicke Hose zu machen. Das Ganze war ihm in den Schoß gefallen, sauber, unwiderstehlich und einfach. Er hatte es nur ins Hauptquartier in Belfast weitergereicht, damit sie ihm gaben, was ihm zustand, und endlich seinen wahren Wert im Einsatz für die Sache erkannten. Und nun stand er da mit diesen beiden Komikern.

Ihm wurde bewusst, dass jemand etwas zu ihm sagte.

»Hey, Bossmann, aufwachen!«

»Was?«

Es war Jones, der immer noch am Tisch saß und ihn mit seinem halbtoten Gesicht und spöttischem Blick ansah. »Ich hab dich was gefragt.«

»Tut mir leid, ich … ich habe gerade …«

Jones drehte sich zu Smith und schüttelte traurig und verächtlich den Kopf. Dann wandte er sich wieder Clancy zu und sprach langsam und laut, als hätte er es mit einem begriffsstutzigen Kind oder einem Idioten zu tun.

»Ich habe gefragt, wie weit es von hier dorthin ist, zu dieser Wie-heißt-sie-noch-Hall.«

»Nicht weit. Zehn Meilen.«

»Und du sagst, sie wird von Soldaten bewacht?«

»Nur von einer Handvoll.«

»Wie sind sie bewaffnet?«

Der Boss zuckte die Achseln. »Sie haben Gewehre. Und einen Panzerwagen.«

»Das war's? Na, die ziehen ja alle Register. Ein Panzerwagen, nicht möglich.«

Jones warf Smith einen Blick zu, und beide lachten. Smith hatte keine Lust mehr, vor dem Foto von Pearse seine Possen zu reißen. Er war zum Tisch gegangen und saß jetzt darauf, ja, er saß in der Tat mit seinem Hintern auf Clancys Papieren und ließ die Beine baumeln, die Hände immer noch in den Taschen seiner speckigen Lederjacke.

»Ich glaube, auf den Panzerwagen ist so eine Art Maschinenpistole montiert«, sagte Clancy.

Smith nahm die Hände aus den Taschen und wedelte in gespielter Angst mit den Händen. »Oooh, ich hab solche Angst, Sergeant Major!«, sagte er mit spöttisch zitternder Stimme.

»Eine Handvoll Soldaten, ein paar Gewehre und eine rostige Maschinenpistole.« Jones lächelte kopfschüttelnd. »Das ist ja überwältigend!« Nach jedem gesprochenen Satz musste er sich mit dem Fingerknöchel das weißliche Zeug wegwischen, das sich wie Kuckucksspeichel in dem starren, nach oben gewandten Mundwinkel gesammelt hatte. Jetzt schnippte er seine Zigarettenkippe in den Kamin, nahm sich eine neue aus dem Päckchen und zündete sie an. »Wer hat das Kommando?«, fragte er. Clancy verstand nicht. Jones schnalzte mit der Zunge und blickte mit gespielter Verzweiflung zur Decke. »Wer der kommandierende Offizier ist, du Volltrottel!«

Clancy wollte es ihm schon beinahe sagen, doch er hielt sich gerade noch zurück. Moment. Je weniger er offenbarte, desto weniger konnte er beschuldigt werden, wenn etwas schieflief und sie erwischt wurden. Und ein Gefühl in seiner Magengrube sagte ihm, dass das ziemlich wahrscheinlich war.

»Keine Ahnung«, erklärte er. »Die sind nicht von hier aus der Gegend. Die sind extra aus Dublin geschickt worden – von der Collins-Kaserne«, fügte er hinzu, damit es überzeugender klang, obwohl er in Wirklichkeit keine Ahnung hatte, woher sie kamen.

Was er den beiden ganz sicher nicht erzählen würde, wenn sie es nicht bereits wussten, und dem war offenbar nicht so, dass der für die Bewachung der zwei Töchter des Königs zuständige Offizier Major Vivion de Valera war, der Sohn des Taoiseach. Es gab so etwas wie Landesverrat, und er vermutete, dass auch hier die Todesstrafe darauf stand, genau wie in England. Er hatte nicht die Absicht, mit dem Strick eines irischen Henkers um den Hals zu sterben und irgendwo auf den Ebenen von Kildare unter Löschkalk begraben zu werden.

»Na gut«, sagte Jones schroff und stand auf. »Also los.«

»Was habt ihr vor?«, fragte Clancy, der seine Beunruhigung nicht verbergen konnte.

Jones sah ihn mit erhobener Augenbraue an. »Was meinst du, was wir vorhaben? Wir fahren mit unseren Maschinenpistolen da raus, mähen die Freistaatler, die das Ganze bewachen, nieder, dann brechen wir ins Haus ein und schlitzen jedem, den wir in die Finger kriegen, den Bauch auf, ob königlich oder nicht.«

Eine kurze Stille folgte – Clancy sprangen beinahe die Augen aus dem Kopf –, dann brach Smith, der immer noch auf dem Tischrand saß, in wieherndes Gelächter aus. »Schau ihn dir an«, sagte er zu dem Mann, der neben dem Stuhl stand. »Ich glaube, der hat sich eingeschissen.« Er betrachtete Clancy angewidert. »Was ist denn bloß los mit dir? Was glaubst du denn, wozu wir hergekommen sind? Um den Königlichen Hoheiten einen Besuch abzustatten und ihnen die Hände zu küssen?«

»Okay, gehen wir«, schloss Jones barsch. Zu Clancy gewandt sagte er: »Hol deinen Mantel. Und hör auf zu zittern – es wird nicht geschossen, außer es muss sein. Wir führen gern ein beschauliches Leben, nicht wahr, Jimmy?«

Smith lachte.

Sie gingen Richtung Tür, dann blieb Jones stehen. »Ach ja, noch was«, sagte er zu Clancy. »Im Kofferraum sind zwei Milchkannen. Füll sie mit Benzin, ja?«

»Benzin?«, fragte Clancy ein wenig beunruhigt, und für einen Augenblick stellten sich Bilder von vor zwanzig Jahren ein: Flammen tanzten in hohen Gängen über Holzfußböden, aus offenen Haustüren drangen Rauchwolken, die nach Jahrhunderten rochen.

Jones seufzte übertrieben. »Genau, Benzin. Das Zeug, mit dem Autos fahren.«

»Ihr habt ein Auto?«

»Na ja, wir sind nicht gelaufen.«

»Wo steht es?«

Clancy stellte sich vor, wie sich eine Gruppe Anwohner vor dem Pub versammelte und das ihnen unbekannte Fahrzeug mit größtem Interesse begutachtete; in Clonmillis gab es nicht viele Kraftwagen, und Autos aus anderen Orten hielten selten hier.

»In der Gasse, ein kleines Stück weiter hinten«, sagte Jones.

»Und keine Sorge, es ist aus dem Freistaat. Wir haben es in Dundalk aufgesammelt.«

»Aufgesammelt?«

»Na ja, wir haben's verdammt noch mal nicht gekauft, klar? Oder dachtest du, wir fahren in unserem eigenen Wagen aus Belfast hier runter, schießen in die Luft und singen ›A Nation Once Again‹?«

Clancy nahm Mantel und Hut vom Ständer in der Ecke. Er legte die Hand auf die Außenseite der rechten Tasche und spürte die beruhigende Kontur seiner Pfeife. Wann würde er wohl die nächste Gelegenheit haben, sie zu rauchen?

29

Den Mädchen hatte man auf Anweisung von Celia Nashe nichts von den nächtlichen Vorfällen erzählt. Aber Mary war früh am nächsten Morgen von den Scheinwerfern des Bentley aufgewacht, der um die Hausecke bog, und etwas später hatte sie gehört, wie sich unten Menschen bewegten und redeten.

Das beunruhigte sie nicht, sie war nur neugierig.

Was mochte Mr Lascelles nur zur Rückkehr veranlasst haben, insbesondere weil er beim ersten Mal so froh gewirkt hatte, sich abseilen zu können? Und warum hatte Miss Nashe den ganzen Tag so merkwürdig ausgesehen, mit kleinen Fältchenfächern um die zusammengekniffenen Mundwinkel? Und was war los mit Strafford, dem Detective, der noch viel bleicher war als sonst, obwohl sie das eigentlich gar nicht für möglich gehalten hätte, und dem die Augen tränten? Zuerst dachte sie, auch er sei womöglich verliebt und unglücklich, doch dann kam sie darauf, dass er nur eine Erkältung oder die Grippe hatte.

Was war los?

In diesem Nest passierte nie etwas, aber jetzt war plötzlich ganz offensichtlich doch etwas passiert, und niemand wollte ihr davon erzählen.

Sie stellte wilde Spekulationen darüber an, was es sein könnte. Vielleicht waren die Deutschen in Irland einmarschiert, und sie und ihre Schwester mussten wieder weggebracht werden. Wenn das der Fall war, wo würden sie diesmal landen? Jemand hatte vor einer Ewigkeit einmal gesagt, sie würden womöglich nach Kanada geschickt – das war nicht für ihre Ohren gedacht gewesen, aber sie war im Lauschen geübt, durch Schlüssellöcher, vor Schlafzimmertüren und auf Treppenabsätzen über Nischen mit einem kleinen Tischchen, auf denen ein Telefon stand, in das jemand leise und geheimnistuerisch hineinsprach.

Über Kanada wusste sie lediglich, dass ihr Vater dort als König anerkannt wurde, wie in vielen anderen Ländern rund um die Welt, dass es den größten Teil des Jahres dort schneite und dass es Bären und Wölfe und eine Menge anderer wilder Tiere gab. Es gab auch eine Stadt, vielleicht war es sogar eine Großstadt, deren Namen, Calgary, ihr aus irgendeinem Grund im Gedächtnis geblieben war. Sie hatte ihn in der *Encyclopaedia Britannica* in der Bibliothek von Windsor nachgeschlagen, aber sie hatte nur noch in Erinnerung, dass der Ort am Zusammenfluss zweier Flüsse lag – warum sagte man, dass Städte irgendwo liegen? –, und die hießen Bow und Elbow. Da hatte sie lachen müssen.

Es konnte ja durchaus sein, dass sie ausgerechnet dorthin geschickt würden. *Liebe Mama, lieber Papa, wir kommen gerade von einer Bootsreise auf dem Bow und fahren morgen den Elbow hinauf.*

Jetzt war es wieder Nacht, und sie lag im Bett. Sie mochte

ihren eigenen Geruch unter der Decke. Es roch ein wenig nach Vanillesauce, auch wenn sie sich den Grund nicht erklären konnte. Nach Vanillesauce und auch etwas Keksigem. Die Waschgelegenheiten in der Hall waren primitiv, ein Umstand, den sie sich voll und ganz zunutze machte, weshalb sie selten badete.

Maggie hatte den ganzen Tag rot geränderte Augen gehabt und sich herumgeschleppt wie ein dickes kleines Schweinchen, das krank geworden war. Pike hatte Mary erzählt, dass es eine Schweinekrankheit gab, eine Hautkrankheit, die hieß »Ferkelruß«. Seit sie Pike kennengelernt hatte, hatte sie eine Menge über Mastschweine gelernt.

Aber warum hatte Maggie geweint? Vielleicht war jemand aus ihrer Familie gestorben. Nein, Mary glaubte nicht, dass dies der Grund war. Das Hausmädchen guckte so, wie Fred, der Lakai, immer geguckt hatte, sobald Mopsy erwähnt wurde, die Herzogin von Bristol, die Hofdame, mit der Mary ihn damals im Bett erwischt hatte und die nach Frankreich geflohen war. Hatte Maggie, so wie Fred, jemanden geliebt, der, so wie Mopsy, weggeschickt worden – oder sogar gestorben war?

Aber warum sollte so ein Tohuwabohu veranstaltet werden, weil jemandem, der einer Angehörigen der Dienerschaft etwas bedeutet hatte, etwas zugestoßen war? Es kümmerte niemanden, was Hausangestellte anstellten, solange sie die Auswirkungen ihres Tuns für sich behielten.

Ach, wäre es nicht herrlich, wenn sich alle, sogar die Hausangestellten, in die Falschen verliebten, so wie es angeblich gerne an Wochenenden auf Landhäusern passierte?

Beim Thema Liebe und bei den damit verbundenen Qualen fiel ihr zwangsläufig Billy Denton wieder ein. Sie hatte alles in ihrer Macht Stehende getan, damit er sie beachtete, aber er ignorierte sie beständig – ja, ihm schien kaum bewusst zu sein, dass es sie gab. Sie wünschte, sie wäre vom Pferd geworfen worden und in Billys Armen zu Clonmillis Hall getragen worden. Doch nein, das war ihrer braven Schwester passiert, die überhaupt gar keine Ahnung hatte, was für ein Glück sie hatte.

Plötzlich war sie traurig. Sie würde aufhören müssen, an Billy Denton zu denken. Sie konnte nicht aufhören, in ihn verliebt zu sein, aber sie wusste, es bestand nicht die geringste Hoffnung darauf, dass er ihre Liebe erwiderte. Wie auch, selbst wenn er wollte? Sie war zehn. Sie hasste es, zehn zu sein. Mit zwanzig würde sie sich eine Zehnjährige suchen und richtig nett zu ihr sein, Ausflüge mit ihr unternehmen und sie behandeln, als wäre sie erwachsen. Das wäre das Mindeste, was sie tun könnte, und es würde wenigstens ein bisschen wiedergutmachen, dass sie in ihrer Kindheit so niedergeschlagen war.

Auch Billy musste traurig sein, zumindest manchmal, weil seine Mutter erschossen worden war. Er war zwar noch ein Baby gewesen, als das passierte, und er erinnerte sich wahrscheinlich gar nicht mehr, wie sie aussah. Trotzdem ließ einen eine solche Tragödie wahrscheinlich das ganze Leben nicht mehr los.

Sie fragte sich, ob die täglichen Luftangriffe zu Hause wohl schon begonnen hatten. Ganz egal, was ihre Schwester sagte, Mary wusste sehr wohl, wenn eine Bombe auf den Palast fiel, würde sie wahrscheinlich jeden töten, der sich darin befand, solange die Bombe nur groß genug war. Früher hatte sie immer gedacht, der Palast würde allen Bombardements standhalten. Aber seit ihrer Ankunft hier hörte sie in den Abendnachrichten – sie kam immer aus dem Schlafzimmer herunter und lauschte vom Treppenabsatz aus dem Radio auf dem Wagen im Esszimmer – von Fabriken und Werften, die genauso groß waren wie der Palast und die dem Erdboden gleichgemacht wurden. Alle Leute, die darin arbeiteten, wurden getötet.

Sie schloss die Augen und versuchte, an etwas anderes zu denken.

Billy Denton: ja. Sie wollte weiter an Billy Denton denken, selbst wenn er sie nicht liebte und es auch nie tun würde.

Sie dachte an sein Haar und wie es ihm in kleinen Löckchen über die Stirn fiel. Es war ganz anders als die Haare des 'tec – die waren strähnig und schlaff, besonders vorne, wie der gebrochene Flügel eines Vogels. Aber sie musste zugeben, auch er sah gut aus, auf seine Art. Na ja, gutaussehend war nicht das richtige Wort – wie denn dann? Nett? Das passte, auch wenn es ein bisschen fade klang. Außerdem war er so wahnsinnig dürr! Wenn er einen in die Arme nahm, würden sich seine spitzen Knochen in einen hineinbohren, wie die Enden von Kleiderbügeln.

An diesem Nachmittag hatte sie gesehen, wie sich Billy Denton und Pike aufgeregt über etwas unterhielten. Sie waren draußen beim Schweinestall. Billy sah wütend aus, und Pike stieß ihn immer wieder in die Brust, mit einem Zeigefinger, der stumpf war wie ein Würstchen.

Jetzt hörte sie ganz in der Nähe ein Geräusch. Sie blieb reglos liegen und horchte. Vorsichtige Schritte im Korridor, leises Geflüster, eine Tür wurde geöffnet, Geflüster, dann wurde die Tür ganz, ganz langsam wieder zugezogen. Sie lauschte noch angestrengter in die Dunkelheit. Kurz überlegte sie, ob sie aufstehen und hinausgehen sollte, um nachzusehen, doch stattdessen wartete sie, gespannt wie eine Katze. Eine kurze Zeit war es still, dann folgte eine Art gedämpfter Schrei, es war aber kein Schmerzensschrei.

Jemand war mit Miss Nashe in ihr Zimmer gegangen. So, so.

Es war noch nicht spät. Sie setzte sich auf und warf einen Blick auf das beleuchtete Zifferblatt ihrer Armbanduhr: Viertel nach zehn, und schon hieß es ab in die Heia für jemanden – für zwei sogar. So, so, so.

Ihre Schwester schlief, sie lag mit dem Gesicht zur Wand auf der Seite, wie immer. Mary glitt aus dem Bett und schlich durch das Zimmer, der kalte Teppichflor kitzelte sie an den Zehen. An der Tür blieb sie stehen, drehte sich um, hielt vorsichtshalber kurz inne und musterte die Gestalt ihrer Schwester im Bett; sie rührte sich nicht.

Dann öffnete sie die Tür. Ein Scharnier hatte zuvor gequietscht, aber sie hatte einen Klacks Butter vom Frühstückstisch in ihrem Taschentuch herbeigeschmuggelt und das Scharnier damit eingeschmiert; sie musste kommen und gehen können, ohne gehört zu werden.

Sie legte das Ohr an die Tür von Celia Nashes Zimmer. Totenstille. Wer war bloß dort drinnen bei ihr? Doch wohl nicht – o nein! – doch nicht Billy Denton. Diese Vorstellung durchfuhr sie wie ein Blitz, wie ein elektrischer Schlag. Mary hatte bemerkt, wie Miss Nashe Billy an dem Tag, an dem er hinter ihr im Wald die Schrotflinte abgefeuert hatte, angesehen hatte, und nicht nur die Angst hatte ihr die Wangen rosa gefärbt, so viel stand fest. Wenn er mit ihr dort drinnen war, würde sie ihm nie vergeben – niemals. Und was Miss Nervensäge betraf …

Sie drehte sich um und ging ein kleines Stück durch den Korridor zurück. Von unten an der Treppe war der schwache Schein einer Deckenlampe zu sehen. Sie blieb stehen, ging ganz vorsichtig auf ein Knie, um bloß kein Geräusch zu machen, hob ein Stück der Fußleiste hoch, langte dahinter hinein und holte ein in ein Unterhemd von ihr eingeschlagenes Bündel heraus. Dann eilte sie zurück in das Zimmer, schloss die Tür, stieg wieder ins Bett und packte das Bündel aus. Das Unterhemd stopfte sie unter ihr Kopfkissen.

Sie zog Miss Nashes Pistole aus dem Holster, das sie unter der Matratze versteckte, und legte sich hin, die Waffe auf dem Bauch. Das Metall war so kalt, dass sie es sogar durch ihren Schlafanzug spürte, aber es würde bald warm werden.

Natürlich war ihr klar, dass sie die Waffe nicht hätte behalten sollen. Nachdem sie ihrer Schwester die Pistole gezeigt hatte, hatte sie ihr gegenüber zwar behauptet, sie wieder in die Schublade zwischen Miss Nashes Sachen geschoben zu haben, in Wahrheit aber hatte sie die Waffe in dem Loch hinter der Fußleiste versteckt.

Das Versteck hatte sie eines Tages entdeckt, als Miss Nashe sie auf ihr Zimmer geschickt hatte, weil sie absichtlich einen Krug Wasser über ein Aquarell, das ihre Schwester gerade malte, verschüttet hatte. Auf dem Weg durch den Korridor hatte sie wütend gegen die Fußleiste getreten, die sich daraufhin gelöst hatte, so wie in einem der Bücher, die ihre Schwester las, von Robert Louis Stevenson oder dieser anderen Schriftstellerin, deren Namen sie vergessen hatte und die über dieses dämliche Mädcheninternat in den Schweizer Alpen schrieb.

In diesem Hohlraum in der Wand, im Dunkeln zwischen den Spinnweben und dem Mörtelstaub, hatte sie einige ihrer Schätze versteckt. Da war eine leere Patronenhülse aus Billy Dentons Schrotflinte, eine Zehn-Shilling-Note, die dem Herzog einmal nach dem Abendessen zufällig aus der Tasche gefallen war, und ein bisher ungeöffnetes Fünferpäckchen Wild-Woodbine-Zigaretten, die Pike gegen einen Swan-Füllfederhalter getauscht hatte, den sie von ihrer Schwester gemopst hatte – aber die Pistole war natürlich der ganze Stolz ihrer Sammlung.

Was würde passieren, wenn Miss Nashe in ihre Schublade guckte, was sie ja früher oder später tun musste, und feststellte, dass die Pistole fehlte? Ihr Gesichtsausdruck wäre auf jeden Fall sehenswert.

Sie war gerade dabei einzuschlafen, da hörte sie es, ein schwaches, wiederholtes Geräusch von irgendwo außerhalb des Zimmers, aber nicht weit entfernt. Zuerst erkannte sie es nicht, sie war sich allerdings sicher, es schon einmal gehört zu haben. Es waren sanfte, rhythmische Schläge, als würde jemand einen Teppich mit einem Staubklopfer bearbeiten.

Hellwach setzte sie sich auf. Die Schläge wurde immer schneller, und es waren noch mehr gedämpfte Schreie zu hören. Sie stieg aus dem Bett und stellte sich kurz auf die Zehenspitzen: Die regelmäßigen Atemzüge ihrer Schwester verrieten Mary, dass sie schlief. Gut so.

Sie tappte zur Tür, öffnete sie sachte und schlich sich durch den Korridor zu Celia Nashes Zimmer. Ja, hier kamen die Geräusche her. Sie legte das Ohr an die Tür. Was war da los?

War ein Streit im Gange, schlugen da zwei Leute mit Fäusten aufeinander ein? Dann erinnerte sie sich plötzlich wieder. Das war alles andere als ein Streit – o ja. Es waren exakt die gleichen Geräusche wie damals vor dem Schlafzimmer im Palast, bevor sie die Tür geöffnet und die nackte Herzogin und Fred, den Lakaien, zusammen im Bett erwischt hatte.

Urplötzlich hörte das Schlagen auf. Hatte man sie gehört? Sie war sich ganz sicher, kein Geräusch gemacht zu haben. Sie wich zurück, um rechtzeitig Reißaus nehmen zu können, aber es war zu spät. Die Tür wurde aufgerissen, und plötzlich stand Celia Nashe da. Sie trug einen Slip und sonst nichts, wie das Licht der Lampe hinter ihr zeigte.

»Du!«, flüsterte sie wütend mit rauer Stimme. »Du kleines …! Was machst du denn hier?«

Mary machte kehrt und rannte los, aber zuvor hatte sie hinter Miss Nashe, im Schein der Nachttischlampe, noch einen kurzen Blick auf Mr Lascelles erhascht. Er saß halb aufrecht im Bett, mit dem Rücken zu ihr und blickte sie schockiert über die Schulter an, während das Laken von der oberen Hälfte seines nackten Oberkörpers rutschte.

30

Nach seiner Rückkehr von der Beschau von Joey Hartes Leiche war Strafford ins Haupthaus gegangen und hatte Mrs O'Hanlon beschwatzt, den Kessel anzuschüren, damit er ein Bad nehmen konnte – als er in die Wanne stieg, war das Wasser beinahe schon heiß. Den restlichen Nachmittag hatte er mit glühendem Fieber im Bett verbracht. Krampfartige Schauer liefen ihm über den Rücken, und manchmal konnte er nicht verhindern, dass seine Zähne klapperten. Er hatte alle Decken, die er finden konnte, auf dem Bett gestapelt, auch seinen Mantel, sein Jackett, ein Tischtuch und sogar den Vorleger vom Boden, aber ihm wurde trotzdem nicht warm.

Immer wieder verfiel er in einen Dämmerzustand, in dem er weder schlief noch wachte, eher war es ein albtraumhafter Zwischenbereich, der ihm scheußliche, brutale Träume bescherte. In einem besonders denkwürdigen dieser Träume galoppierte Mrs O'Hanlon in einer kolossalen Lederhose mit einem Wanderstock auf einer Kuh sitzend wild durch das Haus, eine groteske, irre Mänade. Er hatte permanent Durst, schleppte sich immer wieder in die Küche und trank dort große Tassen Leitungswasser, während er mit einem Teppich um die Schultern aus dem Fenster blickte; in der Ferne der ärgerlich namenlose und allgegenwärtige blaue Hügel.

Der Nachmittag schwand. Das Licht wurde grau, und dann kam plötzlich die Dämmerung. Mit der Dunkelheit wurde sein Fieber erst schlimmer, dann legte es sich auf einmal. Er stand wieder auf und versuchte, sich am Herd einen Tee zu kochen, musste dann aber feststellen, dass seine Kräfte dafür nicht ausreichten, und gab sich mit einer weiteren Tasse des leicht brackigen Leitungswassers zufrieden. Er kroch wieder unter die Decken, und endlich kam der Schlaf, richtiger Schlaf, der ihm glückseliges Vergessen schenkte.

Es klopfte so sachte an der Tür, dass er überrascht war, davon überhaupt geweckt worden zu sein. Er blieb noch kurz mit geschlossenen Augen liegen; seine Lider waren heiß und fühlten sich an, als wären sie gekocht worden. Es klopfte noch einmal. Er stieg aus dem Metallbett, das protestierend ächzte, und schlich eher, als dass er lief, in das Wohnzimmer, wieder mit dem stinkenden alten Teppich über den Schultern, der wärmsten Decke, die er hatte.

Er öffnete die klapprige Tür, seine Eingangstür, und spürte den feuchten Atem der Dunkelheit auf seinen glühenden Wangen.

Im ersten Augenblick erkannte er die kleine, rundliche junge Frau, die da im Eingang stand, gar nicht. Sie trug einen alten Männerregenmantel und ein verblichenes blaues Kopftuch. »Weil Sie nicht zum Abendessen gekommen sind, wollte ich Ihnen das hier bringen, Sir«, sagte sie.

Es war das Hausmädchen Maggie. Sie hielt ein mit einem Tuch bedecktes Tablett in den Händen.

»Was ist das?« Er blinzelte.

»Ein bisschen was zum Abendessen, Sir. Es ist schon fast kalt, aber Sie sollten es trotzdem essen. Ich habe vorhin gesehen, dass es Ihnen nicht gut geht.«

Er bat sie herein und wich zurück, um ihr Platz zu machen. Ihm fielen ihre roten, offensichtlich vom Weinen geschwollenen Augen auf. Sie stellte das Tablett auf dem dünnbeinigen Kartentisch unter dem Fenster ab. »Danke, Maggie«, sagte er. »Sehr freundlich von Ihnen, dass Sie an mich denken.«

Sie sah den Teppich an, den er sich um die Schultern gelegt hatte, die Beine seines Schlafanzugs, seine bloßen Füße. »Was plagt Sie denn, Sir?«

»Nichts – nur Fieber. Ich glaube, mich hat die Grippe erwischt.«

»Ach je, und ich habe Sie geweckt!«

»Nein, nein, keine Sorge. Vorhin ging es mir schlechter.«

»Das Essen wird Ihnen guttun.«

»Bestimmt, Maggie, ganz bestimmt.« Er stand da und starrte sie hilflos an, in seinem Kopf wirbelte ein heißer Nebel. »Und Sie, ist bei Ihnen alles in Ordnung?«

»Ja.«

Er wollte schon fragen, warum sie geweint hatte, aber er glaubte den Grund zu kennen.

Sie zog das Tuch vom Tablett und brachte einen dicken weißen Teller zum Vorschein, mit einem Berg gekochter Kartoffeln, hellbraunen Streifen, wahrscheinlich Pastinaken, und obenauf lagen aufgefächert drei Scheiben dick geschnittenen Corned Beefs. »So, hier.« Sie schniefte, trat zurück und wischte sich die Nase mit der Hand ab.

Er setzte sich auf den Stuhl. Der Geruch des Essens überwältigte ihn, und ihm drehte es den Magen um. Dennoch war er hungrig. Er wollte noch ein wenig warten und sich dann zum Essen zwingen; vielleicht brachte er wenigstens ein paar Kartoffeln herunter.

»Es ist spät«, sagte er vage, aber Maggie machte keine Anstalten zu gehen.

»Ich wollte Sie etwas fragen, Sir«, brachte sie leise hervor, »nämlich, was mit Joey Harte passiert ist.«

»Hat er … hat er Ihnen etwas bedeutet?«, fragte er. Er wusste nicht, wie er die Frage sonst formulieren sollte, auf die er, da war er sich sicher, die Antwort bereits wusste.

»Wir … wir waren so was wie ein Paar.« Sie atmete zittrig ein, was am Ende in ein kleines, trockenes Schluchzen überging. »Das heißt, wir waren sozusagen verlobt. Aber das wusste niemand, nur er und ich.« Sie hielt inne. »Was ist denn passiert, dass er erschossen wurde?«

Strafford fiel es schwer, sich zu konzentrieren, trotz des Gewichts all dessen, was das arme Geschöpf ihn fragte. Wie sollte er Hartes sinnlosen Tod erklären?

»Er war im Wald, dort hätte er nicht sein dürfen. Man hat ihn gewarnt, und er hat versucht, wegzulaufen.«

»Aber wieso haben sie ihn erschossen?«

»Das war ein Versehen. Wachen werden manchmal nervös und tun das Verkehrte.«

Von Ferne erklang ein klagendes Muhen, wie von einer Kuh, die in den Wehen lag. Strafford hatte sofort den Kuhstall im Schein einer Lampe vor seinem geistigen Auge, das aufgehäufte Stroh, den knienden Bauern, die vor Angst und Schmerz blitzenden Augen der Kuh, und einen Augenblick lang tröstete ihn die archaische Behaglichkeit des Bildes.

»Sie sollten essen, Sir«, sagte die Magd. »Sonst verliert sich auch noch der letzte Rest Wärme.«

»Tut mir leid«, sagte er.

Maggie nickte, sie stand vor ihm in ihrem Kopftuch und dem alten grauen Mantel – Strafford fragte sich, ob er vielleicht Joey Harte gehört haben mochte –, die Hände vor sich gefaltet, den Blick gesenkt. Sie hätte eine Figur von Millais sein können; er empfand plötzlich Mitleid für sie. Trotzdem wäre er gerade lieber allein gewesen.

»Er hatte etwas bei sich«, sagte er, »ein Foto, das aus einer Zeitung ausgerissen war. Wissen Sie etwas darüber?«

»Wie sollte ich?« Sie klang auf einmal abwehrend.

»Vielleicht hat er es Ihnen ja gezeigt. Vielleicht – vielleicht hat er Ihnen Fragen dazu gestellt. Über die Leute auf dem Foto.«

Sie hob den Blick und sah ihn mit zusammengekniffenem Mund an. Kurz darauf sagte sie: »Da hätte er mich nicht fragen müssen. Er hat es schon selbst gewusst.«

»Was hat er gewusst, Maggie?«, fragte Strafford sanft, blickte zu ihr auf und versuchte zu lächeln.

»Wer die waren.«

Ihr Gesicht war immer noch verschlossen. Etwas Neues lag in ihrem Blick, etwas Kaltes, Rachsüchtiges, Wissendes. Einen Moment schien es fast, als hasste sie ihn oder zumindest das, was er repräsentierte, die harte, gebieterische, unerbittliche Welt und diejenigen, die über sie bestimmten.

»Ich gehe jetzt, Sir.« Sie zog den Mantel enger um sich und wandte sich ab. »Essen Sie. Dann geht es Ihnen besser.«

»Maggie.« Sie blieb stehen, mit dem Rücken zu ihm, den Kopf gesenkt. »Wissen das alle?«

»Was wissen alle?«

»Wer die Leute sind, die Leute auf dem Foto. Wer die beiden Mädchen sind, deren Köpfe jemand mit Bleistift eingekreist hat.«

Als sie sprach, war ihre Stimme so leise, dass er sie kaum verstand. »In der Stadt gibt es einen Mann, er heißt Clancy. Er besitzt die Eisenwarenhandlung, die große. Vielleicht sollten Sie mit ihm reden.«

»Kannte Joey ihn?«

»Wie gesagt, Sir, Sie sollten vielleicht mit ihm reden, mit Mr Clancy.« Sie ging zur Tür und zog sie auf. »Und Sie sollten vielleicht die Soldaten warnen und ihnen sagen, dass sie lieber gut aufpassen sollen.« Er erhob sich von seinem Stuhl. »Setzen Sie sich hin, Sir«, sagte sie mit müder, matter Stimme. »Setzen Sie sich hin und essen Sie. Sonst wird es noch eiskalt.«

Er hatte den Teller schon zur Seite geschoben und war aufgestanden. Den Teppich um die Schultern gelegt, ging er direkt zum Feldtelefon.

Aus der offenen Tür heraus sagte Maggie: »Viel hat er nicht hergemacht, der arme Joey, aber er hat mir gehört.«

Doch Strafford drehte bereits die Kurbel des Telefons und hörte sie nicht.

31

Clancy schützte mittlerweile nicht mehr vor, es sei alles andere als eine Torheit gewesen, die beiden aus Belfast einzuschalten. Er hatte Angst und war der Panik nahe. Seit die sogenannten Jones und Smith hinter ihm in den Raum über Redmond's Pub marschiert waren, zerfiel sein ganzes Leben nach und nach vor seinen Augen. Das ganze Gerede davon, einen Trupp zu befehligen und die nächste Runde der Revolution herbeizusehen – war das jemals etwas anderes gewesen als der Versuch, sein Leben etwas aufzupeppen und sich wichtigzumachen, vor sich selbst und vor dem Ort?

Warum konnte er nicht damit zufrieden sein, Clancy & Co., eine der führenden Firmen in der Grafschaft, zu leiten und als Hauptstütze des Handels und wichtiger Arbeitgeber in der gesamten Gegend anerkannt zu werden? Oh, nein: Er hatte sich für die Sache engagieren müssen, hatte laut tönen müssen, die Briten ins Meer zu treiben, unsere Leute im Norden zu befreien und aus Irland einen souveränen Staat mit zweiunddreißig Grafschaften zu machen – endlich wieder eine Nation!

Wer waren die »Briten« denn eigentlich? Ein Sammelsurium von schottisch-irischen protestantischen Siedlern, die sich hinter der Grenze ihrer geschätzten sechs Grafschaften zusammendrängten, hin und her marschierten und Union Jacks schwangen, ihre Lambeg Drums schlugen, auf ihren Blechflöten trillerten und von König und Land grölten, während alle, sie selbst eingeschlossen, im Innersten wussten, dass weder das Land noch der König, dem sie die Treue schworen, sich auch nur einen Deut für sie oder ihr glorioses Erbe interessierten.

Ja, er hätte sich um seine eigenen Angelegenheiten kümmern und ihnen allen sagen sollen, sie sollten sich zum Teufel scheren. Er hätte heiraten und sich häuslich niederlassen sollen, Söhne bekommen, die das Geschäft weiterführten, wenn er nicht mehr war. Was würde er denn jetzt hinterlassen? Ein Geschäft, ein Haus, ein Auto und eine verwitwete Schwester, die in einer Bücherei arbeitete und kaum ein freundliches Wort für ihn übrighatte, nur weil er sich mit Büchern nicht auskannte. Nicht einmal einen Hund hatte er, der ihn begrüßte, wenn er abends von der Arbeit nach Hause kam. Und jetzt waren da diese beiden, die von Belfast heruntergekommen waren, um ihn möglicherweise zu töten.

Sie waren nicht so schlau, wie sie dachten, Soldat Jones und Boxer Smith. Hatten sie ernsthaft erwartet, es wäre möglich, zwei Milchkannen voller Benzin, die sie am Nachmittag vor einem Friseurladen in Dundalk geklaut hatten, im Kofferraum eines Ford mit ausgeleierten Stoßdämpfern zu transportieren?

Er hatte gute fünf Minuten gebraucht, um ihnen zum einen zu erklären, dass nicht genug Platz in dem verdammten

Auto sei, um die Kannen aufrecht hinzustellen, und selbst wenn, würde das Benzin überlaufen, weil es hin und her schwappte, denn die Deckel konnten nicht fest genug verschlossen werden; zum anderen würde das Benzin Feuer fangen, wenn Metall an Metall stieß und Funken schlug, sodass das Auto in die Luft fliegen würde und sie drei mit ihm.

Am Ende hatte er sie dazu gebracht, die Kannen loszuwerden und auf die Rückseite von Clancy & Co. zu fahren, um hinter der Laderampe zu parken, still zu sein und sich nicht blicken zu lassen. Er sperrte die Garage mit dem Lieferwagen darin auf, holte drei Fünf-Gallonen-Kanister mit Schraubdeckeln heraus und befüllte sie mit Esso aus der Pumpe in der Ecke des Hofs. Dann fuhren sie zurück ins Redmond's und verbrachten den restlichen Abend mit Kartenspielen und Zigarettenrauchen im Büro des oberen Stockwerks. Er hatte es nicht gewagt, seine Pfeife anzuzünden, in dem Wissen, ausgelacht zu werden. Stattdessen kaufte er sich unten in der Bar ein Zwanzigerpäckchen Player's Navy Cut, und am Ende dieser langen Nacht wusste er, dass die Pfeife der Vergangenheit angehörte und er wieder an den Glimmstängeln hing. Zum Teufel mit den Ärzten – es war ihm egal.

In den frühen Morgenstunden fuhren sie mit Abblendlicht wieder auf der Clonmillis Road, um Unheil zu stiften.

Er musste verrückt gewesen sein, sagte er sich, dass er da mitmachte. Sein Hemd war unter dem Sakko an den Achseln völlig durchgeschwitzt.

Zuerst hatte er hinten einsteigen wollen, aber Jones hatte ihn nach vorne beordert. Hinter ihm saß jetzt der kahlköpfige Smith in seiner knarzenden Lederjacke und pfiff leise durch die Zähne. Allein durch seine Anwesenheit stellten sich Clancys Nackenhaare auf, da, wo der Nacken über den Hemdkragen quoll.

Er musste beinahe lachen bei dem Gedanken, dass er nun endlich im Einsatz war – jahrelang hatte er davon geträumt, bei so etwas mitzumachen –, in Hemd und Krawatte, blauem Anzug und Kamelhaarmantel und einem Paar Slipper mit Schnallen am Spann. O ja: ein Krieger, gekleidet für die Schlacht.

Er räusperte sich angestrengt. »Und, was ist der Plan?«

»Der Plan?«, sagte Jones und trommelte mit den Fingern einen Militärmarsch auf das Lenkrad. »Wie kommst du auf die Idee, dass wir einen Plan haben? Wir fahren nur ein bisschen aufs Land, um uns die Gegend anzusehen.«

Ja, genau, mitten in der Nacht, dachte Clancy. »Streng genommen bin ich ja derjenige, der diese Operation leitet«, sagte er mit belegter Stimme.

»Hörst du das, Jimmy?«, sagte Jones über die Schulter. »Der Kommandant hier meint, er hat das Recht, unsere Absichten zu erfahren.«

Smith beugte sich vor, bis er mit dem Mund ganz nahe an Clancys Ohr war. »Einen Scheiß hast du, rein gar nichts musst du wissen, Kamerad«, sagte er, »also halt dein verdammtes Maul und konzentrier dich darauf, dass wir uns nicht verfahren.«

Smith lehnte sich zurück, und sie fuhren etwa eine Meile schweigend weiter. Die Kanister hinten im Kofferraum verströmten einen starken Benzingeruch. Beim Losfahren hatte sich Jones eine Zigarette anzünden wollen, bis Clancy ihn darauf hinwies, dass das Auto, in dem sie fuhren, im Prinzip nichts anderes als ein scharfer Sprengsatz war. Jones hatte ihm einen bösen Blick zugeworfen, trotzdem aber das Feuerzeug wieder weggesteckt.

»Ich muss schon wissen, was ihr vorhabt«, sagte er hartnäckig. »Sonst lasst mich hier aussteigen und macht alleine weiter.«

Jones seufzte wie ein Vater, der mit einem anstrengenden Kind zurechtkommen muss.

»Zuerst machen wir ein kleines Feuer, um die Freistaatler abzulenken, und während sie damit beschäftigt sind, herumzustehen und sich am Kopf zu kratzen und zu rätseln, wer das Lagerfeuer angezündet hat, sehen wir uns im Haus um.«

»Und, wollt ihr sie mitnehmen, die zwei Mädchen?«

»Wenn sie sind, wer du behauptest, wäre es doch schade, wenn wir es nicht tun würden.«

»Was habt ihr denn mit ihnen vor?«, fragte Clancy kleinlaut.

»Oben im Norden, in Donegal, gibt es ein kleines Häuschen, versteckt in einem tiefen Tal, dort sind sie bestens untergebracht, während wir die Verhandlungen über ihre sicherere Rückkehr in den Schoß ihrer Familie führen.«

Der Plan war vernünftig, das musste Clancy zugeben, aber Jones hatte das in so scherzhaftem Tonfall gesagt, dass Clancy nicht wusste, ob er ihm glauben sollte oder nicht.

»Wie wollt ihr sie da hinbekommen?« Er leckte sich die ausgedörrten Lippen. »Sicherlich nicht in dieser Schrottkarre.«

»Nein, nein.« Jones war vom Gas gegangen, hatte das Fernlicht aufgedreht und musterte jetzt die Bäume am Straßenrand. »Wäre hier die richtige Stelle, um das Feuer anzufachen?«

»Ich muss euch etwas sagen.« Clancy hatte das Gefühl, ihm würde der Atem genommen, als fiele er kopfüber aus großer Höhe herunter.

Jones stutzte wegen des Tonfalls, den Clancy angeschlagen hatte, hielt am Straßenrand an und wandte sich zu ihm um. »Ach ja?«, sagte er leise.

Clancy leckte sich wieder die Lippen.

»de Valeras Sohn hat das Kommando über die Soldaten.«

Einen Moment lang sprach niemand. Der Motor lief noch; eine Zündkerze hatte Fehlzündungen, wie Clancy auffiel. Seltsam, was einem in solchen Momenten in den Sinn kam. Andererseits, hatte er schon einmal einen solchen Moment erlebt?

»Was sagst du da?«, fragte Jones ruhig. Clancy spürte, wie Smith hinter ihm näherrückte, bis er ihm praktisch ins Ohr atmete. Jones sprach weiter. »Du meinst den jungen Dev – wie heißt er noch, Marion?«

»Vivion«, sagte Clancy.

Jones lehnte sich zurück. »Willst du mir sagen, dass diese Elendsgestalt, die hier unten den Laden schmeißt, den eigenen Sohn geschickt hat, um die Kinder des britischen Königs zu bewachen?«

Clancy nickte. Gelöbnis hin oder her, er hätte jetzt ein Gläschen zur Stärkung vertragen können.

»Verdammte Scheiße«, flüsterte Smith.

Der Motor rasselte synkopisch im Leerlauf.

»Na gut«, sagte Jones, »dann gibt es eben zu Weihnachten nicht nur zwei Truthähne, sondern auch noch Rudolph mit der roten Nase.« Er öffnete die Tür neben sich und stieg aus. »Setzen wir also diese verdammten Weihnachtsscheite mal in Brand.«

Eine der Aufgaben, die Major de Valera übernommen hatte, war die Überwachung des Verkehrs, der an dem getarnten Wachhäuschen neben der Clonmillis Road vorbeifuhr. Ein Stück weiter in der Trockenmauer befand sich eine Einfahrt, gerade so breit, dass der Panzerwagen durchpasste: Er konnte noch ein kleines Stück weiterfahren und in einer Senke zwischen den Bäumen parken, wo man ihn von der Straße aus nicht sehen konnte. Zufrieden, dass sein Posten ausreichend getarnt und der Panzerwagen außer Sicht war, zog er sich in das Wachhäuschen zurück und widmete sich seiner Pflicht als Wachmann.

Ihm war sehr wohl bewusst, dass seine Aufzeichnungen – in ein Schulheft für Sixpence notierte er mit einem Kopierstift die Nummer jedes Wagens, der vorbeifuhr – keinesfalls als vollständig betrachtet werden konnten. Schließlich konnte er tagsüber oder nachts nur eine gewisse Anzahl von Stunden in dem Wachhäuschen sein, den Rest der Zeit über wurde keine Liste geführt. Wenn er nicht dort war, hätte ein Überfallkommando von IRA-*Gunmen* – oder auch ein Konvoi deutscher Panzer – vorbeifahren können, ohne dass es jemand mitbekam.

Er hätte ein Rotationssystem einführen können, damit die Straße vierundzwanzig Stunden lang unter Kontrolle war, aber er traute keinem seiner Männer zu, sich richtig darum zu kümmern oder überhaupt auch nur wach zu bleiben. In Wahrheit konnte der Trupp, der ihm zugewiesen war und aus einem Dutzend Mann bestand, kaum als Spitzenteam bezeichnet werden.

Zum einen kamen sie alle, bis auf Sergeant Brody, aus Dublin und wussten überhaupt nicht, wie es auf dem Land zuging; er vermutete, dass manche von ihnen Angst hatten, allein im Wald zu sein, besonders nach Einbruch der Dunkelheit. Der Sergeant war zwar zuverlässig, aber er war langsam, und in den Augen des Majors war Langsamkeit die schlechteste Eigenschaft eines Soldaten. Zu Beginn des Einsatzes hatte er ein paarmal ihre Aufmerksamkeit auf die Probe gestellt, wenn sie Wachdienst hatten. Er hatte sich das Gesicht geschwärzt – mit Stiefelwichse, was danach höllisch schwer wieder abzubekommen war – und seinen Helm mit Efeu umwickelt, dann war er auf dem Bauch durch das Unterholz gekrochen, um zu prüfen, ob sie in Alarmbereitschaft waren und nicht von ihren Freundinnen zu Hause in Dublin träumten.

Das Unternehmen war nicht erfolgreich. Keiner der Wachposten hatte ihn gesehen oder auch nur gehört, bevor er ihnen so nahekam, dass er, wäre er der Feind gewesen, ihnen von hinten mit Leichtigkeit die Kehle hätte aufschlitzen können. Danach hatte er sie zusammengerufen und strammstehen lassen, wenn man das so nennen konnte – sie waren wirklich ein schludriger Haufen –, während er vor ihnen auf und abging und ihnen gehörig einheizte. Er sah ihnen an, dass sie trotz seiner Strenge nicht sonderlich beeindruckt waren.

All das war besorgniserregend und ließ die Verantwortung nur noch schwerer auf seinen Schultern lasten. Sein Vater schätzte ihn als Soldat nicht sonderlich; wenn er hier versagte, wenn Eindringlinge Clonmillis Hall angriffen und den Bewohnern etwas passierte, würde er sein ganzes Leben lang davon eingeholt werden.

Er wusste sehr wohl, dass er nicht zum Soldaten geschaffen

war. Auch sein Vater wusste das, aber das hielt den Vater nicht davon ab, von seinem Sohn nichts anderes als die Bestleistung zu erwarten, wo auch immer und für welche Aufgabe auch immer er eingesetzt wurde.

Wie wäre das, wenn der Sohn des jetzigen Taoiseach, der auch einer der vordersten Anführer des Aufstands war, so etwas Einfaches wie einen Einsatz als Wachposten vergeigte?

Zum Glück musste er nur noch drei Tage durchstehen, bis eine neue Einheit ankam. Dann durfte er in die Kaserne im Curragh Camp zurückkehren, wo seine Aufgaben – die hauptsächlich darin bestanden, IRA-Internierte zu bewachen – verhältnismäßig einfach waren und wo, das war das Allerbeste daran, jemand anders den Oberbefehl hatte.

In dem Wachhäuschen gab es eigentlich gar nicht genügend Platz für zwei. Der Gefreite, der heute Dienst schob, war ein untersetzter, rotgesichtiger Kerl, der nach Pomade und Schweißfüßen roch. Es war schon schlimm genug, mit einem dünneren seiner Männer auf so engem Raum eingesperrt zu sein – das Häuschen war nicht größer als ein aufrecht stehender Sarg, wie ihm auffiel –, aber an diesen Dicken hier gedrückt erstickte er beinahe. Etwa alle zehn Minuten bat der Bursche um Erlaubnis, kurz hinaus in den Wald gehen zu dürfen, um eine zu rauchen. Diese kleinen Pausen boten dem Major eine wohltuende Entlastung, und er konnte die Beine ausstrecken und seine steifen Arme beugen. Aber wenn der Soldat zurückkehrte, erfüllte er den engen Raum mit Tabakgestank.

Es war merkwürdig, in Uniform Postendienst zu schieben, während das Land sich im Frieden befand und der Krieg drüben auf dem Festland tobte. Auch wenn er versuchte, es zu unterdrücken, gab es ihm das Gefühl, in einer Nebenrolle in einer der französischen oder Wiener Operetten mitzuwirken, zu deren Aufführungen ihn seine Mutter immer ins Theatre Royal oder in die Antient Concert Rooms mitgenommen hatte. Er hatte noch nie ein Kampfgeschehen miterlebt, und es würde wahrscheinlich auch nie dazu kommen, außer die Deutschen besiegten Großbritannien und überquerten die Irische See.

Aber würde es, selbst in diesem Fall, überhaupt zu Kampfhandlungen kommen? Die Besserwisser sagten, die Frage, die die Iren sich stellen mussten, sei: Gegen wen sind wir neutral?

Er für seinen Teil bewunderte die Deutschen ziemlich. Für Hitler, diesen hysterischen, lauten kleinen Zuchtmeister, hatte er nichts übrig, aber die Deutschen an sich waren ein feines, gut gebautes Volk. Dumm von den Briten, dass sie sich nicht mit ihnen arrangiert hatten. Ein anglogermanisches Europa würde eine große Weltmacht und einen unüberwindlichen Puffer zwischen den überheblichen Vereinigten Staaten und Stalins gottlosem Russland darstellen.

Er hatte versucht, mit seinem Vater über diese Dinge zu sprechen, aber sein Vater hatte kein Interesse an seinen Ansichten gezeigt. Nun gut, sein Vater war der Staatschef und musste sich mit vielen schwerwiegenden Angelegenheiten herumschlagen. Tatsächlich sprach er mit niemandem sonderlich viel, den er nicht als seinesgleichen betrachtete. Und niemals sprach er über seine eigene Zeit als Kämpfer und Anführer in drei aufeinanderfolgenden und bitteren Feldzügen: dem Aufstand, dem Unabhängigkeitskrieg und dem Bürgerkrieg. Der Major dachte oft wehmütig daran, was ihm sein Vater alles über diese Zeit erzählen könnte.

Es war nicht leicht, Sohn eines großen Mannes zu sein und einen Vater zu haben, der sich als Vater der Nation betrachtete.

Zehn Minuten oder länger war niemand mehr vorbeigefahren, aber jetzt näherte sich ein Wagen. Er hob das Fernglas und hielt es an den Schlitz, der auf Augenhöhe in die Tür des Wachhäuschens geschnitten worden war. Sein Kampfgefährte – sein Kampfgefährte! – atmete hörbar hinter ihm; es war äußerst störend.

Das Auto war ein ziviler Personenkraftwagen, ein alter Morris Oxford mit abgerundetem Kühler und dem Kennzeichen ZF 574. Er erkannte es wieder, denn er hatte es schon zweimal gesehen, das erste Mal früher am Abend, dann noch einmal vor etwa zwanzig Minuten. Vorne saßen zwei Männer, womöglich noch ein dritter auf der Rückbank, allerdings konnte es sich auch nur um einen Schatten handeln. Seltsam: Der Wagen fuhr in dieselbe Richtung wie letztes Mal. Das musste bedeuten, er war einmal um das Anwesen herum gefahren und wieder zurückgekommen. Warum? Und war es Einbildung, oder fuhr er langsamer, als er die Stelle mit dem Wachhäuschen passierte, wo er sich versteckte? Sie hatten das Wachhäuschen doch bestimmt nicht als solches erkennen können, nicht im Dunklen?

Aber was wäre, wenn jemand, womöglich diese schemenhafte Gestalt im Fond, bereits den Standort des Verstecks kannte und es den beiden Männern vorne ein zweites Mal zeigte? Das würde erklären, weshalb das Auto langsamer fuhr. Vielleicht sahen sie sich genauer an, ob das Wachhäuschen besetzt war.

Konnte an einem Ort wie diesem irgendein Geheimnis

bewahrt werden, ganz egal welches? In der Stadt herrschte schon Aufruhr, weil dieser Harte erschossen worden war. Was wäre, wenn bekannt würde, wessen Sohn das Kommando über den Wachtrupp hatte? Es gab viele Menschen in diesem Land, die seinen Vater immer noch hassten, diejenigen, die ihre Waffen aus alter Zeit noch in Öltuch im Garten hinter dem Haus oder unter dem Strohdach aufbewahrten.

Die beiden rubinroten Rücklichter des Wagens wurden kleiner, als er sich entfernte.

Er durfte seiner Fantasie keinen freien Lauf lassen.

Aber was wäre, wenn …? Überfälle aus dem Hinterhalt waren früher gang und gäbe, als noch die alten Kriege herrschten. 1922 hatte ein Scharfschütze von seinem Beobachtungsposten auf einem Hügel über Béal na Bláth in der Grafschaft Cork aus Michael Collins erschossen, den ehemaligen Freund seines Vaters, der dann zum Feind geworden war. Manche behaupteten, der direkte Befehl dazu sei von seinem Vater gekommen. Viele brannten immer noch darauf, diesen Mord zu rächen.

Der Major legte sein Fernglas weg und stellte sich auf eine weitere Wartezeit ein. Eine Stunde verging. Der Soldat hinter ihm seufzte immer wieder. Als er darum bat, noch eine Zigarette rauchen zu dürfen, lehnte der Major ab.

Dann kam Sergeant Brody mit einer Nachricht aus dem Haus. Der Major trat aus dem Wachhäuschen, um ihn zu empfangen.

»Ja, Sergeant, was gibt es?«

»Der Detective, Sir, Stafford …«

»Strafford.«

Der Sergeant runzelte die Stirn. »Sir?«

»Er heißt Strafford, mit *r*. Aber egal, fahren Sie fort – was ist mit ihm?«

»Er hat angerufen, Sir. Ich soll Ihnen sagen, dass bekannt ist, wer die Mädchen sind.«

»Ja … und?«

»Das ist alles, Sir. ›Es ist bekannt, wer die Mädchen sind‹, hat er gesagt. Und dass wir gut aufpassen sollen.«

Der Major schnaubte. »Was denkt der Mann denn, was wir hier tun, wenn nicht gut aufpassen?« Er schlug sich mit der Faust in die Handfläche, dann erinnerte er sich, wer und wo er war. »Alles klar, Sergeant. Sie können los.«

Sergeant Brody salutierte auf seine unerhört schlampige Art und trabte zwischen den Bäumen hindurch davon.

»Gut aufpassen, also wirklich«, brummte der Major. Er wandte sich zurück zum Wachhäuschen und blieb stehen. *Vater*, dachte er und gestattete es sich, einen Augenblick ungehemmt und inniglich zu jammern, *Vater, lass diesen Kelch an mir vorübergehen!*

Er hätte nicht genau sagen können, wie viel Zeit vergangen war, nur dass es einige Stunden gewesen sein mussten, bis er wieder aus dem sargähnlichen Unterschlupf herausstieg, um genüsslich die feuchte Nachtluft einzuatmen, ohne den fleischigen Geruch und den Tabakatem seines Mitwächters, und die rötliche Färbung des Himmels in der Ferne über den Bäumen entdeckte.

32

Celia Nashe war wütend auf sich und hatte Angst. Wie konnte sie so idiotisch gewesen sein, Richard Lascelles ausgerechnet in dieser Nacht in ihr Zimmer zu lassen, nach einem Tag, an dem ein Mann erschossen worden war und ihre zwei Schützlinge offenbar ernsthaft bedroht wurden? Und das Kind, das Lascelles in ihrem Bett gesehen hatte, war auch noch eines der beiden Mädchen, die sie beschützen sollte! Sie konnte ihre Stelle verlieren – sie konnte alles verlieren. Die Kleine würde es weitererzählen. Vielleicht nicht heute Nacht und auch nicht morgen, aber irgendwann, wenn es ihr passte.

Konnte man sie bestechen? Das war eine schockierende Vorstellung, und Celia war schockiert, dass sie überhaupt so etwas gedacht hatte. Was würde das Kind denn haben wollen – was würde es annehmen? Was konnte man einer Tochter aus dem Hause Windsor im Gegenzug für ihr Schweigen anbieten?

Celia setzte sich auf die Bettkante – Lascelles hatte, halb bekleidet und Entschuldigungen murmelnd, natürlich die Flucht ergriffen. Sie ließ den Kopf hängen und drückte die Finger so fest sie konnte auf die Augenlider.

Idiotin! Idiotin!

Strafford hatte nur eine halbe Kartoffel gegessen, als die Müdigkeit ihn wieder überwältigte. Unwillkürlich sackte er langsam nach vorne zusammen, bis sein Kopf neben dem Teller auf dem Tisch ruhte, und schlief fest ein.

Lange Zeit später wachte er panisch ächzend auf, ohne zu wissen, wo er war oder was ihm zugestoßen war. Seine Unterlippe klebte mit getrockneter Spucke an der Tischplatte fest. Das Fieber hatte ein wenig nachgelassen, und er fror bis auf die Knochen. Der Teppich hatte ihn geweckt, der ihm von den Schultern gerutscht und hinter seinem Stuhl auf den Boden gefallen war; es war, als hätte er in einem Rutsch seinen Pelz abgestreift.

Er stand auf und begab sich zur Außentoilette, wo er immer noch fröstelnd vor dem Klosett auf die Knie fiel und sich übergab. Die Reste der Kartoffel, die er gegessen hatte, kamen hoch, gefolgt von einem bebenden Strang galligen Schleims. Danach ging es ihm etwas besser, kalt war ihm allerdings immer noch.

Im Schlafzimmer knöpfte er sich mit zitternden Fingern rasch die Kleidung zu. Als er zum Fenster hinaufblickte, sah er einen strahlenförmigen Schein von der Farbe glühenden Eisens über den Bäumen in der Ferne. Das war nicht das Licht der Morgendämmerung, sondern ein Feuer, ein Feuer im Wald.

Er musste anrufen, er musste eine Warnung durchgeben. Als er die Kurbel seitlich am Telefon drehte, musste er an die alte Magd Kate denken, wie sie in der Küche von Roslea ein Huhn für den Topf vorbereitete und dabei ein Bein abdrehte. Als die Sehnen dabei durchtrennt wurden, gab es dasselbe knirschende Geräusch.

Die Klingel am anderen Ende, weit entfernt über den Feldern, läutete und läutete. Strafford stand am Tisch und wartete, den Blick auf den Teller mit dem ungegessenen Essen neben dem Telefon fixiert. Wo waren de Valera und seine glücklosen Recken? Selbst wenn sie auf Patrouille waren, hätte doch jemand bei dem getarnten Versteck zurückbleiben müssen, wo das Feldtelefon untergebracht war.

Seltsam, aber was von diesem Moment in Erinnerung bleiben sollte, war nicht das ungeduldige Klingeln des Telefons, das niemand abnahm, auch nicht der hohe Kragen seines Pullovers, der an seinem empfindlichen Hals scheuerte, nicht einmal die hohle Panik in der Brust. Nein, das plastischste Bild, das er mitnahm, war der unheilvolle weißliche Schmelz geronnenen Fetts an den Corned-Beef-Scheiben auf dem Teller, und dazu die vier ordentlich arrangierten Pastinakenstreifen, wie vier fleischige, am Knöchel abgeschnittene Finger.

Es klingelte weiter. Dann begriff er: Wie er selbst hatten der Major und seine Männer die brennenden Bäume gesehen und waren allesamt losgezogen, um der Sache auf den Grund zu gehen. Fürs Erste war er auf sich selbst gestellt.

Der Rest geschah, so kam es ihm vor, in einem sehr langen, ununterbrochenen, vom Fieber angetriebenen Sprint.

Er rannte über den Stallhof, an Lascelles' Auto vorbei, und stürmte durch die Hintertür ins Haus. Maggie war in der Küche und setzte Wasser auf. Sie wandte sich erschreckt zu ihm um. Sie musste ins Bett gegangen sein, nachdem sie ihn verlassen hatte, und nun war sie lange vor dem ersten Licht des Tages schon aufgestanden, um mit der Hausarbeit zu beginnen.

»Was ist passiert?«, fragte sie ängstlich. »Was ist los?«

»Im Wald brennt es.«

»Was?«

»Es brennt.«

Sie stand mit dem Deckel des Wasserkessels in der Hand da, ihren kleinen Mund zu einem perfekten O geöffnet. Er drängte sich an ihr vorbei, nahm drei Stufen auf einmal – wo nahm er, krank, wie er war, nur die Kraft dazu her? – und stieß oben beinahe mit Mrs O'Hanlon zusammen. Auch sie war schockiert, weniger, weil sie ihn sah, sondern weil er sie sah, denn sie trug ihr Nachthemd und hatte Lockenwickler in den Haaren.

»Wo ist der Herzog?«, fragte er.

»Der Herzog?«, wiederholte die Frau. »Na, um diese Zeit wird er wohl noch im Bett sein.«

Mit einer Geste bedeutete er ihr zu schweigen. »Hören Sie zu. Gehen Sie zu ihm. Sagen Sie ihm, ich bringe die Mädchen weg. Danach soll er das Haus absperren, die Läden schließen – er soll das Haus dichtmachen, so gut es geht.«

»Aber …?«

»Tun Sie, was ich sage.«

Mit großen Augen machte sie einen Schritt zurück: So hatte sie ihn noch nie gesehen – halb verrückt, wie es schien, mit blutunterlaufenen, hervorstehenden Augen und einem Gesicht, das weiß war wie ein Laken.

Er lief an ihr vorbei und rannte weiter, die Schöße seines Trenchcoats flatterten hinter ihm her.

Vor Celia Nashes Zimmer blieb er stehen, um Atem zu schöpfen. Seine Kehle war ausgedörrt, seine Stirn pochte. Als die junge Frau in ein seidenes Wickeltuch gehüllt die Tür öffnete, sah er sofort, dass sie nicht ihn, sondern jemand anderen erwartet hatte. Lascelles, dachte er. Natürlich, Lascelles. Sie wollte gerade sprechen, aber er hob eine Hand und unterbrach sie.

»Wir müssen sie wegbringen«, sagte er keuchend. Sie blickte ihn verständnislos an; sie hatte keine Ahnung, wovon er redete. »Die Kinder«, sagte er, »die Mädchen, wir müssen sie woanders hinbringen. Es sind Männer unterwegs. Sie haben im Wald Feuer gelegt.«

»Was für Männer?«

»Ich weiß es nicht. IRA, nehme ich an. Ich weiß es nicht.« Er wandte sich von ihr ab, bevor sie noch mehr sagen konnte, und eilte zu dem Zimmer der Mädchen.

Mary stand am Fenster und sagte: »Der Wald brennt.«

»Ja. Ich weiß.«

Ellen lag noch im Bett und setzte sich rasch auf. Sie hatte geschlafen. Das Nachtlicht leuchtete unheimlich, der Raum schien von einem zarten hellblauen Nebel erfüllt.

Celia Nashe stand in der Tür, in ihrer Cordhose und einem Wollpullover. Sie hatte sich die Haare zurückgebunden, was ihr Gesicht nackt aussehen ließ.

»Haben Sie sie genommen?«, fragte sie an Strafford gerichtet. Er drängte die Mädchen, sich so schnell wie möglich anzuziehen. Sie trat vor und packte ihn an der Schulter. »Haben Sie die Waffe genommen?«

»Ich weiß nicht, wovon Sie reden.« Noch während er sprach, wandte er den Blick von ihr ab und eilte aus dem Zimmer. Einen Moment später war er zurück. Ellen war gerade dabei, in ihren Schlüpfer zu steigen, und sprang wieder unter die Bettdecke, um sich vor seinem Blick zu schützen.

Er sprach mit Celia Nashe. »Welches ist das Zimmer von Lascelles?«

Sie standen im Vorraum, Strafford, Celia Nashe und die Mädchen, und warteten darauf, dass Lascelles das Auto vom Stallhof holte. Die Mädchen trugen ihre Mäntel und Kappen und sahen unpassend ordentlich und offiziell aus, die Henkel ihrer rosa Lederhandtaschen am Handgelenk. Ellen war sehr bleich.

Mary wandte sich Celia Nashe zu. »Ich habe es Ihnen doch gesagt«, meinte sie mit dünner, harter Stimme. »Ich habe Sie gewarnt.«

Celia runzelte die Stirn. »Wovor hast du mich gewarnt?«

»Ich habe Ihnen gesagt, dass der Himmel brennt.«

»Aber das war doch ein Traum«, sagte Celia fast schon gequält. »Woher hättest du das wissen sollen?«

»Hab ich eben, das ist alles.«

Lascelles kam zur Haustür herein, und im selben Augenblick erschien der Herzog in Morgenmantel und Pantoffeln auf dem oberen Treppenabsatz. Er sah benommen, alt und müde aus. Strafford ging zum Fuß der Treppe. »Haben Sie eine Waffe?«, fragte er. Der alte Mann glotzte ihn verständnislos an. »Eine Waffe«, wiederholte Strafford, lauter diesmal. »Ist eine im Haus? Ein Gewehr, ein Dienstrevolver, irgendwas?«

Lascelles klimperte mit den Autoschlüsseln. »Los«, sagte er schroff, »wir haben jetzt keine Zeit, nach Donnerbüchsen zu suchen.«

Hektisch liefen sie die Eingangstreppe hinunter und stiegen ins Auto, Celia mit den Mädchen hinten und Strafford auf den Beifahrersitz. Türen wurden zugeschlagen, der Motor röhrte kehlig, und die Hinterreifen ließen eine zweifache Ladung Schotter aufspritzen.

Der Herzog war die Treppe heruntergekommen und stand jetzt verloren und ängstlich in der erleuchteten Haustür. Er dachte an den Krieg, an Whizz-bang-Geschosse und Stacheldraht, an Gas und an Tote. Im Wegfahren sah Strafford, wie Mrs O'Hanlon hinter den alten Mann trat und ihm eine Hand auf die Schulter legte. Hoffentlich würde sie sich daran erinnern, was er ihr gesagt hatte, nämlich, dass sie das Haus dichtmachen sollten. Entscheidend war das allerdings nicht. Wenn jemand, ganz egal, wer, eindringen wollte, dann konnten ihn eine verschlossene Tür und ein verriegelter Fensterladen nicht aufhalten.

Er hätte zurück in seine Unterkunft gehen und noch einmal einen Versuch mit dem Feldtelefon starten sollen, dachte er. de Valera und seine Männer hätten mittlerweile vielleicht begriffen, dass der brennende Wald nur eine Ablenkung darstellte.

Lascelles war wütend. Was zum Teufel da los sei, wollte er wissen. Strafford antwortete nicht. Ihm war klar, dass der Engländer im Geiste schon nach Sündenböcken suchte.

Das Auto jagte voran. Sternenräder drehten sich wie irre hinter den tiefschwarzen Ästen der Bäume auf beiden Seiten der Straße.

Strafford saß mit geschlossenen Augen zusammengekauert auf seinem Sitz und schwankte mit den Bewegungen des dahinschießenden Autos hin und her. Er hielt es durchaus für möglich, ohnmächtig zu werden. In seinem Kopf hämmerte es laut, und er spürte, wie das Blut unter der Hautoberfläche dahinrauschte, eine heiße rote Flut. Er hätte es nicht für möglich gehalten, so krank und trotzdem noch bei Bewusstsein sein zu können.

»Sagen Sie mir jetzt, was hier los ist«, fauchte Lascelles, »oder wollen Sie einfach nur dasitzen wie eine Leiche?«

»Der Wald brennt«, sagte Strafford. »Jemand hat Feuer gelegt.« Er senkte die Stimme, damit man ihn hinten nicht hören konnte. »Sie wissen, dass die Mädchen hier sind und wer sie sind.«

»Wer weiß das?«, bellte Lascelles. »Wovon zum Teufel sprechen Sie?«

»Wahrscheinlich der Mann in der Stadt, den Sie erwähnt hatten.«

»Wie heißt er noch, Clancy? Nichts hat darauf hingedeutet, dass er eine ernste Gefahr darstellt, er ist nur ein lokaler Wichtigtuer.«

Lascelles schlug mit beiden Handflächen auf das Lenkrad. Das Auto drängte voran, die Strahlen seiner Scheinwerfer durchbohrten die Finsternis.

Sie waren gerade um eine lang gezogene Kurve gefahren, da sahen sie plötzlich den Ford. Er stand schräg vor ihnen und blockierte die Straße. Lascelles machte eine Vollbremsung, sodass der Bentley mit quietschenden Reifen scharf nach rechts ausbrach, in die Hecke krachte und stotternd zum Stehen kam. Zwei Reifen versanken im Graben, und der Motor starb glucksend ab.

Strafford wandte sich zum Rücksitz um. Celia Nashe war heftig zur Seite geschleudert worden und hatte sich den Kopf am Türrahmen angeschlagen, die beiden Mädchen waren umgekippt und auf sie gefallen. Niemand hatte ein Geräusch gemacht, und in der Stille hörten sie alle das Ticken des abgestorbenen Motors.

Lascelles lehnte zusammengesackt an der Tür, offensichtlich hatte er das Bewusstsein verloren. Er sah seltsam gefasst aus, als hätte ihn jemand dort hindrapiert, das Kinn auf der Brust, die Augen leicht geschlossen. Strafford fragte sich, ob er womöglich tot war, kam aber zum gegenteiligen Schluss – er lebte.

Die Scheinwerfer des Bentley leuchteten noch, und in ihrem Licht traten zwei Männer hinter dem Ford vor. Einer war klein, breitschultrig und kahl, der andere trug eine Matrosenjacke und eine Wollmütze, die er bis zu den Ohren heruntergezogen hatte. Sie waren beide bewaffnet, derjenige mit der Mütze mit einer abgesägten Schrotflinte, der andere mit einer halbautomatischen Pistole mit Holzschaft.

Beim Anblick des zweiten Mannes zog Mary scharf die Luft ein. Strafford drehte sich zu ihr um. »Das ist er.« Sie zeigte auf die Straße. »Der Mann mit dem Vogelkopf.«

»Keine Angst«, sagte Strafford. »Er tut dir nichts, versprochen.« Er war weitaus weniger überzeugt, als er sich anhörte.

Jetzt kam ein dritter Mann dazu. Er stieg aus dem Beifahrersitz des Ford aus, ein korpulenter Mann, der, kaum zu glauben, einen Kamelhaarmantel mit Gürtel und einen schwarzen Filzhut mit nach oben gebogener Krempe trug.

Der Mann mit der Wollmütze ging zum Bentley und klopfte mit dem Lauf der Pistole an das Beifahrerfenster. »Raus«, befahl er und winkte mit der Pistole.

Strafford wollte gerade die Tür öffnen, als er etwas an seinem linken Ellbogen spürte. Es war eine kleine, warme Hand, die etwas Metallenes hielt. Er warf einen kurzen Blick über die Schulter. Unmittelbar hinter ihm funkelten Marys Augen. Er nahm die Pistole und ließ sie flink in die Tasche seines Trenchcoats fallen. Dann drückte er die Tür weit auf und trat auf die Straße. Der Mann mit der Pistole befahl ihm, seine Waffe auf den Boden zu legen.

»Ich bin nicht bewaffnet«, log Strafford.

Sosehr er sich auch ängstigte, gleichzeitig war er fasziniert von dem versengten, narbigen Gesicht seines Gegenübers. Strafford konnte den Blick nicht von dem krummen Mund und der schnabelförmigen Nase abwenden; der Mann sah wirklich wie ein Vogel aus.

»Was zum Teufel glotzt du so dämlich?«, schnauzte er.

Celia Nashe öffnete die Hintertür und stieg aus.

»Wir sind Sicherheitsbeamte«, sagte sie mit klarer, ruhiger Stimme. »Legen Sie die Waffe weg.«

Der Mann sah sie an und lachte. »Die Kavallerie, ja?«, sagte er. »Na dann hallo, wir sind nämlich die Rothäute.« Er bückte sich, um einen Blick ins Innere des Wagens zu werfen, und sah Lascelles an der Fahrertür lehnen. »Hey, du da! Schläfst du, oder bist du tot, oder was?« Lascelles gab keine Antwort. Der Mann lachte wieder. Er steckte den Kopf durch die Tür und guckte auf den Rücksitz. »Ah, da seid ihr ja, meine zwei feinen Damen. Los, raus mit euch. Kommt mal in die Gänge.«

Die Mädchen stiegen langsam aus, Mary zuerst, gefolgt von ihrer Schwester. Sie stellten sich nebeneinander in ihren Mänteln und Kappen an den Straßenrand.

»Na also«, sagte der Mann mit dem Gewehr. »Dann wären wir ja vollzählig.« Celia schickte sich an, etwas zu sagen, aber er richtete den Lauf der Waffe auf ihren Bauch. »Hältst du verdammt noch mal den Mund, Mrs Sicherheitsbeamtin? Könntest du uns allen den Gefallen tun?« Er nahm die Waffe hoch und zeigte sie ihr. »Außer du willst, dass ich dich mit diesem Ding hier zweiteile.«

Er hielt die Waffe entspannt, der Zeige- und Mittelfinger seiner linken Hand lagen locker auf dem Abzug; Celia dachte an Corporal Lucas, der ihr im Schießstand bei Guildford das Schießen beigebracht hatte.

Strafford beobachtete sie und empfand ganz plötzlich eine seltsame, schmerzende Zärtlichkeit für sie. Er verspürte den Drang, den Arm auszustrecken und sie zu berühren, die Hand an ihre Wange zu legen, in die Senke zwischen ihren Schulterblättern, in den Nacken, wo ihre Haare mit einem schwarzen Gummi zusammengebunden waren. Stattdessen wandte er sich leicht zur Seite, sodass er nicht mehr direkt von den Scheinwerfern angestrahlt wurde, steckte eine Hand in die Manteltasche und legte die Finger um den Griff der Pistole, die Mary ihm zugesteckt hatte. Mit dem Daumen entsicherte er sie und staunte dabei, dass er noch wusste, wie das ging. Sein Herz schlug schlapp in seiner Brust wie ein Paddel, und seine Zungenwurzel schien sich zu verdicken, wohl eine Auswirkung der Angst, wie er annahm. Er zitterte auch ein bisschen, aber das kam sicherlich vom Fieber.

Trotzdem, wie ruhig er war!

Alles wich vor ihm zurück, wich zurück und wurde klein und ganz scharf, wie durch ein umgedrehtes Teleskop betrachtet, während er gleichzeitig von der Höhe der Baumwipfel auf die dramatisch beleuchtete Szene hinabzublicken schien. Wie gefasst er war, wie seltsam abgeklärt! Das wallende Blut in seinen Adern floss jetzt ruhig. Kurz durchzuckte ihn der Gedanke, ob er angeschossen worden war, ohne es zu merken, und gerade starb oder womöglich sogar schon tot war. Diese Möglichkeit nahm er mit Gleichmut, fast schon amüsiert hin; wenn dies das Ende war, dann war es letztlich doch etwas sehr Triviales.

Dann trat Billy Denton mit seiner Schrotflinte aus dem dunklen Wald hervor, und im selben Augenblick erschienen in der Ferne hinter dem Ford die zweifachen Lichtstrahlen von Autoscheinwerfern über der Hügelkuppe. Strafford erkannte das Geräusch des Panzerwagens.

Da ist die Kavallerie, sagte er sich, sie kommt zu spät.

Jemand rührte sich, jemand sagte etwas, er glaubte, es sei Celia Nashe, und auf einmal begann erstaunlicherweise die Schießerei.

33

Zwei der leblosen Körper ließen sie an der Straße liegen, von der ein Stück von Major de Valeras Männern gesperrt worden war, den dritten trugen sie hinauf zum Haus.

Die Situation war völlig chaotisch, gleichzeitig herrschte eine Totenstille. Im Wohnzimmer wurde Whiskey aufgetragen und den Männern verabreicht, während die Frauen Tee tranken, alle außer Mrs O'Hanlon, die sich auf Drängen des Herzogs ein Gläschen süßen Sherrys genehmigte. Alles war sehr vornehm und befremdlich. Strafford musste an den Abend der Totenwache für seine Mutter denken, als sich zahlreiche in Tweed gekleidete und sich beständig räuspernde Verwandte, von denen er die meisten schon für tot gehalten hatte, im Salon in Roslea versammelt hatten.

Maggie bereitete den Tee, und die schwanenhalsige Florence trug ihn auf. Strafford, der in seinem Trenchcoat am Kamin saß, betrachtete sie und staunte erneut über ihre fragile Schönheit. Vielleicht hätte er …? Aber nein, nein: Er hatte seinen eigenen Verhaltenskodex. Aber Florence war wirklich eine Schönheit, und er sollte sich mit wehmütiger Melancholie an sie erinnern. Als sie zur Tür hinausging, lächelte sie ihn an, und ihr Lächeln war irgendwie eine Bestätigung dessen, was er bereits wusste: Er war nicht mehr der, der er gewesen war, er war ein anderer geworden, ein Fremder. Er würde lange brauchen, um ihn kennenzulernen, und es könnte sein, dass diese Bekanntschaft nicht gänzlich angenehm war.

Der Herzog war mittlerweile angekleidet. Er trug ein Jagdsakko, Knickerbockers und rehbraune Kammgarnsocken. Schnell hintereinander stürzte er drei Whiskey hinunter, ließ sich dann plötzlich auf einen Stuhl fallen und sah sich mit verwirrter Bestürzung um.

Sobald Lascelles das Haus betreten hatte, hatte er sich eilends irgendwohin verzogen, dringlich und gleichzeitig verstohlen. Strafford fragte sich, ob ihm vielleicht etwas in die Hose gegangen war – als er dem Engländer durch die Tür ins Haus gefolgt war, hatte er gemeint, einen anhaltenden Geruch von Fäkalien wahrzunehmen. Er wurde auch den Verdacht nicht los, dass der Mann gar nicht bewusstlos gewesen war, als das Auto in die Hecke geschleudert wurde, sondern die Ohnmacht nur vorgetäuscht hatte, statt Heldenmut zu beweisen. Ziemlich unsportlich eigentlich, wenn dem wirklich so war.

Die Ereignisse auf der Straße waren ein Durcheinander von bläulichen Blitzen und merkwürdig dumpfen Knallen, erinnerte sich Strafford, ganz ähnlich wie in den klammen Guy-Fawkes-Nights seiner Kindheit, die von der Familie und ein paar Freunden auf einem brachliegenden Feld hinter den Tennisplätzen im Garten gefeiert oder zumindest begangen worden waren.

Billy Denton hatte den Mann namens Jones erschossen – eigentlich hieß er Seamus Molloy, hatte aber wegen seiner schnabelartigen Nase den Spitznamen Birdy bekommen. Strafford, der mit Celia Nashes eleganter kleiner Pistole auf den kahlköpfigen jungen Mann gezielt hatte, hatte es zu seiner eigenen Bestürzung irgendwie geschafft, stattdessen den Mann in dem Kamelhaarmantel zu treffen. Die Kugel streifte ihn an der linken Wange und riss ihm das linke Ohr ab, eine Verletzung, die er nach vielen Wochen in kritischem Zustand letztlich irgendwie überlebte. De Valeras Männer hatten ihn für tot gehalten, und erst als der Leichenwagen kam, um die Toten an der Straße abzuholen, wurde festgestellt, dass er noch atmete. Es stellte sich heraus, dass es sich um Thomas Clancy von Clancy & Co. handelte, bekannt als der Boss; nach dieser Nacht hieß er in der Stadt allerdings für immer schlichtweg nur noch Tom Clancy.

Celia Nashe erlitt eine Verletzung, an der sie eigentlich hätte sterben müssen.

Als der kahlköpfige junge Mann sah, wie sein Gefährte nach hinten kippte, während ihm das Blut aus der Brust sprudelte – Billy Denton hatte einen einzigen Schuss abgegeben, aber der hatte genügt –, feuerte er panisch mit seiner automatischen Pistole um sich, bevor er sich umwandte und im Wald verschwand. Eine der Kugeln traf Celia in der linken Seite, durchbohrte die Milz und blieb gefährlich nahe am Rückgrat stecken – die Ärzte, die sie behandelten und die Kugel schließlich entfernten, staunten, dass sie eine solche Verwundung überlebt hatte.

Strafford war auf der Straße in die Knie gegangen und hatte die junge Frau in den Armen gehalten. Er hatte leise irgendwelchen Unsinn auf sie eingeredet; nichts deutete darauf hin, dass sie es hörte. Ihre Augen standen offen, und sie starrte mit leerer Verwunderung hinauf in die Dunkelheit. Zwischen ihren geteilten Lippen bildete sich eine Blase und schwoll immer mehr an, bis sie platzte – Strafford war überzeugt, er habe das kleine Plopp gehört.

Schließlich stieg Lascelles aus dem ramponierten Bentley aus, stolperte herum und blinzelte übertrieben – zumindest auf Strafford wirkte sein Verhalten übertrieben, aber er war auch voreingenommen.

Major de Valera war mit seinen Männern Smith auf den Fersen gewesen, jedoch vergeblich. Sein richtiger Name lautete Vinnie Considine. Er war tatsächlich Boxer gewesen und hatte als Teenager sogar einmal einen Titel gewonnen. Später war hinter den Stallungen ein Feuer ausgebrochen; die Feuerwehr aus Clonmillis war immer noch mit den Löscharbeiten beschäftigt. Man nahm an, dass der Brand Smiths letzter Racheakt war, bevor er auf verborgenen Wegen wieder nach Belfast zurückkehrte. Dort sollte man ihn festnehmen, allerdings auch wieder freilassen, denn er konnte für die fragliche Nacht ein Alibi vorweisen, das selbst die RUC nicht widerlegen konnte.

»Herrgott im Himmel«, sagte der Herzog, der unsicher in sein Whiskeyglas blickte, »wie furchtbar, dass solche Dinge hier passieren.«

Man hatte Celia Nashe in Decken gehüllt und unten auf ein Sofa gelegt; mittlerweile war sie gänzlich ohne Bewusstsein. Mary, der es gelungen war, einen Blick auf sie zu erhaschen, bevor sie eingepackt wurde, staunte, wie friedlich sie aussah, das Gesicht bleich und zerbrechlich und irgendwie fern, wie das Gesicht einer Statue auf einem Grab. Mary hatte ein schlechtes Gewissen, weil sie sich ihr gegenüber so scheußlich verhalten hatte, indem sie sie »Miss Nervensäge« genannt und ihr alles so schwer gemacht hatte, ganz zu schweigen davon, dass sie ihre Waffe gestohlen hatte.

Sie und ihre Schwester wurden mit Aspirin, heißer Milch und Wärmflaschen ins Bett geschickt. Obwohl ihre Schwester, die unter Schock stand, sich recht bereitwillig fügte, hatte Mary laut und lange protestiert. Sie hatte in Straffords Nähe bleiben wollen. Er war ihre wahre Liebe, das hatte sie in dem Moment begriffen, in dem sie ihm im Auto die warme Pistole in die Hand gelegt hatte. Offensichtlich war Billy Denton ein besserer Schütze, aber ganz allgemein konnte er Strafford nicht das Wasser reichen – warum hatte sie so lange gebraucht, das zu erkennen? Nun ja, Liebe macht blind, hieß es, aber zum Glück hatte sie es noch begriffen, bevor es zu spät war.

Einer von Celia Nashes Wanderstiefeln war heruntergefallen, als man sie ins Haus getragen hatte. Später am Tag lag er noch in der Eingangshalle, wo ihn die Erwachsenen vergessen hatten. Mary, die gegen den Protest von Mrs O'Hanlon aus dem Bett gestiegen war und sich nach unten geschlichen hatte, hatte ihn geholt, hinunter in die Küche getragen, als niemand in der Nähe war, und ihn zum Verbrennen in den Ofen gesteckt. Sie wusste nicht, warum; irgendwie hatte sie das Gefühl, es würde Miss Nashe dabei helfen, wieder gesund zu werden, auch wenn sie wusste, wie dumm so eine Idee war.

Der Schuh hatte eine Gummisohle und produzierte einen fürchterlichen Gestank, der noch viele Tage anhielt, nachdem Ihre königlichen Hoheiten längst abgereist waren.

Als Strafford und Lascelles Celia gemeinsam ins Haus trugen, war Mrs O'Hanlon so geistesgegenwärtig, Dr. Taggart anzurufen.

Der Arzt, der sich seit Menschengedenken der Erkrankungen im Haushalt annahm, war ein äußerst aufbrausender, braungesichtiger kleiner Mann mit Schnurrbart. Er trug einen engen Tweedanzug und kastanienfarbene Budapester. Für Strafford war er die lebende Entsprechung von Robert Louis Stevensons Mr Hyde.

Er legte seinen Tweedulster und seinen schwarzen Hut im Eingang ab und stapfte in das Zimmer, in dem Celia lag. Sofort erkannte er, wie ernst ihr Zustand war, und brüllte Mrs O'Hanlon an, weil sie nicht sofort einen Rettungswagen gerufen hatte. »Gottverdammt, was haben Sie sich bloß dabei gedacht?«

Mrs O'Hanlon missbilligte die Sprache des Arztes – er war unverbesserlich und fluchte fortwährend –, aber bei dieser Gelegenheit verzichtete sie darauf zu protestieren. Sie war bereits den Tränen nahe. Was für ein Morgen!

Der Krankenwagen kam aus Tipperary; es würde eine Weile dauern, bis er da war.

Dr. Taggart nahm die Einladung zu einem Glas Whiskey und dem letzten Stückchen Früchtebrot von Mrs O'Hanlons Schwester an. Er stand im Wohnzimmer, das Glas in der einen und einen Teller mit dem Früchtebrot in der anderen Hand, und schalt jeden, der in greifbare Nähe kam; den Haushalt hatte er bereits als einen »Haufen Schwachköpfe« bezeichnet. Im letzten Krieg hatte er in derselben Kompanie gekämpft wie der Herzog, und er war ausgezeichnet worden, weil er unter schwerem Beschuss zahlreichen Kameraden das Leben gerettet hatte.

Der Herzog fragte ihn nach seiner Einschätzung von Celias Nashes Zustand.

»Hoffnungslos, Mann!«, brüllte der Arzt – sein Gehör war in Passchendaele durch Granatfeuer geschädigt worden, und er nahm an, alle um ihn herum seien wohl ähnlich beeinträchtigt. »Ihre Eingeweide sind in einem furchtbaren Zustand, das sieht man. Sie wird tot sein, bevor der verdammte Krankenwagen da ist.«

Wie so häufig täuschte er sich.

Lascelles war wieder aufgetaucht. Von dem Spezialtelefon in Celia Nashes Zimmer aus hatte er in der Botschaft und in London angerufen. Dann hatte er etwas davon gemurmelt, »den armen alten Motor ansehen« zu müssen, hatte mit seiner Melone, seinem British-Warm-Mantel und geliehenen Gummistiefeln das Haus verlassen und ward bis zum Abendessen nicht mehr gesehen.

Auch Strafford hatte sich davongestohlen. Er fand die Atmosphäre im Wohnzimmer beklemmend. Alle schlichen herum, als wäre der Beweis für eine geheime Schuld ans Licht gekommen; später bezeichnete der Herzog es immer als »das Zimmer, in dem das Mädchen fast gestorben wäre«.

Alle waren nervös und fürchteten, es könnten sich noch mehr Männer von der IRA in der Umgebung befinden und Clonmillis Hall womöglich direkt angreifen. Major de Valera hatte dringend Verstärkung angefordert, und mittags rumpelte ein Lastwagen mit einem Trupp Soldaten über die Zufahrt.

Niedergeschlagen, aber ruhelos war Strafford eine Weile herumgelaufen, dann war er in die Bibliothek gegangen und hatte die Tür hinter sich geschlossen. Jetzt saß er in seinem Sessel vor dem Kamin, blickte in die kalte Asche, die langen, knochigen Beine vor sich ausgetreckt, die Hände in den Taschen seines Trenchcoats, den er immer noch nicht ausgezogen hatte. Jetzt erst bemerkte er, dass er auf der Vorderseite überall mit Celia Nashes Blut verschmiert war. Der Brand im Stallhof hatte seine Unterkunft so gut wie zerstört. Er hatte kein Bett, in das er sich legen konnte, und er fühlte sich wieder äußerst unwohl.

Schließlich schlief er in dem Sessel ein und träumte, in einem grünen Alpental zu sein, umgeben von hohen Bergen und verschneiten Felsen und dem süßen Gezwitscher vieler kleiner, unsichtbarer Vögel.

Am nächsten Tag sollte er seinen Stapel ausgeliehener Bücher zusammensuchen und sie in die Bücherei in der County Hall bringen. Er hatte eigentlich gehofft, Miss Broaders zu sehen, um ein wenig mit ihr zu plaudern, aber sie besuchte gerade ihren Bruder im Krankenhaus, dessen Zimmer zufällig auf derselben Station lag wie das von Celia Nashe. Er übergab die Bücher der Hilfsbibliothekarin, die ihn mit einem erwartungsvollen Funkeln in den Augen ansah, aber nicht den Mut hatte, ihn nach den Ereignissen der letzten Nacht zu fragen.

Ein Buch hatte er noch als Andenken behalten, er hatte es recht schuldbewusst unter dem Mantel versteckt. Als er Jahre später aus seiner Wohnung in der Clare Street auszog, sollte er wieder auf den Band stoßen, der hinter ein Regal gefallen war. Er lächelte, als er den Titel las: *Eustacia im Schweizer Internat*.

Am Morgen erschien nach dem Frühstück ein großer schwarzer Wagen auf der Zufahrt. Maggie entdeckte ihn zuerst und lief los, um Mrs O'Hanlon Bescheid zu geben. Wer mochte das sein? Dann fiel es ihnen ein: Der Besuch von Mr Hegarty, dem Minister, war angekündigt. Seine Gnaden, der Herzog, empfing ihn an der Tür. Der Minister stellte überrascht fest, dass der Herzog einen Schlafanzug unter seinem Jagdsakko trug. Die beiden Männer blickten sich gegenseitig hilflos an, jeder der beiden war auf seine Art und aus eigenen Gründen sprachlos.

Die Telefone liefen seit Stunden heiß: Wie kam es, dass »Dan, the man« noch gar nichts von all dem wusste, was gestern Nacht passiert war? Es hatte Tote gegeben! Er war der Minister! Seine Stirn färbte sich dunkelrot. Was auch immer der Grund dafür war, dass er im Dunkeln gelassen worden war, jemand würde dafür bezahlen.

Nein, er wolle nicht hereinkommen, auch wenn der Herzog darauf bestand, nein, danke, nein. Er müsse zurück nach Dublin. Auf seinen unpassend kleinen Füßen eilte er die Treppe hinunter. Bevor er wieder im Auto verschwand, hielt er inne, legte eine Hand auf die offene Tür und hob einen Fuß, um seine Schuhsohle zu begutachten, als sei er womöglich in etwas Scheußliches, Klebriges und extrem schwer wieder zu Entfernendes getreten.

Es war der Feuerwehr gelungen, alle Pferde im Stallhof zu retten, bis auf eines. Prince war das Pferd, das ums Leben gekommen war. Als diese Nachricht das Haus erreichte, waren die Mädchen bereits angekleidet und bereit zur Abreise. Sie warteten auf Lascelles, der sie mit einer Eskorte zum

Baldonnel Aerodrome bringen sollte. Dort sollten sie ein ungekennzeichnetes Lastenflugzeug der Royal Air Force besteigen und unverzüglich nach Brize Norton und von dort aus zu einem geheimen Ort in Schottland geflogen werden. Es wurde beschlossen, Ellen nicht zu erzählen, dass Prince verbrannt war. Die Dinge waren so schon schlimm genug.

Billy Denton kam herauf, um die Schäden an den Stallungen zu begutachten. An der Tür von Prince' Box warf er einen Blick hinein. Die Überreste des Tiers lagen auf dem Boden. Eines seiner Augen, die irgendwie unversehrt geblieben waren, starrte den jungen Mann mit blanker Gleichgültigkeit an.

Er hörte langsame Schritte hinter sich. Es war Pike. Auch er blickte über die verkohlte, halbhohe Tür in die Box.

»Ist das das Pferd von der Kleinen?«, fragte er.

»Ja«, sagte Billy. »Was von ihm übrig ist.« Er holte Luft. »Das warst du, oder?«

»Was?«

»Glaubst du, ich kenne dich nicht, weiß nicht, was du bist und mit wem du dich abgibst?« Billy drehte sich zu ihm um. »Du hast den Stall hier angezündet – du hattest nicht mal den Mut, das Haus anzugreifen, du musstest die Stallungen niederbrennen und stattdessen dieses arme Tier töten.«

Pike spuckte satt auf den Boden. »Es heißt, Boss Clancy hat eine Kugel abbekommen«, meinte er im Plauderton. »Hast du geschossen?«

»Und wenn?«

»Na ja, würde mich nur überraschen, wenn du es warst«, sagte Pike. »Wenn du dich auf die Seite der Leute schlägst, die deine arme Ma so grausam ermordet haben.«

Billy schwieg einen Moment. »Ich weiß, wer meine Mutter erschossen hat«, sagte er dann, »und es waren nicht die Briten. Es waren deine Leute.«

»Ach, das willst du wissen?«

»Ja, das weiß ich. Immer schon.«

Pike hob die Hand und rieb sich das Kinn, es klang wie Sandpapier. »Ja, sie war ganz schön wild, deine arme Ma. So richtig wild. Sie ist mit jedem losgezogen, Hauptsache, Uniform …«

»Halt den Mund oder ich stopfe dir das Maul«, sagte Billy ruhig.

»So wie Birdy Molloy? Wir wissen sehr wohl, dass du es warst, der ihn erledigt hat.«

Billy legte dem alten Mann die Hände auf die Brust und schubste ihn kräftig. Dann wandte er sich um und marschierte davon.

»Ach, Billy«, rief Pike ihm nach und lachte. »Ach, Billy, mein Junge, komm zurück.«

Aber Billy ging weiter.

An diesem Abend heizte Billy den Ofen an, und nachdem er Dosenbohnen und Kartoffelbrei zu Abend gegessen hatte, räumte er Teller und Besteck weg, holte sein Fotoalbum hervor und blätterte es langsam durch. Er betrachtete lange das Bild seiner Mutter, die einzige Erinnerung an sie, die er besaß. Um ihn herum war alles still, bis er einen plötzlichen Schlag gegen die Tür hörte. Es war kein Klopfen: Etwas war dagegengeworfen worden. Er stand vorsichtig auf und langte nach seiner Schrotflinte.

Draußen in der Nacht war niemand zu sehen. Er trat über

die Schwelle und blickte in die Dunkelheit, die ihn umgab. Gleich hinter der Tür stieg er auf etwas Weiches. Er bückte sich. Es war eine Saatkrähe, der man den Hals umgedreht hatte.

Mitten auf der Stirn spürte er einen stechenden Schmerz und eine Art Aufschlag, unmittelbar darauf hörte er den Schuss; danach sah und hörte er nichts mehr. Er merkte nicht mehr, wie er fiel.

In der Dunkelheit unter den Bäumen hängte sich Pike den Riemen seiner treuen alten Mauser über die Schulter und wandte sich ab. Im Licht des Mondes kletterte er den Hang hinauf, zwischen den schlanken Stämmen der Nadelbäume hindurch. Mit seinem schlimmen Rücken fiel ihm der Anstieg nicht leicht, aber trotzdem war er zufrieden mit sich. Er war schon immer ein hervorragender Schütze gewesen und froh, dass er noch so gut zielen konnte wie früher.

Mit der Zeit genas Celia Nashe und verließ den Geheimdienst. Sie hatte keine andere Wahl. »Es tut mir leid, meine Liebe«, sagte Manling. »Wir hatten Sie schon fast als einen der Jungs betrachtet.« Sie war noch nie so kurz davor gewesen, ihm eine Ohrfeige zu versetzen, wie in diesem Moment.

Jahre später begegnete Strafford ihr bei einem seiner seltenen Londonbesuche auf dem Strand. Sie hatten sich gegenseitig schon entdeckt, bevor er Zeit hatte, in der Menge zu verschwinden. Sie gingen in ein Lyons Corner House, bestellten ein Kännchen Tee und aßen warme Scones dazu. Sie fühlten sich qualvoll befangen. Dr. Taggart hatte recht gehabt, was Celias »Eingeweide« betraf, denn sie waren nach der Verletzung nie ganz verheilt; sie hinkte noch deutlich.

Mittlerweile arbeitete sie als Lehrerin. Sie hatte das Gefühl, damit würde sie nach den Gräueln des Krieges einen kleinen Beitrag zur Gesundung der Nation leisten. So drückte sie es aus: *nach den Gräueln des Krieges zur Gesundung der Nation*. Sie hatte sich nicht verändert.

»Natürlich ist das weit entfernt von meiner damaligen Arbeit«, sagte sie, »aber es ist immerhin etwas.« Sie legte ihre Zigarette vorsichtig auf den Rand eines Porzellanaschenbechers.

Wie merkwürdig das Leben doch ist, dachte Strafford, durchaus nicht zum ersten Mal.

Der Ballsaal erstrahlte golden unter den funkelnden Kronleuchtern, in deren unzähligen Kristallen sich Bruchstücke der Tanzpaare spiegelten, die sich im Kreis drehten. Die Luft war erfüllt von einem Gemisch aus parfümierter Haut, der Pomade der Männer, reichhaltigem Essen und süßem Champagner.

Sie tanzte in den Armen ihres Prinzen, der groß und blond war und bei Weitem der bestaussehende Mann im Raum. Sie drehten sich immer wieder im Kreis, als tanzten sie auf dem Rand einer großen, vergoldeten Scheibe.

Stimmen, kurze Blicke, Farben, Bewegungen.

Sie war benommen vor Glück.

Der Prinz beugte sich herab und sagte ihr etwas ins Ohr.

Die Musik fing wieder an. Sie erkannte die Melodie, schien sich irgendwie daran zu erinnern.

»Was spielen sie da?«, sagte sie. »Weißt du das?«

»Wie?« Philip blickte Richtung Orchester. »Das ist der Walzer aus ›Die lustige Witwe‹, oder?«

So war es. Und sofort hatte sie einen anderen Ballsaal vor Augen, ganz anders als dieser hier. Ein Grammophon auf dem Boden, ein verblichenes, nach Mottenkugeln riechendes Ballkleid an sich gedrückt; Herbstlicht hinter den Fenstern, Regen, in der Ferne nasse Bäume. Eine verschwundene Welt.

Einen kurzen Augenblick hatte sie einen Kloß im Hals.

An einem Tisch auf einem Balkon über dem Ballsaal saß ihre Schwester, in einem pinkfarbenen Satinetuikleid, das ein Vermögen gekostet hatte. Sie aß ein Himbeerwassereis und rauchte eine Zigarette in einer langen Ebenholzspitze. Ihr neuester Beau saß ihr gegenüber, einen Ellbogen auf den Tisch gestützt und einen Finger an der Wange. Er hatte glattes Haar und schöne Zähne und einen eleganten kleinen dünnen Schnurrbart. Sein Name war Gerald, und er arbeitete als Verkäufer bei einem Autohändler am Berkeley Square. Er war amüsant und ein toller Tänzer, aber auch ein Lebemann; die Familie missbilligte ihn schärfstens. Mittlerweile hatten sie wahrscheinlich den MI5 auf ihn angesetzt, um irgendeine Leiche aus dem Keller zu holen. Es war ihr egal.

Nächste Woche würde er mit ihr nach Ascot fahren. Das würde ein Spaß werden. Sie würde einen schockierenden Hut tragen und den ganzen Nachmittag am Arm ihres Autohändlers hängen, nur um es allen zu zeigen.

Sie blickte zu ihrer Schwester hinunter, die mit ihrem achso-hinreißenden Mann tanzte. Ihn liebte die Familie natürlich, auch wenn er ein schmieriger Grieche war. Sie summte zur Musik.

Daah da-da- dah, daah da-da dah, dah–dah–dah.

Natürlich würde sie Gerald nicht heiraten, aber fürs Erste würde er genügen. Er half ihr, sie von Dingen abzulenken, die sie lieber vergessen wollte.

Die irische Provinz im Winter 1957: In der Bibliothek eines Herrenhauses wird der beliebte Pfarrer Father Harkins brutal ermordet aufgefunden. Die dort ansässige altehrwürdige Familie gibt sich kooperativ, scheint aber etwas zu verbergen zu haben. Doch findet sich der Mörder tatsächlich in ihren Reihen? Detective St John Strafford, jung, schneidig und aus Dublin abgeordnet, wird all seinen Spürsinn aufbieten müssen, um dem Täter auf die Spur zu kommen.